Embûches glacées

Lemon

Certifié PEFC
Ce produit est issu de forêts gérées durablement et de sources contrôlées
PEFC
PEFC/18-32-94
www.pefc-france.org

Ce livre s'inscrit dans une démarche écoresponsable. Il est composé de matériaux issus de forêts bien gérées, certifiées PEFC et d'autres sources contrôlées. Cette certification garantit une empreinte carbone réduite et une gestion raisonnée de la forêt, qui maintient la biodiversité et protège les écosystèmes. Il est imprimé avec des encres à base d'huile végétale.

Direction : Guillaume Pô
Direction éditoriale : Camille Chevalier
Responsable éditoriale : Euriell Séguillon
Édition : Stéphanie Chineaux
Direction de la fabrication : Thierry Dubus et Gwendoline da Rocha
Fabrication : Gwendoline da Rocha
Création graphique : Johanna Fritz
Mise en pages : SKGD-Création

57, rue Gaston-Tessier – 75019 Paris
Lemon est un label des Éditions 365.

ISBN 978-2-38382-602-6
Dépôt légal : novembre 2024
Imprimé en Italie par Rotolito SPA en septembre 2024.
N° d'édition : 24L1111.

Lemon

MODE D'EMPLOI

Ceci est une romance interactive. Contrairement à une romance classique, en tant que lecteur ou lectrice, vous aurez des choix à faire et pourrez influencer le cours de l'histoire. Pour cela, rien de plus simple : suivez les indications en fin de chapitre et profitez de votre lecture !

Si vous n'êtes pas satisfait·e de l'issue de votre histoire et souhaitez réserver à Pauline un autre sort, recommencez votre lecture et faites des choix différents.

L'ÉCHELLE DU PIMENT CHEZ Lemon

🌶

Quelques passages ou scènes explicites, de quoi commencer à vous faire rougir de plaisir, mais sans aller au bout des choses...

🌶🌶

Des scènes explicites plus régulières ou plus descriptives, on commence à devoir faire attention aux yeux indiscrets...

🌶🌶🌶

Pour les yeux avertis, des scènes explicites et qui ne laissent pas trop de place à l'imagination... Il fait chaud ici, non ?

🌶🌶🌶🌶

Smut all the way, 100 % spicy, à consommer avec modération...

PLAYLIST

When the party's over - Billie Eillish

1 step forward, 3 steps back - Olivia Rodrigo

There She Goes - The La's

Bags - Clairo

Jeune Demoiselle - Diam's

Ma philosophie - Amel Bent

Le Bilan - Nèg' Marrons

A Thousand Miles - Vanessa Carlton

Sobri - Notre destin - Kore, Leslie, Amine

Linger - The Cranberries

Where You Lead I Will Follow - Carole King

Kiss Me - Sixpence None The Richer

Enchanted (Taylor's Version) - Taylor Swift

It's Beginning to Look a Lot Like Christmas - Michael Bublé

Merry Christmas - Ed Sheeran, Elton John

IT'S UP TO YOU

Embûches glacées

L. M. VOLANGE

Lemon

CHAPITRE 1

Vous êtes-vous déjà demandé si vous n'étiez pas en train de passer à côté de votre vie ? Je ne parle pas d'une petite erreur de parcours, mais plutôt du déraillement complet de la trajectoire que vous pensiez suivre. Non ? Tant mieux, parce que moi, oui. Mille fois, oui.

Il n'y a pas si longtemps, j'avais pourtant tout de la vie parfaite.

En couple depuis dix ans avec l'homme de ma vie, Alex, rencontré pendant nos études. Un job de rêve comme community manager dans une agence de com' à taille humaine. Propriétaire, avec mon compagnon, d'un magnifique (bien que petit) studio dans un immeuble haussmannien, en plein cœur de Paris : avec vue sur les toits et moulures au plafond. Et puis, le vent a commencé à tourner pour moi et ma vie parfaite. D'un coup, comme ça, sans que j'aie le temps de rien voir venir et encore moins de me préparer à l'impact.

Ça a commencé en juin. Jim – mon patron américain – a réuni tout le monde. Naïvement, j'ai pensé qu'il allait nous annoncer une prime, ou une bonne nouvelle du genre. C'était tout le contraire. À cause d'une mauvaise gestion, d'un mauvais benchmark et d'un paquet de dettes qui commençaient à s'accumuler, Jim n'a pas eu le choix : il fallait mettre la clef sous la porte. Il a rendu les bureaux deux semaines plus tard et, dans la foulée, quitté la France pour de bon. J'ai mis mes affaires de bureau dans un carton, et je suis rentrée la mine basse.

Heureusement, grâce à Alex, j'ai fait contre mauvaise fortune bon cœur : immédiatement après l'annonce de Jim, nous avons booké quinze jours de vacances en thalasso sur la côte méditerranéenne pour le mois suivant. De quoi, d'après lui, me remettre sur pied avant d'entamer la recherche d'un nouveau job. Là-bas, le cadre était idéal pour laisser derrière moi tous mes soucis. Je n'avais pas imaginé une seule seconde qu'une plage suffocante et bondée de la Côte d'Azur puisse être le théâtre d'un nouveau drame. Et pourtant. Alex, caché derrière ses lunettes de soleil, une casquette et un demi-litre d'écran solaire, a lâché :

— Je crois qu'il faut qu'on arrête.

— Arrêter quoi ? On vient d'arriver.

Il a relevé ses lunettes et tourné son visage rouge et ses yeux mi-clos vers moi :

— *Nous*. Je parle de nous.

Malgré les 35 degrés à l'ombre et le soleil au zénith, pour moi, ça a été la douche froide. En un claquement de doigts, j'étais de retour à Paris, avec mon carton d'affaires professionnelles et deux grosses valises de biens personnels. Je n'avais ni job, ni mec, ni domicile. Nous n'avions ni l'un ni l'autre les moyens de conserver l'appartement, alors il a fallu le mettre en vente. Mais – évidemment ! – sans que notre agent immobilier lui-même puisse expliquer pourquoi, notre petit cocon ne se vendait pas. « Soyez patients ! » ne cessait-il de répéter. Comme si c'était facile ! On voyait bien que ce n'était pas son monde à lui qui venait de s'écrouler. En attendant, moi, je n'avais plus rien, et j'avais bien besoin de toucher l'argent de la vente de ce fichu appartement ! À ce stade, pour moi, c'était certain : j'allais finir seule, sans le sou et probablement mangée par les chats que j'aurais inévitablement adoptés pour tromper ma solitude.

OK, j'exagère peut-être un peu, car dans tout ce bourbier digne de la pire rétrogradation de Mercure, il me restait mes amies. Avec les filles, on s'est rencontrées au collège, lors de notre rentrée en 6e. On est tout de suite devenues inséparables. Tellement inséparables, même, que Sam et Julie vivent en couple depuis cinq ans maintenant. Quand j'ai débarqué un jeudi soir avec mes maigres affaires, mes yeux bouffis et ma mine de chien battu, elles m'ont tout de suite accueillie à bras ouverts, de l'autre côté du périph. Depuis plus de trois mois, elles me laissent squatter la future-ex-chambre-d'amis, autrement appelée la future-chambre-du-futur-bébé. Je vis et dors ainsi au milieu de mes maigres possessions encore enfermées dans les valises, et les cartons de berceau et de table à langer, entre quatre murs recouverts d'un papier peint jaune parsemé de petits éléphanteaux.

Comment ai-je pu tomber si bas ? Il y a peu de temps encore, j'avais la confiance et l'assurance d'une héroïne de film d'espionnage. Aujourd'hui, je suis le parfait cliché de la célibataire éplorée, roulée en boule sous sa couette, qui *binge-watche* des séries à l'eau de rose, le visage bouffi de larmes et de crème glacée. Pathétique. Bon, à la différence près que ma came à moi, c'est plutôt le *true crime*. Aussi, depuis des semaines, j'écume le catalogue Netflix à la recherche du moindre documentaire contenant les termes « meurtre », « crime », « assassinat » ou « homicide » dans son titre. Il y en a vraiment pour toute une vie de visionnage ! Et là où les comédies romantiques me fileraient la gerbe en ce moment, les docus criminels m'aident à relativiser les choses. Certes, je suis seule, sans job, sans domicile et quasiment sans argent… mais au moins, on ne m'a pas retrouvée démembrée dans une valise ou bâillonnée et ligotée dans un conduit d'aération. C'est déjà ça, non ? Et puisqu'avec Alex, nous n'avons absolument plus aucun contact, le crime dit « passionnel » ne devrait *a priori* pas s'ajouter à la liste de mes malheurs.

Depuis la cuisine, les bruits d'une personne qui s'active me parviennent. Je devrais sans doute aller donner un coup de main, montrer que je suis en train de remonter la pente, assurer que je cherche activement du travail ou un logement. Pourtant, je me sens incapable de bouger. À la place, je repasse sur ma tablette pour la septième fois un bout d'épisode que je n'écoute fois que d'une oreille. Dans le même temps, je parcours machinalement les réseaux sociaux. Pour la énième fois, je tente d'accéder aux différents profils d'Alex. Mais comme je le sais pourtant déjà, il m'a bloquée de partout.

— Il faut qu'on coupe le cordon d'un seul coup, m'a-t-il expliqué au moment de la rupture. Sinon, on pourrait être tentés…

Tentés de quoi ? De sauver notre couple ? De ne pas zapper totalement la personne avec qui on a passé ces dix dernières années ? À ce moment-là, je n'ai rien su répondre. Depuis que je n'ai plus accès à rien dans sa vie, je m'imagine un tas de choses. Un. Tas. De. Choses. Je suis par exemple persuadée qu'il a déjà retrouvé quelqu'un. Une fille plus jolie, plus mince. Une nana qui a un job et un appartement à elle, une femme forte et indépendante qui ne passe pas ses journées en jogging à se lamenter sur son sort ! Je lui ai même trouvé un petit nom : Cassandra. Ma némésis. Agacée par ma propre apathie, je repousse d'un geste rageur ma tablette et mon téléphone, et m'enfonce encore un peu plus sous ma couette.

Depuis ma grotte moelleuse, les effluves d'un délicieux repas en préparation m'arrivent. Je grogne. Mes amies sont si bienveillantes avec moi. Malgré le ventre de Julie qui ne cesse de s'arrondir, malgré les affaires pour bébé qui s'entassent un peu partout dans l'appartement, aucune des deux ne me presse à partir. Pourtant, je suis consciente que ma présence doit être de plus en plus pesante. Qui aimerait avoir chez soi une ado de 31 ans qui ne sort jamais de sa chambre sauf pour râler ou pleurer ?

Je dois partir.

C'est une évidence. Mais j'ai l'impression d'être à court d'options. Toutes mes candidatures ont fait chou blanc. Je n'ai même pas réussi à trouver un job alimentaire, c'est dire. Peut-être que ma dégaine de Bridget Jones (mais version *Walking Dead* : avec expression hagarde, peau blanchâtre et supplément yeux exorbités) n'a pas su convaincre les employeurs. Ça peut se comprendre. Malheureusement, sans emploi, impossible pour moi de trouver un appartement à Paris. Les loyers sont beaucoup trop élevés, et sans l'argent de la vente de notre ancien appartement, impossible pour moi de loger dans la capitale, sauf à accepter de me séparer d'un rein, voire des deux. Mes parents m'ont bien sûr proposé de revenir vivre chez eux « le temps de me retourner ». Mais rentrer au bercail à 30 ans passés ne me dit absolument rien. Je préférerais mille fois aller élever des chèvres dans la Creuse.

D'autant que je connais mes parents : je vois déjà d'ici la pitié, les regards inquiets et les sourires compatissants qui diraient clairement : « Qu'avons-nous raté dans ton éducation ? » Et ma mère qui n'arrête pas de répéter à qui mieux mieux que nous faisions un si beau couple avec Alex, qu'elle ne comprend pas comment on a pu en arriver là, et se demande si je suis bien certaine d'avoir tout essayé pour arranger les choses… Non, décidément, c'est inimaginable. Retourner dans ma famille, avec les fêtes de fin d'année qui approchent, ça veut aussi dire se coltiner les commentaires gênants ou la compassion déplacée de mes tantes, oncles, grands-parents, cousins. Rien que d'y penser, ça me file la nausée. Non, vraiment, il faut que je trouve une solution ! Je dois me bouger !

Enfin, ça, c'est la théorie. C'est ce que la Pauline dans ma tête a envie de faire. Dans les faits, depuis quelques mois, je me sens sans énergie, comme paralysée. Depuis notre séparation, je ne suis plus que l'ombre de moi-même. Tous les doutes et toutes les insécurités que j'avais cru vaincre et enfermer dans la boîte « adolescence compliquée » font leur grand retour et c'est épuisant. Dans la future chambre du bébé, j'ai jeté une veste sur le miroir pour éviter d'avoir à croiser mon reflet. Mais plus les jours passent, et moins je me supporte. Lasse, je pousse un soupir et récupère ma tablette. La série a continué de tourner pendant tout ce temps. Il me faudra, *encore*, remettre l'épisode au début si je veux seulement comprendre de quoi il retourne. Ou alors, je pourrais essayer d'être une adulte responsable et aider mes hôtesses à préparer le dîner.

Aller dans la cuisine donner un coup de main
→ vers **CHAPITRE 2** (p. 12)
OU Rester dans la chambre et regarder la série
→ vers **CHAPITRE 3** (p. 18)

CHAPITRE 2

Dans la cuisine, je trouve une Sam très affairée. Dans une large cocotte en fonte, les légumes pour la soupe sont en train de cuire. Penchée sur le plan de travail, mon amie s'attelle à la préparation de la salade.

— Je peux faire quelque chose ? demandé-je.

— Une vinaigrette, ça serait super, propose Sam.

Elle relève la tête vers moi et m'adresse un large sourire. Je sais qu'elle pense bien faire, mais parfois, cet excès de gentillesse et de bienveillance m'agace. Je ne peux m'empêcher d'y voir, tapie dans l'ombre, de la pitié. La pauvre Pauline qui a perdu son travail et qui s'est fait larguer dans la foulée ! Parfois, j'aurais presque envie que mes amies me secouent. Qu'elles me déposent de force à France Travail tous les matins, qu'elles se plaignent de ma présence chez elles et me posent un ultimatum. Qu'elles m'obligent à reprendre ma vie en main, car seule, je n'y arrive pas.

Et puis parfois, quand ça ne va vraiment pas bien et que je laisse mes démons penser pour moi, j'ai l'impression que leur gentillesse sans faille n'est qu'une façade et que, dans l'intimité de leur chambre à coucher, elles fomentent des plans machiavéliques pour me mettre enfin à la porte. C'est sans doute ingrat de ma part et un peu parano d'imaginer qu'elles puissent penser ce genre de choses alors que rien dans leurs paroles ou leur attitude ne laisse supposer une telle chose. Au contraire, depuis mon arrivée, en réalité, elles n'ont fait montre que de générosité et de sollicitude à mon égard. Mais je n'arrive pas toujours à me raisonner. Je secoue la tête. Tout cela est faux, bien entendu. Si Sam et Julie voulaient que je parte, elles auraient l'honnêteté de me le dire, et je le sais. Je ne fais que culpabiliser davantage à chaque fois que j'imagine le contraire. S'il existait une palme de la « pire meilleure amie du monde », elle me serait attribuée à tous les coups.

— Comment te sens-tu ? me demande Sam tout en remuant les légumes.

L'excès de gentillesse, encore une fois. Lorsqu'elle soulève le couvercle, la cuisine s'emplit soudain de mille et une odeurs. J'en ai l'eau à la bouche.

— Ça va, soufflé-je en coupant une échalote.

— Mouais, rétorque simplement Sam.

— Comment ça ?

Elle sort trois assiettes d'un haut placard et commence à mettre la table.

— Je veux savoir comment tu te sens *vraiment*. Pas besoin de faire semblant. Est-ce que tu es triste ? déprimée ? reboostée ? confiante ?

— Rien de tout ça, je crois.

— Alors quoi ? Tu dois essayer de mettre des mots sur ton ressenti. On ne peut pas soigner ce qu'on ne sait pas nommer, Pauline. Donc ?

Elle a sans doute raison, mais 99 % du temps, j'ai l'impression d'avoir le cerveau ramolli. Difficile de vraiment savoir comment je me sens dans ces conditions.

— Je sais pas trop. Je crois… Je dirais que je me sens… apathique. Vide.

— Alex te manque encore ?

Sam, contrairement à Julie, ne s'est jamais embarrassée des conventions : si elle a quelque chose à dire, elle y va frontalement sans passer par quatre chemins. Si son côté cash nous a parfois mises dans des situations périlleuses – tout le monde n'est pas forcément adepte de l'honnêteté brutale – je crois que j'apprécie encore plus ça depuis la séparation. C'est comme si j'en avais besoin. Qu'elle aille droit au but, qu'elle ne me ménage pas comme tout le monde le fait déjà, ça me force à analyser ce que je ressens. Sans elle, j'ai l'impression que je passerais mon temps à répéter que ma vie est horrible et que je suis la femme la plus malheureuse du monde.

— Quelque chose me manque, mais je n'arrive plus à savoir si c'est lui ou seulement le fait d'être en couple, d'avoir l'assurance d'un chemin tout tracé.

— Tu as eu des nouvelles ?

— Aucune.

Après un moment, j'embraie :

— Tu ne trouves pas ça putain de bizarre, d'ailleurs ? Vouloir tout arrêter comme ça, du jour au lendemain ?

— Ce n'est pas très commun, c'est vrai, admet Sam. Il avait peut-être une maîtresse, ou des vues sur une autre.

Elle ne dit pas ça méchamment. Pour elle, c'est seulement factuel : il paraît que dans la majorité des cas, les hommes quittent leur conjointe parce qu'ils ont rencontré quelqu'un d'autre.

— Il m'a assuré que non… Mais franchement, son histoire de prise de conscience subite, de soif de liberté, tout ça… J'y crois pas une seconde. Il y a forcément quelque chose qui l'a poussé à prendre cette décision, mais je ne sais pas quoi.

— Tu penses que la perte de ton job pourrait avoir précipité tout ça ?

— Je ne crois pas. Ça ne lui ressemble pas… mais je ne suis plus certaine de rien, maintenant.

En repensant à tout ça, je fouette ma sauce avec un peu trop d'énergie. Je manque de renverser l'intégralité du bol sur le plan de travail. Sam sourit et me prend le récipient des mains.

— Doucement, chef Etchebest ! Parfois, je me demande comment tu te nourrirais si tu vivais seule ! se moque-t-elle.

Je plaide coupable ! La cuisine, ça n'a jamais vraiment été mon fort. Je suis du genre à rater un plat surgelé. Pour ne pas rester inactive, je propose de finir de mettre la table.

Bientôt, nous sommes rejointes par Julie qui sort de la douche. Son ventre la gêne dans ses déplacements, et elle ne cesse de soupirer à chaque mouvement.

— Alors, je croyais que la maternité était une bénédiction ? me moqué-je.

— Connerie ! peste-t-elle. C'est de la propagande pour nous faire enfanter !

Je tends à mon amie une assiette de salade en riant. Quand on connaît les difficultés qu'elles ont traversées pour que l'une d'elles tombe enceinte, on aurait pu penser qu'elles tâcheraient de profiter de chaque seconde. Mais Julie ne prend pas franchement de plaisir à être enceinte, et elle le fait savoir. Après un premier trimestre compliqué, plein de nausées et de haut-le-cœur, voilà qu'elle se sent désormais lourde et essoufflée. Mais je sais qu'elles feront de formidables mères, ce sont déjà des amies incroyables.

Quand j'ai débarqué chez Sam et Julie, il y a quelques mois, je trouvais les repas très compliqués. Ça faisait trop famille, trop vie quotidienne, et ça me rappelait beaucoup trop ce que je venais justement de perdre. Maintenant, j'apprends à apprécier de nouveau ces petits moments passés ensemble. Ils me permettent de penser à autre chose et de ne pas ressasser systématiquement mon chagrin. Bien sûr, il arrive souvent que nous parlions de ma rupture, ou de mes difficultés professionnelles. Mais les filles m'apportent un recul et des analyses que je suis incapable d'avoir lorsque je broie du noir, roulée en boule sous ma couette.

Comme souvent désormais, vient le moment où nous évoquons l'arrivée du futur bébé. Au début, les filles se faisaient discrètes à ce sujet, comme si trop en parler était un risque que la grossesse n'arrive pas à son terme. Mais Julie en est quasiment à son septième mois, et les choses commencent à devenir concrètes. Cette fois, je décide de mettre carrément les pieds dans le plat :

— Alors, cette recherche de prénom, ça avance ?

— Presque autant que ta recherche d'emploi ! lâche Sam.

Julie lui lance un regard noir, du style « si tu n'étais pas la femme de ma vie, je pourrais t'assassiner sur place ». Moi, je souris. Je l'ai un peu cherché. Julie recentre le débat :

— Pour un garçon, on a pensé à Léon, pour une fille… c'est encore en réflexion.

— Comment ça ? Je pensais qu'on s'était mises d'accord ? s'offusque Sam.

— Vraiment, Sam, souffle Julie. Geneviève, c'est un très beau prénom, et je sais que tu adorais ta grand-mère, mais… non, vraiment, ce n'est pas possible.

Sam s'apprête à rétorquer quelque chose, mais je me dois d'intervenir. Après tout, c'est moi qui ai lancé les hostilités :

— Rien n'est encore tranché, alors.

— Exactement ! abonde Julie.

— Blague à part, comment ça avance, tes recherches ? me demande Sam.

Julie, outrée, lui décoche un léger coup de coude.

— Un peu comme vous, je dirais. C'est toujours en cours.

— Tu sais que tu peux compter sur nous si tu as besoin, glisse Julie.

— Par exemple, pour le déménagement, ironise Sam.

Nouveau coup de coude.

— Je plaisante, Paupau. Tu sais très bien que tu es la bienvenue ici, aussi longtemps que tu voudras. Seulement… tu auras peut-être bientôt un ou une colocataire !

Pendant un temps, j'oublie mes tracas, et j'ai presque l'impression d'avoir une vie normale. Je les aide à débarrasser, à faire la vaisselle et je retourne rapidement dans ma petite chambre pour laisser au couple une soirée d'intimité.

Sous la couette, je retrouve mes démons et me voilà de nouveau face à mes angoisses, incapable de conserver la bonne humeur du dîner. Je devrais me faire violence, mais j'ai du mal. Tellement de mal. Il faudrait que j'ouvre LinkedIn, que je reste à l'affût des annonces, que je demeure active, visible. Mais je n'ai qu'une envie : scroller Instagram ou TikTok et visionner des vidéos de recettes faciles ou d'animaux mignons jusqu'à ce que le sommeil vienne me cueillir. Après tout, je *suis* community manager, faire une veille des réseaux sociaux, c'est une grande partie de mon job. Si un recruteur me contacte, je dois être capable de montrer que je connais mon sujet et que, malgré mes quelques mois de chômage, je suis toujours à la page ! Oui, je sais, c'est surtout une façon simple de passer le temps et d'oublier un peu tout ce qui me pèse, car je ne suis pas certaine qu'une ligne « connaissance accrue des dernières *trends* TikTok » soit très utile sur mon C.V.

Consulter les dernières offres sur LinkedIn
→ vers **CHAPITRE 4** (p. 22)
OU Scroller les réseaux sociaux → vers **CHAPITRE 5** (p. 26)

CHAPITRE 3

J'ai honte, mais je n'arrive absolument pas à trouver la motivation pour me lever. Plus j'entends Sam s'affairer en chantant dans la cuisine, plus je m'en veux d'être incapable d'aller lui donner un coup de main. Je reste vautrée sur le lit en regardant une série documentaire mollassonne, dont je ne sais toujours pas ce qu'elle raconte. Comment peut-on rendre une série qui parle de meurtres aussi ennuyeuse ? D'habitude, je me serais passionnée pour une telle histoire, mais depuis quelque temps, même le *true crime* a perdu de son intérêt à mes yeux. Tous les documentaires et podcasts que je m'enfile à longueur de journée me paraissent fades. Si même les chroniques criminelles ne trouvent plus grâce à mes yeux, je me demande bien comment je vais continuer à occuper mes journées...

Quelques minutes plus tard, on toque à la porte. Julie n'attend pas ma réponse et se glisse dans la chambre. Ses cheveux sont humides et elle a déjà enfilé son pyjama. Son ventre proéminent semble la gêner à chaque pas. Elle soupire et me fait signe de lui dégager une place. Je pousse mes affaires et obtempère. Nous voilà mi-assises mi-allongées, épaule contre épaule, tête contre tête, comme lors de nos nombreuses soirées pyjama d'adolescentes. Après un moment de silence, elle lance :

— J'avais d'abord pensé mettre le lit ici, et la table à langer par-là (elle pointe lesdits endroits de son index), mais peut-être que l'inverse est mieux… Qu'est-ce que tu en penses ? J'y réfléchis tellement ces derniers temps que ça m'empêche quasiment de dormir !

Je ne sais pas trop quoi répondre, je ne suis pas franchement une spécialiste de l'aménagement et encore moins de la maternité.

— Euh, qu'est-ce qui serait le plus pratique ?

— Justement, c'est ce que je n'arrive pas à savoir. J'imagine qu'on verra à l'usage.

Elle semble soudain plongée dans un abîme de réflexion.

— Tu te rends compte ? Il ou elle sera bientôt là, et j'ai l'impression que rien n'est prêt.

Je tourne vers mon amie un regard interrogateur. Je sais très bien que, contrairement à Sam, Julie ne me dira jamais frontalement que mon séjour ici a peut-être suffisamment duré, et qu'il serait bien pour tout le monde que je décampe rapidement.

— Est-ce une façon subtile de me demander de partir ? demandé-je finalement en me redressant.

Elle a l'air super étonnée :

— Hein ? Oh non, ma Paupau, pas du tout ! C'est juste que… on a voulu cet enfant pendant tellement longtemps, je pensais que tout coulerait de source. Mais à tout juste deux mois de sa naissance, je me pose mille et une questions. Est-ce que je suis vraiment prête à être mère ? Est-ce que toutes les conditions sont réunies pour accueillir ce bébé ?

Je laisse échapper un petit rire et repose ma tête contre son épaule.

— Honnêtement ? Depuis le temps que je vous connais, je n'avais déjà pas trop de doutes, mais alors maintenant que je squatte cette chambre, je crois que je suis encore mieux placée pour savoir que vous serez toutes les deux des mamans extraordinaires.

Je passe un bras autour de ses épaules et dépose un baiser sonore sur sa joue. D'un geste discret, elle essuie une larme au coin de son œil.

— Les hormones, hein ? plaisanté-je.

— Quelle plaie ! rit-elle.

— À taaaaaaaable ! s'écrit finalement Sam depuis l'autre bout de l'appartement.

Quand je me suis installée chez mes amies, les premiers repas étaient un véritable calvaire. Ils me rappelaient trop la vie de couple, les petits moments du quotidien, les joies simples… en bref, tout ce que je venais de perdre. Petit à petit, ces instants ont retrouvé la saveur de l'amitié et sont devenus pour moi plus agréables, jusqu'à devenir de véritables respirations au cœur de ma solitude et de ma déprime. J'en profite d'autant plus depuis que j'ai retrouvé l'appétit, car Sam, entre autres qualités, est un véritable cordon-bleu ! La conversation du dîner, comme souvent ces derniers jours, tourne autour du bébé. Sam et Julie ont d'incroyables difficultés à se mettre d'accord sur les prénoms, et le sujet revient – littéralement – sur la table, tous les soirs en ce moment. Je m'amuse beaucoup de leurs gentilles querelles et ne me prive pas d'ajouter mon grain de sel de temps en temps. Heureusement, on se connaît depuis assez longtemps pour que mes amies le prennent bien.

Et pour une fois, on ne parle pas du tout d'Alex. Pourtant, il n'est jamais très loin dans mes pensées. J'essaie toujours de comprendre sa décision si soudaine. Ses explications, trop vagues et trop embrouillées, ne m'ont pas convaincue. Je ne pouvais pas croire à une résolution aussi subite et à son soi-disant besoin de liberté venu de nulle part. Il y a certainement eu des signes avant-coureurs, non ? Pourquoi ne pas m'en avoir parlé avant, dans ce cas ? Ou bien, est-ce que c'est juste moi qui ne les ai pas vus et qui n'arrive toujours pas à accepter cette situation ? À l'époque, il m'a assuré qu'il n'y avait *personne d'autre*. Mais comment en être certaine ? Parfois, je me prends à l'imaginer dans les bras d'une autre femme. Une qui aurait une belle situation, qui serait plus jolie, plus mince, plus ceci ou moins cela. Qui aurait tout ce que je n'ai pas. Ce n'est pas rationnel, mais parfois, ça me fait du bien d'imaginer cette fille et de la détester. De la blâmer, elle, de m'avoir volé mon mec. J'ai conscience que ça n'est ni très sain ni sans doute très féministe, mais ça me fait du bien. La fameuse Cassandra, comme je l'ai nommée, c'est une bombasse, et j'adore pouvoir la haïr et la rendre responsable de tous mes maux. Si elle existait vraiment, je suis certaine que tout le monde la détesterait. Enfin, sauf Alex, de toute évidence. Pendant tout le repas, je lutte pour chasser ces pensées de mon esprit et me reconcentrer sur la discussion avec mes amies.

Le dîner passe trop vite à mon goût, et il est déjà l'heure pour moi de regagner ma chambre et laisser leur soirée à Julie et Sam. De retour sous ma couette, mes belles résolutions du dîner se font la malle. J'avais prévu de *commencer* à reprendre ma vie en main en parcourant les offres d'emploi sur Internet. Pourtant, maintenant que je me suis replongée dans mon lit et mes idées sombres, je n'ai qu'une seule envie : scroller les réseaux sociaux jusqu'à m'endormir. Une partie de moi essaie de se convaincre que c'est un peu mon métier, quand même, et que si je veux avoir un entretien, il faut bien que je me tienne au courant. Mais vu tout le contenu que j'ai consommé ces dernières semaines, je crois que je suis on ne peut plus à jour. Tout ce qu'il me manque, c'est une occasion de le prouver.

Consulter les dernières offres d'emploi
→ vers **CHAPITRE 4** (p. 22)
OU Scroller les réseaux sociaux → vers **CHAPITRE 5** (p. 26)

CHAPITRE 4

En me faisant violence, je parviens contre toute attente à ouvrir LinkedIn. Je jette d'abord un œil à ma messagerie, désespérément vide. Tous mes messages des derniers jours sont restés sans réponse, à part quelques refus polis types. Je consulte ensuite les dernières annonces qui correspondent à mon profil. Il y en a quelques-unes, mais en réalité, elles demandent toutes une expérience que je n'ai pas. À la base, moi, j'ai fait des études d'anglais, et je me suis d'abord spécialisée dans la traduction. C'est pour ça que Jim m'avait recrutée en premier lieu, j'étais sa toute première salariée. Mon job, c'était de lui servir d'interprète dans diverses réunions et meetings professionnels et de traduire la documentation technique. Et puis, quand la boîte a commencé à décoller, et Jim à se débrouiller davantage en français, mon travail de traduction est devenu moins essentiel. Et, de mon côté, j'avais envie d'autre chose. Alors, avec mon boss, on a beaucoup discuté. Pour faire passer un nouveau palier à l'entreprise, on avait surtout besoin d'une bonne communication, notamment sur les réseaux sociaux. Il a accepté que je me forme sur le tas, et c'est comme ça que ma reconversion a démarré. À l'époque, le fait de ne pas avoir de diplôme dans ce domaine, ça n'était ni une question ni un problème. Aujourd'hui, je comprends que c'était peut-être un mauvais choix stratégique... J'ai deux ans d'expérience dans le métier, mais n'ai pas le tampon d'une université, ni même d'une formation reconnue. Alors que mes concurrents directs ont tout juste la vingtaine, sont nés avec Snapchat et sont bardés de diplômes en communication digitale. Autant dire que ma candidature atterrit toujours tout en bas de la pile.

De la même façon, avec assez peu d'espoir, j'ai également commencé à me tourner vers les jobs de traduction, en accord avec ma formation initiale. Mais cette fois, c'est l'absence d'exercice pratique de ce métier pendant mes deux années en tant que community manager qui pose problème. Bref, c'est le serpent qui se mord la queue et en attendant, moi, je suis toujours au chômage.

Je m'apprête à fermer l'application pour aller scroller des réseaux sociaux un peu plus enthousiasmants quand une notification suspend mon geste. Incroyable ! J'ai reçu un message. Je l'ouvre sans plus attendre :

« *Chère Pauline, je suis désolé de vous recontacter si tard et par ce biais, mais j'ai perdu votre numéro de téléphone et la situation est assez urgente. Êtes-vous toujours intéressée par un poste de vendeuse chez nous ? Si c'est le cas, merci de bien vouloir me joindre rapidement au 07….. Cordialement, Sébastien Capelle.* »

Vendeuse ? Qu'est-ce que c'est que ces conneries ? Décidément, les messages frauduleux, c'est plus ce que c'était ! Il n'y a même pas de lien dans son message de phishing. Je soupire et ferme définitivement l'application.

Enfin, pas si définitivement que ça. Intriguée par ce drôle de message, je décide d'aller parcourir le profil de ce Sébastien Capelle. Il n'a pas de photo de lui… comme par hasard ! Son compte a l'air assez récent, mais rempli néanmoins assez soigneusement. Étrange pour un simple arnaqueur. Quel genre d'escroc indique jusqu'à son stage de troisième ? Assez rapidement, je dégage une personnalité de son profil. Sébastien, la quarantaine, est né dans les Hautes-Alpes, qu'il n'a visiblement jamais quittées. Il fait un lycée hôtelier et commence ensuite à travailler très jeune dans la restauration, jusqu'à rejoindre une pâtisserie de sa région où, semble-t-il (c'est LinkedIn qui le dit), il a récemment été promu aux ressources humaines. D'où le message. Mais enfin… je ne suis pas vendeuse, et encore moins en restauration. D'où peut venir la confusion ? D'autant qu'il a l'air persuadé que nous avons déjà échangé, alors que je suis 100 % certaine de n'avoir parlé avec aucun Sébastien depuis au moins plusieurs années. Piquée par la curiosité, je décide de mener ma petite enquête.

Au niveau des contacts, je ne trouve pas grand-chose à me mettre sous la dent. Comme le compte est récent, Sébastien n'a pas beaucoup de connexions et absolument aucune en commun avec moi. Pourquoi alors m'avoir contactée ? Je me renfonce un peu sur mon oreiller pour réfléchir. Et c'est là que j'ai une illumination ! Je tape mon prénom et mon nom dans la barre de recherche de LinkedIn.

Bingo !

Je suis clairement loin d'être la seule Pauline Robert de France. Bon, ça, je le savais déjà. Des problèmes d'homonymie, dans ma vie, j'en ai connu quelques-uns. Heureusement, jamais trop embêtants. J'espère juste que la Pauline Robert qui a reçu pendant plusieurs années mes divers tickets de caisse dématérialisés ne m'en veut pas trop (il y a une époque où j'achetais *vraiment* beaucoup de chaussures !). Dans la liste des résultats, c'est mon profil qui apparaît en premier – *yay* ! Comme quoi, à force de traîner tous les jours sur l'application, l'algorithme a peut-être fini par bien m'aimer. Mais à environ deux Pauline Robert de moi se trouve sans doute celle avec qui Sébastien m'a confondue. Domiciliée non loin de la frontière italienne, elle a une expérience longue comme le bras de vendeuse en snacking ou boulangerie. Voilà donc d'où vient l'erreur. Notre Sébastien, sans doute véritablement dans l'urgence, comme il dit, a cliqué sur la première Pauline Robert venue sans vérifier qu'il s'agissait bien de la bonne. Je laisse échapper un rire franc qui m'étonne moi-même : depuis combien de temps maintenant n'avais-je pas ri aussi sincèrement ? Je peux au moins remercier M. Capelle pour ça !

Incrédule, je relis le message plusieurs fois, trouvant la situation de plus en plus cocasse. Que faire de tout ça, maintenant ? Je pourrais contacter moi-même la bonne Pauline, lui transférer le message, ou bien tout simplement répondre à Sébastien que je ne suis de toute évidence pas celle qu'il cherche, ou encore le laisser en vu – comme le font tous les recruteurs avec moi – ou…

Non. Ça ne serait pas sérieux.

Quand même, c'est extrêmement tentant… Je pourrais, comme ça, juste pour rire, appeler le numéro et voir ce qui se passe. Après tout, je m'appelle Pauline Robert et je cherche bel et bien un job, non ? Et vendeuse, honnêtement, ça ne doit pas être si compliqué que ça, si ? Ça pourrait être le déclic que j'attendais… Je souris moi-même à cette idée. Il faut vraiment que j'en parle aux filles ! Mais peut-être que ce n'est pas le moment, je ne vais pas m'incruster dans leur soirée en amoureuses pour une connerie du genre.

Appeler le manager immédiatement
→ vers **CHAPITRE 6** (p. 30)
OU En parler à Sam et Julie → vers **CHAPITRE 7** (p. 33)

CHAPITRE 5

De retour dans ma chambre, j'ouvre mes réseaux sociaux. Comme bien souvent, j'ai reçu quelques messages qui me demandent comment je vais, si j'ai besoin de quelque chose, si j'arrive à gérer « la situation ». Plus le temps passe, et plus je déteste ce genre de messages. Personne n'a *vraiment* envie de savoir comment je vais ou que je m'épanche sur le sujet. Ils semblent presque tous espérer une réponse courte. Personne n'a envie de recevoir de ma part un pavé expliquant combien tout est difficile, combien je me sens mal et à quel point je n'entrevois toujours aucune solution, même trois mois après. Alors je réponds ce qu'on attend de moi, atténuant un peu ma peine, et finissant toujours sur une note d'espoir. Ou peut-être que c'est moi qui surinterprète et que ces messages de compassion ne sont pas nécessairement forcés, mais que ces gens s'intéressent *vraiment* à moi ?

Parce que la vérité, c'est que je ne gère pas du tout « la situation », comme ils disent. C'est une bizarrerie que j'ai remarquée, d'ailleurs, depuis qu'Alex et moi ne sommes plus ensemble : comme c'est souvent le cas pour le deuil, la séparation n'est jamais nommée. Les autres y font toujours référence de manière allusive, comme si le terme était tout à coup devenu un gros mot. À croire que c'est contagieux ! Ou alors les gens ont-ils peur de me faire de la peine en utilisant les termes adéquats ? Ne vous en faites pas, le mal est fait ! Compassion forcée ou non, je n'ai de toute façon ni l'énergie ni l'envie de répondre longuement ou même sincèrement à ces messages. Alors je m'en tiens à des réponses toutes faites avant de passer au suivant.

Dans le lot, il y a également des textos de mes parents. Depuis quelques jours, ils n'arrêtent pas de me glisser – pas très subtilement – l'idée de revenir à la maison. C'est une litanie à base de : et comme ce sont bientôt les fêtes de fin d'année, et comme je suis déjà depuis longtemps chez mes amies, et comme ça leur ferait plaisir de m'avoir à la maison, et comme je serais tranquille pour chercher du travail, etc. Plus ils insistent, et plus j'ai envie de les envoyer bouler. Mais bientôt je n'aurai plus le choix : Sam et Julie vont elles-mêmes recevoir de la famille pour Noël, et ma présence va alors vraiment devenir un poids. Je croise chaque jour les doigts pour trouver une solution, quelle qu'elle soit, avant d'être obligée de retourner chez mes parents. Sincèrement, à ce stade, j'attends un miracle.

Je réponds brièvement aux uns et aux autres et puis, sans y prendre garde, je me retrouve à fouiller les profils d'Alex. Évidemment, comme il m'a bloquée, je n'ai plus accès à rien. Je pourrais enquêter plus en profondeur – j'ai regardé assez de documentaires sur des affaires criminelles pour savoir comment m'y prendre – mais je n'en ai même plus l'envie. Après tout, qu'est-ce que ça peut me faire qu'il s'éclate avec ses potes ou qu'il s'envoie en l'air avec une Cassandra ou je ne sais qui ? Alex, c'est mon passé, et il serait bon que je me fasse enfin à cette idée. Si je veux avancer, je dois arrêter de regarder derrière moi et me concentrer sur ce qui m'attend. Même si, vu d'ici, ce n'est pas très reluisant. Dans deux mois à peine, je risque de me faire virer de cette chambre par un morveux ou une morveuse de moins de soixante centimètres. Il n'y a pas franchement de quoi se réjouir non plus. Je pousse un long soupir avant de me résigner à rouvrir Instagram en attendant des jours meilleurs.

Alors que je scrolle avec nonchalance des vidéos de gens qui se remettent à la course à pied en attendant que le sommeil me rattrape, une notification LinkedIn m'interrompt. Je regarde l'heure : il est pratiquement 21 h 30. Quel genre de recruteur sérieux pourrait bien me contacter aussi tard ? Sans trop d'espoir, j'ouvre le message. Il me faut le lire plusieurs fois pour le comprendre :

« *Chère Pauline, je suis désolé de vous recontacter si tard et par ce biais, mais j'ai perdu votre numéro de téléphone et la situation est assez urgente. Êtes-vous toujours intéressée par un poste de vendeuse chez nous ? Si c'est le cas, merci de bien vouloir me joindre rapidement au 07..... Cordialement, Sébastien Capelle.* »

Après l'avoir relu pour la cinquième fois, j'éclate de rire. Qu'est-ce que c'est que cette connerie ? Je n'ai jamais vu une arnaque aussi peu crédible. Sérieux, il y a des gens qui se font avoir alors qu'ils ne sont même pas concernés par le job proposé ? Je ris encore un peu, puis, en parcourant le profil dudit Sébastien, je me rends compte que le message n'est sans doute pas aussi frauduleux que je le pensais au premier abord. Sébastien Capelle a une quarantaine d'années et il vient d'être promu D.R.H. d'une pâtisserie basée dans les Hautes-Alpes. Son profil indique effectivement qu'il cherche activement un ou une employée. En fait, il s'agit d'une authentique demande. Mais pourquoi moi ? Je n'ai aucune expérience dans la vente ! Et contrairement à ce que son message laisse entendre, je ne connais absolument pas ce monsieur. Est-ce qu'il ne me prendrait pas pour quelqu'un d'autre ? Pour m'en assurer, je tape simplement mon nom complet dans la barre de recherche : Pauline Robert. Évidemment, les résultats sont nombreux et se listent sur plusieurs pages. Mais, à ma grande surprise, c'est ma photo qui apparaît en premier. Comme quoi, toutes mes heures passées à chercher du travail via ce biais n'auront pas été complètement inutiles : l'algorithme m'a finalement à la bonne ! Je tombe assez rapidement sur le profil de la Pauline avec qui « Sébastien » a dû me confondre : une jeune femme de mon âge, qui vit dans les montagnes et a l'habitude de vendre des croissants et des baguettes. La pauvre ! Je pourrais sans doute lui transférer le message. Ou bien dire à Sébastien qu'il se trompe. Ou encore ne rien faire du tout. Ou…

Non.

Ça ne serait pas franchement sérieux.

Mais qu'est-ce que j'ai à perdre ? Après tout, je m'appelle Pauline Robert, je cherche du travail… alors pourquoi ne pas appeler ce type ? Juste pour voir. Qui sait ? C'est peut-être le miracle que j'attendais ! La possibilité d'enfin sortir de ce bourbier de chômage et de déprime dans lequel je sombre petit à petit. Est-ce si fou que ça d'y voir un signe du destin ? Peut-être que je devrais avant tout en parler aux filles. Elles sauront me dire si cette idée est seulement stupide ou *extrêmement* stupide.

Appeler le manager immédiatement
→ vers **CHAPITRE 6** (p. 30)
OU En parler à Sam et Julie → vers **CHAPITRE 7** (p. 33)

CHAPITRE 6

En regardant mon téléphone, je remarque que l'heure est quand même assez tardive pour passer un coup de fil… mais après tout, le message est lui aussi arrivé tard, et Sébastien Capelle demandait à être contacté « au plus vite ». Au pire, je tomberai sur la messagerie, et ce sera sans doute là l'un des signes les plus clairs de l'univers que cette idée était somme toute mauvaise. Alors, tentons le diable !

Il ne passe que deux sonneries avant qu'une voix pleine de sommeil et de stress me réponde :

— Allô ?

— M. Capelle ? C'est Pauline Robert, je viens de voir votre message…

— Ah, Pauline, oui, merci beaucoup d'avoir rappelé si vite, mais… vous êtes malade ? Votre voix a l'air changée !

Aïe, ça commence mal…

— Euh non… c'est juste que… j'ai un nouveau téléphone !

Je me frappe machinalement le front. A-t-on déjà entendu réponse plus idiote ?

— Ah, d'accord ! Bon, je ne vais pas tourner autour du pot, je sais que ce n'est pas très classe de notre part, on ne vous a pas rappelée après notre entretien du mois dernier, mais voilà, nous avons eu quelques… petits soucis au niveau du personnel, et nous sommes de nouveau à la recherche d'une vendeuse. Alors, si jamais vous êtes toujours en quête d'un job, et que cette expérience ne vous a pas trop échaudée, eh bien, ma foi, nous serions ravis de vous accueillir dans notre équipe.

Il a débité ça d'un seul coup, sans reprendre sa respiration. J'imagine qu'il serait étrange et malvenu de ma part de lui demander qui est ce « nous » et ce que nous nous sommes supposément dit la dernière fois au téléphone. Alors je tâche de rester dans mon personnage.

— Eh bien, il se trouve en effet que je suis toujours à la recherche d'un emploi, et que votre offre m'intéresse toujours…

— Tant mieux ! lâche-t-il d'une voix soulagée. Pouvez-vous être là mardi ?

— Mardi… le 13 ?

Il se racle la gorge.

— Ahem. Ce mardi, plutôt.

Nous sommes samedi soir, 22 heures passées. Ce genre de pratique est peut-être courante dans ce milieu, mais je n'ai pas l'habitude de prendre des décisions aussi précipitées. Je n'arrive pas à répondre quoi que ce soit, mais heureusement pour moi, mon interlocuteur poursuit :

— Je sais, c'est tôt, mais vous seriez sur le deuxième *shift*, de 11 heures à 19 heures. Juste, si vous pouviez arriver un peu avant, histoire que nous discutions du contrat, ce serait génial.

Ma bouche lance d'elle-même :

— C'est parfait !

Alors que ma tête pense :

— C'est impossible !

Sébastien me demande mon adresse mail afin de m'écrire un message récapitulant ce que nous venons de nous dire, puis nous nous saluons selon l'usage. Une fois le téléphone raccroché, je reste coite pendant quelques minutes. Qu'est-ce que je viens de faire ?

Eh merde. Est-ce que je viens vraiment d'accepter un job à plusieurs centaines de kilomètres de Paris dans un domaine où je ne connais absolument rien ? Il semblerait bien que oui. Le message de Sébastien, que je reçois dans la foulée, vient me le confirmer. Je suis attendue à la Maison Lavergne, pâtisserie du petit village de Saint-Laurent-de-Chambon, dans les Hautes-Alpes, dans moins de 72 heures. Tout. Va. Bien.

Qu'est-ce qui m'a pris d'accepter ça ?! Je devrais rappeler tout de suite ce monsieur pour lui dire que tout ça n'est qu'un malentendu, mais rien qu'à l'idée de devoir avouer mon mensonge, je me sens mal. Et puis, finalement, n'est-ce pas là le coup de pouce que j'espérais tant ? La petite main tendue par la vie pour que je puisse enfin laisser Sam et Julie tranquilles sans avoir à aller poser mes valises chez mes parents ? Au bout de l'insomnie, du fin fond de mon lit, je prends ma décision : mardi, je pars pour Saint-Laurent-de-Chambon.

→ vers **CHAPITRE 8** (p. 37)

CHAPITRE 7

Mue par une énergie que je n'avais pas ressentie depuis des mois, je m'en vais au salon et trouve les filles enlacées dans le canapé devant un film.

— Tout va bien ? me demande Julie quand elle m'aperçoit.

J'ai hâte de voir leur tête quand je vais leur raconter ce qui vient de m'arriver. Sam va adorer, j'en suis certaine !

— Regardez ce que je viens de recevoir !

Je leur montre le message de Sébastien Capelle.

— C'est énorme, pas vrai ? m'enthousiasmé-je.

Et je leur raconte alors le fruit de ma petite enquête. Si, au départ, je pensais surtout rigoler avec elles de cette situation complètement ubuesque, en réalité, je ne sais plus trop sur quel pied danser. À mesure que je progresse dans mon récit, je me rends compte que je commence à me projeter. À y croire un peu, à ce petit coup de pouce de la destinée. C'est peut-être le déclic que j'attendais. Ma porte de sortie, littéralement. Mon regard plein d'espoir, croise celui, beaucoup plus réservé, de Julie.

— C'est plutôt cocasse, admet-elle. Mais tu ne vas pas répondre, hein ? Parce que ce serait de la folie, Paupau…

— Tu rigoles ou quoi ? C'est carrément un signe du destin. Fonce ma poule ! la contredit immédiatement Sam.

— T'es pas sérieuse, là ?

— Ju', voyons, Pauline cherche du taf depuis des semaines sans succès, et là une proposition de travail lui tombe dessus ! Moi, je ne crois pas au hasard.

— Je me répète, mais elle ne peut pas postuler !

J'ai l'impression d'être au salon, chez mes parents, à les regarder juger ma vie sans avoir le temps d'en placer une. À la différence que là, au moins, Sam a pris mon parti, ce qui n'est jamais le cas avec mes parents, qui s'accordent presque systématiquement sur le fait que, quoi qu'il arrive, je finis toujours par me planter.

— Et pourquoi pas ? insiste Sam.

— Mais enfin, Sam ! Je ne sais pas, peut-être parce qu'elle n'a aucune expérience dans ce domaine ?

— On parle d'un poste de vendeuse, rappelle Sam, ce n'est pas la mer à boire.

— Vous le dites si je vous dérange ? dis-je, m'immisçant dans l'échange.

— Non mais… excuse-moi, Pauline, tu ne peux pas sérieusement considérer cette option ? s'inquiète Julie.

Face à mon silence, elle poursuit :

— Enfin, c'est… J'en reviens pas de devoir argumenter là-dessus, quoi. Dis-moi qu'il te reste un peu de bon sens et que tu n'as pas réellement l'intention de donner suite à tout ça.

— Bah… bafouillé-je.

— C'est pas vrai ! s'exaspère Julie. Ça se termine toujours comme ça, avec vous.

Quand Julie dit « comme ça », elle veut dire que Sam et moi avons toujours eu une propension à prendre les mauvaises décisions, contre l'avis de Julie. Ça a commencé en 6e, quand on a décidé de se laisser enfermer dans le gymnase après la fin des cours. Ça s'est poursuivi au lycée quand, un jour, on a décidé de sécher pour aller en stop à la plage. Ça aurait pu s'atténuer avec l'âge, mais pendant nos études nous avons participé à l'organisation d'une soirée secrète à la fac, qui s'est transformée en véritable « Projet X ». C'est un miracle que nous n'ayons pas fait partie de ceux qui ont terminé la nuit au commissariat... À côté de ça, usurper temporairement l'identité d'une homonyme pour décrocher un job ne me semble pas si farfelu.

— Ça ne coûte rien de l'appeler, tenté-je sous le regard noir de Julie.

— Exactement, abonde Sam. Au pire, il se rend compte de la supercherie et ça ne marche pas... au mieux, tu as peut-être un job et une nouvelle vie !

J'essaie de m'imaginer à quoi ressemblerait cette « nouvelle vie ». Avant de m'installer à Paris pour mes études et ne plus jamais quitter la capitale, j'ai grandi – comme les filles – dans la banlieue du Mans. On ne peut pas vraiment dire que je sois une citadine. Mais si j'ai vécu à la campagne, la vie à la montagne, en revanche, ne me parle pas du tout. Je ne suis même jamais allée skier !

— Je rends les armes ! déclare finalement Julie. Mais je le répète pour la postérité : à mon avis, c'est une très mauvaise idée.

Sam, elle, me saute au cou :

— Ahlala ! C'est trop bien, ma Pauline !

Je me laisse contaminer par l'enthousiasme débordant de Sam et lui rends son étreinte. Je ne sais pas ce qui la met le plus en joie : que je me lance dans cette folie ou bien la perspective de mon départ prochain ? Peut-être un peu des deux, je suppose.

— Rien n'est fait, tempéré-je. Peut-être que Sébastien est un putain de psychopathe, que c'est une vaste arnaque et que je vais devenir sa nouvelle victime, ou alors il va vite voir que je suis une fraude...

— Pauline, réponds-lui, m'intime Sam en me prenant par les épaules.

Julie, visiblement vexée, secoue la tête et se lève.

— Toutes vos bêtises m'ont fatiguée. Moi, je vais me coucher.

Je profite de son élan pour la rejoindre dans le couloir qui mène aux chambres. Julie m'attrape par le coude et m'attire contre elle :

— Je sais que Sam et toi aimez vous liguer contre moi, et je veux bien laisser passer cette histoire d'usurpation d'identité ridicule à une seule condition…

— Laquelle ?

— Ne la laisse pas appeler notre enfant Geneviève !

Nous rions ensemble, puis je regagne ma chambre. Téléphone en main, j'essaie de ne pas me débiner. Sam a raison, que peut-il m'arriver, *au pire* ? Me faire recaler ? Ce serait loin d'être la première fois ces derniers mois. Alors, pourquoi ne pas tenter ?

→ vers **CHAPITRE 6** (p. 30)

CHAPITRE 8

Le mardi, au beau milieu de la nuit, je charge ma voiture sous un ciel voilé et pluvieux de début novembre. Sam et Julie m'aident pour les dernières vérifications. Si depuis le début, Julie désapprouve ma démarche, elle ne compte pas pour autant me laisser parcourir des centaines de bornes sans vérifier au préalable que je n'ai rien oublié. Sam, de son côté, malgré l'heure matinale et la fraîcheur de l'air, paraît tout excitée.

Depuis que ma décision est prise, j'oscille entre angoisses en tout genre et une excitation qui fait écho à celle de Sam. Bien sûr que je suis terrifiée par ce que je m'apprête à faire, mais j'ai aussi plein d'espoirs pour cette nouvelle aventure. J'ai besoin que ça fonctionne. Que mon univers retrouve enfin sa place. J'embrasse Sam, puis Julie, qui me rappelle pour la énième fois d'être prudente sur la route, de m'arrêter toutes les deux heures et d'envoyer un message lorsque je serai arrivée.

C'est seulement quand je suis bien installée dans l'habitacle et que je démarre le GPS sur mon téléphone que je prends encore davantage conscience de ma folie. Pas loin de 700 km et pratiquement 9 heures de route me séparent de ma destination. N'ayant plus beaucoup d'économies en poche, et ne sachant pas si je survivrai à ma première journée en tant que *l'autre* Pauline Robert, j'ai rechigné à prendre un hôtel une nuit plus tôt. Pour ce soir, j'en ai trouvé un à une petite trentaine de kilomètres de Saint-Laurent-de-Chambon, extrêmement mal noté sur Google, mais qui a l'avantage d'être abordable et d'accepter les paiements sur place. C'est juste l'histoire de quelques jours, cela fera amplement l'affaire.

Aussitôt sur la route, je lance ma playlist favorite pour les longs trajets : un pot-pourri sans fond rempli des musiques qu'écoutaient mes parents sur cassettes, de comédies musicales francophones, et de R'nB des années 2000. De quoi m'occuper, m'échauffer la voix et, surtout, oublier de penser à ce qui m'attend à l'arrivée.

Contrairement à ce que j'ai promis à Julie, je ne fais que deux pauses : une pour un café, et l'autre pour un second petit déjeuner. Je dénote un peu au milieu des routiers et ne m'attarde pas trop sur les aires. De toute façon, je ne veux pas prendre le risque d'être en retard. En partant en pleine nuit, j'ai évité les bouchons sur le périphérique parisien, mais pas ceux de Lyon ni de Grenoble. Et, chose que je n'avais pas anticipée, j'ai connu de nombreux ralentissements après avoir quitté l'autoroute pour les départementales de montagne. Évidemment, avec les premières neiges, les gens se déplacent par ici même en dehors des vacances scolaires. Si bien que j'entre dans Saint-Laurent-de-Chambon seulement un quart d'heure avant mon embauche supposée. Mince. Espérons que Sébastien n'a pas prévu d'être trop bavard concernant le contrat. La pâtisserie étant dans une ruelle escarpée à sens unique, je décide de me garer quelques rues plus bas, derrière l'église, à une centaine de mètres de l'établissement. Le village a l'air charmant, plutôt pittoresque, bien que relativement désert. La devanture de l'établissement ne paie pas de mine, mais elle est propre et accueillante : un fond brun chocolat avec le nom de la Maison en lettrage doré. Lorsque je pousse la porte, un son de clochette annonce mon arrivée.

— Bonjour madame, qu'est-ce que je peux faire pour vous ?

La voix toute mielleuse et sucrée qui m'accueille appartient à une jeune fille fluette. Elle porte de longues tresses blondes ainsi qu'un tablier aux couleurs de la devanture de l'échoppe. Dessous, un pull blanc à large maille, un jean coupé aux chevilles, des chaussettes hautes et des baskets blanches. Je ne lui donne même pas la vingtaine.

— Bonjour, euh, je suis, hum, Pauline Robert. Hum, la nouvelle vendeuse.

Je bégaie et mon visage doit être aussi rouge que certaines des pâtisseries présentées. Je dois faire peine à voir, mais son visage s'illumine encore davantage, et elle fait le tour du comptoir pour venir me claquer une bise.

— Génial ! Ma nouvelle collègue ! Enchantée, je suis Anne-Fleur. Ravie de faire ta connaissance ! Tu vas bien ? Ah, mais où ai-je la tête ! Je dois prévenir Seb de ton arrivée. Tu me laisses une minute ? La porte là-bas, c'est le vestiaire. Il y a des toilettes, et aussi des casiers pour ranger tes affaires. Je t'attends ici !

Avant même que j'aie compris tout ce qu'elle vient de me dire, elle est déjà de retour derrière son comptoir, téléphone fixe à la main.

— Allô, Seb ? C'est Anne-Fleur. La nouvelle vient d'arriver ! OK, ça marche, à tout de suite !

Alors que je me dirige vers le vestiaire, elle m'adresse un clin d'œil complice, la joue toujours collée contre le combiné. Dans le petit espace, je dépose mon sac, pends mon manteau dans un casier tout en longueur et fourre la clef dans la poche de mon pantalon. Sur un portemanteau, je remarque un tablier semblable à celui que porte la jeune Anne-Fleur. Machinalement, je le passe par-dessus ma tenue. Je m'attache les cheveux et prends quelques instants pour m'observer dans le miroir. Ainsi accoutrée, on pourrait croire que je sais *vraiment* ce que je fais. On a beau dire que l'habit ne fait pas le moine, j'espère bien que celui-là suffira à maintenir l'illusion. Je promène mon regard sur mon reflet quelques secondes de plus, et quelque chose me saute soudain aux yeux. Le tablier ne fait pas franchement le même effet sur moi que sur la menue Anne-Fleur. En soi, je ne dirais pas qu'il ne me va pas, mais je crains la comparaison que les gens pourraient faire entre elle et moi. Si je croyais avoir réussi à faire la paix avec mon corps et ses rondeurs, la rupture avec Alex a semble-t-il réveillé certaines insécurités. Depuis quelques mois, j'ai de plus en plus de mal à me détacher du regard des autres. Espérons que depuis l'autre côté du comptoir, tout ça soit un petit peu caché et que j'arriverai à faire taire ma peur.

Le tintement de la clochette de l'entrée me tire de mes réflexions. Je reconnais la voix du fameux Sébastien qui échange avec Anne-Fleur. Je quitte le vestiaire pour me présenter. C'est l'instant de vérité.

— Ah ! Notre sauveuse ! déclare Sébastien en me voyant.

Il m'offre une poignée de main âpre et vigoureuse. Il a l'air aussi stressé et tendu en vrai qu'il l'était au téléphone. Impossible pour moi de savoir si c'est à cause de la situation « urgente » de mon recrutement ou si c'est simplement sa nature profonde. De taille moyenne, un corps sec comme le sont ceux des coureurs de fond, il a le visage imberbe, le nez droit, et deux yeux bleu océan qui attirent tout de suite le regard. Ses cheveux châtains sont coupés court, sans doute en raison de son début de calvitie un peu prononcé. Sébastien n'est pas ce que j'appellerais l'archétype du bel homme, mais il a un charme indéniable.

— On va s'installer dans la cuisine pour relire ton contrat, et Anne-Fleur te fera visiter après le coup de feu, OK ?

Je hoche la tête et nous nous dirigeons vers la cuisine. À mon grand étonnement, elle est déserte, et d'une propreté immaculée. Je me sens comme éblouie par les plans de travail en inox brillant sur lesquels Sébastien a posé la paperasse. Dans les frigos, dont certains sont entièrement transparents, j'aperçois des pâtisseries et des bûches toutes aussi appétissantes les unes que les autres. Je suis certaine que le paradis, s'il existe, ressemble à une salle comme celle-là.

— Cet après-midi, normalement, ça devrait être assez calme, on n'est pas encore totalement rentrés dans la saison, mais ça ne devrait pas tarder. À partir de ce moment-là, tu verras, ça devient un peu sport. Mais ça ne te fait pas peur, j'imagine ? Enfin il me semble que c'est ce que tu m'avais dit au téléphone. Pas l'autre jour, mais la première fois… enfin bref, tiens, voici le contrat que j'ai préparé. Tu me dis si ça te va, et si tout est OK, eh bien, ma foi, on signe.

Sébastien a dû remarquer mon regard papillonnant autour de la pièce, puisqu'il explique :

— Andrea et son second travaillent en cuisine le matin, généralement jusqu'à 10 heures. Parfois, Andrea revient un peu plus tard ou reste plus longtemps s'il y a beaucoup de commandes ou que le stock descend à vitesse grand V. Tu ne les croiseras sans doute pas cette semaine, mais je ne doute pas qu'Andrea voudra faire ta connaissance à un moment ou à un autre… Mais assez parlé, je te laisse jeter un œil aux papiers !

L'autre Pauline a travaillé dans un nombre impressionnant d'établissements, alors je tâche d'agir comme elle aurait pu le faire. Je checke le nombre d'heures, leur répartition et le salaire, et j'appose mes initiales et ma signature sur le document.

— Pour l'instant, m'indique Sébastien, tu es sur le *shift* de l'après-midi, de 11 heures à 19 heures, mais Andrea n'est pas du genre tyrannique. L'organisation est souple tant que les horaires sont respectés et qu'il y a toujours au moins deux personnes à la vente pendant les coups de feu, c'est-à-dire sur la pause déjeuner, et à partir de 16 h 30 l'après-midi. On est trois à s'occuper de la vente : Anne-Fleur, toi et moi, mais depuis que je m'occupe aussi de l'administratif, j'ai un peu moins d'heures derrière le comptoir, donc tu seras sans doute davantage avec Anne-Fleur qu'avec moi. Depuis la semaine dernière, et jusqu'à la fin des vacances d'hiver en février, on est ouvert aussi le dimanche. Pour la vente, c'est un roulement, il y a un planning dans le vestiaire, tu peux déjà t'inscrire sur les dates qui t'arrangent, et après on discutera ensemble s'il reste des créneaux libres…

À mesure que son propos avance, le débit de Sébastien s'accélère, et il régurgite tellement d'informations à la minute que je n'en comprends pas la moitié. Heureusement, un bip sur son téléphone le détourne de son monologue et l'envoie vers d'autres affaires. Il repart avec sa version du contrat, et me laisse entre les mains de la jeune Anne-Fleur pour le reste de la journée. Elle aussi parle vite et beaucoup, mais dans un style radicalement différent de son collègue. Là où lui comble le silence par stress et anxiété, la jeune femme, elle, est simplement solaire. Elle s'émerveille de tout, veut apprendre à me connaître et me faire découvrir la Maison Lavergne sous son plus beau jour.

Il faut dire qu'il y a de quoi aimer cet endroit. L'intérieur est soigné et chaleureux. Ce n'est pas très grand, mais tout a été optimisé pour le confort des clients. Il y a même un petit coin avec une table et des chaises pour les gourmands qui ne pourraient pas attendre avant de déguster leur pâtisserie. Après le tour du propriétaire, Anne-Fleur entreprend de me présenter les « créations » (c'est comme ça qu'elle les appelle) et les spécialités de la Maison. Elles vont du classique (Paris-Brest, éclairs aux parfums divers, pain suisse, et même des croissants !) à des déclinaisons plus atypiques dont je n'arrive pas encore à retenir tous les noms et les ingrédients.

— Ça va venir ! m'assure ma jeune collègue. Tu veux que je te donne mon astuce ? C'est plus simple de se souvenir des ingrédients des différentes pâtisseries quand on les a goûtées !

C'est décidé, j'aime beaucoup Anne-Fleur et sa manière de penser.

— Ça, ça devrait être dans mes cordes, plaisanté-je à mon tour.

— Quand même, s'étonne-t-elle, c'est fou que tu ne connaisses pas la Lavergne ? C'est la spécialité de la Maison, et puis c'est cette bûche qui a fait la renommée de l'établissement Lavergne ! Bien avant la reprise par les parents d'Andrea. Je croyais que tu étais de la région… comment as-tu pu ne jamais y goûter ?

Aïe ! Mon cauchemar commence… c'est exactement le genre de question que je redoutais. Je n'y connais déjà pas grand-chose en pâtisserie, alors une spécialité haut-alpine, encore moins ! Je savais que j'aurais dû me renseigner, mais j'ai eu si peu de temps ! Il faut que je parvienne à botter en touche…

— Oh, tu sais, moi… je ne suis pas très… sucré.

Espérons qu'elle oubliera rapidement ce mensonge éhonté.

— Tu as déjà bossé en pâtisserie avant ? Chez les Carlier, peut-être ? Andrea dit que ce sont nos principaux concurrents dans le coin. Et j'ai entendu dire qu'ils ne se privaient pas de casser du sucre sur notre dos, même devant les clients ! Tu sais si c'est vrai ? Ça paraît gros, quand même.

Mon Dieu, j'essaie de me souvenir de ce que j'ai lu sur le profil de la vraie Pauline, mais c'est le trou noir ! Heureusement que Sébastien est parti…

— Euh, non, je n'ai jamais travaillé pour eux. Et, tu sais, je n'accorde pas trop d'importance aux rumeurs, alors…

— Ah OK, dommage ! Tu verras, ici, les ragots c'est un peu le sport national ! Enfin, comme dans tous les petits villages, j'imagine.

Je tente de masquer mon malaise en lui adressant un large sourire. Encore une fois, je suis sauvée par le gong : un client vient d'entrer. Ce doit être un habitué, vu la familiarité entre Anne-Fleur et lui. Ils prennent le temps de discuter un peu. C'est quelque chose que je remarque tout au long de la matinée. La durée moyenne des passages des clients est ici beaucoup plus longue que ce à quoi j'étais habituée en région parisienne. Même pendant les fortes affluences, la clientèle n'a pas l'air gênée de devoir attendre son tour quelques minutes et fait patiemment la queue. Tout le monde semble se connaître de près ou de loin, et il règne alors dans la pâtisserie une joyeuse cacophonie. Tant bien que mal, j'essaie d'apprendre mon nouveau métier tout en prenant exemple sur Anne-Fleur pour faire la causette, et toujours garder le sourire. Malgré tout, ma jeune collègue doit bien se rendre compte que je galère. J'ai déjà fait tomber plusieurs pâtisseries, et j'ai un mal fou à refermer certaines boîtes en carton. Naturellement bienveillante, Anne-Fleur ne m'a pas fait de remarque désobligeante et se contente de m'aider à chaque fois que c'est nécessaire. Je dois avouer que ça pique. Elle doit avoir dix ans de moins que moi et me voilà à jouer son apprentie. Niveau estime de soi, je ne recommande pas l'expérience. Mais je ravale mon ego car après tout, je risque d'avoir bien besoin de ses conseils et de sa sollicitude si je ne veux pas que ma véritable identité soit découverte dès mon premier jour ici. Jouons donc à la bonne élève disciplinée !

À partir de 14 heures, le rythme devient beaucoup plus calme. Comme c'est ma première journée, Anne-Fleur accepte de rester avec moi. Normalement, elle n'aurait dû revenir qu'en fin d'après-midi pour la seconde vague de clients qui sortent du travail ou reviennent de l'école. Je la remercie chaleureusement (je ne suis pas certaine de parvenir à m'en sortir sans elle !) mais je m'étonne :

— Mais tu n'as pas autre chose à faire ? Des cours, ou des devoirs ?

Elle hausse les épaules, et il me semble que son visage se renfrogne.

— Excuse-moi, je ne voulais pas…

Je sens que j'ai touché un point sensible. Bravo Pauline, très délicat.

— C'est rien, m'interrompt-elle. J'ai eu des galères après le lycée, ça arrive.

— Avec la plateforme d'orientation ?

Une de mes cousines a eu beaucoup de soucis aussi cette année. Ce sont apparemment des problèmes de plus en plus courants pour une partie des lycéens.

— Enfin, je ne veux pas me mêler de ce qui ne me regarde pas, ajouté-je précipitamment.

— Bah, tout le monde est au courant ici. J'ai jamais été très bonne élève, et l'année dernière j'ai raté mon bac, genre… bien, bien raté. Mais cette année, j'étais carrément motivée. J'avais décidé de changer d'air, trouvé ce que je voulais faire. J'avais envie de bosser dans le tourisme, donc j'ai fait des demandes un peu partout, des facs, des BTS… j'avais un dossier carrément meilleur que l'année d'avant. Mais ça a pas suffi, et malgré toutes mes relances et tout, bah, en septembre, je me suis retrouvée sans rien. Mon père n'a pas les moyens de me payer un truc dans le privé, donc sans affectation, j'avais pas de solution. Ma situation a touché Andrea, qui m'a proposé ce poste, comme il y avait déjà des galères de recrutement en plus, ça arrangeait tout le monde. Ça me fait une première expérience et j'ai le temps de préparer un bon dossier pour l'an prochain.

— C'est sympa de sa part.

Je suis envahie d'une vague de compassion pour la jeune fille. Après trois mois de recherche de job infructueuse, je ne peux que comprendre sa déception. Mais cette histoire de recrutement me titille… je tente d'en savoir plus :

— C'est étrange ces difficultés de recrutement dont je vous entends parler Sébastien et toi, non ? Je veux dire, le salaire est correct, le cadre de travail a l'air agréable… Est-ce qu'il y a un truc qui m'échappe ?

Après tout, je découvre le métier, il y a peut-être une explication logique qui ne saute aux yeux que des initiés. La jeune fille soupire profondément et détourne les yeux.

— Sébastien m'a fait promettre de ne pas t'en parler… glisse-t-elle.

Alors là, je ne m'attendais pas à ce genre de réponse. Mais je vais éviter de jouer les curieuses. Je m'apprête à lui dire que ce n'est pas grave et que je comprends, quand elle poursuit :

— Mais moi, je trouve que ça ne se fait pas. Tu travailles ici, maintenant, t'as le droit d'être au courant ! En gros (elle hésite encore un peu, puis se lance :), il y a des rumeurs qui disent qu'Andrea et certains salariés reçoivent régulièrement des lettres de menaces anonymes. Il y aurait eu des petits sabotages aussi, mais ça, j'ai pas de preuves ni rien.

— Des menaces ?

— Oh, rien de… Enfin, c'est quelqu'un qui a l'air d'en avoir après l'établissement, et qui voudrait bien le faire fermer. On a tout de suite pensé aux Carlier, mais Andrea assure qu'ils n'ont rien à voir avec cette histoire. Dommage que tu ne t'intéresses pas aux ragots, tu aurais pu nous rancarder sur ce coup-là, haha !

J'écarquille grand les yeux. Je comprends que Sébastien n'ait pas mentionné ça lors de notre court échange…

— Ça dure depuis longtemps ?

— Hmm, je dirais environ un an. En fait, ça a plus ou moins commencé quand Andrea a pris la suite de son père.

Un an ! Et cette histoire n'est toujours pas résolue ? Je commence à me demander dans quoi j'ai mis les pieds. Je suis de moins en moins sûre de parvenir à faire illusion, mais alors si en plus de tout le reste je dois gérer des lettres de menaces anonymes... J'aurais vraiment dû écouter Julie ! Combien de fois me suis-je déjà répété cette phrase dans ma vie ? C'est à croire que je n'apprends jamais de mes erreurs. J'en viendrais presque à espérer qu'on me démasque sur-le-champ pour que je puisse fuir. Car là, je suis en panique totale. Des histoires qui commencent par des lettres de menaces, j'en ai lu des tas, et ça ne se finit jamais bien. Je tente tout de même de me calmer. Je tâche de me remémorer les exercices de respiration que j'ai vu Julie réaliser entre deux cours de préparation à l'accouchement. Ces trucs sont diablement efficaces ! Je reprends peu à peu pied avec la réalité. J'essaie d'entrer pleinement dans mon personnage pour ne plus penser à tout ça. C'est un problème pour la Pauline du futur, celle du présent a déjà bien assez à faire.

Le meilleur moyen pour qu'on ne me perce pas à jour, c'est encore d'afficher la même confiance qu'aurait certainement l'autre Pauline Robert dans ces circonstances. *Fake it until you make it*. Que ferait *l'autre* à ma place ? Elle ne serait sans doute pas là à s'inquiéter de savoir comment compter rapidement la monnaie ou bien comment faire la différence entre ces choux qui se ressemblent tous. Parce que tout ça, elle le maîtriserait déjà. Non, finalement, la seule chose qui pourrait l'inquiéter ce matin, c'est cette histoire de menaces…

Car quand j'y pense, c'est peut-être ça le plus flippant dans toute cette histoire, au-delà même de mon mensonge. Qu'est-ce qui peut bien motiver le corbeau ? Est-ce que ces agissements pourraient être d'ordre… misogyne ? Pour faire regretter à cette fameuse Andrea d'avoir repris le commerce d'un homme ? Des histoires comme ça, ça s'est déjà vu, malheureusement. Je m'apprête à poser la question à Anne-Fleur quand une cliente arrive. Tant pis, ça attendra.

Le reste de la journée est un défi permanent. À partir de 17 heures, les clients arrivent en masse, et je suis de plus en plus fatiguée, entre les longues heures de route et toutes les choses que j'essaie de bien faire et de retenir. Aussi, quand à peine une minute après avoir raccroché mon tablier dans le vestiaire je reçois un appel de l'hôtel que j'ai réservé m'indiquant qu'ils n'ont plus de chambres à cause d'un problème de surbooking, je m'effondre sur le banc de la petite pièce. La femme au téléphone raccroche sans m'avoir proposé ne serait-ce qu'une bribe de solution.

Je pourrais demander quoi faire à Anne-Fleur, ou à Sébastien qui est de retour pour la fermeture, mais je n'ose pas leur révéler qu'en réalité, je n'habite pas dans la région comme ils le pensent… D'autant que je ne sais pas si la vraie Pauline est censée habiter à quelques kilomètres d'ici ou à l'autre bout du département, ce qui changerait un peu la donne. Si ça se trouve, elle vient du village d'à côté ? C'est peu probable, mais j'ai tendance à être un peu parano depuis ce matin. Je ne voudrais pas prendre le risque d'exposer mon mensonge alors que je viens tout juste d'arriver. Ma période d'essai est de quatre semaines, il faudrait au moins faire illusion jusque-là.

Après cette première journée de travail chaotique, cela me paraît désormais une éternité. Comment vais-je tenir ?

— Au fait, s'écrie Anne-Fleur en passant une tête dans le vestiaire, il y a des invendus sur le comptoir, si tu en veux un pour le dessert, ou même maintenant, c'est gratuit. Sébastien devrait être là encore une bonne heure, donc tu peux même le manger ici avant de rentrer, si t'as un peu de route. Allez, bisous, à demain !

— À demain ! lâché-je alors qu'elle est déjà sortie.

Bon. Il va falloir trouver vite une solution si je ne veux pas dormir dans ma voiture. Est-ce que je devrais à nouveau checker les chambres disponibles sur Internet, ou est-ce que je ne ferais pas mieux d'aller faire un tour au village et interroger les commerçants ? Sur la route, j'ai vu qu'un certain nombre de maisons sont aussi des gîtes ou des chambres d'hôtes. Le bouche-à-oreille fonctionnera peut-être davantage ?

Chercher sur Internet une chambre dans les hôtels des environs → vers **CHAPITRE 9** (p. 50)
OU S'enquérir d'un logement auprès des villageois → vers **CHAPITRE 10** (p. 55)

CHAPITRE 9

Avant d'entreprendre mes recherches, je m'accorde un répit bien mérité. Je me suis levée tellement tôt ce matin que j'ai l'impression d'avoir vécu deux journées en une. Comme me l'a suggéré Anne-Fleur, je retourne au comptoir et trouve les fameux invendus dans un coin de la vitrine réfrigérée. Il n'y en a pas beaucoup, preuve que la Maison gère plutôt bien ses stocks. Je me laisse tenter par une tarte au citron meringuée absolument sublime. Je rechignerais presque à croquer dedans de peur de l'abîmer. Mais j'ai beaucoup trop faim, alors tant pis pour l'esthétique ! Tout en me régalant des pâtisseries d'Andrea et de son second – j'ai hâte de rencontrer la femme qui réalise de tels délices ! – je me mets en quête d'un logement pour ce soir. Ma mésaventure m'a un peu échaudée, aussi je passe toutes les annonces d'établissements mal notés sans même y prêter attention. Ma sélection s'amoindrit donc pas mal, ne me laissant que des établissements bien vus… mais très chers ou déjà complets pour toute la saison ! Ce qui n'est pas étonnant, car les premières vraies neiges sont attendues dès demain dans la région, comme je l'ai entendu plusieurs fois à la radio ce matin durant mon (très) long trajet.

J'ai bientôt terminé ma pâtisserie, et je n'ai toujours pas trouvé une seule solution de logement convenable qui ne me demande pas de faire encore 50 ou 100 km de voiture aujourd'hui. Je commence à désespérer ! Ma voiture est spacieuse, mais de là à dormir dedans, avec le froid qu'il va faire cette nuit… ce n'est pas envisageable. À chaque page Internet que je passe, la panique augmente.

Une fois mon en-cas avalé, je me dirige vers le vestiaire pour me laver les mains en passant devant la caisse enregistreuse. C'est là que je remarque des affiches, d'où pendent des bandelettes. Des petites annonces ! Je n'avais pas vu ça depuis des lustres, à tel point que je pensais qu'à l'ère d'Internet, ce genre de chose ne se faisait plus. Curieuse, je m'approche. Entre les habituelles recherches d'enfants à garder et les propositions de chiots ou de chatons à donner, je tombe sur… une annonce de chambres d'hôte ! À Saint-Laurent-de-Chambon même ! Je remercie intérieurement ma bonne étoile en me retenant de hurler mon soulagement, puis arrache la bandelette sur laquelle est noté à la main le numéro d'une certaine Monique, que je m'empresse d'appeler.

— Allô ? répond une voix sèche à l'autre bout du fil.

— Bonjour, je vous appelle au sujet des chambres d'hôte que vous proposez… Je souhaiterais savoir s'il vous en reste une de disponible à partir de, hum, ce soir ?

Le silence s'étend juste ce qu'il faut pour que je me remette à paniquer. Je suis à deux doigts de raccrocher quand la vieille femme répond :

— Comment diable avez-vous eu mon numéro ?

Dis donc, pas très aimable pour une hôtesse. Je lui raccrocherais bien au nez pour lui apprendre la politesse, mais elle est peut-être ma seule chance de ne pas coucher dans ma voiture ce soir, alors je me retiens.

— Je viens de voir votre annonce à la Maison Lavergne.

— Ah, vous devez être la nouvelle vendeuse ! m'interrompt-elle avec un peu plus d'enthousiasme.

Eh bien, décidément, les nouvelles vont vraiment vite dans ce patelin ! Je me demande comment elle a pu tirer cette conclusion si vite. Enfin, peu importe. Si je peux dormir au chaud ce soir, je me fiche que ma future logeuse soit une femme aigrie dotée d'un pouvoir de voyance.

— Euh… oui, confirmé-je.

— Eh bah il fallait le dire tout de suite ! Pas de problème, je peux vous garder une chambre, et pour moins cher que ces voleurs de l'hôtellerie ! Ah, ça, y a plus que les clients friqués qui les intéressent ! Je vous donne l'adresse, vous pouvez venir quand vous voulez.

À peine quelques minutes plus tard, je me gare devant un immense chalet en bois, typique de la région. Depuis la voiture, j'observe la bâtisse pendant quelques instants. Wow ! C'est carrément plus charmant qu'un hôtel premier prix ! Sur le perron, la porte d'entrée s'ouvre sur une femme âgée en robe longue, châle, épaisses chaussettes et charentaises. Ses cheveux gris, relevés en un chignon strict, lui donnent un air vaguement sévère. Genre ancienne directrice d'école. Elle me fait de grands signes, et je comprends que je suis au bon endroit. En bas du petit chemin, la boîte aux lettres, à mon grand étonnement, indique « famille Lavergne ». Je hisse tant bien que mal ma valise jusqu'en haut des marches glissantes de l'escalier, où mon hôtesse m'attend.

— Pauline, c'est ça ? Je suis Monique, enchantée.

Elle m'adresse une poignée de main autoritaire.

— Lavergne, comme la Maison Lavergne ? demandé-je en pointant la boîte aux lettres en contrebas.

— Tout à fait. La pâtisserie a été ouverte par le père de feu mon mari, il y a de ça, ouh, bien longtemps déjà ! Mais rentre vite, avant de geler sur place !

Je ne me fais pas prier et la suis à l'intérieur. La décoration est fidèle en tout point à ce que l'on attend en entrant ici : du bois partout, et des meubles massifs, plutôt sombres. Je n'ai pas le temps d'observer davantage, car Monique reprend :

— Les chambres sont en bas, tout comme la salle de bains. Ici, c'est chez moi, mais tu as accès à la salle à manger et au bureau-bibliothèque. La seule pièce qui t'est strictement interdite, en dehors de ma propre chambre, naturellement, c'est la cuisine : là, c'est mon royaume, alors pas touche. Si tu as faim, tu me demandes, mais tu as également du petit électroménager dans ta chambre. Pour tout le reste… ma foi, tu fais comme chez toi. Est-ce que ça te convient ?

— Euh, oui, c'est parfait. Merci.

— Très bien. Dans ce cas, tu peux descendre choisir ta chambre. Aucune des trois n'est louée actuellement, donc tu as le choix. Couvertures propres et oreillers sont rangés dans les placards. Mets-toi à l'aise ! Quant au repas, j'ai déjà dîné, mais je peux te réchauffer quelque chose. Sinon, le restaurant dans le bourg est encore ouvert à c't'heure-ci, tu devrais avoir une table.

Je remercie Monique et descends mes affaires jusqu'à la chambre. L'escalier est en meilleur état que celui du perron, et c'est plus facile pour moi de ne pas trébucher. J'examine les trois chambres et choisis la plus grande, celle avec la plus belle vue. Du moins, de ce que je peux en apercevoir à cette heure avancée de la soirée (c'est-à-dire pas grand-chose). J'installe couette et coussin et m'assieds un instant sur le lit pour me remettre de mes émotions. Je n'arrive pas à croire que j'aie réussi à trouver un logement aussi peu cher, sympathique et proche de la pâtisserie... aussi facilement ! Ma journée a été exténuante. Il m'a fallu une énergie folle pour me lever aux aurores et venir jusqu'ici en voiture. Ensuite, j'ai dû venir à bout de ma journée de boulot sans que personne ne se rende compte que je n'ai jamais été vendeuse. Que tout se soit déroulé sans accroc tient presque du miracle. Qui sait, j'ai peut-être vraiment une bonne étoile ?

Un grondement provenant de mon estomac interrompt soudain le fil de ma pensée. C'est vrai qu'à part deux petits déjeuners et une pâtisserie, je n'ai pas vraiment eu de véritable repas aujourd'hui. Je commence à avoir les crocs ! Je jette un coup d'œil à mon téléphone et, voyant l'heure, je me relève d'un coup. Si je veux manger, ici ou à l'extérieur,, j'ai intérêt à me dépêcher. Je fais un passage express dans la salle de bains pour me rafraîchir – la journée a été longue ! – et me change. Je suis un peu intimidée à l'idée de dîner en tête à tête avec Monique, mais d'un autre côté, ai-je vraiment la motivation pour ressortir par ce froid ?

Rester dîner chez Monique → vers **CHAPITRE 11** (p. 59)
OU Aller dîner dans le restaurant du village
→ vers **CHAPITRE 12** (p. 65)

CHAPITRE 10

J'engloutis rapidement un Paris-Brest avant de quitter la pâtisserie. Comme le bourg est à seulement deux rues d'ici, je range mes affaires dans ma voiture et décide de parcourir le village à pied. Immédiatement, le froid me mord les joues. Je pensais qu'il faisait froid dans la Sarthe et à Paris, mais ici, ça n'a rien à voir. Si je suis amenée à rester ici quelques semaines, je vais sans doute devoir investir dans un manteau plus adapté à la région.

Je débouche rapidement sur la place de l'Église, près de l'endroit où j'ai garé ma voiture. J'observe autour de moi : l'endroit a l'air désert. Il n'y a littéralement personne dans les rues. Si je n'avais pas vu autant de monde défiler au comptoir aujourd'hui, je croirais très honnêtement avoir échoué dans une ville fantôme. J'aperçois un tabac presse, et m'y dirige. Malheureusement, il est déjà fermé. Voilà qui me va me changer de la vie parisienne, où je pouvais trouver absolument tout ce que je voulais à n'importe quelle heure du jour et de la nuit. Je jette un regard alentour, à la recherche d'un commerce ouvert. Ne trouvant rien, je repars en sens inverse vers la place d'où je viens. Là, une vieille femme aux cheveux gris, enveloppée dans un grand manteau noir, vient à ma rencontre.

— Je peux vous aider ?

Elle demande ça d'un ton qui laisse plutôt entendre « Qu'est-ce que vous foutez là ? ».

— Bonsoir, hum, je suis à la recherche d'un logement. Mon hôtel m'a plantée, expliqué-je.

— Vous cherchez ici, à Saint-Laurent ? Mais la saison n'a même pas commencé ! Vous devriez descendre un peu, ou vous rapprocher de Grenoble. Vous aurez plus de chance par là-bas.

— C'est que je viens tout juste de commencer mon nouveau travail ici, et…

— Ah, tu es la nouvelle vendeuse ! me coupe-t-elle. Il fallait commencer par-là ! Et pourquoi cherches-tu donc un logement ? La petite Anne-Fleur m'a dit que tu étais du coin.

Je suis à peine surprise par son tutoiement. Son ton est encore sec, mais nettement plus amical. Comme si mon appartenance à la Maison Lavergne m'avait tout de suite propulsée du statut d'étrangère à celui de connaissance, voire de membre de la communauté. Anne-Fleur n'avait pas menti : la pâtisserie a décidément très bonne réputation dans ce village.

— Hum, oui… c'est… euh, compliqué, bégayé-je pour toute réponse.

— Heureusement pour toi, tu es tombée sur la bonne personne. Je gère des chambres d'hôte, et elles ne sont pas occupées actuellement. Ça t'intéresse ?

— C'est que, à vrai dire, je n'ai pas beaucoup d'argent.

— Je m'en doute, ne t'en fais pas. Je ne suis pas comme ces rapaces d'hôteliers, et après tout, tu fais partie du village, maintenant !

En à peine plus de temps qu'il n'en faut pour le dire, je me retrouve dans ma voiture, avec Monique – c'est le prénom de la vieille dame – pour copilote. Vu la taille du village, nous arrivons très vite chez elle. La maison est à couper le souffle : un grand chalet en bois, avec un toit à deux pans, entouré d'arbres centenaires. J'attrape mes bagages et suis mon hôtesse vers la bâtisse. Juste à l'entrée, je ne peux m'empêcher de remarquer le nom sur la boîte aux lettres :

— Lavergne ? Comme la Maison Lavergne ?

— Eh oui ! La pâtisserie a été créée par le père de feu mon mari ! Une fierté familiale, en somme. Allez, montons.

Dans la maison, tout en bois et en meubles massifs, Monique me détaille les quelques règles à suivre. En réalité, il n'y en a pas vraiment. Sauf une seule, et assez intrigante : interdiction formelle d'entrer dans *sa* cuisine, autrement dit son royaume. Si je veux manger, j'ai un petit nécessaire dans ma chambre, ou alors je peux venir lui demander. Pour le reste, apparemment, je suis libre d'utiliser la maison comme je le désire. Les chambres et les salles de bains des hôtes se trouvent au rez-de-chaussée tandis que les appartements de Monique, le salon-séjour, le bureau et la cuisine se trouvent au premier étage, là où débouche l'escalier de l'entrée. Aucune des chambres n'étant occupée, Monique m'accorde le privilège de choisir celle qui me plaît le plus. J'opte pour la plus grande, qui me semble également avoir la plus belle vue, pour autant que je puisse en juger dans l'obscurité grandissante de ce début de soirée. Dans l'armoire, je trouve tout ce qu'il faut pour faire mon lit. Ça sent bon le propre et le frais. Ah, comme il me tarde de me glisser dedans après cette interminable journée ! Pour éviter de m'y assoupir, je n'y pose même pas un bout de fesse et pars aussitôt en direction de la salle de bains pour me rafraîchir et me changer.

Je retrouve ensuite Monique au salon. Elle est assise dans un large fauteuil en cuir d'une couleur caramel légèrement passée, le journal dans les mains. Je m'apprête à lui poser une question quand mon ventre se met à gargouiller aussi fort qu'un orage estival.

— Pour le dîner… commence Monique.

Elle plie soigneusement son journal en quatre, le pose sur la table basse en acajou et me rejoint au niveau de l'encadrement de la porte.

— … tu as deux options, poursuit-elle. Moi, j'ai déjà mangé. À mon âge, tu sais, on dîne et on dort tôt. Mais je peux te réchauffer quelque chose, si tu veux. Sinon, tu as encore le temps d'aller au restaurant du bourg. À cette heure-là, il est encore ouvert, et il ne devrait pas être envahi par les touristes. Dis-moi ce que tu préfères, ma grande !

Monique, quand elle s'adresse à moi, me donne l'impression d'être à peine plus âgée que ma collègue Anne-Fleur. Est-ce que je devrais lui dire que j'ai quand même 31 ans ? Enfin, peut-être que pour elle, 18 ou 31, finalement, c'est du pareil au même. Son regard insistant me ramène brusquement à sa question. D'un côté, je ne sais pas si je suis prête à dîner sous les yeux scrutateurs de l'octogénaire… et de l'autre, ressortir sous ce froid ne me tente pas des masses non plus. Pourtant, comme mon ventre me le rappelle à nouveau : je suis affamée. Je dois donc me décider, et vite.

Rester dîner chez Monique → vers **CHAPITRE 11** (p. 59)
OU Aller dîner dans le restaurant du village
→ vers **CHAPITRE 12** (p. 65)

CHAPITRE 11

— Suis-moi dans la cuisine, m'ordonne Monique lorsque je lui annonce que je mangerai sur place.

— Mais… Je croyais que je n'avais pas le droit d'y entrer ?

Elle se laisse aller à un rire franc. Est-ce qu'il y a quelque chose que j'aurais mal compris ?

— Je n'aime pas qu'on aille dans ma cuisine quand je n'y suis pas, bêtasse, mais si je t'y invite, c'est différent ! Allez, pressons-nous, j'aimerais ne pas me coucher trop tard !

En entrant dans le fameux royaume de Monique, je marque un temps d'arrêt. La pièce est tellement différente du reste de la maison ! Si les murs sont en bois, comme partout ailleurs, le mobilier, lui, dénote totalement. Exit le charme rustique et montagnard et les meubles mastoc brun foncé. Ici, à part la grande table et ses deux bancs en chêne massif, tout est ultramoderne et sophistiqué. Je m'attendais presque à voir de vieilles casseroles cabossées en cuivre, mais il n'en est rien ! La cuisinière de Monique est un véritable piano, et les plans de travail sont en tout point semblables à ceux que j'ai pu apercevoir à la pâtisserie ce matin. D'ailleurs, la même propreté immaculée y règne.

— Eh bien, je comprends que vous gardiez votre royaume bien caché ! sifflé-je.

— Haha ! Plusieurs mois de salaire ne suffiraient pas à rembourser d'éventuels dégâts, alors je préfère ne pas prendre de risque. Allez, assieds-toi donc. Tu manges de tout ?

Je hoche la tête et prends place sur le banc derrière elle, afin de l'observer à l'œuvre.

— Une petite omelette, ça t'irait ? Il me reste quelques champignons, et un peu de fromage.

J'approuve d'un signe, me sentant presque gênée. Je pensais qu'elle me réchaufferait quelque chose au micro-ondes, pas qu'elle se mettrait aux fourneaux ! D'ailleurs, je comprends rapidement que l'omelette n'a de « petit » que le nom. Monique découpe de l'ail, des oignons, des champignons, du fromage. Après les œufs, elle ajoute également un sachet d'épices et tellement d'herbes aromatiques différentes que je ne suis pas certaine de pouvoir toutes les nommer.

— Et une omelette forestière pour la demoiselle !

Dit comme ça, cela peut paraître ridicule, mais je n'ai jamais vu une omelette aussi belle de toute ma vie ! Je pourrais presque en pleurer. Elle est tellement appétissante et j'ai tellement faim que je remercie prestement Monique et me rue sur mon plat.

— Je te sers quelque chose à boire ? Apéritif ? Vin ? Un truc plus fort ?

J'avale tout rond ma bouchée pour ne pas répondre la bouche pleine :

— De l'eau, ça ira très bien, merci.

— Tu es sûre ?

— Oui… je crois que ça ne ferait pas un bon mélange avec ma fatigue, assuré-je.

— D'accord. Eh bien, moi, je ne vais pas me priver !

Elle dépose un verre d'eau devant moi puis se sert elle-même une bonne rasade de rivesaltes.

— Mais au fait, dis-je une fois mon omelette à moitié avalée, je croyais que le chef cuistot, c'était votre mari ?

À nouveau, elle éclate de ce rire clair que j'ai déjà entendu plusieurs fois.

— Chef, oui, mais pâtissier ! Si tu savais… il était du genre à rater la cuisson d'un steak.

Elle laisse sa phrase planer dans l'air, et un étrange silence s'installe. Je cherche quelque chose à dire pour dissiper cette gêne :

— En tout cas, Monique, c'est absolument délicieux !

— Merci. J'essaie de bien traiter mes clients ! On ne peut pas vraiment dire que Victor m'ait appris la cuisine, mais c'est une passion qui nous a toujours rapprochés, finit-elle par ajouter.

J'essaie de faire bonne figure, mais sa remarque a aussitôt ramené Alex dans mes pensées. Depuis qu'on s'est séparés, je ne peux m'empêcher de remarquer que tous les couples, même lorsque les partenaires ont des caractères ou des modes de vie opposés, se retrouvent autour d'une passion commune. Pour Sam et Julie, c'est le bricolage et la déco. Vous connaissez beaucoup de gens capables de passer *volontairement* leur journée chez Ikea *et* se réjouir de manger dans le restaurant du géant suédois ? Parce que moi, oui. Et j'ai même dû les accompagner plusieurs fois… L'horreur. Pour mes parents, c'est sans doute le jardinage et… juger de mes choix de vie. Pour Monique et Victor, c'était la cuisine. Au fond, quelle passion nous rassemblait, Alex et moi ? Est-ce que, finalement, le problème n'était pas là ? Nous nous entendions à merveille, mais nos loisirs et nos goûts, la plupart du temps, différaient. Moi, plutôt casanière, lui davantage tourné vers le grand air. Enfin, on s'entendait quand même sur d'autres points, heureusement. On ne serait pas restés dix ans ensemble sinon. J'imagine que la vie de couple est toujours affaire d'ajustements et de concessions. Toutes les histoires sont différentes.

— C'est trop salé ? s'inquiète soudain Monique, qui a dû remarquer mon changement d'humeur.

J'essaie de faire bonne figure :

— Non, non… C'est parfait, je vous assure, je me régale ! Je suis juste un peu fatiguée.

— Oh… Longue journée ?

— J'ai un peu de mal à prendre le rythme, je crois.

— Mince. Tes collègues ne sont pas sympas, ils ne t'ont pas aidée ?

— Oh si ! Anne-Fleur est un vrai chou à la crème, (Monique sourit !) et Sébastien a l'air sympa. En revanche, je n'ai pas encore rencontré Andrea.

Sans que je sache pourquoi, son visage se rembrunit. Est-ce que j'ai dit quelque chose de mal ? Elle jette un œil à l'horloge derrière elle et reprend, le visage complètement fermé :

— Allez, si tu as terminé, donne-moi ton assiette. Il commence à se faire tard.

Je ne comprends pas bien son changement brutal d'attitude. C'est elle qui m'a posé des questions, non ? Mais j'aurais pu faire plus attention, c'est vrai. Je n'ai pas pensé que parler de mon boulot pourrait lui rappeler son défunt mari. J'essaierai de rester évasive sur le sujet à l'avenir. J'avale fissa mon verre d'eau et j'aide mon hôtesse à débarrasser. D'autorité, elle me prend la vaisselle des mains pour la déposer elle-même dans le bac.

— Allez, je te souhaite une bonne nuit ma grande, tu as l'air épuisé. Si tu as besoin de quoi que ce soit, il y a un livret explicatif dans une des tables de nuit de ta chambre. Tu y trouveras tout ce que tu veux savoir, et même plus encore ! Et si jamais ce n'était pas le cas, ma foi… je crains qu'il te faille attendre demain matin que je sois levée.

Elle se dirige vers sa chambre sans un regard en arrière. Je descends jusqu'à la mienne, très intriguée par ce petit bout de femme qui peut souffler le chaud et le froid en l'espace d'un instant. J'espère de tout cœur ne rien faire qui puisse l'agacer, car je n'ai aucune envie de voir ce dont elle serait capable une fois en colère. Si c'est une technique pour que les hôtes de la maison se tiennent à carreau, eh bien, c'est carrément réussi !

Une fois emmitouflée sous la couette, des flashes de ma journée s'entrecoupent d'images d'Alex dans un fouillis inextricable. Heureusement pour moi, je suis tellement exténuée que ces visions confuses laissent bientôt place à un sommeil sans rêves.

Le lendemain matin, après ma douche, je découvre la table du séjour dressée pour le petit déjeuner. Il est déjà presque 10h30, et on ne peut pas dire que je sois spécialement en avance.

— Je t'ai mis un peu de tout, mais tu n'auras qu'à me dire ce que tu manges habituellement.

Comme la veille au soir, l'octogénaire est enfoncée dans son fauteuil, plongée dans la lecture de son journal. Sur la table, du pain, des biscottes, des confitures, du beurre… et même des croissants. Est-elle allée les acheter de bon matin par ce froid ? Encore à demi ensommeillée, je ne prends pas la peine d'interroger Monique à ce sujet.

— C'est absolument parfait comme ça, merci, me contenté-je de répondre.

Tout en attaquant mon repas, j'ose enfin regarder mon téléphone, laissé de côté depuis bien plus de temps que je n'en ai l'habitude. J'essaie de ne pas soupirer trop fort en découvrant le nombre faramineux d'appels en absence. Ma mère a essayé de me joindre à plusieurs reprises. Visiblement, elle a laissé quelques messages et quelques SMS, histoire d'être certaine que je ne passe pas à côté. Mes parents sont bien les dernières personnes auxquelles j'ai envie de penser aujourd'hui. Je termine rapidement mon petit déjeuner, et me retrouve alors dans ma voiture avec plus d'avance que je ne l'escomptais. Techniquement, j'ai le temps de rappeler ma mère avant d'embaucher. Mais en ai-je seulement l'envie ?

Rappeler sa mère → vers **CHAPITRE 13** (p. 71)
OU Se rendre directement au travail
→ vers **CHAPITRE 14** (p. 78)

CHAPITRE 12

Sitôt hors de la maison, je suis prise de regrets. Depuis que j'ai quitté le travail, la température semble avoir encore chuté de quelques degrés, et je ne suis clairement pas équipée pour ça. Je presse le pas jusqu'au bourg du village, heureusement proche de chez Monique. Dans les rues du centre, j'avise la haute maison aux murs rose pâle où se trouve l'unique restaurant de la ville. Monique m'a expliqué qu'on y mangeait très bien, et pour un prix tout à fait correct. J'espère qu'elle dit vrai, car je commence à sacrément regretter mon escapade ! La distance est courte, mais en dénivelé, ce qui est typique de ce genre de commune montagnarde. J'ai les pattes et le souffle coupés ! Pour ne pas passer pour une folle complètement hors de forme, je fais une pause quelques secondes dans le bourg. Il fait nuit, et il n'y a pas un chat dans les rues. Le faible halo de vieux réverbères éclaire les trois rues qui constituent le centre névralgique du village. En dehors de ce périmètre, je suis obligée de me servir de la lampe de mon téléphone pour voir où je mets les pieds. Un frisson de terreur me saisit ; décidément, j'ai regardé trop de séries criminelles, et ça m'est monté à la tête ! Sous le ciel glacé d'une nuit de novembre, le village a l'air hanté. Je reprends vite ma route vers « L'Auberge de Chambon ».

Lorsque je pousse la porte, j'ai l'impression désagréable d'être le centre de l'attention. À peine ai-je murmuré un timide

« bonjour » que les conversations s'arrêtent et que tous les regards convergent vers moi. Je force un sourire et avance vers le comptoir. La serveuse, heureusement, m'accueille avec chaleur et m'indique une petite table près de la fenêtre. J'essaie alors de me concentrer sur le menu qu'elle m'a donné, et pas sur les regards curieux et les messes basses que s'échangent les autres clients. Heureusement pour moi, ils ne sont pas très nombreux : deux couples et une famille de cinq. Pour contrer leur impolitesse, je continue d'afficher un large sourire.

— Alors, vous avez choisi ? me demande la serveuse après m'avoir apporté une carafe d'eau.

C'est une femme d'une quarantaine d'années aux cheveux courts. Elle a les yeux cernés et la peau rugueuse de ceux qui travaillent dur toute l'année. Elle porte une simple chemise blanche aux manches remontées, et un pantalon noir et droit.

— Je vais prendre le plat du jour, s'il vous plaît.

— D'accord. Une boisson, avec ?

— Juste de l'eau, merci.

— Vous êtes la nouvelle vendeuse de la pâtisserie ? me demande-t-elle avec curiosité.

— Oui, je suis arrivée ce matin.

— Tout s'est bien passé ?

Sa question, pourtant tout à fait anodine, me fait penser à tous ces podcasts de *true crime* que j'ai pu écouter. Un petit village où tout le monde se connaît, où les secrets sont nombreux, et où une étrangère débarque avec un petit mensonge dans ses bagages. Les regards hostiles des autres clients me paraissent bien plus suspects tout à coup. L'un d'entre eux pourrait être l'auteur des lettres anonymes !

La serveuse, qui attend toujours une réponse, se racle la gorge, me ramenant ainsi à la réalité. En bonne *addict* de séries criminelles, je sais qu'il peut être dangereux de trop en dire, alors je décide de rester évasive :

— C'était… intense, réponds-je simplement.

La serveuse suit mon regard, et ajoute :

— Le climat en cette saison a dû vous paraître assez inhospitalier, mais je vous assure que vous finirez par vous y plaire. Avec l'arrivée prochaine des touristes pour la saison, le village devrait rapidement être plus animé !

Elle joint un clin d'œil à sa déclaration, reprend la carte et s'en va d'un pas léger.

Habituellement, seule à une table, j'aurais dégainé mon téléphone pour m'occuper en attendant mon plat. Mais je me dis qu'un peu de déconnexion ne me fera pas de mal. Nouvelle vie, nouvelles résolutions, en quelque sorte. Alors je prends mon mal en patience et observe la décoration de l'établissement. Elle est relativement simple. Toutes les tables sont ornées d'une nappe à carreaux rouges et blancs. Sur les murs blancs, quelques étagères mettent en avant des bouteilles de vin ou de vieilles casseroles en cuivre. Sur des tableaux noirs, le menu du jour est soigneusement inscrit. La pièce, carrée, peut accueillir une trentaine de couverts au plus. Une alcôve semble ouvrir sur un espace extérieur, plongé dans l'obscurité de la nuit. Heureusement pour moi, la serveuse revient rapidement avec mon plat, une soupe d'orge perlé aux senteurs exquises et à l'aspect crémeux, qui me mettent l'eau à la bouche.

Seule à table, mes pensées se font assourdissantes, et je me demande si les regards de travers qu'on m'envoie sont dus à mon poids. Plus jeune, manger à l'extérieur était un supplice. J'avais l'impression qu'on me jugeait. Si je prenais un plat un peu riche, j'étais la grosse qui ne faisait pas attention. Si je commandais une salade, j'étais la pauvre grosse qui essaie désespérément de maigrir.

Et puis, en partie grâce à Alex, ma vision des choses avait fini par changer. Avec l'âge, et à mesure que notre relation s'installait, j'ai fini par me rendre compte que mon corps ne m'empêchait pas de vivre ma vie. Le regard des autres, en revanche, c'est une autre histoire. Je pensais que ça ne m'atteignait plus, mais force est de constater qu'ici, en « terre inconnue », je retrouve un peu trop vite mes vieilles et mauvaises habitudes. Quand j'allais au restaurant avec Alex, ce problème n'existait pas : nous étions ensemble, et je ne prêtais aucune attention aux gens autour. Tous les deux, nous avions l'habitude de sortir dîner une fois par semaine. N'étant pas vraiment cordon-bleu ni l'un ni l'autre, c'était une solution de facilité que notre train de vie de jeunes Parisiens nous permettait. C'était aussi, finalement, l'une des rares activités que nous faisions vraiment ensemble.

Alex a une passion pour le vélo que je ne partage pas. Au début, il m'arrivait de l'accompagner pour de longues sorties le dimanche, mais j'ai vite remarqué que le rythme balade n'était pas celui qui lui plaisait le plus. Il a fini par s'inscrire dans un club, et je profitais de ses sorties du dimanche avec son groupe de cyclistes pour *binge-watcher* des séries dont lui n'était pas très friand. Enfin, nous partagions quand même beaucoup de choses. Il était rare que nous ne nous retrouvions pas dans un bar, le vendredi soir, avec ses amis ou les miens. Et à la maison, nombre de nos soirées étaient occupées en longs débats sur la vie et la société. Nos discussions, qui pouvaient se porter sur tout et rien, nous entraînaient parfois jusqu'à des heures avancées de la nuit. Je me souviens notamment d'une discussion très animée et hautement sérieuse sur la présence de trottinettes électriques dans la capitale ! Et puis, bon, il y avait le sexe. C'était peut-être devenu moins intense et moins surprenant avec le temps… mais quand même, on s'éclatait bien. En repensant à tout ça, et au fait que, désormais, je me retrouve seule en tête-à-tête avec mon repas, les larmes me montent aux yeux. Je n'ai aucune envie de paraître plus pathétique que je ne le suis déjà. Avant que la digue cède et que je me mette réellement à pleurer je me hâte de finir ma soupe pour déguerpir au plus vite.

Au moment de payer, je sens que la serveuse essaie d'engager la conversation, mais après cette journée de l'enfer, c'est au-dessus de mes forces. Je coupe court en prétextant la fatigue – qui n'est en réalité pas si feinte que cela. Depuis combien de temps n'ai-je pas dormi, déjà ? J'avale le demi-kilomètre du retour beaucoup plus rapidement qu'à l'aller. De retour au gîte, je ne passe pas par le premier étage mais entre directement par la baie vitrée de ma chambre, dont Monique m'a donné un double des clefs. Tel un automate, je retire mes vêtements, enfile mon pyjama, me brosse les dents pendant trois minutes et pas une seconde de plus, et je file m'emmitoufler sous la couette. Exténuée, je plonge aussitôt dans un sommeil sans rêves.

Le lendemain matin, après ma douche, je découvre la table du séjour dressée pour le petit déjeuner. Il est déjà presque 10 h 30, et on ne peut pas dire que je sois spécialement en avance.

— Je t'ai mis un peu de tout, mais tu n'auras qu'à me dire ce que tu manges habituellement.

L'octogénaire est enfoncée dans son fauteuil, plongée dans la lecture de son journal. Sur la table, il y a du pain, des biscottes, des confitures, du beurre… et même des croissants. Où est-elle allée les acheter de bon matin par ce froid ? Encore à demi ensommeillée, je ne prends pas la peine d'interroger Monique à ce sujet.

— C'est absolument parfait comme ça, merci, me contenté-je de répondre.

Tout en prenant mon repas, je jette un coup d'œil à mon téléphone, que je n'ai pas consulté depuis beaucoup plus de temps que je n'en ai l'habitude. J'essaie de ne pas soupirer trop fort en découvrant le nombre faramineux d'appels en absence. Ma mère a essayé de me joindre à plusieurs reprises. Visiblement, elle a laissé quelques messages et quelques SMS, histoire d'être certaine que je ne passe pas à côté. Mes parents sont bien les dernières personnes auxquelles j'ai envie de penser aujourd'hui. Je termine rapidement mon petit déjeuner, et me retrouve dans ma voiture avec plus d'avance que je ne l'escomptais. Techniquement, j'ai le temps de rappeler ma mère avant d'embaucher. Mais en ai-je seulement envie ?

Rappeler sa mère → vers **CHAPITRE 13** (p. 71)
OU Se rendre directement au travail
→ vers **CHAPITRE 14** (p. 78)

CHAPITRE 13

Dans ma voiture, qui a passé la nuit dehors, il ne fait pas bien chaud. Je remonte jusqu'en haut la fermeture Éclair de mon blouson en me promettant de trouver rapidement quelque chose de plus chaud. Les doigts engourdis, je rappelle ma mère, sans grande envie. Elle décroche presque aussitôt :

— Ah, Pauline, enfin ! Qu'est-ce qui se passe ? Ça fait des jours qu'on n'a pas de nouvelles ! Ton père et moi étions fous d'inquiétude !

— Désolée, maman, j'ai été hyper occupée, expliqué-je. Je… euh… J'ai trouvé un travail, en fait.

— C'est vrai ! C'est génial, ma poulette ! Je t'avais dit que ça viendrait. C'est quel type de boîte ? Tu vas faire du télétravail ? Tu pourrais en profiter pour bosser ici quelques jours dans la semaine… au moins le temps de retrouver un logement. Tes amies vont avoir besoin d'un peu d'intimité et de calme dans les semaines à venir, tu sais.

Je soupire. Peu importe, au fond, ce que j'aurais pu lui dire : elle était déjà parée à toutes les éventualités pour me faire venir. Enfin, peut-être pas exactement *toutes* les éventualités.

— Malheureusement, non, pas de télétravail possible.

— Comme c'est dommage ! Et pour Noël, tu as pu réfléchir ? Papi, Mamie, Évelyne, Patrick et Lola seront là pour le réveillon, et tout le reste de la famille ou presque nous rejoindra pour le 25. On attend plus que toi !

— Je suis désolée, Maman, ça ne va pas être possible. Je viens juste de commencer, tu sais c'est compliqué de poser des congés tout de suite et…

— Enfin, Pauline, ne dis pas de bêtises. Le 25 est férié pour tout le monde, et Paris est tout proche du Mans, ce n'est pas grave si tu arrives tard le soir du réveillon, on s'organisera ! Si c'est à cause de cette histoire avec Alex… je te promets qu'on n'en parlera pas.

C'est une promesse que je la sais incapable de tenir. Quand Lola, ma cousine, a quitté son mari, également père de ses enfants, j'ai bien vu comment ça se passait dans son dos. Il n'y a aucune chance pour que ce soit différent pour moi.

— C'est que… mon nouveau boulot n'est pas à Paris, en fait.

Celle-là, de toute évidence, elle ne l'avait pas vue venir. Un court silence s'installe.

— Comment ça, pas à Paris ? Tu bosses où, alors ?

— Alors là, tu vas rire, mais c'est dans les Hautes-Alpes.

Elle ne rit pas du tout. Nouveau blanc.

— Les Hautes-Alpes ? Tu te moques de moi, Pauline.

— Ah non, non, je suis très sérieuse.

— Mais enfin… Pauline… Pourquoi ?

— J'ai eu une opportunité pour un job saisonnier et je l'ai saisie, c'est tout. Et comme tu l'as si bien dit, Julie et Sam vont avoir besoin d'espace.

— Mais depuis quand tu as besoin d'être sur place pour t'occuper des réseaux sociaux ? Je ne comprends rien à ton histoire.

Tu pourrais tout à fait travailler à distance, au moins pendant les vacances !

Je réfléchis quelques secondes à la manière de présenter les choses pour qu'elle ne me fasse pas une crise cardiaque en direct.

— Je… J'ai changé de voie. J'ai été embauchée comme vendeuse dans une pâtisserie locale. Très réputée.

— Pauline, tu n'es pas sérieuse ?

Son ton est beaucoup moins chaleureux, désormais.

— Ah si, si. J'avais besoin de changer d'air, et j'ai reçu cette proposition comme une aubaine.

— Qu'est-ce qui se passe en ce moment, ma chérie ? D'abord tu te sépares d'Alex, puis tu refuses systématiquement de venir nous voir, et maintenant tu acceptes un job qui n'a rien à voir avec tes compétences à l'autre bout de la France ! Vraiment, dernièrement, j'ai beaucoup de mal à te suivre. Avec ton père, on ne te comprend plus.

Alors même que c'était la décision d'Alex, ma mère est persuadée que je suis responsable de notre rupture. Que les hauts et les bas, dans un couple, ça arrive, et que si je n'ai pas réussi à sauver une relation de presque dix ans, c'est qu'au fond, je ne le voulais pas vraiment. Et elle s'étonne que venir chez elle ne soit pas ma priorité. Mon père, ce n'est pas mieux. De toute façon, il va toujours dans le sens de ma mère, et lui non plus ne comprend pas comment j'ai pu « en arriver là » et gâcher ma vie « à ce point ». Ça a toujours été comme ça, avec eux. Petite, déjà, quand je me faisais mal et que je me mettais à pleurer, la première chose qu'ils faisaient, avant même d'essayer de me consoler, c'était de froncer les sourcils en me sermonnant : « On t'avait prévenue ». Il y a toujours eu chez eux cette volonté de contrôler ma vie. Bien sûr, c'était avant tout dans le but de me protéger, moi l'enfant unique qu'ils avaient eu tant de mal à concevoir. Mais pour moi, ça a juste été étouffant. J'ai grandi en ayant l'impression que toutes les mauvaises choses qui m'arrivaient étaient uniquement ma faute, parce que je n'avais pas assez écouté mes parents. En m'éloignant d'eux à l'âge adulte, j'ai fini par comprendre que ce n'était pas exactement la vérité. J'ai davantage affirmé mes choix, et eux, leurs reproches. Plus je leur échappais, et plus leurs remarques se sont faites acerbes. Parfois, j'ai presque envie de leur donner raison pour que nos rapports puissent enfin s'apaiser. Mais chaque fois que je les ai au téléphone, leur ton passif-agressif m'insupporte à nouveau et me pousse à leur balancer leurs quatre vérités. Mais, ce matin, je ne m'en sens pas le courage. Et de toute façon, je n'ai pas le temps.

— Désolée, maman, je dois y aller. J'embauche bientôt.

— Pauline, je…

— J'y vais. Bye !

Je raccroche sans qu'elle ait le temps de protester davantage. Je reste pourtant encore quelques minutes sans bouger, toujours sous le choc de cette conversation lunaire. Comme à chaque fois que j'échange avec mes parents, j'ai l'impression de revenir quinze ans en arrière et l'envie de crier me brûle la gorge. Mais non, je suis une adulte et je fais mes propres choix – parfois stupides, certes – n'en déplaise à mes géniteurs.

C'est en tapant l'adresse de la pâtisserie sur mon téléphone (j'ai un sens de l'orientation très médiocre) que je me rends compte qu'il serait ridicule de prendre ma voiture pour y aller. Hier, épuisée par ma journée interminable, la route m'avait paru beaucoup plus longue ! Je suis à tout juste dix ou douze minutes de marche. Même s'il fait froid et que les premiers flocons tombent sur la chaussée, le village est encore loin d'être impraticable. Bien énervée par cette discussion avec ma mère, je remonte ma capuche sur ma tête et me mets en route d'un pas décidé. J'arrive à la pâtisserie en nage et presque en retard.

Derrière le comptoir, Anne-Fleur m'accueille avec un grand sourire, sans aucune remarque quant à mon heure d'arrivée ou mon air peu engageant. Je me hâte vers le vestiaire pour me rafraîchir rapidement au lavabo et enfiler mon tablier. J'attache mes cheveux en sortant de la petite pièce, quand je percute violemment quelqu'un de l'autre côté de la porte. Vu la carrure, ce n'est ni Anne-Fleur ni Sébastien.

— Ohlala, je suis désolée, pardon, pardon, bégayé-je tout en me baissant pour retrouver mon élastique.

Au sol, deux larges mains me rejoignent dans ma quête. Alors que j'en effleure maladroitement une, le rouge me monte aux joues et je m'empresse de retirer ma main.

— Tenez !

L'une des mains inconnues me tend mon élastique que je récupère. Je lève enfin les yeux vers mon sauveur. Les mains appartiennent à un grand gaillard brun aux yeux foncés. Ses cheveux noirs sont en partie cachés sous une casquette de la même teinte que nos tabliers. Il arbore une barbe propre et bien taillée qui atténue un peu la rondeur de son visage, sans rien lui enlever de sa bonhomie. Alors que nous nous relevons d'un même mouvement, je prends conscience de sa stature impressionnante. Waouh. Je ne serais pas étonnée s'il jouait au rugby, ou quelque chose du genre. En voyant ses larges bras, je ne peux m'empêcher de penser qu'il fait partie des rares hommes qui pourraient m'étreindre sans que je me sente à l'étroit. Je rougis instantanément à cette pensée. Mais je ne peux pas m'empêcher de remarquer qu'il est plutôt sexy. *Pauline, qu'est-ce qui te prend ? Tu ne connais même pas son prénom !*

— Vous devez être Pauline, c'est ça ? demande-t-il en me tendant à nouveau la main, cette fois pour que je la serre.

— Oui… c'est ça. La nouvelle vendeuse ! bafouillé-je face à son large sourire.

— Enchanté ! Je suis Andrea… le chef. Ravi de faire votre connaissance. Je suis désolé de ne pas avoir pu vous accueillir à votre arrivée. J'espère que votre première journée s'est bien passée ?

Attends, quoi ? Dans mon cerveau, il y a comme un court-circuit. C'est *lui*, Andrea ? Je ne parviens même pas à retirer ma main de la sienne.

— Euh, est-ce que tout va bien ? murmure-t-il dans un léger froncement de sourcils. Vous voulez un verre d'eau ?

Quand mon cerveau se décide enfin à se remettre en marche, je retire ma main de la sienne un peu vivement. Je la trouve chaude, comme si quelque chose m'avait brûlée. *Génial, Pauline ! Voilà qu'il te prend pour l'idiote du village.*

— Non, non, désolée… Tout va bien, parfaitement bien, expliqué-je.

Andrea soutient mon regard, une lueur d'amusement dans l'œil, et je détourne vite les yeux. Mon cœur bat à cent mille à l'heure, et j'ai de nouveau très chaud. Il faudrait sans doute que je refasse un tour au vestiaire. Je dois avoir l'air absolument ridicule… et devant le patron, en plus ! Il faut absolument que je me rattrape !

— Ah et euh la journée d'hier s'est très bien passée ! Anne-Fleur a été adorable, d'une bienveillance et d'une patience exceptionnelles.

J'essaie comme je peux de détourner l'attention vers ma collègue. Le regard d'Andrea me brûle les joues.

— Je veux bien le croire. Anne-Fleur est parfaite pour ce job.

Pour mon plus grand bien, il tourne enfin son regard vers la jeune fille, qui affiche un large rictus moqueur. Eh merde. Je suis grillée. Je lisse un pli invisible sur mon tablier, tentative vaine de retrouver une contenance.

— Ça vous dirait de visiter les locaux ? Je suis certain qu'Anne-Fleur pourra gérer la caisse sans vous quelques minutes, pas vrai ?

— Bien sûr, Andrea. Prends tout le temps qu'il te faudra ! ricane ma collègue.

Je ne sais pas si Andrea se rend compte que la gamine se paie ma tête. Moi, en tout cas, je le sais. Je ne suis d'ordinaire pas du genre timide, plutôt l'inverse même, mais la seule présence de cet homme semble faire frire tous mes neurones. Je ne suis pas certaine que rester plus longtemps seule avec lui soit la meilleure des idées, et en même temps, ce ne serait sans doute pas la pire que j'ai eues ces derniers temps.

« C'est gentil, mais Anne-Fleur m'a déjà fait faire le tour du propriétaire… et je ne voudrais pas vous retarder ! »
→ vers **CHAPITRE 15** (p. 84)

OU « Si Anne-Fleur n'y voit pas d'inconvénient…
Ce serait avec plaisir ! » → vers **CHAPITRE 16** (p. 89)

CHAPITRE 14

Je fais glisser les notifications des messages de mes parents sans même les lire. En ouvrant l'application GPS, je me rends compte que la pâtisserie n'est qu'à un petit kilomètre de la maison de Monique. Hier, complètement empâtée de sommeil, j'étais persuadée d'avoir conduit au moins dix minutes ! Certes, la route monte pas mal et la température avoisine dangereusement le zéro degré, mais j'ai quand même un minimum de conscience écologique. Ce serait ridicule de ma part de prendre la voiture pour un si court trajet. Je quitte donc le véhicule et prends le chemin du bourg. Cette petite marche me permettra de découvrir enfin le village à la lumière du jour.

Rapidement, quelques flocons de neige commencent à tomber. J'enfile ma capuche pour me protéger, mais je suis ravie de ce spectacle. À Paris, les rares jours de neige sont souvent synonymes de réseau routier bouché et de trottoirs glissants et sales. Ici, les flocons donnent au village des allures de carte postale, avec ses façades colorées et ses chemins qui serpentent. Comme je suis en avance, je ne me presse pas, et avance le nez en l'air, émerveillée par ce beau paysage dont je suis, semble-t-il, la seule à profiter en cette fin de matinée.

Du moins c'est ce que je croyais. Jusqu'à ce qu'une masse de poils sombres me fonce dessus, langue pendante, et s'arrête à ma hauteur pour coller ses pattes humides sur mon pantalon. *Yack*. J'ai beau ne pas détester les animaux, je préfère généralement qu'ils se tiennent éloignés de mes vêtements. Je repousse maladroitement la bête, tout en cherchant du regard l'humain qui devrait l'accompagner. Passablement énervée, je suis prête à en découdre. Sur la place déserte, je ne vais pas me gêner pour faire un esclandre.

— Ohlala, je suis désolé, pardon ! D'habitude, à cette heure-là, il n'y a absolument personne dehors, alors je le détache… Vraiment désolé. Allez, Macaron, viens ici, au pied !

Sérieusement, qui appelle son chien Macaron ? Heureusement pour moi, le chien en question est obéissant et fonce retrouver son maître. À qui je vais pouvoir passer un savon digne de ce nom ! Génial, les traces sur mon pantalon, top pour mon deuxième jour !

Mais en relevant la tête, je tombe nez à nez avec un colosse d'au moins un mètre quatre-vingt-dix pour autant de kilos. Ses épaules et son buste sont tellement larges que son ombre me recouvre tout entière. Je me sens très petite d'un coup. Ses yeux bruns rieurs et son sourire en coin traduisent une gêne sincère. Son visage rond et solaire fait instantanément reculer mon désir de vengeance.

— Oui, bon, ne vous en faites pas, ce n'est pas bien grave.

Waouh, quel savon, Pauline, très effrayant. Le colosse embraie tout de suite sur autre chose :

— Vous êtes nouvelle ici, non ? s'enquiert-il en attachant son chien. C'est rare les nouvelles têtes aussi tôt dans la saison. Et je m'en souviendrais si je vous avais déjà vue.

Encore ce petit sourire en coin. Il fait un peu chaud d'un coup ou c'est moi ?

— Bien vu, je suis la nouvelle vendeuse de la Maison Lavergne, je suis arrivée hier !

En entendant parler de la pâtisserie, son regard s'illumine tout à coup. Décidément, j'avais largement sous-estimé la réputation de l'établissement. Ou alors c'est un truc de village ? Tout le monde connaît les commerces du coin ?

— Oh, je vois… Et alors, vos nouveaux collègues sont sympas ?

— Je n'ai pas encore rencontré tout le monde, mais pour l'instant, j'ai été très bien accueillie. Tout le monde a été très… cool !

J'essaie de ne pas trop en dire. J'ai peur de faire une gaffe, de dire un truc de travers. On ne sait jamais, pour peu que ce type connaisse Sébastien et qu'il aille tout lui répéter. Ou pire… qu'il soit l'auteur des lettres anonymes ! Il ne manquerait plus que ça ! Avant de faire une bourde, je coupe court à la conversation et bats en retraite :

— Je suis désolée, je dois vraiment y aller, sinon je vais être en retard !

— Oh, pardon, je ne voulais pas vous retenir. Peut-être à bientôt ?

Je quitte à regret ses grands yeux noisette pleins de promesses et je m'éloigne d'un pas rapide, en secouant la main pour le saluer comme si j'avais quinze ans. Sérieux, c'est pas possible d'être aussi socialement inadaptée. J'accélère encore la cadence, pour que l'homme ne me voie pas rougir de honte. Ça fait tellement longtemps que je n'ai pas flirté que je ne sais pas si son « peut-être à bientôt ? » était une conclusion normale à une interaction sociale de ce type, ou s'il s'agissait d'une étrange tentative de séduction. Je secoue la tête. J'ai été en couple si longtemps que je n'ai plus aucune idée de comment tout ça fonctionne. Je vois un homme séduisant, et voilà que ça suffit pour que je m'emballe et commence à me faire des films. Je dois absolument me reprendre. Je ne suis pas là pour ça ! Allez, au boulot.

J'arrive largement à l'heure à la pâtisserie, en nage d'avoir marché si vite. Je salue rapidement Anne-Fleur et file me rafraîchir au vestiaire et passer mon tablier. Heureusement, il camoufle parfaitement les traces que Macaron a laissées sur mon pantalon. Je suis fin prête pour commencer cette nouvelle journée de travail. Comme la veille, ma collègue m'accueille avec le sourire et n'hésite pas à me donner un coup de main à chaque fois que j'en ai besoin.

— C'était pas comme ça, dans ton ancien job ? s'étonne-t-elle parfois.

J'essuie la goutte de sueur qui perle soudain sur mon front. *Cerveau, si tu fonctionnes encore, sors-moi de cette situation, et vite !*

— Je préfère toujours demander, tenté-je d'expliquer, tu sais, chaque établissement à un peu ses… habitudes, alors pour éviter de faire une bourde, j'aime mieux qu'on me précise les choses.

— OK, je vois.

Comme bien souvent, heureusement, je peux compter sur l'arrivée d'un client et le doux son de la clochette de l'entrée pour me sortir de cette conversation à haut risque. En me tournant vers le nouvel arrivant, je ne peux contenir ma surprise. C'est l'homme que je viens de croiser ! Le colosse aux yeux noisette. Si ma collègue Anne-Fleur ne remarque pas mon trouble, l'homme semble s'amuser de ma surprise. Est-ce qu'il est revenu juste pour moi ?

— Ah, Andrea ! Je ne savais pas que tu passais aujourd'hui, lance Anne-Fleur au nouveau venu.

Comment ça, *Andrea* ? Est-ce que celle que j'imaginais être la cheffe pâtissière est en réalité *un* chef pâtissier ? Est-ce qu'en plus, ce chef, *mon* chef, n'est autre que l'homme sur qui je bave en pensée depuis notre rencontre ?

— Je teste une nouvelle création pour les fêtes… je viens voir ce que ça donne après quelques heures au frais.

— Cool, s'enthousiasme ma jeune collègue. Tu vas enfin rencontrer Pauline, ma nouvelle meilleure collègue !

Elle ponctue sa phrase en me pointant du doigt, le sourire aux lèvres. Je manque de faire tomber le plateau de forêts-noires que je tiens dans les mains. Je me rattrape au dernier moment.

— En fait, on a déjà eu l'occasion de faire connaissance, lâche Andrea en riant. Re-bonjour, Pauline.

— Re-bonjour.

Enfin, ça, c'est ce que j'ai voulu dire. Je crois que ce qui est sorti de ma bouche ressemblait plus à un piaillement mal assuré. Je me racle la gorge et tente un sourire sous le regard surpris d'Anne-Fleur, qui me prend d'autorité les pâtisseries des mains avant qu'un drame ne se produise. Décidément, j'ai beaucoup de mal à m'habituer au regard de cet homme. L'intensité de ses œillades me trouble au plus haut point. J'ai rarement rencontré un homme avec une carrure aussi… imposante. Et protectrice. En posant mes yeux sur ses bras, je ne peux m'empêcher de penser qu'on doit s'y sentir à l'aise et en sécurité. Me sentant rougir, j'essaie de chasser ces pensées, et je détourne le regard. Je fantasme sur mon patron, top. Malheureusement, le chef s'approche du comptoir, dans notre direction.

— Est-ce que je peux vous faire visiter les locaux ? Pour me faire pardonner, explique-t-il en désignant les taches sur mon pantalon.

Je ne sais pas si c'est le genre de chose que l'on peut refuser à son patron lorsqu'on le rencontre pour la première fois, surtout après avoir failli l'insulter à cause de son chien mal élevé. Mais je ne sais pas non plus si c'est une bonne idée de me retrouver seule avec cet homme qui, de toute évidence, me fait perdre tous mes moyens.

« C'est gentil, mais Anne-Fleur m'a déjà fait faire le tour du propriétaire… et je ne voudrais pas vous retarder ! »
→ vers **CHAPITRE 15** (p. 84)

OU « Si Anne-Fleur n'y voit pas d'inconvénient… Ce serait avec plaisir ! » → vers **CHAPITRE 16** (p. 89)

CHAPITRE 15

— Dis donc, on en pince pour Andrea ?

Sitôt qu'il s'est enfermé dans la cuisine, Anne-Fleur me saute dessus.

— Tu aurais pu me le dire ! argué-je pour toute défense.

— Te dire quoi ?

— Que… que c'était un homme !

Ma collègue me regarde quelques secondes avec de grands yeux ronds, avant d'éclater de rire. Je pique un fard, honteuse.

— Je ne sais pas. Andrea… j'ai pensé, enfin, voilà… quel mec s'appelle Andrea ? me défends-je.

La main sur le ventre pour retenir son hilarité, Anne-Fleur tente de se calmer, et essuie quelques larmes qui perlent au coin de ses yeux.

— Je suis désolée, parvient-elle à répondre. Comment j'aurais pu savoir que t'allais penser ça ? La mère d'Andrea est italienne. Là-bas, Andrea, c'est un prénom de garçon. Ahlala, Pauline, je te jure, je t'aime déjà ! Et puis, tu dois vraiment vivre dans une grotte pour n'avoir jamais entendu parler de lui, c'est un peu une célébrité locale, la fierté des Hautes-Alpes.

Ah ! Une célébrité, carrément ? Je souris pour masquer ma gêne et je me demande sincèrement combien de jours encore je vais pouvoir cacher mes mensonges à Anne-Fleur. À force, elle va bien finir par se rendre compte que je n'ai rien d'une vendeuse ni d'une montagnarde ! Dans la vie, j'ai vite compris que parfois, la meilleure des défenses, c'est l'attaque. Si j'ai trop peur de faire une boulette, je dois simplement m'assurer de ne pas trop parler. Et pour ne pas trop parler… je dois faire parler Anne-Fleur.

— Ça ne se voit pas sur son visage, en tout cas, finis-je par lâcher.

— Hein ? s'étonne ma collègue.

— Les menaces dont tu m'as parlé. Il a l'air plutôt zen pour quelqu'un dans sa situation.

Elle hausse les épaules.

— Ah ça… Andrea n'est pas du genre à se plaindre. C'est toujours le premier à sourire, hyper serviable, mais s'il est triste ou préoccupé, ça, tu ne le sauras jamais.

— Comment t'as su, alors, pour les menaces ?

— Presque tous les employés ont reçu des lettres anonymes. Et pourquoi pas lui, alors que c'est le chef ?

— Tu en as reçu, toi ?

— Non. Pas encore, en tout cas. À croire que je n'intéresse pas le corbeau !

— Et ça dure depuis un an ?

— À ce qu'on dit, oui. Et pour certains, c'étaient des lettres presque tous les jours !

— Mais tu es sûre que ce sont… de *vraies* lettres ? Tu les as déjà vues ?

— On m'en a montré, et je t'assure, c'est du travail de pro. Comme on voit dans les films ! C'est flippant de ouf.

— Pourquoi ? Elles disent quoi ces lettres ? Elles sont si effrayantes ?

— Je ne dirais pas « effrayantes » à proprement parler, mais le corbeau a l'air vachement bien renseigné. Je connaissais bien une des vendeuses qui m'a précédée, et elle m'a raconté que le maître chanteur la menaçait de révéler des secrets de famille. Du genre bien gardés, et depuis plusieurs générations. Un travail, ça se trouve, hein, alors ça paraît être un bon compromis de sacrifier plutôt son boulot.

Je réprime un frisson. Avec mon usurpation d'identité, je suis la victime idéale pour ce corbeau.

— Et l'auteur de ces lettres, il est déjà passé à l'action ?

— Difficile à dire. On a bien eu quelques petites… bizarreries depuis qu'on reçoit les lettres, mais on n'a jamais pu prouver que c'était l'œuvre d'une personne malintentionnée.

— Du genre ?

— Une fois, l'électricité a été coupée pendant toute une nuit, gâtant évidemment toutes les pâtisseries dans les frigos. Des câbles électriques avaient été endommagés, mais on n'a jamais pu déterminer si c'était un sabotage ou le fait d'un animal sauvage. Qui que soit cette personne, et quoi qu'elle veuille, si tu veux mon avis, elle a une sacrée dent contre nous !

— Tu crois que… je pourrais en recevoir une ? m'inquiété-je.

Anne-Fleur fait la moue.

— Je ne vois pas pourquoi… à moins que tu aies des choses à cacher ?

Je ne goûte pas franchement son trait d'humour, mais j'essaie de ne pas le montrer. Enfin, quelque part, je suis sans doute la personne dans cette pâtisserie qui mériterait le plus le titre de voleuse où de menteuse… J'espère simplement que ces lettres, et la personne qui se cache derrière, ne viendront pas s'ajouter à mes propres soucis.

Je n'ai pas l'occasion de poursuivre mon interrogatoire, car la première vague de clients arrive. Pour ne pas faire encore plus d'erreurs qu'hier, j'essaie d'oublier toutes ces histoires de lettres anonymes et de sabotage pour rester concentrée sur mon travail. En ce qui concerne le service, on peut dire que je m'améliore. Je commence à retenir les noms des pâtisseries et des gâteaux, et j'arrive *presque* à les emballer correctement du premier coup. Le plus dur pour moi, finalement, c'est l'encaissement. Me souvenir de la totalité de la commande, ne pas me tromper en la préparant, bien remplir la machine enregistreuse, prendre et rendre correctement la monnaie… tout en faisant la causette avec les clients, ça fait beaucoup d'actions simultanées pour mon cerveau. Pour moi qui avais l'habitude de bosser la plupart du temps seule, assise derrière mon écran, et qui n'ai pratiquement côtoyé que Sam et Julie depuis trois mois, être au contact des gens toute la journée m'épuise plus que de raison. D'autant qu'aujourd'hui, Anne-Fleur m'a laissée gérer l'après-midi toute seule, avant le coup de feu de la soirée. Heureusement pour moi, ces heures-là ont été plutôt calmes. J'ai seulement failli renverser un énorme opéra lorsqu'Andrea m'a saluée en quittant la boutique. Par chance, je crois que ni lui ni le client ne s'en sont rendu compte, mais j'ai frôlé la correctionnelle !

À la fin de la journée, je suis complètement rincée. J'espère que je vais réussir à m'habituer à la cadence de mon nouveau job – sachant que tout le monde n'arrête pas de me dire qu'elle ne va faire qu'augmenter à l'approche des fêtes ! – sinon, c'est certain, je ne tiendrai jamais jusqu'en février.

— Tu veux venir prendre un café à la maison avant de rentrer ? me propose Anne-Fleur en sortant du vestiaire. Ma famille serait contente de faire ta connaissance !

Je suis très touchée par cette proposition. J'ai vite compris, en discutant avec la jeune fille, que tous ses amis avaient quitté la région à la rentrée pour poursuivre leurs études après le lycée.

La pauvre doit se sentir bien seule dans ce tout petit village où la moyenne d'âge dépasse largement les cinquante ans. Je n'ai pas le cœur à refuser son invitation, mais je suis complètement exténuée. Je ne rêve que d'un bon petit plat, et de me coucher le plus tôt possible !

Accepter l'invitation d'Anne-Fleur
→ vers **CHAPITRE 17** (p. 96)
OU La remercier mais rentrer directement
→ vers **CHAPITRE 18** (p. 100)

CHAPITRE 16

Je suis Andrea dans les cuisines et j'ai l'impression que mon cœur va s'échapper de ma poitrine ou que je vais avoir une crise cardiaque, au choix. Alors que j'avance derrière lui, je ne peux pas m'empêcher de le détailler : ses cheveux qui s'échappent à l'arrière de sa casquette, la largeur de ses épaules et la taille de ses biceps. Sans que j'y prenne garde, mon regard coule vers ses fesses. Et elles ont l'air… très fermes. Je déglutis et relève immédiatement la tête, les joues brûlantes de honte. Il ne manquerait plus qu'Andrea me surprenne à le mater. Visiblement, mes hormones ont un message à me faire passer.

Le chef commence à me décrire le matériel utilisé, et sa façon de fonctionner avec Gabriel, son second. Il en profite pour me faire un résumé rapide de la fondation de la Maison par le père du mari de Monique, et sa notoriété grandissante à l'époque de Victor – « Je vous embête, vous devez déjà savoir tout ça, j'imagine ». Il ne pourrait pas plus se tromper, mais je dois rester dans mon personnage, alors je ne le contredis pas. Je note mentalement que, quand j'aurai le temps, il faudra vraiment que je me penche un peu plus sur l'histoire de l'établissement Lavergne. Peut-être que je pourrais en apprendre un peu plus grâce à Monique ?

— En ce moment, je travaille sur une nouvelle création, pour les fêtes, déclare-t-il une fois que nous avons terminé la visite. Je peux vous demander votre avis ? Gabriel est trop impliqué pour être objectif, Anne-Fleur aime toujours tout, et je crois bien que Sébastien aurait peur de se faire virer s'il trouvait ça mauvais… Ce qui n'arrivera pas, rassurez-vous. J'ai besoin que quelqu'un soit honnête avec moi. Vous pouvez faire ça ?

Ces temps-ci, on ne peut pas dire que l'honnêteté soit ma spécialité. Mais j'acquiesce tout de même.

— L'idée, c'est vraiment d'avoir le meilleur produit possible, pour que les clients en redemandent. J'espère tenir le prochain best-seller signature de la Maison !

— Euh, oui, bien sûr… Allons-y !

Il s'éloigne un instant puis revient, un torchon dans les mains :

— Tenez, mettez ça sur vos yeux, sinon, ce n'est pas du jeu.

Je fixe un moment le tissu avant de me décider à le nouer autour de ma tête. Dans quoi suis-je encore en train de me fourrer ? Ça fait deux jours qu'Anne-Fleur me parle de lettres de menaces, et moi je me laisse bander les yeux par le premier venu ? Dans une cuisine pleine d'objets tranchants ? Décidément, aucun instinct de survie.

— Je reviens tout de suite.

Il me glisse ça, tout bas, à l'oreille. Il fait très chaud dans cette cuisine, non ?

C'est très étrange de se retrouver dans un endroit qu'on ne connaît pas, avec un parfait inconnu, sans rien voir de ce qui se passe. À l'oreille, j'essaie de deviner ce qu'il fabrique. Il a ouvert un des frigos, et semble y chercher quelque chose. Au bout de plusieurs minutes, il revient vers l'îlot central près duquel il m'a abandonnée.

— Ce qu'on va faire, c'est que je ne vais rien vous dire au sujet de cette nouvelle création, ni son nom ni rien, histoire que ce soit une vraie découverte. OK ?

— Hum, hum, acquiescé-je.

J'espère seulement qu'il n'est pas à deux doigts de m'empoisonner. Le silence emplit à nouveau la pièce. Je n'entends qu'un couvert – un couteau ? une spatule ? – faire craqueler quelque chose avant de tinter sur un récipient en verre, comme s'il avait découpé une part de gâteau dans une assiette.

— Parfait, ouvrez la bouche, s'il vous plaît.

J'essaie d'occulter le frisson qui me parcourt quand j'entends sa voix grave prononcer ces mots, et m'exécute. Je sens alors l'espace entre lui et moi se réduire d'un seul coup. Je suis assaillie par son odeur (un savant mélange entre un parfum musqué et du sucre vanillé), et la chaleur de son corps. J'en ai le soufflé coupé et j'ai la sensation que le sol de la cuisine s'ouvre sous mes pieds. À tâtons, je pose mes deux mains sur le plan de travail derrière moi, histoire de ne pas flancher. Et surtout de remettre un peu de distance entre nous deux. Ce sont désormais la fraîcheur et les senteurs pâtissières de la création qui envahissent mes narines. La cuillère est là, je la devine, proche de ma bouche. Je tressaille de surprise lorsqu'Andrea, d'un geste délicat, m'attrape le menton pour m'empêcher de bouger. Ce mouvement autoritaire suffit à me faire tourner la tête. À ma décharge, je n'ai connu ni intimité ni tendresse avec un homme depuis des mois, et il se peut que mes hormones interprètent certaines choses de travers, et avec un enthousiasme un peu trop débordant.

J'ai à peine le temps de me remettre de ce contact que mille et une nouvelles saveurs m'explosent en bouche. La création d'Andrea est un véritable émerveillement pour les papilles. La pâtisserie est à la fois sucrée, épicée et fraîche. Les goûts se succèdent sur ma langue et mon palais jusqu'à créer une harmonie finale indescriptible. Je pousse un râle de plaisir. C'est *vraiment* bon.

— J'en déduis que vous aimez ? plaisante Andrea. Sinon, vous auriez déjà fait la grimace, ou pire : tout recraché sur moi.

Sa remarque me fait sourire. Alors que je vais pour retirer mon bandeau, Andrea suspend mon geste.

— Non, non, pas encore ! D'abord, vous devez essayer de deviner les différents ingrédients.

Il ne le sait pas, mais la légère pression de ses doigts contre les miens m'a fait l'effet d'une myriade de petites décharges électriques. Je retire brusquement mes mains du bandeau, mais surtout des siennes.

— Hum, d'accord.

Trouver les ingrédients, OK. J'essaie de me souvenir de ma bouchée précédente. Bien sûr, je pourrais lui demander de goûter à nouveau, mais je crains un nouveau contact physique entre lui et moi. M'évanouir comme une midinette au beau milieu de la cuisine, ça ne serait pas du meilleur effet, n'est-ce pas ?

— Des marrons ? hasardé-je (c'est le goût que j'ai le plus reconnu).

— Bien joué. Mais encore ?

— Du miel ? De la vanille ?

— Pas mal, pas mal… rien d'autre ?

— Hmm, il y avait une sorte de goût… mentholé, mais ce n'est pas de la menthe.

— Vous avez le palais fin ! J'ai effectivement mis un peu de génépi. Bravo, en tout cas, vous avez trouvé les principaux ingrédients. Je ne vous dis rien pour les autres, il faut toujours une part de secret… Maintenant, vous pouvez enlever le bandeau !

Je ne me fais pas prier. Mes yeux peinent quelques secondes à se réhabituer à la lumière blanche de la cuisine. Andrea est assis nonchalamment sur l'îlot en inox. Devant lui, sur une assiette, je découvre une bûche entamée, celle qu'il m'a fait goûter. Ça alors !

— C'est un trompe-l'œil ?

— Exactement !

Finalement, mes soirées passées à regarder des émissions de cuisine en me goinfrant de plats tout faits à réchauffer n'auront pas été vaines ! Si on fait abstraction du coin dans lequel Andrea a planté sa cuillère, la pâtisserie ressemble à s'y méprendre à une part de tartiflette ! Je ne sais même pas par quel jeu de matières et de textures une telle magie est possible !

— C'est extraordinaire !

Andrea éclate d'un rire franc.

— Votre enthousiasme fait plaisir à voir. J'y ai beaucoup travaillé, et je suis content de voir que ça peut plaire. Il me reste encore à lui trouver un nom… Pour l'instant, je n'ai rien trouvé de satisfaisant. Gabriel a proposé « tarti'fake » mais je ne suis pas certain que ça parle beaucoup à notre clientèle locale, qui est parfois assez âgée. Alors si vous avez des idées, n'hésitez pas à m'en faire part.

— Vous pouvez compter sur moi ! Après tout, la com', c'est un peu ma spécialité !

Andrea me dévisage, les sourcils froncés.

— Comment ça ?

Eeeeeh merde ! En me laissant envahir par l'enthousiasme, je suis complètement sortie de mon personnage.

— Oh, euh, en fait, ça date de mon premier stage, dans une boulangerie, inventé-je. J'étais en troisième et le patron ne voulait me laisser toucher à rien : ni à la caisse, ni à la cuisine, ni même au ménage. Alors, pour m'occuper, il avait trouvé ça : me faire renommer certaines recettes de l'établissement. Ha ha.

Je mens comme une arracheuse de dents et mon rire sonne clairement faux, mais j'espère que ça passera et que mon mensonge ne transparaît pas complètement sur mon visage. Pour toute réponse, Andrea m'adresse un large sourire.

— Nous avons décidément de la chance de vous avoir ! déclare-t-il après un moment. Je me demande quelle mouche a piqué Sébastien pour ne pas vous embaucher la première fois.

Je peine à soutenir son regard brun.

— Bon, je devrais peut-être retourner aider Anne-Fleur, bafouillé-je en quittant la cuisine d'un pas rapide, sans me retourner. Elle a sûrement besoin de moi !

Quand j'arrive près du comptoir, ma jeune collègue me lance un regard amusé.

— Dis donc, je ne savais pas que la cuisine était si grande !

— Andrea voulait mon avis sur sa nouvelle création, réponds-je avec fierté pour tenter de balayer sa remarque.

Ça marche un peu, car elle ricane.

— Ah, la tarti'fake ?

— Je ne crois pas que ça sera son nom officiel…

— Alors, t'en as pensé quoi ?

— Excellent !

— Tant mieux, ça t'aidera à en vendre à Noël !

La matinée en compagnie d'Anne-Fleur passe rapidement, avec une vague de clients entre midi et deux encore plus importante encore que la veille. Je ne suis pas mécontente lorsque la pause arrive enfin ! Cette fois, ma collègue me laisse travailler seule l'après-midi, comme c'est prévu dans nos contrats. Heureusement pour moi, il n'y a que peu de passage, et je ne suis pas trop mise en difficulté. Pour la fin d'après-midi, en revanche, c'est une autre paire de manches. C'est comme si toute la montagne s'était donné rendez-vous ici. Même Sébastien est là, et nous sommes trois à nous relayer (et nous bousculer !) derrière le comptoir. Je ne compte plus ni mes pas ni mes bourdes. Dieu merci, trop occupé lui aussi, Sébastien ne les remarque pas. Seule ma complice, Anne-Fleur, s'en rend compte et assure mes arrières. Cette petite est forcément un ange gardien !

À la fin du service, je suis complètement exténuée ! Je n'ai qu'une envie, rentrer au plus vite chez Monique, dîner, et me mettre au lit le plus tôt possible ! Mais apparemment, Anne-Fleur a une autre idée en tête :

— Ça te dit de venir boire un café à la maison avant de rentrer ? J'habite juste à côté. Ma famille serait ravie de te rencontrer.

Je suis très touchée par sa proposition. J'ai vite compris, en discutant avec elle, que tous ses amis avaient quitté la région à la rentrée pour poursuivre leurs études après le lycée. La pauvre doit se sentir bien seule dans ce tout petit village où la moyenne d'âge dépasse largement les cinquante ans. Je n'ai pas le cœur à refuser son invitation, mais je ne suis pas certaine qu'un café soit suffisant pour me maintenir éveillée.

Accepter l'invitation d'Anne-Fleur
→ vers **CHAPITRE 17** (p. 96)
OU La remercier mais rentrer directement
→ vers **CHAPITRE 18** (p. 100)

CHAPITRE 17

J'accepte avec enthousiasme la proposition d'Anne-Fleur. Dehors, la neige est tombée toute la journée, et le sol est recouvert d'une petite dizaine de centimètres de poudreuse. Les routes ont été salées, et le bas-côté, déjà emprunté par les autres villageois, est relativement praticable malgré mes tennis. Je profite de notre courte marche pour écrire à Monique que je ne vais pas rentrer tout de suite. Elle me répond presque aussitôt qu'un petit plat m'attendra dans le frigo de ma chambre, si besoin. Décidément, je suis vraiment tombée sur une perle rare !

La maison où vit la famille d'Anne-Fleur se trouve en contre-haut de la pâtisserie, au bout village. Le terrain n'est pas très grand, pentu, et assez isolé du reste de la commune. Le jardin ne semble pas vraiment entretenu, mais la maison, elle, se dresse fière et droite, tout en bois, avec ses beaux volets peints de vermeille.

— C'est très joli, déclaré-je en passant le portail.

— Tu trouves ? Ce n'est pas très grand, mais on y est pas si mal, souffle la jeune fille.

Lorsque nous entrons, le calme de l'extérieur laisse aussitôt place à une véritable cacophonie. Je manque de trébucher sur un cube en bois. Je lève les yeux et découvre un salon-séjour ouvert sur une petite cuisine aménagée. Côté jardin, une immense baie vitrée ouvre sur l'extérieur. En plein jour, cet endroit doit être baigné de lumière. Le sol est jonché de jouets, des vêtements traînent çà et là sur le canapé ou les chaises, la table basse est pleine de paperasse, de livres, de magazines et de télécommandes. Au pied de l'insert, un chat est lové au coin du feu, ne dormant que d'un œil. À la grande table, au milieu de la pièce, est installé un homme. Il tient sur ses genoux un enfant de deux ou trois ans à qui il fait prendre son repas. Deux autres enfants, plus grands, sont également attablés. Ils ont fini leur dîner, et sont visiblement en train de se chamailler. Un garçon, un peu plus jeune qu'Anne-Fleur, lit un manga, enfoncé dans un fauteuil deux fois plus large que lui. Ça en fait du monde !

— Papa, je te présente Pauline, ma nouvelle collègue de travail ! Elle vient prendre un café avant de rentrer. Ça ne te dérange pas ?

— Absolument pas, au contraire. Je vous en prie, Pauline, installez-vous.

L'homme me désigne du menton une chaise libre en face de lui. Les deux jeunes enfants ont arrêté de se disputer et m'observent avec curiosité.

— Marie, Max, on ne dévisage pas les gens comme ça, et quand on est poli, on dit bonsoir !

— Bonsoiiiiiiir ! déclarent les deux petits en chœur.

— Ça vaut aussi pour toi, J-B !

— Hum… 'soir, siffle l'ado depuis son fauteuil.

Je les salue à mon tour et m'assieds à la table.

— Je reviens avec le café, annonce Anne-Fleur.

En son absence, j'observe un peu plus la petite famille et la grande pièce à vivre. Sur les photos accrochées aux murs, une femme revient souvent. La mère d'Anne-Fleur, sans doute, au vu de la ressemblance, mais rien d'autre n'indique sa présence à la maison.

Dans l'entrée, seuls cinq manteaux sont accrochés à côté de celui d'Anne-Fleur et du mien. Et seulement six paires de bottes autour du paillasson. J'essaie de ne pas en tirer des conclusions trop hâtives, mais je ne peux pas m'empêcher de me demander où elle est.

— Alors, c'est vous dont Annie me rebat les oreilles toute la journée ? Apparemment, vous êtes la collègue parfaite.

Je laisse échapper un bref rire. S'ils savaient.

— Parfaite ? Je ne pense pas, mais c'est vrai qu'on s'est tout de suite entendues.

— J'espère qu'elle ne vous assomme pas trop quand même. Parfois, quand elle est lancée, c'est difficile de l'arrêter !

— Elle sait certainement occuper nos heures creuses.

— Je vous entends, vous savez !

Anne-Fleur, dont les oreilles doivent siffler, revient avec un plateau. Elle pose devant moi une tasse de café, et dans la coupelle, il y a un sucre et un petit biscuit.

Nous échangeons un sourire, puis un long silence s'installe entre nous. Gênée, je bois mon café. Marie et Max profitent de cette diversion pour quitter la table. La petite, dans les bras de son papa, semble vouloir en faire autant. Il la fait descendre, et la voilà à vadrouiller dans le salon de sa démarche de bambin. Le chat, qui n'a pas manqué une miette de ce spectacle, en profite pour se carapater en hauteur, au grand dam de l'enfant.

— Annie m'a dit que vous étiez de la région ? D'où exactement ? me demande son père pour briser le silence.

— Hum… Pas tout à fait, en fait, je… enfin…

— Papa ! Sérieux, t'es de la police ou quoi ? le rabroue Anne-Fleur à mon grand soulagement.

— Pardon, pardon, je voulais juste faire la conversation.

— Je t'avais bien dit qu'ici tout le monde était curieux, me rappelle Anne-Fleur en m'adressant un clin d'œil.

— Hé !

La petite Marie vient d'arriver à côté de moi, et tire sur ma manche. Je baisse les yeux vers elle sans me départir de mon sourire.

— J't'ai fait un dessin ! Regarde !

Elle me tend une feuille sur laquelle sont tracés des motifs géométriques qui me semblent totalement aléatoires.

— Oh, merci beaucoup, Marie ! C'est… magnifique !

— C'est pas magnifique, c'est un crocrodile avec un chapeau, rétorque-t-elle, vexée.

Je range soigneusement l'oeuvre dans mon sac, et je profite de l'irruption de Marie pour orienter la conversation vers les enfants et leur scolarité. Pendant ce temps-là, au moins, on ne parle plus de moi, et je ne risque pas de faire de gaffes.

La soirée avance, et je découvre en Pascal – le père d'Anne-Fleur – un homme aussi sympathique et chaleureux que sa fille. Pendant un temps, j'en oublie même ma fatigue ! Mais finalement, après une heure de conversation à bâtons rompus, elle finit par me rattraper. Je remercie Anne-Fleur et sa famille pour leur accueil, et je prends la direction du gîte de Monique. Dehors, la neige a recommencé à tomber. Plongé dans l'obscurité et toujours aussi désert, le village revêt plus que jamais un aspect lugubre. Je presse le pas pour retrouver ma nouvelle chambre au plus vite.

→ vers **CHAPITRE 18** (p. 100)

CHAPITRE 18

Décembre est là et j'ai l'impression que le mois de novembre est passé en un clin d'œil. Pourtant, ces dernières semaines sont loin d'avoir été de tout repos. Au début, j'étais euphorique et enthousiasmée par ce changement de vie. Après des mois passés à me morfondre dans un lit et à boulotter séries et documentaires dont je n'ai rien retenu, changer de région, démarrer un nouveau travail et rencontrer de nouvelles personnes m'a fait un bien fou. Et puis, petit à petit, ce semblant de paradis s'est ébréché.

L'hiver n'est peut-être pas mon plus grand allié dans cette histoire. À Saint-Laurent-de-Chambon, je profite à peine de quelques heures de soleil par jour, le matin, avant d'aller au boulot. La nuit tombe très vite, et lorsque je termine mon service, je dois rentrer chez Monique à la lueur de mon téléphone portable, car les seuls lampadaires du village sont circonscrits aux deux-trois rues qui forment le bourg.

Et que dire du froid ! Depuis mon arrivée, grâce à Monique (mais à son grand étonnement), j'ai pu me fournir en manteaux et en chaussures plus adaptés à ma nouvelle région, mais les températures négatives et les morsures glaciales du vent alpin me découragent souvent de sortir. Mon train de vie ici n'a plus grand-chose à voir avec celui que j'avais à Paris. Dans la capitale, le soir, j'allais au restaurant avec Alex, ou bien je sortais avec les filles. Nous allions au cinéma, au karaoké, au théâtre, ou bien simplement boire un coup en terrasse pour refaire le monde. Ici… mes soirées sont presque toujours les mêmes : dîner et discussion avec Monique jusqu'à 9 heures ou 9h30, puis elle va se coucher et je me retrouve dans ma chambre, avec ma tablette pour seule compagnie. Il m'arrive parfois de passer la soirée chez Anne-Fleur, en compagnie de sa famille, mais si ces moments partagés sont sympathiques, ils n'ont rien de la frénésie de certaines de mes nuits parisiennes.

Je supporte encore moins ces petites contrariétés depuis que, sans vraiment le savoir, mes parents ont mis le doigt dessus. « Mais comme tu dois t'ennuyer là-bas ! », « Il y a des jeunes, au moins ? », « Qu'est-ce que tu fais de tes soirées ? de tes jours de congé ? », « Ça n'est pas *du tout* une vie pour toi ! », « Je comprends ton besoin de changer d'air, mais là, c'est un peu radical, non ? », etc. Leurs commentaires me mettent en rogne !

Tout ça pour que je vienne passer les fêtes à la maison… Parce que sinon, ça ferait mauvais genre. Déjà que je viens de me faire larguer, alors si en plus je ne suis pas là pour Noël, ça va jaser dans la famille, et ça, mes parents ne peuvent pas le supporter ! Plus ils insistent, et plus je force le trait auprès d'eux pour dépeindre ma vie à Saint-Laurent sous son meilleur jour. Mais la vérité… c'est que mon nouveau quotidien m'épuise. Plus les semaines passent, et plus j'ai du mal à contrôler mes faits et gestes, et chacune de mes paroles. Au travail, j'ai pris le pli, alors je peux me permettre de relâcher un peu la pression, je connais davantage mon job, désormais.

Côté perso… Je commence à très bien m'entendre avec Monique (malgré son côté revêche), avec Anne-Fleur bien sûr, et même avec Sébastien (qui sait être un type tout à fait sympathique quand il sort de son rôle de gars sérieux-super-anxieux), et il me devient presque impossible de ne pas dévoiler ma *véritable* identité. C'est un travail de tous les instants qui me demande une énergie folle. Surtout pour moi qui ne suis franchement pas habituée à mentir, et encore moins aux gens que j'apprécie. Je dois toujours être hypervigilante et trouver la parade au moindre faux pas. Comme ce jour où Sébastien et Anne-Fleur ont découvert que je vivais chez Monique. J'ai dû inventer une histoire d'appartement insalubre, de marché à flux tendu pour justifier mon choix de prendre une chambre chez l'octogénaire. Heureusement pour moi, ça a eu l'air de les convaincre, mais il s'en est fallu de peu que la vérité éclate. Et plus le temps passe, plus mon mensonge grossit et s'auto-alimente, et devient donc plus difficile à le contrôler. Il m'arrive, certaines nuits, de rêver que Monique et Andrea me jettent en prison après que tout le monde a appris que je ne suis pas la vraie Pauline Robert. J'en viens à me demander si ce changement de vie n'était pas un peu radical, comme se plaisent à me le rappeler mes parents. Certes, ça m'a permis de laisser mes problèmes derrière moi, mais également mes amis, mes habitudes, etc. Et finalement, ça crée d'autres difficultés ! Enfin, au moins, l'avantage, c'est que j'ai beaucoup de temps pour moi, et je peux le consacrer à cogiter !

Et puis, fatalement, les jours d'ennui, je repense à Alex. Lui dont je n'ai toujours aucune nouvelle, et dont j'ignore tout de la vie qu'il mène aujourd'hui. Je repense à tout ce que nous avons vécu, aux projets que nous avions, à ce futur que nous aurions pu avoir. Souvent, le soir, dans ma chambre, je pleure quand les souvenirs se font trop insistants. C'est pour ça que les soirées et les jours de congé sont si longs et si éprouvants pour moi.

Aujourd'hui est une de ces journées. Quand je me lève, Monique est déjà partie je ne sais où. Sans doute au marché, ou chez une amie. Elle m'a laissé un petit déjeuner tout prêt au salon, avec l'interdiction d'aller dans la cuisine pour débarrasser. Une fois mon repas englouti, je retourne dans ma chambre et je reste là quelques minutes à observer le petit bout de forêt enneigée que l'on aperçoit depuis la baie vitrée. Ces derniers temps, les chutes de neige se sont intensifiées et j'ai droit à un véritable paysage de carte postale. Les premières semaines, cela suffisait à me vider la tête et à me rasséréner. Désormais, ça ne fait illusion que quelques minutes avant que je ne retombe dans mes angoisses. Une fois de plus, je ne résiste pas longtemps avant de retourner me rouler en boule sous ma couette, toujours en pyjama. Je n'arrête pas de me demander si j'ai fait le bon choix. Les avertissements de Julie (« Tu ne vas quand même pas faire *ça* ? ») et les remarques désagréables de mes parents (« À quoi tu joues, bon sang, Pauline ? ») tournent en boucle dans ma tête. Et s'ils avaient raison ? Et si j'avais pris la pire des décisions ? Quel avenir je pourrais avoir ici, quand la seule raison derrière ma venue est un énorme mensonge ? Qu'est-ce que je vais faire *après* ? C'est quand, d'ailleurs, *après* ? Quand je suis au plus mal, je me demande même si ma mère n'a pas vu juste. Peut-être que je n'en ai pas fait assez pour retenir Alex. On était heureux, merde. Alors, oui, bien sûr, on s'était certainement enterrés dans une forme de routine. Mais de là à tout envoyer balader ? Je l'aimais, moi, ce quotidien. Je m'y sentais rayonnante et confiante, et même la perte de mon job n'avait pas réussi à entacher ça. Les jours où la nostalgie m'assaille, j'en viens même à me dire que je devrais retourner à Paris, sonner chez Alex, et le convaincre de nous donner une seconde chance. Pathétique, la meuf.

J'essuie les larmes sur mes joues et jette un coup d'œil à mon téléphone portable. Argh ! Il n'est que 9h30... Il va vraiment falloir que je trouve une véritable occupation si je ne veux pas me transformer en larve ! À l'étage, j'entends du bruit. Monique vient de rentrer. Je pourrais prétexter une envie de thé pour que nous discutions un petit peu en attendant l'heure du déjeuner. Mais aller voir Monique, c'est prendre le risque de se faire rabrouer : parfois, elle a autre chose à faire, et elle ne se gêne pas pour le faire savoir. L'autre jour, elle m'a carrément regardée comme si j'étais une gamine morveuse et bruyante qui lui traîne dans les pattes. L'octogénaire a son petit caractère… La plupart du temps, j'arrive à m'en accommoder, mais certains jours – comme aujourd'hui – je crains de me mettre à pleurer à la moindre contrariété. Et je voudrais épargner ce genre de spectacle à ma logeuse. D'autant que je sais à quelle vitesse les histoires se répandent dans le village. Je ferais peut-être mieux d'aller me promener, prendre un peu l'air. Mais je crains la morsure du froid, presque autant que les piques de Monique…

Rejoindre Monique à l'étage → vers **CHAPITRE 19** (p. 105)
OU Aller se promener malgré le froid
→ vers **CHAPITRE 20** (p. 113)

CHAPITRE 19

Dans le salon, Monique fait les poussières. Armée de son plumeau, elle passe au peigne fin chaque étagère et chaque bibelot.

— Tu n'as donc personne à aller voir ? demande-t-elle à mon arrivée sans se retourner.

Je hausse les épaules et m'assieds à la table du salon.

— Personne que j'ai *envie* de voir, en tout cas, lâché-je les dents serrées.

Je ne sais pas ce qui m'a poussée à répondre ainsi. Monique a son caractère, mais elle sait aussi se montrer prévenante. Pourtant, ce n'est pas forcément le genre de personne à qui on a envie de faire des confidences. Peut-être qu'il fallait que ça sorte.

— Hum, fait l'octogénaire.

Elle s'arrête net, et range son plumeau au placard.

— Tu sais jouer au Scrabble ? m'interroge-t-elle en farfouillant dans une armoire.

— Bien sûr.

Elle revient s'installer face à moi et dépose la boîte de jeu sur la table. Elle déplie et installe le plateau, et me tend le sac pour que j'y pioche les lettres. Pendant quelques minutes, en silence, nous observons nos pièces.

— Qui commence ? m'enquis-je.

— Honneur aux jeunes femmes !

Au début, nous ne parlons que du jeu et de la partie en cours. Très vite, je me rends compte que Monique ne sait pas seulement jouer au Scrabble, mais qu'elle est littéralement en train de m'atomiser. Dans mes souvenirs, c'était un jeu de société un peu chiant, tout juste bon à réunir plusieurs générations d'une même famille autour de la table lors des dimanches gris et pluvieux. Mais Monique semble avoir élevé ce jeu à un autre niveau. En bonne stratège, elle ne marque pas seulement des points : elle fait également en sorte que j'en marque le moins possible en bloquant les meilleurs spots et les cases intéressantes type « mot compte triple ». Je comprends très vite que, pour moi, la partie est déjà perdue. Je décide donc de m'en désintéresser et de lancer la conversation. Depuis mon arrivée, je marche un peu sur des œufs avec Monique quand il est question de son mari, de la pâtisserie ou d'Andrea. J'ai vite senti que le sujet était sensible et je n'ai pas forcément envie de lui donner de raisons supplémentaires de m'envoyer bouler. Mais comme elle a l'air concentrée sur le jeu, je me dis que c'est peut-être le moment de me lancer. En vrai, je suis très curieuse d'en apprendre plus sur Monique.

— Andrea, commencé-je, il fait partie de votre famille ?

Elle suspend son geste et son *v* au-dessus du plateau de jeu, puis lève ses yeux et ses lunettes vers moi.

— Absolument pas.

Elle reporte son attention sur le Scrabble et inscrit le mot « victoire » en utilisant les 7 lettres de son jeu. Mot compte double. Elle affiche un sourire en coin puis, de son regard plein d'amusement, elle me lance :

— À toi.

Je regarde mes propres lettres, essentiellement des consonnes, incapable de voir quel mot elles pourraient former. J'ai beau les déplacer et les replacer sur mon chevalet, rien n'y fait. Je vais avoir besoin d'un peu plus de temps pour réfléchir. J'en profite pour la relancer sur notre conversation.

— Pour Andrea, je pensais pourtant… soufflé-je simplement.

Je laisse traîner ma phrase en espérant qu'elle comprendra où je veux en venir et qu'elle mordra à l'hameçon. S'il y a bien une chose que j'ai apprise depuis mon arrivée, c'est que les gens d'ici adorent les commérages.

— Pour quelle raison ? demande-t-elle sèchement. C'est lui qui t'a dit ça ?

— Non, pas du tout. Juste… c'est l'impression que j'ai eue. Qu'il était votre petit-neveu, ou quelque chose du genre. Pour une maison familiale, ça serait logique, non ?

— Tout n'est pas toujours logique, dans la vie.

— C'est-à-dire ?

— Je te trouve bien curieuse, tout à coup !

J'ai peur de l'avoir définitivement vexée, mais elle enchaîne rapidement :

— Allez, si tu te mets à jouer un peu plus vite, je veux bien te raconter les grandes lignes. Mais, pitié, joue !

L'occasion est trop belle, je me hâte donc de poser quelques lettres qui me rapportent un maigre total de 24 points. Ça ne suffira pas à rattraper mon retard, mais c'est suffisant pour délier la langue de Monique. Tout en plaçant ses lettres, l'octogénaire raconte d'une voix soudainement adoucie :

— Je suppose que tu l'as compris, mais Victor et moi n'avons pas eu d'enfant. Pendant longtemps, la question de la succession ne s'est pas posée. Dans notre famille proche, personne n'a jamais posé la question. Les sœurs de Victor avaient toutes fait leur vie loin du village et de la pâtisserie, et tout ça n'a jamais intéressé mon unique frère. Il en allait de même pour leurs enfants. De toute façon, on n'avait pas le temps de se poser la question : avec le succès que la Maison a connu dans les années soixante-dix, Victor travaillait d'arrache-pied et on ne pensait pas à tout ça. On était encore assez jeunes ! Et puis, ma foi, vient un moment où la vie nous rattrape. Pour nous, ça a été au début des années quatre-vingt-dix. Victor, qui n'avait pas encore soixante ans, a commencé à se sentir étrangement fatigué. Après quelques rendez-vous médicaux, le verdict a été sans appel : il était atteint d'un cancer, et ce dernier progressait vite. Heureusement pour nous, la boutique fonctionnait bien et pouvait, avec l'aide de nos salariés, tourner sans nous. Pendant des semaines, on a fait des allers-retours à l'hôpital. À force de traîner dans ce genre d'endroits, tu finis par y croiser souvent les mêmes visages. C'était le cas de ce jeune couple, dont la femme était enceinte. Victor et elle ont été admis en hospitalisation longue le même jour. Son mari et moi avons fini par sympathiser, on prenait le café ensemble le matin, avant de monter dans « nos » chambres respectives. Antoine et Chiara. Ils avaient ton âge à peu près. Il était né dans la région, elle en Italie, à la frontière, mais ils vivaient à Grenoble. Antoine était boulanger dans une grande enseigne de la ville, et Chiara vendeuse en prêt-à-porter. Depuis des années, le jeune couple essayait d'avoir un enfant, sans succès. Chiara avait même fait plusieurs fausses couches, certaines assez tardives. Sa grossesse était considérée comme très à risque.

Monique marque une pause dans son récit et me lance un regard agacé :

— Joue donc ! m'ordonne-t-elle.

Trop passionnée par son histoire, j'en ai complètement oublié la partie en cours. Je me débrouille comme je peux pour former un mot cohérent à placer dans le jeu.

— C'étaient les parents d'Andrea ?

Les épaules de Monique sont secouées par un petit rire.

— Exactement. Je te passe les détails, mais nos séjours à l'hôpital ont fini par énormément nous rapprocher. Quand le petit Andrea est arrivé, Victor – qui était toujours hospitalisé – l'a accueilli comme un petit-fils. Moi, je savais que la naissance du gamin avait fait naître chez ses parents l'envie de se rapprocher de leurs familles respectives. C'est presque tout naturellement qu'on a proposé à Antoine de venir travailler à la pâtisserie. Pendant plusieurs mois, on a tous vécu sous le même toit : la petite famille a logé dans une des chambres du rez-de-chaussée et Victor nous a rejoints quelques semaines après. Le traitement avait fonctionné, et il pouvait enfin rentrer à la maison. Les parents d'Andrea ont finalement acheté un logement dans un village à une vingtaine de kilomètres d'ici, mais ils continuaient de venir presque tous les week-ends pour déjeuner, jouer aux cartes ou au Scrabble ; ils étaient d'ailleurs bien meilleurs que toi… Allez, joue, c'est encore ton tour ! Et puis, alors que le gamin venait de fêter son premier anniversaire, Victor a fait une rechute. Assez vite, on a su que ce serait la dernière et que la fin approchait…

La voix de Monique se brise sur le dernier mot, mais elle poursuit :

— Avant de partir, Victor a voulu tout mettre en ordre, et il a rédigé un testament où il indiquait qu'une part du commerce me revenait et qu'une autre était cédée à Antoine, qui en devenait le propriétaire principal. Il a repris et tenu la pâtisserie pendant trente ans, jusqu'à sa retraite l'année dernière et l'arrivée d'Andrea comme nouveau chef. La suite, eh bien, tu la connais, je crois.

L'histoire est à la fois triste et belle, et je me demande pourquoi Monique s'est montrée jusque-là aussi réticente à en parler. Mille questions me viennent en tête, mais avant que je puisse l'interroger plus avant, quelque chose sonne dans la cuisine, et Monique se lève.

— Je te laisse compter les points et ranger le jeu. Tu me rejoins dans la cuisine ?

Je hoche la tête et lorsque nos regards se croisent, je suis presque certaine de la voir essuyer le coin de son œil du revers de la main.

Dans la cuisine où je la retrouve, Monique est affairée à la découpe d'un poulet. Sur la table sont disposés des légumes, une planche et un couteau.

— Si ça ne t'embête pas, m'enjoint Monique en me les désignant d'un geste.

Je me mets au travail avec précaution. J'ai toutes les peines du monde à manier l'énorme couteau sans me couper une phalange au passage. Mes gestes sont lents et mal assurés. Habituellement, les légumes que je prépare sortent tout droit d'une conserve ou d'un plat à mettre au micro-ondes.

Une fois que Monique a enfourné son poulet, elle me lance un regard moqueur :

— Heureusement que tu n'es que vendeuse, la cuisine ça n'a pas l'air d'être vraiment ton truc… Donne-moi ça.

Elle me pousse d'un coup de reins et m'ôte le couteau des mains. Je laisse échapper un rire gêné. Comme à chaque fois que quelqu'un évoque mon nouveau travail, je suis mal à l'aise. Alors, je change de sujet :

— La Maison Lavergne, elle a toujours été bien vue dans le village ? m'enquis-je.

La question m'est venue en repensant aux menaces et sabotages dont m'a parlé Anne-Fleur. Monique sait peut-être quelque chose à ce sujet.

— Globalement, oui, répond-elle évasive.

— Mais… ?

— Disons qu'il y a eu deux moments un peu compliqués. Quand sa notoriété a explosé au niveau national, beaucoup de gens au village se sont plaints des touristes que le succès des pâtisseries de Victor a attirés. On nous a accusés de ne nous intéresser qu'au profit, au détriment de la tranquillité du village et de ses habitants. Puis le succès a ruisselé sur les autres commerces du village et des alentours, et les critiques se sont calmées d'elles-mêmes.

— Et le second ?

— Quand Antoine a hérité. Il y avait un jeune garçon du village qui a travaillé longtemps en tant que vendeur pour nous, et visiblement, sa famille et lui s'étaient fait des idées. Ça n'a pas duré très longtemps, mais je crois qu'ils en ont gardé quelque rancœur.

Il faudra que j'en parle à Anne-Fleur… Cette histoire d'héritage, ça ressemble quand même drôlement à un mobile pour envoyer des menaces anonymes, non ? Je garde ça dans un coin de ma tête.

Je partage ensuite le déjeuner – poulet rôti et gratin de légumes – avec Monique avant de regagner ma chambre lorsque celle-ci s'installe devant son feuilleton télévisé. Dehors, c'est la tempête et même par la baie vitrée j'ai du mal à apercevoir le ciel et la forêt. J'abandonne donc toute idée de promenade et dois trouver autre chose pour m'occuper. Je pourrais téléphoner à mes copines, à qui je n'ai pas parlé depuis un certain temps, ou faire comme Monique, et me plonger moi aussi dans une série.

Appeler Sam et Julie pour débriefer ces premières semaines → vers **CHAPITRE 22** (p. 126)

OU Profiter du reste de la journée et *binger* une série → vers **CHAPITRE 24** (p. 140)

CHAPITRE 20

Pour une fois, je décide de braver le froid. Monique et Anne-Fleur m'ont recommandé un chemin de randonnée qui part du village et longe la forêt. Si je ne m'aventure pas trop loin, les deux femmes m'ont même assurée que je ne serais pas gênée par un dénivelé trop élevé. Ce sera l'occasion de tester le nouveau manteau et les nouvelles bottes que j'ai dégotés le week-end dernier lors d'un marché saisonnier au village voisin. Le tout ne m'a pas coûté si cher, à voir maintenant si cela me protégera ou non du froid polaire qui s'abat depuis quelques jours sur Saint-Laurent.

Dehors, la neige tombe doucement. J'enfile ma capuche, et après quelques minutes de marche, me voilà rassurée : mes emplettes répondent parfaitement à mon attente ! Pour la première fois depuis des semaines, je n'ai pas l'impression de geler sur place. C'est appréciable. Je profite alors plus de ce qui m'entoure.

En ce jeudi matin de décembre, il n'y a pas grand monde dans les rues. Sous son épaisse couche de blanc, le village déserté m'apparaît sous un jour nouveau. Avec le temps, j'ai appris à apprécier sa quiétude, ses bizarreries et sa beauté. Je me promène le nez en l'air, m'émerveillant de tout : la neige, la nature, les oiseaux. Sortir me fait du bien, je me sens beaucoup moins morose que ce matin. Je dégaine même mon téléphone pour prendre quelques clichés. Je les enverrai aux filles, elles seront vertes de jalousie ! Je n'ai jamais vraiment connu la neige. Du moins, pas dans ces proportions-là ! Ici, c'est comme si l'hiver magnifiait tout. Les grands arbres et les sapins sont aussi beaux parés de vert que de poudreuse. Les murs en pierre, les volets aux couleurs chatoyantes ressortent plus radieux encore, mis en valeur par tout ce blanc. Pour une fois, je prends plaisir à déambuler dans mon nouvel environnement. Je ne dirais pas que je m'y sens chez moi, mais je commence à reconnaître des lieux, des visages. Dire qu'il y a quelques minutes encore, je voyais tout en noir ! La promenade me procure un sentiment de liberté. Tout à coup, je me sens plus confiante et plus sûre de mes choix. Comment regretter d'avoir atterri dans un si bel endroit ? La vie ne peut pas être si horrible dans un village où l'on croise presque autant de bonshommes de neige que de vraies personnes. Comment ai-je pu passer autant de temps à me morfondre dans ma chambre ces dernières semaines, alors qu'un tel paysage m'attendait ?

Motivée, je m'engage sur le fameux chemin de randonnée. Et je ne suis pas déçue ! La pente est douce, et lorsque je regarde en arrière, j'ai une vue imprenable sur le village. J'aperçois même la maison de Monique, au loin, un peu au-dessous du village. Et la pâtisserie, dans le centre, non loin de l'église. La neige s'est arrêtée, et je vois le soleil poindre sous les nuages. Il est tout juste 10 heures, j'ai encore du temps à tuer avant le déjeuner, alors je poursuis ma route le long de la forêt. Tout en marchant, je me perds dans mes pensées. Je me prends à imaginer une vie ici, sur le long terme. Est-ce que j'y serais plus heureuse qu'à Paris ? Est-ce que je finirais par me lasser de la beauté de ces paysages de carte postale ? Est-ce que je parviendrais à me faire suffisamment d'amis ? À remplir tous ces jours où je ne travaille pas ? À retrouver l'amour ? Quand j'ai accepté ce travail, je n'ai absolument pas pensé à tout ça. Tout ce que je voulais, c'était fuir un quotidien devenu trop étouffant pour moi. Maintenant, je me rends bien compte que c'était un choix… risqué. Pour ne pas dire idiot. Cacher ma véritable identité à tout le monde, ça n'est pas viable sur le long terme. À moins que ce ne soit l'occasion pour moi de me réinventer complètement, dans cet endroit où personne ne sait qui je suis. Regardez-moi ! La nouvelle Pauline, décollée de ses écrans, vadrouillant vaillamment au grand air !

Sans y prendre garde, je repense à Alex qui aurait tant aimé parcourir ce chemin. Cette image est aussitôt remplacée par le visage d'Andrea. Je ne saurais pas expliquer l'effet qu'il me fait, mais depuis que je l'ai rencontré, je suis troublée à chaque fois que je me retrouve en sa présence. Heureusement pour moi, nos horaires sont décalés et on ne se croise pas si souvent. Je n'ose pas imaginer ce que ça serait si je devais être en sa présence en permanence ! Ou plutôt, je ne l'imagine que trop bien : le front en sueur, les mains moites, les jambes flageolantes. Réussir à faire mon travail – déjà compliqué pour moi en temps normal – en mourant de chaud, consumée par le désir que fait naître en moi le corps massif de mon boss, serait impossible. En un mot, *l'enfer* !

Perdue dans mes réflexions, je ne vois pas le temps filer et il n'est pas loin de 11 heures quand la météo me rappelle à la réalité. Le soleil n'est plus nulle part en vue, et la neige a recommencé à tomber. Et fort. Le vent, également, semble se lever. Je décide de faire demi-tour, j'ai bien assez marché, et je ne veux pas être en retard pour le déjeuner.

Malheureusement, il semblerait que la vie ait d'autres projets pour moi. En quelques minutes seulement, les conditions se dégradent à vue d'œil. La tempête pointe le bout de son nez. La neige a redoublé, les bourrasques aussi. Malgré mon nouveau manteau, je commence à avoir froid. Très, froid. Je continue d'avancer : je ne dois plus être loin désormais.

Erreur. Après un gros quart d'heure de marche, je n'entrevois toujours pas le village. Pire encore, j'ai l'impression que le chemin monte, alors qu'il devrait descendre… Avec toute cette neige qui me tombe sur la capuche et les yeux, je ne vois même pas à un mètre. Alors comment savoir si je suis sur le bon chemin ? J'extirpe difficilement mon téléphone de ma poche, pour rapidement me rendre compte qu'il ne me sera d'aucune utilité : avec toute cette neige, impossible de l'utiliser correctement, et en plus, il ne capte absolument aucun réseau. Tout porte à croire que je suis plus éloignée du village que je ne le pensais. Quelle gourde ! Déjà qu'en temps normal je n'ai pas un super sens de l'orientation, alors si en plus je ne vois rien et que je ne peux pas compter sur mon téléphone pour me guider, je suis fichue ! Puisqu'il faut bien que j'avance, je choisis de revenir sur mes pas et de redescendre. Peut-être ai-je simplement raté un croisement ?

Un nouveau quart d'heure passe, et je commence à me maudire. Comment ai-je pu me perdre autour d'un si petit village ? Comment se fait-il que je n'arrive pas à revenir sur mes pas ? La tempête ne faiblit pas et, plus l'heure tourne, plus je panique. C'est donc comme ça que je vais mourir ? Morte de froid parce que je n'ai aucun sens de l'orientation ? Tout le calme que m'a procuré cette balade est oublié. Sans solution je m'assieds sur un rocher en bordure du chemin. Alors que je sens la crise de larmes monter, j'entends des aboiements qui approchent.

— Macaron ! Stop ! Viens par ici ! Ah… c'est pas vrai ! Où tu vas comme ça ?

Andrea. Je suis sûre d'avoir reconnu sa voix. Ou bien suis-je victime d'hallucination à cause du froid, de la panique et de la fatigue ? Mais non, les jappements sont de plus en plus proches.

— Par ici, s'il vous plaît ! finis-je par appeler en me relevant.

Quelques secondes plus tard, un gros chien déboule et me saute dessus, visiblement ravi d'avoir remonté ma piste. Je crois que je n'ai jamais été aussi heureuse de voir un chien.

— Pauline ?

Visiblement, Andrea est aussi étonné que moi que l'on se croise ici.

— Qu'est-ce que vous fabriquez dehors par ce temps ? Vous allez attraper la mort.

— Je me baladais et je crois que je me suis perdue, avoué-je.

— Qu'est-ce qui vous a pris ? C'est pas franchement une météo favorable à la randonnée. Même moi, je ne pensais pas m'aventurer aussi loin, mais Macaron n'en a fait qu'à sa tête. Je comprends mieux, maintenant.

Son ton n'est pas méchant, juste un brin réprobateur, et je finis par craquer.

— J'ai eu si peur !

— Wouf !

Macaron frotte sa tête contre mon genou, comme pour me réconforter.

— Ma pauvre, vous devez être absolument frigorifiée ! s'inquiète aussitôt Andrea. J'habite un peu plus loin en contrebas. Venez, je vous offre un café pour vous réchauffer.

Un peu calmée, je renifle bruyamment et réfléchis à sa proposition. Un tête-à-tête ? Chez lui ? Je suis tentée mais je suis aussi totalement vidée, et Monique m'attend.

« Je suis désolée, mais on m'attend… Pourriez-vous simplement m'indiquer comment redescendre au village ? » → vers **CHAPITRE 24** (p. 140)

OU « Avec plaisir, je vous remercie ! »
→ vers **CHAPITRE 21** (p. 118)

CHAPITRE 21

Alors que je suis Andrea et son chien sur le chemin, je me demande si le jeune homme habite vraiment aussi près qu'il le dit. Cela fait tout de même un certain temps que je tourne en rond et, si j'avais vu une maison, je crois que je m'en serais souvenue.

— Nous y sommes !

Je suis surprise. La météo s'est un peu calmée, et pourtant, je ne vois pas l'ombre d'une habitation. En m'approchant un peu, je découvre, complètement dissimulé derrière des pins, un petit chalet en bois entouré d'un terrain légèrement pentu. Impossible d'atterrir ici si on ne sait pas ce qu'on cherche !

— C'est très mignon, soufflé-je tout bas.

Andrea se contente de sourire à ma remarque. La porte de la maisonnette n'est même pas fermée à clef. Il la pousse, et m'invite à entrer après lui. Comme chez Monique, le bois est partout, à l'intérieur comme à l'extérieur. Mais l'espace ici, est beaucoup plus réduit : une salle principale avec kitchenette attenante d'une vingtaine de mètres carrés. À gauche, un escalier étroit mène vers une mezzanine où, j'imagine, se trouve l'espace nuit.

— Ne faites pas attention au bazar, me dit-il en fermant la porte derrière son chien.

Ce dernier ne se fait pas prier et file s'installer dans un large couffin au pied d'un vieux canapé au tissu passé. Andrea, lui, se précipite vers la table pour faire un peu de place. Puis, il me présente une chaise.

— Asseyez-vous ! m'invite-t-il. Votre café, vous l'aimez comment ?

— Euh… très sucré ?

Son sourire s'élargit à nouveau. Je sens mes joues chauffer.

— Je ne vais pas relever, me taquine-t-il avant de s'affairer à la préparation de la mixture.

Il n'aurait pas réagi autrement si je l'avais insulté ! À moitié italien, je sais qu'il boit son café corsé. Alors qu'il me tourne le dos, je me surprends à l'observer. Son dos et ses épaules larges, son buste solide, ses fesses rebondies… Dieu, qu'il est bien foutu. Voilà que je rougis à nouveau. Il va finir par croire que c'est ma couleur naturelle. Je secoue la tête et reporte mon regard sur l'ameublement. Contrairement à celle de Monique, la cuisine est absolument minuscule. Même dans mon précédent appartement parisien, j'avais plus de place et d'équipements… alors que ni Alex ni moi ne cuisinions vraiment.

— Pas trop à l'étroit, dans cette cuisine ?

Sans se retourner, il hausse les épaules.

— Ça nécessite parfois un peu d'organisation, mais je crois que je m'en sors pas trop mal. Si vous venez dîner un jour, vous me donnerez votre avis...

Comme je ne vois pas son visage, je ne peux pas dire s'il s'agit d'une vraie proposition. Il faut vraiment que je change de sujet ! Mais Andrea se retourne déjà, deux tasses de café fumant à la main.

— Et voilà ! (il marque une pause) Vous devriez retirer votre manteau, il ne fait pas froid ici.

D'un geste du menton, il désigne l'âtre derrière moi dans lequel crépitent quelques bûches. Je dépose mon manteau sur le dossier de ma chaise, bien aise qu'Andrea pense que mon coup de chaud n'est dû qu'à la chaleur de la pièce.

— Ça avance, votre recherche ? demande-t-il après avoir siroté une gorgée de café.

Alors là, je ne le suis plus du tout, de quoi me parle-t-il ?

— Comment ça ?

— Pour votre logement. Si vous êtes ici pendant votre jour de congé, j'imagine que vous logez toujours chez Monique ?

— Ah !

J'avais presque oublié ! Pour expliquer ma situation, j'ai raconté aux collègues que je logeais chez Monique temporairement, parce que j'avais lâché mon appartement insalubre. Peut-être que je devrais commencer à faire la liste de tous mes mensonges, me faire une note sur mon téléphone ou quelque chose comme ça, avant qu'ils ne me dépassent complètement.

— Oh, pas vraiment… Vous savez, en pleine saison comme ça… C'est un peu compliqué.

— Je vois. Vous avez raison, mieux vaut attendre la fin de l'hiver pour vous y mettre sérieusement. Et puis, on n'est pas malheureux à Saint-Laurent, pas vrai ?

Il affiche de nouveau ce sourire qui a le don de me faire fondre. Je tente de me ressaisir :

— Et sinon, comment devient-on, si jeune, le chef pâtissier d'une Maison aussi réputée ?

La question l'amuse, et il secoue la tête en riant.

— C'est une longue histoire, souffle-t-il.

— Je n'ai pas encore commencé mon café !

— Monique ne vous a pas raconté ?

— Elle n'est pas vraiment du genre à se confier.

— Parce que je le suis ?

Je hausse les épaules (en me mordant l'intérieur des joues pour ne pas rougir) :

— Forcément plus que Monique…

Andrea laisse échapper un petit rire, puis commence son récit. Lorsque sa mère était enceinte de lui, elle a passé plusieurs semaines à l'hôpital à Grenoble. Victor, le mari de Monique, luttait contre un cancer particulièrement virulent et y était également hospitalisé. À force de se croiser dans les couloirs, le jardin ou la cafétéria, les deux couples sont devenus amis. Les deux hommes, notamment, avaient en commun l'amour de la cuisine et de la pâtisserie. Il n'a pas fallu longtemps pour que Victor propose au père d'Andrea de venir travailler à la Maison Lavergne.

— Pendant quelques mois, j'ai même vécu comme vous, chez Monique et Victor. Je n'en garde pas tellement de souvenirs, j'étais beaucoup trop petit, mais mes parents s'en souviennent toujours comme d'une période heureuse.

— Qu'est-il arrivé à Victor ? osé-je demander.

Le visage d'Andrea s'assombrit légèrement.

— Il a fait une rechute et il est décédé alors que je n'avais pas encore deux ans. Monique et mes parents ont hérité de la pâtisserie, et c'est comme ça qu'elle est passée dans ma famille. Et depuis la retraite de mon père, c'est moi qui le remplace !

— Vous devez être sacrément apprécié dans le village, glissé-je.

— Moi ?

Sa voix s'est légèrement étranglée. À la pâtisserie, les histoires de menaces sont de notoriété publique, mais d'après Anne-Fleur, Andrea ne s'épanche jamais sur le sujet. Comme si ça ne le touchait pas. J'essaie d'en savoir plus. Il reprend :

— Boh, vous savez, je ne suis pas en enfant de Saint-Laurent. Je crois que certains me voient un peu comme un arriviste.

— Parce que vous avez hérité de la Maison Lavergne ?

Il hoche la tête.

— Je ne comprends pas, l'établissement a une excellente réputation au village. Et c'est un peu grâce à vous, non ?

— L'histoire du village et de la Maison Lavergne est un peu compliquée, explique-t-il. Le succès fulgurant de l'établissement a rameuté beaucoup de touristes, et ça n'a pas plu à tout le monde. Ça a fini par s'apaiser quand les gens ont vu que ce succès bénéficiait aux autres commerces. Et puis, ça a de nouveau jasé quand mon père a hérité de la pâtisserie. Apparemment, un jeune garçon du village, qui travaillait à l'époque en tant que vendeur à la pâtisserie, s'était fait des idées et il a vu d'un mauvais œil l'arrivée de mes parents dans l'équation. Mais ça a fini par se tasser aussi et je crois que maintenant, dans l'ensemble, les gens sont fiers de la Maison Lavergne. Et peut-être un peu de moi aussi.

Il ponctue sa conclusion d'un demi-sourire. Le temps des confidences n'est sans doute pas arrivé. Un silence pesant s'installe entre nous. Je viens de terminer mon café, il est sans doute l'heure de partir. Soudain, le gong d'une horloge me fait sursauter. J'y jette un œil : il est déjà midi. Monique va m'attendre. Je m'apprête à prendre congé, quand Andrea me lance :

— Déjà ! Vous n'avez qu'à rester manger. Comme ça, vous pourrez juger de comment je me débrouille dans ma mini-cuisine.

— Je… je dois…

Je jette un regard paniqué à l'horloge et il ajoute :

— Prévenez juste Monique, je ne voudrais pas qu'elle m'en veuille !

Son ton ne me laisse pas d'autre choix que d'obtempérer (ai-je seulement envie de faire autrement ?). J'écris à mon hôtesse, qui me répond d'un simple « OK » (par texto, l'octogénaire n'est jamais très loquace).

— Est-ce que je peux vous aider ?

J'ai posé la question en espérant secrètement qu'il refuse : je ne voudrais pas risquer de foutre le feu à cette charmante maisonnette !

— Certainement pas, il y a déjà à peine de la place pour un ! Installez-vous confortablement au coin du feu, ou sur le canapé. Je vais préparer quelque chose en vitesse.

J'opte pour le canapé, ce qui semble ravir Macaron au plus haut point. À peine suis-je assise que le chien fait du forcing pour avoir des papouilles. Je ne lui résiste pas longtemps. J'en profite pour observer en détail le salon. Entre les jouets du chien, quelques pulls qui traînent çà et là, le tout est un peu encombré. Rien, en tout cas, n'indique la présence d'une quelconque petite amie… Je tâche de faire taire cette pensée intrusive. En quoi cela me regarde ? Mes yeux se posent ensuite sur une large étagère brune aux portes vitrées. Derrière, il me semble apercevoir une vaste collection de DVD et de Blu-Ray. J'abandonne Macaron pour aller y jeter un œil. Ce sont des intégrales de séries culte des dix à quinze dernières années. Je suis subjuguée !

— C'est pas vrai, tu as les dernières saisons de *Sur Écoute* ?! C'est disponible sur tellement peu de plateformes que je n'ai jamais vu la fin !

Je suis tellement enthousiaste que je glisse au tutoiement sans y prendre garde. Ça ne semble pas gêner Andrea, qui poursuit sur le même mode :

— C'est vrai ? Tu rates quelque chose ! Prends-les si tu veux, il faudra absolument qu'on en parle.

Pendant le déjeuner, nous ne faisons que parler de notre passion commune pour les séries policières et criminelles, et les podcasts de *true crime*. C'est la première fois que je rencontre quelqu'un qui peut parler aussi longtemps que moi d'enlèvements et de meurtres. Alex, lui, ne voyait pas d'un très bon œil ma passion pour le crime. Il a toujours trouvé ça un peu… glauque. Cette irruption soudaine d'Alex dans mes pensées me fait perdre le fil de notre conversation. Ça doit se voir sur mon visage, car Andrea s'excuse :

— Désolé, j'ai dit quelque chose qu'il ne fallait pas ? Je t'assure, je ne suis pas un dangereux psychopathe.

Son sourire me rassérène un peu. Pour ne pas être complètement inutile, je le rejoins dans l'espace réduit de la cuisine pour essuyer la vaisselle qu'il nettoie. Ce rapprochement physique nous rend soudain muets, et nous n'échangeons rien d'autre que des couverts, des assiettes, et quelques œillades en coin. Chaque fois que ses doigts effleurent les miens, je ressens comme de petites décharges électriques. Est-ce que je me fais des films, ou est-ce qu'il les ressent aussi ? Comme à chaque fois que je suis mal à l'aise, je cherche à reprendre le fil de la conversation. Tête baissée, je m'apprête à dire quelque chose, mais une mèche de cheveux me tombe dans la bouche. J'essaie de souffler pour la dégager, mais elle semble vouloir rester où elle est. Andrea, qui vient de terminer la vaisselle, s'amuse de cette situation. Puis, sans crier gare, sa main s'approche de mon visage. Je frissonne avant même qu'il me touche. D'un geste doux, il retire la mèche récalcitrante et la replace derrière mon oreille. J'ai le visage, et tout le corps, en ébullition. J'ai l'impression que ses joues à lui se sont empourprées. Sait-il seulement ce que ça me fait ? Tout dans son sourire et son regard semble indiquer que oui. L'air s'alourdit dans la cuisine, comme si un orage était sur le point d'éclater dans la pièce. Ma respiration se fait plus saccadée. L'espace entre nous est si réduit désormais. Presque inexistant. Il suffirait de pas grand-chose… Tout ça n'était donc pas juste dans ma tête ?

Cette tension physique entre nous, il la ressent aussi, il l'intensifie, même. Toutes ces œillades, tous ces gestes… ils avaient bel et bien une signification ? Je n'arrive pas à croire que je ne rêve pas, et que l'attirance est peut-être réciproque. Depuis ma séparation d'avec Alex, j'ai perdu toute confiance en moi et j'ai commencé à voir mon corps et ses rondeurs comme un obstacle à une nouvelle relation. Pourtant, à en juger par la façon dont Andrea me toise, plein d'envie et de désir, il ne voit pas les choses de la même façon… Si je m'écoutais, je me laisserais simplement aller ici avec lui… Tout mon corps me crie de me jeter dans ses bras. Mais si Andrea n'est pas à proprement parler mon chef, il n'en demeure pas moins mon employeur. Employeur à qui j'ai menti sur mon identité et mes qualifications. Est-ce qu'il serait vraiment judicieux de rajouter le facteur sexe dans l'équation ?

Laisser ces questionnements de côté et vivre l'instant présent → vers **CHAPITRE 23** (p. 134)
OU Prétexter n'importe quoi pour se défiler et partir → vers **CHAPITRE 24** (p. 140)

CHAPITRE 22

Je m'assieds en tailleur sur mon lit, le dos bien calé entre deux gros oreillers, et je lance une visio dans mon groupe WhatsApp avec Julie et Sam, en espérant qu'elles soient aussi peu occupées que moi. Il ne faut à Julie que quelques sonneries avant de décrocher.

— Allô bichette, ça va ?

Elle est affalée dans un large fauteuil, au milieu de ce qui me semble être la chambre que j'ai occupée pendant de si nombreuses semaines. La fin de sa grossesse lui donne l'air gonflé et fatigué.

— Ça va, et toi ? Bientôt la délivrance ?

Elle soupire et fait basculer sa tête en arrière.

— Aaah, m'en parle pas, si je pouvais sortir ce bébé de là dès maintenant et sans risque, crois-moi : je le ferais sur-le-champ.

Derrière le téléphone, j'entends un ricanement que je ne reconnais que trop bien.

— Oh, Sam est là aussi ? Je pensais qu'elle travaillait !

— Elle a pris ses après-midis cette semaine… mais pour travailler, ça, elle travaille !

La caméra pivote et je vois désormais Sam, en vieille salopette, juchée sur un escabeau, en train d'installer un luminaire. Derrière elle, le berceau est monté, mais il reste encore quelques cartons de meubles pas encore déballés.

— Et personne ne paie mes heures supp ! se plaint mon amie sans un regard vers le téléphone.

Le visage souriant de Julie réapparaît à l'écran.

— Bon, et toi alors ? Ça fait un moment que tu ne nous as pas donné de nouvelles ! Comment ça se passe dans ton village paumé ?

En les appelant, je pensais être capable de leur dire tout ce que j'ai sur le cœur : l'ennui, les doutes, les questions. Mais là, face à l'interrogation de Julie, je n'y arrive pas. J'ai trop peur de leur jugement, de leur « on-te-l'avait-bien-dit », ces commentaires auxquels ma famille ne m'a que trop habituée. Ce genre de traitement, malheureusement, laisse des traces… Alors je me contente de rester évasive :

— C'est plutôt calme !

Sam s'installe sur l'accoudoir du fauteuil.

— Pas de meurtre sanglant ? De disparition inquiétante ? De kidnapping d'enfant ?

Je ricane. Sam s'est toujours moqué de ma passion dévorante pour le *true crime* : podcasts, documentaires, séries, films, avec moi, tout y passe ! Quand il s'agit d'affaires criminelles, je suis une véritable encyclopédie sur pattes.

— Je n'ai pas encore mis mon plan à exécution, plaisanté-je.

— Tu vois ! s'exclame Sam. Je t'avais dit qu'elle n'allait pas là-bas par hasard… Halala, j'ai hâte de passer aux infos (elle se lance dans une imitation plus vraie que nature) : « Non mais vous savez, nous l'avons logée chez nous… c'était vraiment quelqu'un de gentil et de doux… on n'aurait jamais imaginé qu'elle soit capable de *ça*… »

Je m'esclaffe.

— Vous ne devriez pas en rire, vous allez nous porter la poisse ! nous réprimande Julie en passant une main distraite sur son ventre.

— Trêve de plaisanteries, se reprend Sam. Personne n'a découvert le pot aux roses alors ?

— Écoute, pour l'instant, tout le monde semble croire que je suis une authentique vendeuse haut-alpine !

— Tu avais peut-être simplement raté ta vocation ! raille Sam.

— Espérons que ça dure, souffle Julie. Et sinon, t'as pensé à la suite ? Tu ne peux décemment pas construire quelque chose à long terme sur la base d'un mensonge.

— Mais laisse-la donc ! s'insurge Sam. Tu vois bien qu'elle avait besoin de changer d'air. Elle se posera ces questions-là plus tard. Pour l'instant, qu'elle profite !

— Mais enfin, si jamais son mensonge lui pète à la figure, il faut bien qu'elle y pense !

J'ai l'impression de voir mes propres pensées prendre vie. J'adore les filles, mais je n'aime pas trop les voir parler de moi comme si je n'étais pas là. Je les interromps :

— Je ne sais pas trop pour l'instant. Déjà, ça me plaît d'avoir une excuse pour ne pas passer les fêtes chez mes parents.

Sam et Julie stoppent aussitôt leur querelle.

— Ils sont toujours aussi insistants ? demande Julie d'une voix douce.

— Ouais, j'ai droit à des appels et des messages toutes les semaines, si ce n'est tous les jours. J'y réponds le moins possible, mais ça devient pesant. Ils n'arrivent pas à comprendre que j'ai juste besoin de me retrouver un peu seule. Que j'ai juste besoin d'un peu de temps pour faire le point, loin des jugements à l'emporte-pièce de Pépé Maurice ou Tatie Évelyne.

Mes deux amies me regardent avec des yeux compatissants, mais elles ne trouvent pas grand-chose à me répondre. Elles savent que les relations avec mes parents ont toujours été, disons, compliquées. Ils sont tous les deux très autoritaires, et n'aiment pas spécialement que leur fille n'en fasse qu'à sa tête. Quand je me suis mise avec Alex, ils ont décrété qu'il n'était pas assez bien. Quand j'ai décidé de faire des études de langues, ils ont argué qu'il n'y avait pas de débouchés. Quand j'ai commencé à bosser pour Jim, ils auraient préféré que je rejoigne une grande entreprise, et française si possible. Quand j'ai lâché la traduction pour les réseaux sociaux, ils n'ont tout simplement pas compris. Alors là, évidemment, le chômage, suivi d'une séparation venue de nulle part… comment dire, ça ne me donne pas franchement envie de me retrouver avec eux autour de la table familiale. De ce point de vue, l'erreur de Sébastien tombait à pic. Malgré tout, je les aime, et je sais qu'ils m'aiment à leur manière, et parfois je me demande si je fais bien de les tenir à l'écart de ma vie. Ils restent ma famille, après tout.

Les filles n'osent pas rebondir et le silence s'étire. Je suis à deux doigts de les remercier et de raccrocher pour couper court à l'amertume qui me gagne doucement, quand finalement, Sam m'interroge avec un grand sourire :

— Et avec ton beau pâtissier, ça avance ?

— Mon beau pâtissier ?

— L'Italien, là…

— Andrea, précise Julie.

J'écarquille les yeux, et je sens mes joues s'empourprer.

— Il y a absolument rien entre Andrea et moi !

J'ai répondu trop vite et je suis clairement sur la défensive. Je ne trompe personne. Ce n'est sans doute pas la meilleure façon de me défendre face à une telle accusation.

— T'as vu comme elle est rouge ? remarque Sam en donnant un léger coup de coude à Julie. Une vraie tomate bien mûre !

Les deux pouffent.

— Je suis sérieuse !

On dirait une gamine prise en flag'. Mes copines continuent de se marrer.

— Qu'est-ce qui vous fait penser qu'il pourrait y avoir un truc ?

Je ne pensais pas que c'était physiquement possible, mais le sourire de Sam s'élargit encore davantage.

— Paupau… T'es mignonne mais, enfin, on se connaît depuis le collège. Pas besoin de vivre dans le même patelin paumé que toi pour le voir : tu en pinces pour lui.

Bon, elles ont peut-être raison. Il se pourrait que j'aie des vues sur Andrea. C'est fou comme elles sont capables de mettre des mots sur ce que je ressens ! Alors, oui, Andrea me fait de l'effet, mais de là à dire que j'en pince carrément pour lui, il y a un monde. Jusqu'à aujourd'hui, ça m'aurait paru excessif de le présenter comme ça. Et pourtant, si j'y réfléchis vraiment, c'est bien à ça que ça ressemble.

— Oui, bon, OK… peut-être qu'il ne me laisse pas complètement indifférente, mais vraiment ça s'arrête là. Ça fait dix ans que je n'ai pas été célibataire, alors oui je vois un beau mec et ça me fait quelque chose, mais franchement : c'est mon patron, et surtout, on ne boxe pas dans la même catégorie : il est beaucoup trop canon.

— Tss, siffle Sam. S'il y en a un qui ne boxe pas dans la même catégorie, c'est sans doute lui. Parce que t'es un putain d'avion de chasse, ma Paupau !

— Il n'a pas l'air de se trouver trop bien pour toi, en tout cas, estime Julie.

— Comment ça ?

— Bah, de ce que tu nous as raconté, j'ai pas l'impression que tu le laisses insensible non plus.

Hein ? *Erreur 404*, mon cerveau cesse de fonctionner. Que *moi*, je puisse plaire à Andrea ? J'avoue y avoir pensé, mais c'était plus un fantasme qu'un constat.

— Qu'est-ce que vous racontez ? parviens-je à balbutier.

— Paupau ! Franchement !

Sam est à deux doigts de s'agacer, elle poursuit :

— Les regards, les mains qui s'effleurent, reprend-elle, sans compter tous ces matins où tu l'as croisé parce qu'il a fini plus tard ou est revenu sous des prétextes fumeux. Soit il cherche à te conter fleurette… soit tu ferais mieux de fuir, car c'est sans doute le personnage principal de ton prochain podcast !

— Vous vous faites des films, je vous jure, assuré-je. C'est juste que je suis la seule meuf de moins de 55 ans dans ce village, il essaie seulement d'être poli et de ne pas me faire fuir…

Je n'ai pas encore parlé aux filles des lettres de menaces – Julie me ferait aussitôt rentrer à Paris, et elle serait capable de venir me chercher par la peau des fesses, même enceinte jusqu'au cou ! J'espère qu'elles n'auront pas noté ma brève hésitation.

— Il est marié ? demande Sam.

— Non.

— En couple ? abonde Julie.

— Pas à ma connaissance.

— Il vit seul ?

— Euh… il a un chien, je sais pas si ça compte.

Les deux se taisent et me toisent.

— Quoi ?

— Laisse-lui sa chance, lâche finalement Sam.

Je commence à me sentir gênée par cette conversation. C'est un peu malaisant de voir que mes copines sont plus perspicaces sur ma vie que je ne le suis moi-même, alors qu'elles se trouvent à des centaines de kilomètres ! Julie s'en rend compte et change habilement de sujet. Nous papotons de l'arrivée du futur bébé. Ses mamans sont plus que prêtes à l'accueillir, mais Julie est toujours pétrie de doutes, et surtout, elle redoute l'accouchement. J'essaie de les rassurer comme je peux, et, après plus d'une heure d'appel, il est temps de nous dire au revoir.

Le reste de la soirée se déroule comme tous les autres soirs : je dîne avec Monique, nous discutons de la pluie et du beau temps et des derniers potins du village. Rien de bien passionnant, mais ça a le mérite de faire avancer cette journée que je trouve déjà bien longue.

Le soir venu, dans mon lit, je repense à la conversation avec mes copines. Je me demande ce que j'ai pu leur raconter sur Andrea pour qu'elles pensent que je l'intéresse. Est-ce qu'il se pourrait qu'il y ait quelque chose entre nous ? Non, vraiment pas : elles ne le connaissent même pas et prennent leurs désirs – *mes* désirs ? – pour la réalité. J'essaie de chasser cette idée de mon esprit, mais je m'endors tout de même avec l'image d'Andrea imprimée sur la rétine.

Mes rêves sont nombreux et agités. D'abord, comme c'est souvent le cas ces dernières semaines, je me vois faire des bourdes à la pâtisserie, puis, tout à coup, l'ambiance change, comme si tout le monde avait découvert mon secret, et chacun y va de son commentaire avant qu'on me jette à la porte sans ménagement. Ce cauchemar récurrent se termine généralement ainsi, mais j'ai le droit cette nuit à une prolongation.

Alors que je sors en courant de l'établissement sous une pluie de petits pains jetés par Sébastien et Anne-Fleur, je me retrouve rapidement au beau milieu de la forêt enneigée. Là, dans une clairière, se trouve Andrea… vêtu d'une combinaison de ski.

— Je t'attendais, dit-il d'une voix étrange, du genre de celles que les gens ont dans les rêves.

Je lui réponds quelque chose que je n'entends pas moi-même. Un drôle de sourire aux lèvres, il s'approche de moi tout en faisant descendre lentement la fermeture Éclair de sa combinaison. Dessous, il ne porte rien, et je découvre alors un large torse musclé, ainsi que deux gros biceps noueux. Torse nu, il s'arrête face à moi et passe une main sur mon visage, jusqu'à mes cheveux. D'un geste tendre mais précis, il me fait lever la tête et se penche pour m'embrasser. De sa main libre, il entreprend ensuite de me libérer de mes vêtements – c'est fou ce que ça va vite dans un rêve ! Bientôt, je suis à demi-nue dans la neige. Pourtant, je n'ai pas froid. Je ne sens que la chaleur qui bouillonne en moi, et celle du corps d'Andrea qui me domine. Ses lèvres arpentent mon corps en fusion tandis que l'une de ses mains s'aventure dans ma culotte. La caresse de ses doigts sur mon clitoris me donne envie d'aller plus loin.

Je me réveille, en nage et frustrée, avant d'avoir pu sentir Andrea en moi.

Je n'ai évidemment pas entendu mon réveil, et me voilà en retard ! Toute troublée, j'essaie de me préparer sans repenser à ce que j'ai vu dans mes songes. Sous la douche, je tâche de me concentrer sur autre chose pour ne pas laisser le doux souvenir de ce rêve se rappeler à mes mains pendant qu'elles frictionnent mon corps de gel douche. Merde alors, un rêve érotique impliquant mon employeur, seulement quelques minutes avant d'embaucher, c'est bien ma veine !

→ vers **CHAPITRE 24** (p. 140)

CHAPITRE 23

La chose la plus sage à faire serait sans doute de m'éloigner de lui, de prétexter que quelqu'un m'attend quelque part, et de partir. Mais vu la façon dont Andrea me regarde, les yeux pleins d'ardeur, je n'ai pas envie d'être sage. Alors je reste plantée là, le chiffon à vaisselle entre les mains, en attendant qu'il fasse le premier pas. J'ai l'impression que le temps s'est arrêté, que tout mon monde s'est réduit à ces deux yeux noisette qui me regardent avec envie. Finalement, il abaisse son visage vers le mien et m'embrasse.

Timidement, d'abord. Comme deux adolescents au moment de leur premier baiser, qui découvrent le plaisir simple et pourtant si intense de ce contact inédit. Mais Andrea et moi ne sommes plus des ados, et nos bouches s'enhardissent rapidement à la découverte l'une de l'autre. Maintenant que nos visages se sont apprivoisés, je pars à l'assaut de ce corps qui m'a trop longtemps fait saliver.

Cette fois, c'est moi qui mène la danse. Je me débarrasse du torchon humide que j'ai encore dans les mains pour laisser mes doigts parcourir le large torse d'Andrea. Même à travers les différentes couches de tissu, je devine combien il est musclé et ce simple toucher me fait frissonner. Je me doutais que cette carrure imposante cachait un torse massif, mais je me rends compte désormais combien je l'avais sous-estimé. Grisé par ce rapprochement, Andrea se met à son tour en mouvement. Je sens ses mains venir se caler sur mes hanches puis m'attirer tout contre lui. Mon bas-ventre se trouve alors collé au sien, et je sens son membre durcir à travers son pantalon. Je laisse mes mains remonter jusqu'à son visage et, glissant mes doigts dans sa barbe, je l'embrasse plus passionnément encore. Lorsque ses doigts agrippent mes fesses, je laisse échapper un hoquet de surprise qui se mue rapidement en un gémissement de plaisir.

Andrea, soudain, desserre légèrement son étreinte et recule son visage. Je lève les yeux vers lui : il me dévore du regard et j'ai l'impression que je vais flancher.

— J'ai envie de toi, souffle-t-il d'une voix rauque.

— Moi aussi.

Nos lèvres se retrouvent avant qu'il ne plonge son visage dans mon cou. Ses deux mains descendent ensuite derrière mes cuisses, et avant que je comprenne ce qui se passe, me soulèvent. J'ai à peine le temps d'enrouler mes bras autour de son cou et mes jambes autour de ses hanches pour ne pas tomber en arrière. Mon visage se retrouve au-dessus du sien. Pour la première fois, c'est moi qui le toise de haut. Et d'un coup, ça me frappe : jamais aucun homme ne m'avait portée. En tout cas, pas dans ma vie d'adulte. Et encore moins dans l'intimité. À cause de mon poids, c'est une chose à laquelle j'avais fini par renoncer. Si Alex est grand, il a plutôt le physique longiligne d'un cycliste, et me soulever de la sorte lui aurait été absolument impossible. Andrea, lui, quoique légèrement plus petit, a la carrure d'un rugbyman et n'a pas l'air de ressentir le moindre inconfort.

— On sera plus à l'aise là-haut, déclare-t-il en désignant d'un geste du menton la mezzanine.

Je regarde les marches avec appréhension. Il va s'écrouler sous mon poids, c'est sûr. Il va s'écrouler, me faire tomber et je vais mourir.

— Repose-moi tout de suite, je suis trop lourde, tu vas… m'étranglé-je.

Andrea me coupe avant que j'aille au bout de ma pensée. Il ricane mais n'a pas l'air de vouloir me lâcher :

— Vous doutez de ma force, Mme Robert ? Vous allez voir ce que vous allez voir !

D'un mouvement assuré, il me fait glisser de sorte qu'il me porte désormais comme une mariée. Dans ses bras, la montée de l'escalier n'est ralentie que par les baisers qu'il me vole à chacun de ses pas.

À l'étage, je découvre une chambre juste assez haute de plafond pour qu'Andrea s'y tienne debout. La pièce est assez peu meublée : de chaque côté, dans la sous-pente, sont installées des commodes. Au fond, une porte fermée donne certainement sur la salle de bains. Et au milieu du parquet boisé trône un immense lit *king size* habillé d'une parure bleu nuit. Il n'y a rien de mieux qu'une chambre visitée de manière inopinée pour avoir un aperçu de la personne à qui elle appartient. Et la chambre d'Andrea n'échappe pas à cette règle, elle est à son image : sobre, accueillante et décorée avec goût.

Je n'ai pas le temps d'étudier plus avant la pièce, car me voilà bientôt déposée doucement sur le lit. Andrea me rejoint et se place au-dessus de moi, ses jambes de part et d'autre de mon corps. Mes lèvres ont faim de retrouver le goût des siennes et je l'attire un peu plus près contre moi. Je passe mes mains sous son t-shirt et pars à la découverte de sa peau, douce et chaude. Il frémit à mon contact, faisant redoubler l'ardeur de ses baisers. Dans un ballet de bras et de jambes, nous nous débarrassons l'un et l'autre de nos vêtements. Andrea suspend ses gestes un instant et me contemple.

— Tu es si belle, me susurre-t-il. J'ai tellement envie de toi.

Je suis incapable de la moindre réponse. Peut-être que mon mutisme l'inquiète, car il ajoute :

— S'il y a quoi que ce soit que tu ne sens pas, tu me le dis… Fais-moi savoir ce que tu aimes, ce qui te plaît, ce qui…

Avant qu'il ne termine sa phrase, j'attrape l'une de ses mains et la guide vers mon entrejambe. Quand il passe un doigt entre ma peau et l'élastique de ma culotte pour la retirer, tous les poils de mon corps se dressent, et mes muscles se tendent en une attente insoutenable, mêlée à une once d'appréhension. Je n'ai couché avec personne depuis ma rupture et je ressens tout à coup une montée de stress. Et si Andrea me trouvait nulle ? Complètement à côté de la plaque ? Mais il ne me laisse pas le temps de paniquer plus longtemps. Alors qu'il recouvre mon corps de baisers, l'un de ses doigts trace des cercles paresseux sur mon clitoris, me submergeant d'une vague nouvelle de plaisir. Avant de perdre pied complètement, je me saisis à mon tour de son sexe et entreprends de lui arracher, à lui aussi, quelques gémissements. Trouvant bientôt un rythme commun, nous approchons le bord de la jouissance en même temps, le souffle saccadé. Pourtant, doucement, il retire ma main. Mais n'interrompt pas pour autant le mouvement de ses doigts experts.

— Je… j'ai fait quelque chose de mal ? soufflé-je.

— Au contraire, me rassure-t-il en m'embrassant dans le cou.

J'ai du mal à avoir les idées claires et je me rapproche dangereusement du précipice, mais je poursuis :

— Je suis désolée, hm, je suis un peu rouillée, et…

— Ce n'est pas le mot que j'aurais utilisé.

J'allais répondre, mais il ne m'en laisse pas le temps :

— Tu es magnifique, Pauline. Juste… parfaitement appétissante. J'ai envie de te voir jouir.

— Alors… viens, soufflé-je.

À mon grand regret, ses mains me quittent. De sa table de nuit, il sort et enfile un préservatif. Je m'allonge sur le flanc et je replie un genou, lui offrant une vue imprenable sur mon sexe mouillé. Andrea vient coller son torse contre mon dos.

— Comme ça, tu es bien ? demande-t-il.

Je laisse un soupir d'aise répondre à ma place. Mon corps réclame de l'avoir enfin en moi. Mais il prend son temps, fait délicieusement monter la pression. Il m'embrasse alors tendrement dans le creux du cou, s'amuse à caresser ma poitrine déjà très sensible, et lorsque je me mords les lèvres de frustration, il me pénètre enfin et je chavire de plaisir.

Au dîner, chez Monique, je peine à effacer le sourire niais qui me barre le visage depuis le début de l'après-midi. J'ai beau avoir pris une douche en rentrant, j'ai l'impression que je pue le sexe. En tout cas, si elle remarque quelque chose, ma logeuse ne fait aucun commentaire. Ça m'arrange bien, car je serais incapable de ne pas rougir si elle mettait le sujet sur la table. Après le dessert, je regagne vite ma chambre.

Pendant la nuit, les souvenirs de cet après-midi envahissent mon esprit. Si bien qu'au matin, je me réveille la culotte trempée. C'est fou l'effet que me fait cet homme. Alors que je m'apprête à partir, j'espère secrètement ne pas croiser Andrea aujourd'hui. Je ne voudrais pas qu'Anne-Fleur ou Sébastien suspecte quoi que ce soit, j'ai déjà mon lot de secrets à garder.

→ vers **CHAPITRE 24** (p. 140)

CHAPITRE 24

Quand je pousse la porte de la boulangerie, la petite clochette annonce mon arrivée, mais il n'y a personne derrière le comptoir. Bizarre. Anne-Fleur devrait déjà être là, prête à servir les clients. Je jette un coup d'œil à l'horloge : j'ai à peine deux minutes de retard. Alors que je m'approche du vestiaire, des voix agitées me parviennent depuis la cuisine… En m'approchant, je découvre Anne-Fleur en train d'écouter à la porte !

— Ah, c'est toi ! Ouf, soupire-t-elle en me voyant.

Elle esquisse un sourire contrit. Quelque chose ne va pas.

— Qui veux-tu que ce soit ? m'étonné-je. Qu'est-ce qui se passe ?

— Viens par là.

À ces mots, elle m'attrape par le coude et m'entraîne dans la cuisine. Là-bas, Andrea et Sébastien sont engagés dans une discussion animée. Aucun des deux ne tourne les yeux vers moi lorsque j'entre dans la pièce avec Anne-Fleur. Je suis presque soulagée de ne pas avoir à croiser le regard d'Andrea.

— Tu m'expliques ? demandé-je tout bas à Anne-Fleur.

— Le second d'Andrea ne s'est pas présenté ce matin, répond-elle sur le même ton.

— Gabriel ?

— Oui… il a envoyé sa démission par mail à Sébastien. C'est pour ça qu'il est là.

— Oh non.

Je n'ai pas besoin de demander à Anne-Fleur si ça a un rapport avec les lettres de menaces, je n'ai qu'à tendre l'oreille pour en avoir la confirmation :

— Si tu prenais ces menaces au sérieux, on n'en serait pas là ! s'insurge Sébastien.

— On a déposé plusieurs mains courantes, pour commencer ! se défend Andrea. Qu'est-ce que je suis censé faire de plus ? Tant que le corbeau ne sera pas identifié, je suis sans solution.

— Je ne sais pas, en parler avec tes équipes, déjà ? Si tu l'avais prévenu de manière officielle, peut-être que Gabriel serait encore là. Il aurait compris que tu gérais le problème.

Andrea balaie l'air du revers de la main.

— Ça n'a plus d'importance, de toute manière.

— Plus d'importance ?

Je sens Sébastien prêt à exploser. Mais Andrea ne le laisse pas en placer une :

— Ça ne sert à rien de ressasser, ce qui est fait est fait. Maintenant, si on n'arrive pas à convaincre Gabriel de revenir, alors ce qui est *vraiment* important, c'est de le remplacer. La saison va commencer et je ne m'en sortirai jamais si je dois tout préparer tout seul.

— Je ne suis pas magicien, Andrea ! On galère déjà à recruter depuis des mois, comment veux-tu que je te trouve quelqu'un au pied levé ? C'est mission impossible !

Le silence retombe d'un coup dans la cuisine. Andrea, bras croisés, regarde ses pieds comme si ses chaussures allaient lui souffler une solution à laquelle il n'a pas pensé. Sébastien secoue la tête en parcourant la pièce du regard. C'est alors que ses yeux tombent sur moi. Mains sur les hanches, il se fige et me fixe.

— Pauline, lâche-t-il dans un souffle.

Son sourire carnassier me file la chair de poule. Est-ce qu'il va vraiment m'engueuler là devant tout le monde parce que personne ne m'a invitée à rentrer et que cette conversation ne me regarde pas ?

— Pauline, Pauline, Pauline, égrène-t-il à mesure que son sourire s'élargit.

Il s'approche de moi et je ne peux retenir un mouvement de recul. Il réduit la distance qui nous sépare et m'attrape par les épaules.

— Pauline, dit-il à nouveau, plein de chaleur, tu es notre sauveuse !

Je m'inquiète de voir Sébastien si enthousiaste et si tactile. Tout ça sent très mauvais pour moi.

— M… moi ? bégayé-je pour toute réponse.

— Tu as une formation de pâtissière, pas vrai ? s'extasie-t-il. C'était sur ton C.V., non ?

Je crois que je ne me serais pas sentie autrement si on m'avait dit que la fin du monde était prévue pour demain. Adieu, monde cruel. Là, pas moyen de m'en sortir. Sous mes pieds, j'ai l'impression que la terre s'ouvre en deux. Toutes les angoisses que je nourris depuis des semaines sont en train de se réaliser. Je ne sais plus si j'ai trop froid ou trop chaud, j'ai le cœur qui bat à mille à l'heure. Je vais m'évanouir, c'est sûr. Peut-être même que je devrais m'évanouir ? Ce serait la diversion idéale. Le sourire de Sébastien commence à s'effacer, laissant place à une moue dubitative, sourcils froncés.

— Pauline ?

Je dois me ressaisir et vite. De toute façon, je suis déjà bien trop enfoncée dans mon mensonge pour me dédire maintenant. Et devant tous ceux qui m'ont fait confiance depuis mon arrivée, je n'en ai clairement pas le courage.

— Euh… oui. Enfin, c'est vieux, bafouillé-je pour toute réponse.

Le visage de Sébastien s'illumine de soulagement.

— Alors c'est réglé ! On va faire un avenant à ton contrat, et modifier ton planning. La priorité, c'est d'avoir quelqu'un en cuisine, au moins pour quelques heures. Ce sera peut-être plus facile de recruter un extra pour la vente que quelqu'un avec des compétences en pâtisserie. Merci Pauline, t'es un ange, tu nous sauves la vie !

J'ai l'estomac noué et les mains moites.

— Andrea ? Qu'est-ce que tu en dis ?

Ce dernier n'a même pas daigné lever les yeux vers nous. Je ne suis même pas sûre qu'il nous ait écoutés. Il a les épaules basses et la mine sombre, et sans son habituel sourire, j'ai l'impression d'avoir affaire à un homme totalement différent. Il finit par sortir de sa léthargie et répond sèchement :

— Puisque c'est réglé, vous n'avez plus besoin de moi. Ma journée a été suffisamment longue comme ça.

Il traverse la cuisine d'un pas pressé. Quelle mouche a bien pu le piquer ? Avant de sortir, il me glisse :

— Pauline, je t'attends en cuisine dès 6 heures.

Personne n'ose parler après son départ.

— Qu'est-ce qui lui prend ? demandé-je.

Sébastien se contente de hausser les épaules. Comme bien souvent, c'est Anne-Fleur qui éclaire ma lanterne :

— Il est comme ça à chaque fois qu'on évoque les menaces. Il se referme complètement… Heureusement, ça ne dure jamais longtemps. Il s'excusera sans doute demain matin.

— Je vais y aller aussi, conclut Sébastien. J'ai du pain sur la planche. Pauline, tu pourras finir plus tôt aujourd'hui. Je viendrai te remplacer dans l'après-midi.

Je hoche la tête sans grande conviction.

Le reste de ma courte journée ne se passe pas forcément mieux. Je multiplie les bêtises et les maladresses. J'intervertis plusieurs commandes et fais tomber une boîte d'une douzaine de pâtisseries qui s'écrasent sur le sol. Évidemment, c'est en plein coup de feu, et évidemment, juste devant le comptoir. Il faut dire que, depuis que j'ai enfilé mon tablier, j'ai la tête ailleurs. Déjà, il y a l'attitude d'Andrea ce matin que j'ai du mal à expliquer, mais surtout, dans à peine plus de douze heures, je suis censée l'assister, alors que je ne sais même pas faire des cookies sans les rater. À cette idée, j'ai envie de pleurer, de tout avouer et de rentrer aussi sec à Paris.

— Ça va ? me demande Anne-Fleur pendant un moment creux. T'as l'air à côté de tes pompes, un peu.

— Ouais… C'est, hum, cette histoire de lettres de menaces et de démission, ça me fait réfléchir, c'est tout, bredouillé-je.

— Tu penses à partir, toi aussi ?

Ce serait sans doute la meilleure chose à faire, pour tout le monde. Mais je ne peux pas lui dire ça, alors je secoue la tête.

— Oh, non, mais… avec le départ de Gabriel, je ne sais pas… ça m'a fichu un coup, tu vois ?

Anne-Fleur m'adresse un sourire plein de compassion.

— Je comprends. Mais ça ne sert à rien de te mettre dans cet état. Je veux dire, OK, ces lettres sont un peu effrayantes, mais au final… il n'y a jamais vraiment rien eu de plus. Je suis désolée si je t'ai fait peur en t'en parlant autant. Ce n'était pas mon but. Je voulais juste que tu sois au courant. Au cas où, quoi… Vu qu'Andrea ne le fera jamais de lui-même. Je voulais vraiment pas te faire fuir ! S'il te plaît… reste ! T'es ma collègue préférée, après tout !

Elle parvient à m'arracher un demi-sourire.

— Ne t'inquiète pas, il n'y a pas de mal, j'ai juste la tête ailleurs. Je ne compte pas t'abandonner de sitôt !

Je m'en veux de devoir lui mentir et de l'inquiéter comme ça. Mais je ne peux pas lui expliquer la vraie raison de mon trouble.

Quand Sébastien arrive pour me remplacer à la fin de la journée, c'est une véritable délivrance pour moi. Je ne demande pas mon reste et suis dehors en moins de temps qu'il n'en faut pour le dire. De retour dans ma chambre chez Monique, j'essaie de faire le vide dans ma tête et de ne pas céder à la panique.

Comment me sortir de ce pétrin ? Dès demain, Andrea saura que je suis une fraude et mon mensonge éclatera au grand jour. Il me virera, je me retrouverai sans le sou, Monique me virera sans doute aussi de chez elle et, à quelques jours des vacances d'hiver, je n'aurai d'autre choix que de retourner chez mes parents. Hors de question. Je dois absolument trouver un moyen de faire illusion demain matin. Il me faut de quoi gagner du temps. Peut-être que si je passe ma nuit à regarder des tutos sur Internet, je pourrais m'en sortir à peu près ? Ou bien je pourrais aller en parler à Monique, l'air de rien. Elle serait sans doute de bon conseil. Mais pour ça, il faudrait que je lui révèle au moins une partie de mon secret, et je ne suis pas sûre qu'elle tienne sa langue. Ah ! Que de nœuds au cerveau !

Enchaîner le visionnage de vidéos tuto sur Internet
→ vers **CHAPITRE 25** (p. 146)

OU Aller demander de l'aide à Monique
→ vers **CHAPITRE 26** (p. 149)

CHAPITRE 25

Je ne me sens absolument pas capable d'aller déranger Monique, et encore moins de lui avouer une partie de mes mensonges. Je commence à bien connaître le caractère de l'octogénaire et je crains sa réaction.

Dès lors, il ne me reste plus qu'une solution. Allons sauver le soldat Robert.

J'installe ma tablette sur mon bureau et je me retrousse les manches. Dans la barre de recherche YouTube, je tape simplement « tuto pâtisserie » et écume tous les résultats à la recherche de mon bonheur. Je cherche en priorité les techniques de base. Pendant plus de deux heures, j'essaie d'assimiler tout le contenu que je peux trouver. À côté de ma tablette, mon téléphone est ouvert sur TikTok, qui me promet des recettes « faciles » et « inratables » des pâtisseries les plus célèbres. Alors que dehors il fait déjà nuit noire, mon cerveau commence à surchauffer. D'un geste rageur, j'éteins mon téléphone puis ma tablette. La tête entre les mains, j'essaie de me remémorer les recettes et les gestes que j'ai vus.

Il n'y a rien à faire.

Dans mon esprit, tout se mélange. Qu'est-ce qu'une maryse ? Comment réalise-t-on une ganache ? Combien existe-t-il de poches à douilles différentes au juste ? Je n'ai absolument rien retenu de mes heures de visionnage ! Pourtant, quand je passais mes soirées dans mon appart parisien à regarder des concours de cuisine, tout ça n'avait pas l'air si sorcier…

Après tout, Andrea doit bien avoir des recettes, des protocoles ou je ne sais quoi qu'il me suffira de suivre à la lettre, non ? J'ai vu toutes les machines dans la cuisine, il ne doit pas y avoir tant de choses que ça à faire à la main… Quel serait leur intérêt, sinon ? J'essaie de me rassurer tant bien que mal, mais la vérité, c'est que je commence à paniquer. Je ne vois pas comment me sortir de cette impasse. Dans quel monde pourrais-je faire croire à Andrea que je sais pâtisser juste parce que j'ai regardé trois vidéos YouTube et quatre tutos sur TikTok ? Le tout sans avoir – littéralement – mis la main à la pâte ?

L'expression me donne soudain une idée. Il me reste du temps avant de me retrouver seule (j'essaie de ne pas trop penser à *ça* non plus…) avec Andrea dans les cuisines. Et si je n'avais besoin que d'un peu d'entraînement ? J'ai juste besoin de me familiariser un peu avec l'environnement, les ustensiles, et tout devrait à peu près bien se passer. Le problème, c'est que Monique m'a strictement interdit l'accès à sa cuisine. Et ce n'est pas avec le petit frigo, la machine à café à dosettes et le micro-ondes de ma chambre que je vais pouvoir m'exercer. À partir de là, je n'ai plus que deux solutions : soit je mets mon ego de côté et je me risque à subir les remontrances de Monique en lui demandant de l'aide, soit je profite qu'elle est déjà dans sa chambre pour me faufiler dans la cuisine, à mes risques et périls. Si je nettoie et range tout correctement après, il y a peu de risques qu'elle se rende compte de la supercherie, non ? Je n'aurai qu'à racheter demain tout ce que j'aurai utilisé, et peut-être qu'elle n'y verra que du feu. OK, si elle le découvrait, Monique pourrait me mettre purement et simplement à la porte. Mais si je ne m'entraîne pas au moins un peu en conditions quasi réelles, je risque très certainement de me faire virer sans ménagement dès demain matin. L'un dans l'autre, il sera peut-être plus simple de trouver un logement, même temporaire, qu'un travail. Je n'ai plus le choix, maintenant : je dois prendre le taureau par les cornes !

Demander de l'aide à Monique
→ vers **CHAPITRE 26** (p. 149)
OU S'exercer seule dans la cuisine du gîte
→ vers **CHAPITRE 27** (p. 155)

CHAPITRE 26

La soirée est déjà bien avancée quand je me décide enfin à aller trouver Monique. Elle est dans sa chambre et j'espère vraiment ne pas la déranger. Je souffle un coup avant de toquer doucement à sa porte. De l'autre côté, j'entends d'abord marmonner puis des pas qui approchent.

— Qu'est-ce que tu veux ? demande-t-elle sèchement après m'avoir ouvert.

Elle a ses lunettes sur le bout du nez, et porte une longue robe de chambre par-dessus sa chemise de nuit. Je crois que c'est la première fois que je la vois habillée ainsi.

— Je… J'ai un problème, bafouillé -je.

— Et ça ne pouvait pas attendre demain ?

— Euh non, pas vraiment.

— Alors fais vite, je n'ai pas toute la nuit !

— C'est par rapport à la pâtisserie, expliqué-je. Le second d'Andrea est parti ce matin, il a posé sa démission.

Monique fronce les sourcils.

— À cause des lettres anonymes… Les menaces ! tenté-je d'expliquer.

— Et en quoi ça me regarde ? aboie-t-elle.

Son ton, très dur, me fait presque prendre mes jambes à mon cou.

— C'est que, euh… hum. En fait, Sébastien et Andrea m'ont demandé de le remplacer…

— Je ne vois toujours pas en quoi cela me concerne, m'interrompt-elle.

Elle ne veut décidément pas me faciliter la tâche.

— Je dois être en cuisine demain, de bonne heure.

— Le petit déjeuner sera prêt et servi, si c'est ça qui t'inquiète…

— Non, non… C'est que… En fait, j'ai menti. Enfin, pas vraiment menti, mais disons que j'ai peut-être un peu enjolivé mon C.V. Vous savez, pour mettre toutes les chances de mon côté pour être embauchée. Bref, tout ça pour dire que… je n'ai pas *vraiment* de CAP pâtisserie.

Alors que je m'attendais à une bronca en règle, sa réaction me prend au dépourvu : elle se met à rire. Pas un petit rire discret, non, non, un vrai fou rire. Il lui faut bien une minute entière pour se calmer.

— Je voulais juste savoir si vous pouviez m'aider, lâché-je, vexée comme un pou.

— Ah, ma grande, il y a bien longtemps que je n'avais pas ri comme ça. Allez, viens, on va voir ce qu'on peut de tirer de toi.

Alors que je la suis vers la cuisine, sa marche est ponctuée de petits rires moqueurs. J'essaie de ravaler ma fierté et de ne pas regagner ma chambre en courant. J'ai honte et je me sens nulle, mais au moins Monique semble partante pour m'aider, et c'est bien le principal.

Il est presque 22 heures lorsque nous entrons dans la cuisine. Monique me lance un tablier et enfile le sien.

— Bon, commence-t-elle, connaissant le loustic, je ne pense pas qu'il te mettra dès ton premier jour sur les créations originales. Tu seras sans doute chargée des viennoiseries et des pâtisseries traditionnelles, type Paris-Brest, éclairs, etc.

Je suis prise de panique. Monique dit ça comme si c'était d'une simplicité enfantine, mais je ne vois pas trop comment elle pourrait m'apprendre à faire des croissants et des choux en seulement quelques heures. Au bord de la crise de nerfs, je dois me tenir au plan de travail pour ne pas flancher. L'octogénaire doit s'en rendre compte, car elle pose une main amicale sur mon avant-bras.

— Ne t'en fais pas, on va y aller par étapes !

Je lui ai rarement entendu une voix aussi douce. Je dois vraiment faire pitié…

— Pour les viennoiseries, normalement, ça n'est pas trop compliqué : pour ce qui est de la pâte et du pétrissage, c'est le robot qui s'en occupe. Il suffit de mettre les bonnes quantités de chaque ingrédient, et le tour est joué. Jusqu'ici, tu devrais pouvoir survivre, non ?

Je hoche la tête pendant qu'elle ajoute les différents ingrédients dans la machine. J'espère qu'à la boutique, les quantités seront spécifiées quelque part, car si je dois inventer les doses, ça risque de ne pas être très réussi.

— Maintenant, on met le beurre au carré…

— Au carré ? l'interrompé-je.

— Ça veut simplement dire qu'on va l'aplatir, de sorte qu'il ait la même forme et la même épaisseur que notre pâte. Ensuite, on va les assembler en couches successives.

J'écoute les explications de Monique en regardant le robot tourner vitesse grand V.

— Ne t'inquiète pas, je vais te montrer. La pâte n'est pas parfaite, mais on va dire qu'elle est prête. Allons-y !

Monique divise son pâton en deux boules de taille égale.

— Regarde, et fais comme moi.

Elle attrape deux rouleaux et m'en passe un. C'est incroyable ce qu'elle est équipée ! Elle a peut-être récupéré le vieux matériel de la pâtisserie ? Ou bien peut-être que cela appartenait à son mari.

En suivant avec attention les gestes de Monique, je parviens à réaliser quelque chose qui ressemble vaguement à une pâte à croissants.

— Normalement, on devrait laisser reposer tout ça pendant au moins une douzaine d'heures, mais on va être obligées de s'en passer aujourd'hui.

Elle passe ensuite la pâte dans une drôle de machine qui l'aplatit plus encore en incorporant complètement le beurre, puis la découpe en triangles réguliers.

— C'est là que commence la partie technique ! déclare-t-elle. Personne ne croira que tu es pâtissière si tu ne sais pas former correctement un croissant. Observe bien !

Les gestes de Monique sont extrêmement précis. En quelques secondes à peine, elle arrive à rouler un croissant à la forme parfaite.

— Vous allez trop vite ! pesté-je après l'avoir vu en confectionner une dizaine à la vitesse de la lumière.

Elle ralentit et décompose son mouvement, puis c'est à mon tour de m'y essayer. Les premiers résultats… sont loin d'être concluants. Si on sait que ce sont des croissants, on peut y voir une ressemblance, sinon… ça ressemble plutôt à une sorte de boudin de pâte assez peu ragoûtant. Monique se marre, puis elle entreprend de me corriger. Cette femme prend beaucoup trop de plaisir à mon malheur. Au bout d'une trentaine de tentatives, je commence à prendre le pli. Ce qui est assez grisant. Je vais peut-être m'en sortir. Je commence même à comprendre le plaisir et la fierté que les gens ont à cuisiner. Jusqu'ici, je n'avais jamais vraiment compris pourquoi quelqu'un voudrait passer des heures derrière les fourneaux et s'infliger une tonne de vaisselle pour quelques minutes de dégustation. Ça ne me paraissait pas franchement valoir le coup. Visiblement, ma tutrice remarque, elle aussi, mes progrès :

— Eh bah tu vois, ton cas n'est peut-être pas si désespéré, finalement ! s'enthousiasme Monique.

Venant d'elle, je prends ça comme un compliment. Pendant que nos réalisations cuisent, nous passons à la suite de la leçon. Vu l'heure et en l'absence de tous les ingrédients nécessaires, nous n'allons évidemment pas pouvoir préparer des éclairs ou des Paris-Brest, mais Monique, décidément très créative, trouve des parades pour me montrer les bons gestes et me les faire mémoriser. Elle me montre comment utiliser chacun des ustensiles présents dans sa cuisine, et n'hésite pas à guider mes mains pour corriger mes erreurs. Ses mains sont froides et rêches, comme le sont souvent celles d'une personne âgée qui les a beaucoup utilisées. Pourtant, Monique est là, pratiquement au milieu de la nuit, en train de m'aider, comme si c'était elle qui risquait de se faire virer. J'en ai les larmes aux yeux, je crois que je suis à fleur de peau. D'un geste discret, j'essuie une larme qui perle au coin de mon œil, touchée par la sollicitude de cette femme que je connais pourtant à peine.

L'horloge indique une heure du matin lorsque Monique déclare :

— Bon, ça suffit pour l'instant. Il va quand même falloir que tu dormes un peu là-dessus.

— Merci beaucoup, soufflé-je, exténuée.

— La bonne nouvelle, c'est que tu auras des croissants frais au petit déjeuner !

J'essaie de sourire, mais l'idée de me planter en beauté avec Andrea malgré les heures passées à m'entraîner me fait paniquer de nouveau.

— Allez, tu vas t'en sortir.

J'aimerais en être aussi certaine qu'elle. Elle enchaîne :

— Fais de ton mieux. Il faut seulement maintenir l'illusion demain… après, je pourrais continuer à te donner des cours, si ça te dit ?

Je hoche la tête et la remercie à nouveau.

De retour sous ma couette, je me demande si tous ces efforts serviront à quelque chose. Si on pouvait apprendre un métier en une seule soirée, ça se saurait. Je souffle. Le tout, comme l'a dit Monique, c'est de faire illusion demain, on verra pour la suite. Complètement éreintée, je ne tarde pas à trouver le sommeil.

→ vers **CHAPITRE 28** (p. 161)

CHAPITRE 27

Lorsque je suis certaine qu'il est assez tard et que Monique ne risque pas de se relever, je quitte ma chambre et me glisse discrètement vers la cuisine. J'ai l'impression d'être une voleuse : je me déplace furtivement, sans bruit et sans allumer la lumière. Dans le salon, mon petit orteil rencontre le coin du buffet. Je parviens à étouffer un cri, mais je me maudis intérieurement. C'est pas possible d'être aussi maladroite ! Surtout dans un moment pareil !

Une fois dans la cuisine, je ferme doucement la porte derrière moi et allume la lumière. Par où commencer ? Je cherche le placard où sont rangés les ingrédients. Voyons, qu'est-ce qu'on retrouve souvent dans les recettes ? De la farine, des œufs, de la levure, du sucre… Une fois que j'ai trouvé ce que je cherche, je dispose les différents ingrédients sur la table pour en faire l'inventaire. Heureusement pour moi, l'octogénaire semble avoir un stock conséquent. En faisant bien les choses, il y a certainement moyen de cacher mon larcin jusqu'à demain soir. Il me suffit d'entamer les boîtes et sachets neufs, et de les remplacer demain après ma journée de travail. Ça va me coûter quelques euros, mais si ça peut m'éviter 1) l'humiliation et 2) le licenciement, je crois que ça vaudra largement le coup.

Maintenant que j'ai tout ce qu'il me faut, j'ai besoin d'une recette à suivre. J'aurais peut-être dû commencer par ça.

Décidément, je suis une bien piètre cuisinière. Je consulte ma tablette, et après quelques secondes de réflexion, je jette mon dévolu sur la pâte à choux, qui me semble figurer parmi les incontournables de la pâtisserie et qui nécessite seulement les ingrédients de base que j'ai déjà sortis des placards. Heureusement pour moi, cette recette ne demande pas trop de matériel. Je me mets aussitôt en quête d'une casserole et d'une cuillère en bois. La cuillère en bois est visible depuis le plan de travail, mais pour la casserole, j'ouvre un nombre incalculable de placards sans trouver l'objet en question. Chacun des grincements provoqués dans ma recherche me fait sursauter : j'imagine déjà Monique débouler dans la pièce avec fracas.

Ah ! Ça y est ! Les casseroles sont là. Il m'en faut une ni trop petite ni trop grande. J'en aperçois une parfaite, empilée parmi d'autres. En essayant de l'extirper avec délicatesse, je manque mon coup, et la moitié de la pile me tombe dessus dans un bruit de fin du monde. Tendue comme un arc, j'arrête de respirer, à l'affût. Dans la maison, pourtant, rien ne semble bouger. Monique doit avoir un sommeil profond… Au bout de quelques minutes, je suis toujours seule dans la cuisine. Je reprends donc mes activités.

Ah, merde… il fallait préchauffer le four ! Comment s'allume cette p… de machine ? Je n'en ai jamais vu un avec autant de boutons. C'est pas vrai, si chaque étape me prend des plombes comme ça, il sera déjà l'heure de partir au travail que je n'aurai absolument rien cuisiné ! Et en plus, il faut que je garde du temps pour faire la vaisselle et tout ranger à sa place avant que Monique ne se lève ! D'ailleurs, à quelle heure se lève-t-elle ? Je me rends compte que je n'en ai aucune idée. Quand je me réveille, tout est déjà prêt au salon pour le petit déjeuner. Quoi qu'il en soit, j'ai intérêt à me bouger ! Me voilà de nouveau en train de paniquer, en triturant tous les boutons pour tenter d'allumer le feu.

— Qu'est-ce que tu fabriques ici ?

Je sursaute. Je ne l'ai pas entendue arriver ni ouvrir la porte : Monique se tient dans l'encadrement, les joues rouges et l'air d'être prête à m'assassiner sur place.

— Je t'avais pourtant interdit de venir ici.

Son ton est sec et elle n'a pas besoin d'élever la voix pour avoir l'air menaçante. Clairement, j'ai merdé. Je sens les larmes me monter aux yeux et la honte me submerger. J'ai l'impression d'être une petite fille prise en faute. Et c'est exactement comme telle que je réagis. Lasse et exténuée, je me laisse tomber sur le banc de la cuisine et me mets à pleurer. Bientôt, je sens une main me taper doucement dans le dos. Monique s'est installée à côté de moi. Elle ne dit rien pendant un temps, se contentant de ce seul geste.

— Qu'est-ce qui se passe ? demande-t-elle finalement.

Je crois que, depuis mon arrivée, je ne lui ai jamais entendu une voix aussi douce.

Alors, je déballe tout. Enfin, *presque* tout. Je tais l'usurpation d'identité, mais j'explique à Monique que j'ai légèrement enjolivé mon C.V. pour être embauchée, faisant croire que je possédais un diplôme de pâtisserie alors qu'il n'en était rien. L'octogénaire se lance alors dans un fou rire presque contagieux qui tranche avec mes incessants reniflements.

— Je ne vois pas tellement ce qu'il y a de drôle, me vexé-je une fois sa crise passée.

— Allez, ne perdons pas de temps et mettons-nous au travail ! déclare-t-elle en souriant.

Elle se lève, et jette un coup d'œil au plan de travail.

— Quel bazar tu m'as mis là…

— Je voulais faire de la pâte à choux…

Avec ma mine renfrognée, mes yeux bouffis et mes bras croisés, on dirait vraiment une gamine qui bougonne. L'image nous arrache à toutes les deux une tranche de rire.

— On va plutôt commencer par la viennoiserie, c'est sans doute à ça que tu devras t'atteler en priorité. Je n'imagine pas vraiment Andrea te confier la confection des recettes maîtresses de la Maison… même si tu es censée savoir pâtisser !

Il est désormais pratiquement 22h30, et voilà que je me lance dans un cours de pâtisserie avec Monique. La pâte à croissants se fait rapidement si l'on utilise un robot pâtissier pour mélanger et pétrir à notre place. Pratique. Ensuite, Monique m'apprend comment y incorporer le beurre. Normalement, nous devrions laisser la pâte reposer pendant au moins une douzaine d'heures mais nous n'avons bien entendu pas le temps. Alors, on passe directement à la confection des viennoiseries. Quand Monique le fait, le geste a l'air simple comme bonjour. Quand c'est mon tour… les croissants ressemblent à peu près à tout… sauf à des croissants. Et voilà que l'octogénaire se moque à nouveau de moi ! J'essaie de ne pas lui en tenir rigueur, car après tout, c'est elle qui est là, à essayer de m'aider au beau milieu de la nuit. Alors j'essaie de me montrer reconnaissante.

À force de répéter le geste en suivant les recommandations de Monique, je finis par réussir mes viennoiseries. Pendant qu'elles gonflent dans le four, Monique tente de me faire rentrer dans le crâne un maximum d'infos et de gestes. Elle n'hésite pas à guider mes mains pour me faire comprendre le fonctionnement de tel ou tel ustensile. Je fais de mon mieux pour en retenir le plus possible, mais j'ai parfois l'impression que tout cela me rentre par une oreille pour ressortir aussitôt par l'autre. Comment vais-je pouvoir me souvenir de tout cela demain matin ?

Ou plutôt, tout à l'heure. Car il est déjà plus d'une heure du matin lorsque Monique décide que nous en avons assez fait.

— Au moins, il y aura des croissants au petit déjeuner !

Son entrain ne m'arrache aucun sourire. Dans moins de cinq heures, je suis censée me retrouver seule avec Andrea et avoir l'air de maîtriser parfaitement tout ce que j'ai galéré à apprendre cette nuit. Je ne vois pas comment qui que ce soit pourrait y croire. Je vais droit dans le mur, mais je ne vois aucun moyen de faire autrement. J'ai songé à démissionner plusieurs fois dans la soirée et ne pas me pointer au travail demain, exactement comme Gabriel. Mais j'ai vu leurs regards dépités à tous, ce matin, et je ne me vois vraiment pas leur faire ça. C'est difficile d'admettre que je suis une menteuse doublée d'une fraude, et ce depuis le premier jour, mais pour autant je ne suis pas prête à faire face à la déception et au jugement dans les yeux d'Anne-Fleur ou d'Andrea… Et pour couronner le tout, démissionner me forcerait à retourner vivre chez mes parents, ce que je ne peux absolument pas envisager. Je n'ai pas le choix : d'une façon ou d'une autre, je vais devoir réussir à donner le change.

— On pourra continuer les leçons, si tu veux. Mais j'aimerais mieux en journée. Et surtout : tu ne remets pas les pieds ici sans moi, c'est compris ?

Je rougis et baisse la tête. Je n'ai toujours pas saisi cette étrange interdiction, mais le fait est que je lui ai désobéi. Et je ne compte pas recommencer, surtout après tout le mal qu'elle s'est donné ce soir.

— C'est promis, murmuré-je.

Monique lâche un petit rire devant mon air d'enfant grondée.

— Allez, file donc au lit. T'as une tête affreuse, tu auras bien besoin de ces quelques heures de sommeil.

Elle me raccompagne jusqu'au salon et me souhaite une bonne nuit. De retour sous ma couette, malgré les doutes et les questions qui tournent en boucle dans ma tête, je suis tellement harassée que le sommeil me cueille très rapidement.

→ vers **CHAPITRE 28** (p. 161)

CHAPITRE 28

Mon réveil me tire du lit beaucoup trop tôt, et j'ai une migraine digne d'un lendemain de cuite. Pas vraiment le combo idéal pour faire bonne impression au travail. Surtout quand on a appris ledit travail sur le tas, la veille.

Dans le salon, la table du petit déjeuner a été dressée comme d'habitude. Dans une petite corbeille, je trouve quelques croissants, accompagnés d'un petit mot.

« Ils n'ont pas l'air si mal. Ça va bien se passer ! Bises, Monique »

La note m'arrache un bref sourire. C'est vrai que, finalement, ils ne sont pas si moches. J'en attrape un et porte un morceau à ma bouche. Niveau goût, c'est même pas mal du tout ! Je termine mon petit déjeuner un peu plus sereine.

En nettoyant mes miettes et en débarrassant la table, je me demande où est Monique. Quelle que soit l'heure du jour ou de la nuit, j'ai l'impression qu'elle va toujours au-devant de mes besoins. Comme Anne-Fleur, elle revêt parfois des airs de bonne marraine la fée. Je ne m'en plains pas, mais je n'ai jamais été habituée à ce genre de traitement, alors je reste un peu sur mes gardes. Dans ma famille, quand quelqu'un multiplie les petites attentions, c'est souvent par intérêt… Alors forcément, quand je vois faire Monique… Bref, je suis sûrement un peu parano, mais en attendant, autant en profiter !

De retour dans mes quartiers pour m'habiller, et alors que l'heure du départ approche, mes angoisses se rappellent à moi. Je fais tout le trajet jusqu'à la pâtisserie avec une énorme boule au ventre. Honnêtement, je crois que je n'ai jamais été aussi stressée sauf peut-être le jour où j'ai passé mon permis (que j'avais déjà raté deux fois, et j'étais à nouveau tombée sur l'examinateur qui s'était fait un malin plaisir de me recaler les deux premières fois).

Lorsque j'arrive à la pâtisserie, le rideau de fer est en partie relevé, mais pas complètement, de sorte que je dois me baisser pour entrer. À l'intérieur, il fait noir et seule la LED de la caisse enregistreuse éclaire mon passage. Je file déposer mes affaires dans le vestiaire et enfile mon tablier avant de rejoindre la cuisine. Devant la porte, je prends une très longue et lente inspiration. J'ai l'impression d'aller à l'abattoir. *Allez, Pauline, c'est parti !*

— Bonjour, déclaré-je en passant le seuil pour tenter de me donner une contenance.

— Ah, Pauline ! Je t'attendais.

Le dos courbé sur son plan de travail, Andrea relève la tête vers moi et m'adresse un large sourire.

— Je suis désolé pour hier, si j'ai été un peu… sec. La démission de Gabriel… enfin bref, j'en avais gros, quoi. Tu ne m'en veux pas trop, j'espère ? Je vais tâcher de me rattraper.

Il se gratte la tête, gêné. Comment qui que ce soit pourrait en vouloir un jour à cet homme quand il se fend de ce genre de sourire ? Réussir à faire une pâtissière convaincante ne sera peut-être que le cadet de mes soucis s'il continue de me regarder comme ça.

— Non, non, bégayé-je. Ne vous… ne t'en fais pas, c'est déjà oublié.

— Parfait ! Je te laisse préparer les croissants, pour commencer ? La pâte est dans le frigo de droite, et j'ai déjà sorti le beurre.

Je remercie intérieurement tous les dieux que je connais et surtout Monique d'avoir eu le nez si creux. La difficulté, désormais, ça va être de travailler presque collée à Andrea : il n'y a pas vraiment d'autres plans de travail que l'îlot central où m'installer et je me trouve donc obligée de venir rouler mes croissants sous son nez. *Inspire. Expire.* Je dois me concentrer sur mes croissants et uniquement mes croissants. La tâche se révèle assez difficile quand, de son côté, le chef pâtissier ne cesse de me lancer des coups d'œil. Je prie intérieurement qu'il ne soit pas en train de juger ma technique sans doute déplorable. J'essaie de rester focus, mais ce n'est pas simple.

Lorsque j'ai terminé, je suis assez fière du résultat. Tout n'est pas parfait, ni même très régulier, mais ça me semble largement faire l'affaire. Pour autant, je ne me montre pas démesurément satisfaite. Après tout, ce n'est pas censé être la seconde fois seulement que je réalise cet exploit.

— Tu as fini ? me demande Andrea après avoir à nouveau posé son regard sur moi.

Aucun son ne sort de ma bouche, et je me contente de répondre d'un signe de tête.

— Alors, j'enfourne !

Andrea contourne l'îlot pour venir chercher les grilles sur lesquelles sont disposés mes croissants. Je cherche à m'écarter pour lui laisser le champ libre mais je ne réagis pas assez vite. Nous nous retrouvons épaule contre épaule et j'en ai douloureusement conscience. Andrea tourne la tête vers moi, et m'adresse un des sourires dont il a le secret. Je ne peux pas m'empêcher de me demander s'il est aussi souriant avec tout le monde, ou si c'est juste avec moi. Je crois que j'aimerais qu'il ne réserve ces sourires qu'à moi.

— Tu peux m'aider avec le montage des éclairs ?

Décidément rendue muette par sa présence – ou la perspective peu réjouissante de me faire virer au moindre faux pas, allez savoir – je hoche à nouveau la tête. Cette fois, donc, nous travaillons carrément côte à côte. Je m'éloigne volontairement de quelques centimètres pour éviter tout contact physique avec le chef pâtissier. J'essaie de me souvenir des explications de Monique. L'éclair, c'est ce qu'elle m'a enseigné quasiment en premier, et il y a eu tellement d'informations par la suite que tout se mélange un peu dans ma tête. Ça doit se traduire dans mes mouvements, car je sens le regard d'Andrea qui s'attarde un peu plus longuement sur moi.

— Tu t'en sors ? finit-il par demander en ricanant.

Toute concentrée sur ma tâche, je sursaute au son de sa voix et le chocolat que je devais introduire dans l'éclair finit sa route sur le plan travail. *Et merde, quelle gourde !*

— Désolée, bredouillé-je. Ça fait longtemps que je ne fais plus que de la vente, et je crois que j'ai un peu perdu la main…

Je profite d'avoir besoin d'une éponge pour m'échapper quelques secondes. Quand je reviens nettoyer mes bêtises, il poursuit le montage en riant dans sa barbe. Je me remets ensuite au travail. Un peu stressée par ma gaffe, j'ai les mains qui tremblent et mes gestes sont loin d'être assurés.

— Tu t'y prends comme un manche, glousse soudain Andrea.

— Euh… merci ? rétorqué-je, vexée.

— Attends… Là.

Il se rapproche de moi et, sans prévenir, attrape mes mains pour les placer correctement. Je frissonne à son contact et j'ai le cœur qui tambourine dans ma poitrine.

— Oui, OK, merci, bafouillé-je en me défaisant de sa prise.

Sans un mot, il retourne à son ouvrage. Pendant les minutes qui suivent, j'essaie de me remettre de mes émotions et d'éviter de nouvelles erreurs. Andrea, quant à lui, multiplie les regards vers moi. Et il n'est pas franchement discret. Par moments, je l'observe à la dérobée. Est-ce qu'il est en train de juger mon travail ? Ou est-ce qu'il s'agit d'autre chose ? Quoi qu'il en soit, je suis gênée, et ça commence à me donner chaud.

Après un moment, je me dis qu'il n'est pas le seul à pouvoir déstabiliser l'autre, alors pour en avoir le coeur net, je lui jette moi aussi des coups d'œil. Parfois, nos regards se croisent, et je détourne le mien comme si de rien n'était, avant qu'il ne puisse dire quoi que ce soit. Et puis, à un moment, alors que je sens son regard derrière mon épaule, c'est lui qui laisse échapper un éclair, qui tombe évidemment sur la face du glaçage. Cette fois, c'est à mon tour de me moquer ! Sans réfléchir, je lui lance :

— Je vois que je ne suis pas la seule à ne pas être concentrée !

Je pique un fard quand je me rends compte du double sens de ma phrase. Andrea se retourne vers moi, une lueur étrange dans le regard et un discret sourire aux lèvres.

— J'avoue que, ce matin, je suis peut-être un peu plus perturbé que d'habitude…

Je lève un regard intrigué vers lui, et quand je croise le sien, le sens de ses paroles ne fait plus aucun doute.

Si Pauline et Andrea ont déjà couché ensemble
→ vers **CHAPITRE 29** (p. 166)
SINON : Avouer du bout des lèvres son attirance
→ vers **CHAPITRE 30** (p. 170)
OU Repousser cette attirance → vers **CHAPITRE 31** (p. 174)

CHAPITRE 29

— C'est à cause de ce qui s'est passé ? Est-ce que tu regrettes ?

Ma question n'est pas posée méchamment, mais elle est sans doute un peu cash. J'ai juste besoin de savoir où on en est lui et moi. Depuis que nous avons couché ensemble, nous n'en avons pas reparlé. C'était il y a deux jours, et on n'a pas vraiment eu l'occasion d'aborder le sujet. D'un côté, j'avoue l'avoir volontairement évité. Mais de l'autre… il n'est pas non plus venu me trouver. Je veux savoir s'il y a une raison à cela, ou si c'est juste l'enchaînement des galères des derniers jours qui nous a tenus éloignés.

— C'est ma faute, soupire-t-il. Je suis désolé. À la base… après l'après-midi qu'on a passé, je voulais te proposer, je sais pas, une sortie ou autre chose… Et puis en arrivant au travail, j'ai appris la démission de Gabriel, et ça a occulté tout le reste. J'ai hésité, hier soir, à t'appeler, mais je l'ai pas fait. Je me suis dit que, peut-être, le moment était passé, que c'était pas ce que tu voulais, que tout ça ne change…

— Andrea, l'interrompé-je. Je comprends rien à ce que tu me racontes !

— Je crois que j'avais juste peur que tu me dises que c'était une erreur et que tu me mettes un stop, précise-t-il.

— Ce n'était pas une erreur, parviens-je à répondre après un bref silence. J'ai ma part de responsabilité aussi. Je t'ai un peu évité depuis qu'on… depuis l'autre jour. J'avais peur que ça se sache, peur que le boulot et l'intime, ça ne fasse pas bon ménage.

L'espace entre nous s'est considérablement réduit. La main d'Andrea s'est posée sur mon visage et il me caresse doucement la joue. Sans même y penser, je me hisse sur la pointe des pieds pour approcher mon visage du sien. Nos lèvres entrouvertes sont si proches désormais…

Biiiiiiiiiip. Biiiiiip.

Je retombe aussitôt sur mes talons.

— La dernière fournée est prête, déclare Andrea en s'éloignant.

Et la magie de l'instant s'évapore.

Pourtant, tout le reste de la matinée, nous nous cherchons des yeux et des mains. Chaque fois que nous le pouvons, nous faisons durer le contact. J'ai toutes les peines du monde à produire un travail correct. Et ça n'a rien à voir avec mon inexpérience.

Entre nous, la tension est palpable. Et notre conversation de tout à l'heure a fait remonter les souvenirs de notre après-midi. Je *sais* de quoi nos corps sont capables ensemble. Je sais les plaisirs vers lesquels Andrea peut m'amener et j'ai bien envie d'y regoûter…

J'essaie de m'éclaircir les idées, de me concentrer sur ma tâche, de me rappeler que quelqu'un pourrait débarquer et nous surprendre. On ne sait jamais, des fois qu'Anne-Fleur arrive en avance ou que Sébastien débarque pour je ne sais quelle raison. Je ne voudrais pas que l'un ou l'autre nous prenne la main dans le sac alors que le patron et moi sommes en train de nous reluquer sans gêne... voire pire ! Je secoue la tête. Je joue un jeu dangereux pour quelqu'un qui a tant de secrets à garder. Si je baisse trop ma garde, c'est sûr que je vais gaffer. Et là, avoir des vues sur Andrea sera le dernier de mes soucis. J'ai beau lui avoir dit que je ne regrettais pas qu'on ait couché ensemble – ce qui est vrai – la vérité, c'est que je n'ai peut-être pas intérêt à ce que notre relation prenne ce chemin. M'ouvrir autant – sans mauvais jeu de mots –, c'est me rendre vulnérable, et augmenter mes chances de faire une boulette ou dire ce qu'il ne faut pas. Qu'est-ce qui se passerait si Andrea découvrait tout ? Je pourrais le perdre définitivement : à la fois comme patron, mais aussi en tant qu'amant... Je préfère ne pas y penser. Il faut que je parvienne à calmer mon attirance, mon désir. Je ne voudrais pas que mon ardeur cause ma perte.

— On peut prendre une petite pause, déclare Andrea en s'essuyant le front.

Je jette un œil à l'horloge.

— Tu es sûr ? On ne va pas se mettre en retard ?

— Ne t'en fais pas, je resterai plus longtemps s'il faut.

Il se tourne vers moi et m'adresse un clin d'œil complice, auquel je réponds par un soupir de soulagement. Fatiguée par cette première matinée au fourneau, je m'assieds nonchalamment sur le rebord de l'îlot central tout juste nettoyé.

— Pffiou, c'est pas de tout repos, soufflé-je... Enfin, je veux dire, j'avais oublié à quel point c'était sportif, hum, comparé à la vente.

Andrea, qui semble perdu dans ses pensées, acquiesce distraitement. Puis, quelque chose se passe car, doucement, il s'approche de moi. Arrivé à ma hauteur, il attrape d'une main mon tablier, juste en dessous de ma poitrine, et tire gentiment dessus.

— Tu pourrais retirer ça, peut-être…

Mon regard glisse de sa main à ses yeux. Ils sont brillants de désir. Pour moi. Sous mes vêtements, je sens déjà ma peau brûler. J'en ai envie. Autant que lui. Je voudrais qu'il me prenne, là, tout de suite. Qu'il me fasse jouir comme la dernière fois. Mais on pourrait nous surprendre. Et surtout, je pourrais me compromettre. Suis-je prête à jouer avec le feu à ce point ? À risquer de dévoiler mes secrets pour quelques instants de plaisir ?

Se laisser aller au désir → vers **CHAPITRE 32** (p. 179)
OU Quitter précipitamment la pâtisserie
→ vers **CHAPITRE 33** (p. 185)

CHAPITRE 30

— Qu'est-ce qui te perturbe à ce point ? demandé-je naïvement.

— Je ne sais pas, souffle Andrea. Il… il fait chaud, non ?

Il défait les premiers boutons de sa veste de cuisine pour dégager un peu son cou et le haut de son torse. Puis, il s'éloigne un temps pour réserver les éclairs qu'il vient de terminer. De mon côté, je m'occupe des miens, en lançant parfois un regard par-dessus mon épaule pour observer ce qu'il fait. Il revient bientôt avec une pâte à pain et s'installe juste en face de moi pour la dégazer. J'essaie de me concentrer sur ma tâche, mais mon regard est sans arrêt attiré par ses larges mains qui pétrissent et malaxent le pâton sur le plan de travail. Nos regards finissent par se croiser, et j'ai l'impression que son geste devient plus appuyé, plus… sensuel ? Je ne peux m'empêcher d'imaginer mon corps et ses formes rouler sous ses doigts. Je déglutis bruyamment sous le regard amusé d'Andrea et le rouge me monte immédiatement aux joues.

OK, s'il veut jouer… nous allons jouer. J'attrape un nouvel éclair, ma poche à douille et commence à le fourrer lentement et de manière on ne peut plus suggestive. Et je ne m'arrête pas là. Je soutiens son regard tout au long de l'opération, un petit bout de langue s'échappant du coin de mes lèvres.

Andrea détourne un peu les yeux et, sous sa barbe, je crois déceler une peau légèrement plus rosée qu'à son habitude. Pas peu fière de réussir à le troubler, je décide de continuer et, en retirant ma poche à douille, je laisse volontairement un peu de chocolat couler. J'essuie le bout de la poche du bout du doigt et le porte ensuite à ma bouche pour le lécher. Le tout, sans jamais le lâcher des yeux. Andrea passe deux doigts dans le col de sa veste de cuisine pour s'aérer un peu et détourne complètement le regard. Affairée à mes éclairs, je ricane comme une baleine, consciente malgré tout que la contre-offensive pourrait ne pas tarder.

Andrea file enfourner ses viennoiseries à l'autre bout de la pièce. Et revient se poster dans mon dos. Son souffle est chaud, légèrement saccadé et tombe pile sur ma nuque. Je sens la chaleur qui se dégage de lui et je n'ose pas me retourner tant je l'imagine proche de moi. Ma respiration se fait aussi laborieuse que la sienne. Du coin de l'œil je vois sa main qui se lève et lentement, s'approche de la mienne…

Des éclats de voix s'élèvent de l'autre côté de la porte. Je reconnais les voix d'Anne-Fleur et d'un vieux couple de clients fidèles. Je sens Andrea se tendre dans mon dos immédiatement et s'écarter à la vitesse de la lumière. Nous retenons notre respiration pendant de longues secondes. Et puis finalement les voix se taisent et le calme revient.

Andrea et moi échangeons alors un regard, puis nous éclatons de rire.

— On ferait peut-être mieux de s'en tenir au travail, soupire-t-il.

J'acquiesce d'un hochement de tête.

Pendant un temps, nous vaquons chacun de notre côté à nos occupations. Il est retourné faire je ne sais quoi avec les robots pendant que je termine les éclairs, religieuses, Paris-Brest et autres pâtisseries crémeuses. Lorsque j'ai terminé, je les dépose sur les plaques afin de les réserver au frais. Fière du travail accompli, je me retourne un peu vite et manque de percuter Andrea de plein fouet. Je ne sais par quel miracle – sans doute dû aux bons réflexes d'Andrea vu ma désastreuse maladresse – la plaque tangue, mais ne se retourne pas et les gâteaux restent bien en place. Une fois la stupeur passée, je me rends compte que les mains d'Andrea sont placées juste sous les miennes. Je lève les yeux vers lui, croise son regard, et nous baissons tous les deux la tête, rouges de gêne… de désir ? Je lui arrache le plateau des mains et me précipite vers le frigo pour lui échapper au moins quelques secondes.

M'appuyant contre le lave-vaisselle, c'est à mon tour de défaire quelques-uns des boutons de ma veste. Quand je relève la tête, Andrea se tient devant moi.

— Je t'avais bien dit qu'il faisait chaud, sourit-il.

Dans sa poche, Andrea récupère un paquet d'où il sort un mouchoir propre. D'un mouvement lent mais assuré, il approche le tissu de mon visage pour m'éponger le front. Je n'avais même pas remarqué que j'étais en sueur. Andrea est doux et attentionné. Son geste me fait du bien, alors je le laisse continuer. Il est si grand que même en levant les yeux, j'ai du mal à croiser son regard. Il a l'air concentré. Il me regarde à son tour, et m'adresse un large sourire. Presque malgré moi, j'attrape son poignet. Sous mes doigts, je sens sa peau brûlante et son pouls rapide. Il suspend son geste. Je plonge dans ses prunelles, et je crois y déceler le même brasier qui brûle en moi. Je n'aurais probablement qu'un geste à faire, un mot à dire…

Mais est-ce vraiment une bonne idée ? Et si, dans le feu de la passion, je laissais échapper mon secret ? Et puis, ai-je réellement envie qu'on me prenne, à la va-vite, sur un plan de travail enfariné ? L'image, en réalité, ne fait que m'exciter davantage. J'ai envie qu'Andrea me fasse tourner la tête et le cœur, ici et maintenant, et dans le même temps, je redoute ce qui pourrait arriver si j'écoutais les pulsions de mon corps plutôt que les avertissements de ma raison. N'est-ce pas là exactement le genre de choix que l'on peut finir par regretter ?

Se laisser aller au désir avec Andrea
→ vers **CHAPITRE 32** (p. 179)
OU Trouver un prétexte et quitter le travail précipitamment
→ vers **CHAPITRE 33** (p. 185)

CHAPITRE 31

J'essaie de faire taire le désir qui gronde en moi. Je m'écarte vivement d'Andrea, bredouillant que nous avons encore beaucoup de travail. Il a l'air déçu, mais reste professionnel, et ne dit rien. Nous retournons tous les deux à nos occupations.

La matinée passe très lentement, et je vis un véritable calvaire. Je commence à croire que j'ai pris la mauvaise décision. Au moins, si j'avais cédé à la tentation, je pourrais penser à autre chose. Là, je dois me faire violence pour ne pas passer mon temps à le regarder. Chaque fois que je le vois pétrir ou malaxer la pâte, je ne peux m'empêcher d'imaginer ce que ces doigts pourraient faire de mon corps. J'ai de plus en plus chaud, à chaque minute qui passe. Tout ça ne m'aide pas à rester concentrée et je dois m'y reprendre à plusieurs fois pour réaliser des tâches pourtant très simples.

Andrea, de son côté, a l'obligeance et la délicatesse de respecter la distance que j'ai instaurée entre nous. Il reste dans son coin et s'approche le moins possible de moi. Nous n'échangeons plus aucun regard, et très peu de mots.

Pourtant, je n'ai pas l'impression que la tension entre nous décline, ni même que la chaleur de la pièce redescende. Je ne me souviens pas avoir déjà ressenti ça auparavant. Tous les pores de mon corps me hurlent de me jeter dans ses bras, ici et maintenant, et tant pis pour ce qui adviendra. Mais ma raison, elle, tient bon.

J'ai déjà assez de problèmes comme ça, entre mes parents, mon mensonge et le fait que je me retrouve désormais à travailler en cuisine sans la moindre formation ! M'éviter une difficulté en plus est la meilleure des décisions à prendre, mais il est extrêmement compliqué de m'y tenir lorsque l'objet de mes désirs se trouve à quelques mètres seulement de moi. Quand je termine enfin le fourrage et le glaçage des dizaines de pâtisseries que je devais réaliser ce matin, je suis épuisée. Je prends quelques secondes pour souffler et éponger mon front humide.

— Tu en as assez fait pour aujourd'hui, remarque Andrea. Tu devrais rejoindre Anne-Fleur au comptoir… Je t'appellerai si j'ai besoin de quelque chose.

Je ne demande pas mon reste, et je quitte rapidement la pièce avant qu'il n'ait le temps de changer d'avis.

Je fais un crochet par le vestiaire avant de retrouver Anne-Fleur, histoire d'être à peu près présentable et retrouver un teint et un rythme cardiaque normaux. Ça ne doit pas marcher tant que ça, car dès que je me poste derrière le comptoir, Anne-Fleur me regarde en ricanant. Je pourrais très bien avoir simplement chaud, mais quelque chose dans mon expression ou mon attitude doit me trahir. J'essaie d'avoir l'air le plus détaché possible, mais Anne-Fleur a – évidemment – vu juste, et je suis un peu troublée par sa perspicacité.

Heureusement pour moi, je bénéficie d'un bref répit avec l'arrivée d'une première vague de client en fin de matinée.

Au comptoir, ça roule presque tout seul pour moi. Je connais désormais l'offre complète de l'établissement et le prix des articles sur le bout des doigts. Même ma relation avec la caisse enregistreuse s'est améliorée et ne me donne plus de sueurs froides. Avec le temps, j'ai aussi appris à connaître les clients. J'arrive maintenant à prendre des nouvelles de leurs familles et à me souvenir de leurs commandes habituelles. Exit aussi la plupart des petites maladresses qui me pourrissaient la vie les premiers temps. Bien sûr, ce n'est pas parfait, et il m'arrive encore de me tromper ou de commettre des erreurs d'une commande à l'autre, mais globalement, je fais parfaitement illusion désormais. Du moins, dans cet aspect du job.

Après le premier rush de la matinée, ma jeune collègue ne me laisse pas souffler et revient à la charge.

— Non mais Andrea et toi, franchement…

Elle laisse sa phrase en suspens.

— Franchement quoi ? questionné-je innocemment.

— Je sais pas… Je trouve que vous allez bien ensemble…

— Qu'est-ce qui te fait dire ça ?

J'essaie de jouer la meuf que ça n'intéresse qu'à moitié, mais malheureusement pour moi, Anne-Fleur est maline et loin d'être dupe.

— Physiquement déjà, je trouve que vous dégagez un truc… je saurais pas comment dire, mais y a une *vibe* qui va bien quoi.

— Tu regardes trop de téléfilms à l'eau de rose ! Dans la vraie vie, c'est un peu plus compliqué que ça. Tu comprendras quand tu seras grande !

Je la provoque volontairement pour masquer ma gêne. Anne-Fleur lève les yeux au ciel et me donne un coup de torchon dans le bras.

— N'importe quoi, en plus, je déteste les comédies romantiques. Je préfère les films d'action ! Je dis juste que… des fois il y a des couples qui sont super dépareillés. Vous… quand vous êtes l'un à côté de l'autre, y a une sorte d'harmonie, tu vois ?

— Pas vraiment, non.

(C'est un mensonge, depuis ce matin, je ne vois *que* ça !)

— Et puis en dehors de ça, vous avez aussi des points communs.

— Du genre ?

J'essaie de ne pas montrer ma curiosité grandissante.

— Vous vous intéressez tous les deux aux affaires criminelles – c'est un brin flippant d'ailleurs si tu veux mon avis. Vous êtes un peu solitaires et casaniers… et vous avez un sens de l'humour, disons… bien à vous ?

— Quoi ?

Cette fois, je m'offusque presque pour de vrai. J'ai toujours cru qu'Anne-Fleur me trouvait drôle… sale gosse ! C'est à mon tour de lui mettre un petit coup de torchon. Alors que nous rions, Andrea débarque depuis les cuisines.

— Pauline ? fait-il.

Sa voix est aussi rauque que profonde. Et tout mon corps frissonne puis se tend à nouveau.

— Tu peux venir, s'il te plaît ?

Je redeviens tout à coup très sérieuse.

— Bien sûr, j'arrive.

Il s'engouffre dans la pièce et alors que je le rejoins, je jette un coup d'œil dans mon dos et surprends Anne-Fleur ricanant main sur la bouche. Comme pour me donner du courage – ou se moquer gentiment de moi – elle m'adresse un clin d'œil lourd de sens.

De retour dans la cuisine, j'aperçois des dizaines de bûchettes alignées sur la table.

— Il ne reste que la décoration à faire, explique-t-il en me tendant une poche à douille contenant de la crème de vanille. Je me suis dit qu'à deux, ça irait plus vite.

J'attrape avec fébrilité la poche, et je me mets aussitôt au travail en évitant de croiser son regard. J'ai encore en tête les mots d'Anne-Fleur, et je commence à me faire des films… les mêmes que j'essayais de faire taire quelques minutes auparavant. Pour ne plus y penser, je reste focalisée sur ma tâche. Elle n'est pas facile. Monique a essayé de m'apprendre, mais c'est plutôt compliqué de faire une forme esthétique et régulière. En plus, Andrea s'est installé juste à côté de moi pour entamer sa partie. Et sa proximité suffit à ébranler en partie ma concentration. Je me recentre sur ma respiration et sur mon geste, et parviens – enfin ! – à faire un peu le vide autour de moi.

Bien entendu, Andrea termine ses bûches avant moi et les envoie au frigo. Je l'imite quelques minutes après. Craignant toujours d'affronter son regard, j'attrape de quoi nettoyer mon plan de travail – depuis ce matin, on ne peut pas franchement dire que j'ai travaillé proprement. Il y a de la crème un peu partout autour de ma zone de travail. Andrea arrive derrière moi et dirige son bras vers l'éponge en même temps que moi et nos mains finissent l'une sur l'autre. Nous nous figeons une seconde avant que je ne me dégage.

— Laisse, je vais le faire… dit-il. Tu m'as assez aidé pour aujourd'hui.

Je pivote sur moi-même et me retrouve face à lui. Entre nous, l'espace est très, *très* réduit. Quand je lève le regard, ce que je lis dans ses yeux ne laisse pas beaucoup de place au doute. Et ça n'a rien à voir avec l'éponge et le plan de travail. Ses yeux me dévorent, et il se mord la lèvre inférieure, clairement tiraillé. Si j'avançais mon visage de quelques millimètres seulement…

Embrasser Andrea → vers **CHAPITRE 32** (p. 179)
OU Trouver un prétexte pour quitter les cuisines
→ vers **CHAPITRE 33** (p. 185)

CHAPITRE 32

Avant de vraiment réaliser ce que je suis en train de faire, mes lèvres rencontrent celles d'Andrea. Quand je me détache de lui, déjà hors d'haleine, je suis prise d'une soudaine panique. Après tout, nous sommes sur notre lieu de travail, et n'importe qui pourrait débouler dans la cuisine. OK, en réalité, ça n'arrive jamais. Personne n'entre dans la cuisine sans au moins prévenir de son arrivée en frappant à la porte. Mais, enfin, même ainsi, ça ne nous laisserait même pas le temps de nous rhabiller si nous étions… Trop tard. L'image est imprimée dans mon esprit, et me fait perdre le fil de mes pensées.

La panique envolée, je n'écoute désormais plus que mon désir. Cette faim presque animale de découvrir le corps d'Andrea au plus vite. J'entreprends de déboutonner sa veste, et il fait de même avec la mienne.

— Et si quelqu'un débarque ? hésite-t-il.

— On n'est peut-être pas obligés de *tout* enlever ? proposé-je.

Nous nous en tenons donc là pour l'effeuillage. Je passe les mains sous son t-shirt pour sentir sous mes doigts nus la chaleur de son corps et la douceur de ses muscles tendus. Il tressaille légèrement à mon contact. D'une autorité nouvelle, Andrea me pousse contre le plan de travail. D'un regard, il s'assure que je suis en accord avec la manœuvre. Je hoche la tête et l'embrasse à nouveau avec fougue pour l'assurer de mon consentement. Les caresses d'Andrea se font lentes et précises. Comme s'il avait tout le temps du monde, il est à l'écoute de chacune de mes réactions. Mes légers gémissements l'encouragent à s'attarder un peu sur ma poitrine, ses doigts se glissant avec adresse sous mon soutien-gorge. Un « non » de ma part, et il laisse de côté mon ventre sensible et chatouilleux. Quand sa main s'approche de ma ceinture, je la défais avec précipitation et ouvre ma braguette, l'encourageant à glisser ses doigts entre ma peau et mon sous-vêtement déjà humide de plaisir. Au contact de son majeur contre ma vulve, je gémis et me cambre un peu plus sur le plan de travail. Andrea colle son corps un peu plus contre le mien et me glisse à l'oreille :

— J'aimerais beaucoup te goûter.

— Oui, le supplié-je.

Ses lèvres s'attardent quelques secondes dans le creux de mon cou avant qu'il ne s'agenouille devant moi. Il abaisse un peu mon jean, juste assez pour lui laisser le champ libre puis d'un doigt agile écarte un pan de ma culotte pour découvrir mon sexe. Lorsque sa langue se glisse entre mes lèvres et qu'il me goûte enfin, je fonds. S'il ne me maintenait pas fermement par les hanches, je serais incapable de tenir sur mes jambes. La peur de nous faire surprendre vient décupler mon excitation. Alors qu'il s'affaire, ma main vient attraper ses cheveux. Je crois n'avoir jamais joui aussi vite sous les coups de langue de quelqu'un. Alors que je reviens un peu sur Terre, j'intime à Andrea de se relever pour partager un langoureux baiser.

— Je voudrais que tu me prennes, haleté-je au creux de son oreille.

— Je… je n'ai pas de préservatif, bredouille-t-il, déçu.

Je lui dépose un baiser furtif sur la bouche. J'ai envie de le voir perdre le contrôle lui aussi, de lui faire plaisir. Je remonte mon pantalon et me laisse à mon tour tomber à genoux sur le sol, et ouvre sa braguette. Il place ses larges mains en coupe sous mon visage.

— Je peux ? proposé-je.

— S'il te plaît, souffle-t-il.

Je saisis son sexe avec délicatesse et le porte à ma bouche, prête à lui faire connaître à mon tour les mêmes délices.

Une fois notre désir assouvi, nous nous rhabillons à la hâte. Je suis un peu gênée et ne sais plus bien où me mettre. Comme à son habitude, Andrea est attentif à mes réactions et désamorce rapidement mon malaise :

— Je crois que je vais avoir du mal à oublier les images de ce qui vient de se passer quand je bosserai sur ce plan de travail.

Il a dit ça en riant et je pouffe moi aussi, avant de redevenir beaucoup plus sérieuse :

— On devrait sans doute se dépêcher de le nettoyer !

— Eh, Pauline, *chill.* On est deux adultes consentants, on en avait envie, il n'y a absolument rien de mal à ce qu'on vient de faire, OK ?

— OK, soupiré-je.

— Mais si ça te gêne, à l'avenir, on évitera de se montrer aussi… aventureux. Loin de moi l'envie de te mettre mal à l'aise. Que ce soit ici ou ailleurs.

Alors qu'il dépose un tendre baiser sur mon front, je me rassérène un peu. Je jette finalement un coup d'œil à l'horloge, et me rends compte que mon *shift* est terminé depuis au moins une bonne vingtaine de minutes.

— Je vais devoir y aller, lâché-je.

Andrea hoche la tête.

— Tout n'est pas tout à fait prêt, je vais rester encore un peu. Mais en effet, tu devrais quitter la cuisine avant que ça n'ait l'air suspect.

Un nouveau silence s'étire. Le moment que nous avons partagé a été magique, mais nous sommes tous les deux désormais un peu gênés, rattrapés par la réalité. Et si on nous avait entendus ?

— Peut-être qu'on devrait trouver une nouvelle organisation, pour les prochains jours, propose-t-il enfin.

— Tu veux dire éviter de coucher ensemble pendant les heures de travail ?

Andrea se marre à nouveau. Le faire rire est un plaisir dont je ne me prive pas.

— Oui, par exemple. Il est évident qu'on a du mal à rester… concentrés, ensemble. Je vais voir comment on peut faire, mais peut-être qu'on pourrait décaler nos horaires. Ça te permettrait de t'occuper aussi un peu de la vente, sans qu'il y ait forcément un gros trou dans ta journée. Je vais y réfléchir, OK ?

— Ça me semble plus sage, oui, acquiescé-je.

— Et puis, ajoute-t-il, ça n'était pas super confortable, ici. Je suis certain qu'on peut trouver des endroits plus… appropriés pour ce genre d'activité.

— Ah oui ? m'étonné-je faussement. Comme quoi ?

— Je ne sais pas… Un très grand lit, par exemple ?

— Oh. Et où est-ce qu'on pourrait trouver ça ?

— J'ai ma petite idée, à l'occasion, je te montrerai, assure-t-il dans un clin d'œil.

Je glousse et m'échappe de la cuisine avant de me laisser tenter à nouveau.

En allant saluer Anne-Fleur avant de partir, elle ne fait aucune remarque sur mon dépassement d'horaire, mes joues rouges ou mes cheveux pas super bien recoiffés. Il y a eu beaucoup de clients ce midi, et je vois à son visage qu'elle-même est épuisée.

— À tout à l'heure ! dis-je en l'embrassant.

Mes nouveaux horaires prévoient que je vienne aider Anne-Fleur à la vente deux heures en fin d'après-midi, avant que nous ne soyons toutes les deux remplacées par Sébastien, qui a également pris à sa charge les samedis et la quasi-totalité des dimanches matin. Sur le papier et dans l'urgence, l'organisation semblait être la bonne, mais à l'usage, je me rends compte que le nouveau planning semble épuisant pour tout le monde. Il va certainement y avoir des ajustements à faire, et j'espère que nous parviendrons à nous entendre pour trouver une solution qui ne lèse personne, malgré le départ précipité de Gabriel.

De retour chez Monique, j'essaie d'effacer le sourire niais qui me barre le visage, mais sans succès.

— Visiblement, ça s'est bien passé en cuisine, commente-t-elle lorsque je la rejoins au salon.

— Mieux que je ne l'aurais imaginé, me contenté-je de répondre.

Elle referme son journal et se lève de son fauteuil avant de poursuivre :

— Je ne compte pas pour autant te laisser te reposer sur tes lauriers. Tu as réussi à maintenir l'illusion pour ton premier jour, mais ça ne fait pas de toi une pâtissière pour autant. Je pense pouvoir t'apprendre encore deux-trois petites choses. En piste !

Je la suis dans son antre en riant. Je serais bien allée faire un petit somme, mais Monique a raison. J'ai eu de la chance qu'aujourd'hui Andrea soit distrait, mais ce ne sera sans doute pas le cas tous les jours. Si je ne veux pas mettre en péril mon secret, j'ai intérêt à mettre les bouchées doubles avec Monique.

Et pendant ce temps-là, au moins, Andrea me sort un peu de la tête.

→ vers **CHAPITRE 34** (p. 190)

CHAPITRE 33

Je fuis de la pâtisserie comme une voleuse après avoir prétexté me sentir mal – ce qui en soi, n'est pas complètement faux. Dehors, pour une fois, le soleil semble avoir légèrement réchauffé l'atmosphère, et il ne fait pas si froid. Alors, plutôt que de rentrer directement au gîte, je décide d'aller me promener un peu pour me changer les idées. Sans trop m'éloigner du village ni m'enfoncer trop avant dans la forêt, histoire de ne pas me perdre.

Quand j'ai accepté ce job sur un coup de tête, je pensais enfin ficher la paix aux filles, oublier Alex et envoyer bouler mes parents, le tout aux frais de la princesse ! Je crois que je n'avais pas bien pris en compte la dimension personnelle qui pourrait accompagner ce changement de vie. J'ai tout de suite trouvé en ma jeune collègue Anne-Fleur une amie et en ma logeuse Monique une alliée. Toutes les deux m'ont accueillie à bras ouverts, sans même me connaître, et m'ont épaulée chaque fois que j'en ai eu besoin, sans jamais rien attendre en retour. Je suis tellement reconnaissante d'avoir trouvé sur mon chemin deux femmes aussi différentes mais tout aussi exceptionnelles l'une que l'autre. Grâce à elles, le manque de mes copines se fait un peu moins douloureux. Mais rencontrer un homme et amorcer un flirt, ça, c'est carrément le pompon ! Pour moi, ça n'était même pas de l'ordre de l'envisageable. Depuis qu'on s'est séparé avec Alex, je me considérais même comme carrément dégoûtée de l'amour. Je ne pouvais pas regarder ne serait-ce que quelques minutes d'une comédie romantique chez Sam et Julie sans avoir instantanément des haut-le-cœur. De la même façon, j'avais complètement rejeté l'idée d'utiliser des applications de rencontres qui me répugnaient au plus haut point. Être jugée sur la base d'une photo et de quelques phrases clichées au possible, très peu pour moi ! Pour être tout à fait honnête, je crois aussi que j'aurais eu du mal à supporter de ne matcher avec personne. Être seule, c'est une chose, mais savoir que des mecs qui aiment « le running, la bonne bouffe et les voyages » ne vous trouvent pas à leur goût, ça m'aurait carrément achevée. Alors forcément, la rencontre avec Andrea m'a chamboulée à plus d'un titre.

C'est d'autant plus étrange que je n'ai jamais vécu ça. Avec Alex, on était encore très jeunes lorsqu'on s'est mis ensemble. Je ne peux pas dire que ça ait été le coup de foudre. On s'entendait bien, on se plaisait et se mettre en couple nous a paru être la suite logique d'une amitié très rapidement fusionnelle. Avec Andrea… tout est tellement différent ! Dès le premier regard, quelque chose chez lui m'a tordu l'estomac. Bien entendu, au début, j'ai pensé que c'étaient seulement les hormones et le célibat qui me jouaient un vilain tour. Mais ça ne s'est pas calmé. Bien au contraire. Alors j'ai dû me rendre à l'évidence : il s'agit d'une irrépressible attirance physique comme je n'en ai jamais ressenti auparavant. Du moins pour quelqu'un de physiquement présent dans ma vie. Il m'est déjà arrivé de *crusher* ou de fantasmer sur des célébrités, mais pas de jeter ainsi mon dévolu sur quelqu'un dans la vraie vie. Cette nouveauté, pour moi, a été difficile à digérer. Agir de manière détendue avec quelqu'un qui vous donne envie de lui arracher ses vêtements à chaque fois que vous le croisez, ça n'est pas franchement inné. En tout cas, pas chez moi. Et puis, très vite, il y a eu les premiers doutes. Est-ce que j'allais être à la hauteur ? Et ce que lui et moi jouions vraiment dans la même ligue ? Par bien des égards, je le trouvais beaucoup trop bien pour moi. Trop beau, trop sexy, trop parfait… trop tout ! Alors, j'ai essayé de faire taire ce désir. Et puis… le comportement d'Andrea m'a intriguée. J'ai commencé à percevoir que l'attirance, l'alchimie entre nous deux, pouvait être réciproque, et là, ça a été – comme dirait Sam – la fin des haricots… Nos interactions du jour ne me laissent d'ailleurs aucun doute à ce sujet : Andrea me veut autant que je le veux.

Le problème, c'est qu'il est mon employeur. Le GROS problème, c'est que je lui mens sur à peu près toute ma vie depuis le début. Dans ces conditions, impossible de construire des bases saines pour notre histoire. Même s'il ne devait s'agir que d'une aventure purement sexuelle, je risquerais à un moment ou à un autre de cramer ma couverture, et risquer ainsi – encore une fois – de me retrouver au chômage. Dès lors, je n'ai que deux solutions : soit je dis la vérité à Andrea sur mon recrutement et mon absence de diplôme (et dans ce cas, il me vire), soit je continue mon petit manège de comédienne, et j'évite à tout prix les situations à risques (c'est-à-dire que je me retrouve le moins seule en tête-à-tête avec Andrea, et surtout, que je résiste à mes pulsions physiques !). Alors que je marche les cheveux balancés par le vent frais, je trouve cette dernière résolution plutôt aisée à tenir. À voir ce que j'en penserai demain, quand il me faudra à nouveau passer plusieurs heures en cuisine en compagnie de l'objet de toutes mes convoitises…

Juste avant de rentrer chez Monique, je reçois un message de mes parents. C'est un texto de mon père, plein de ce ton vaguement passif-agressif qu'ils maîtrisent si bien tous les deux.

Il me reproche à demi-mot de rendre ma mère triste et pense que je devrais faire l'effort de lui faire plaisir en les rejoignant au moins quelques jours pour les fêtes. Je range mon téléphone dans ma poche sans daigner répondre. J'ai déjà bien assez de choses à penser en ce moment, entre mes difficultés en pâtisserie, au boulot et la gestion de ma relation avec Andrea pour devoir en plus subir les sarcasmes de mes parents.

En montant au salon, je dois vraiment tirer une tête de six pieds de long, car Monique réagit tout de suite :

— Ça a été catastrophique à ce point ? Qu'est-ce que tu as manqué ? Pour les croissants, je t'avais bien dit que…

— Ça s'est très bien passé, la coupé-je en m'affalant sur une des chaises autour de la table.

Elle lâche son journal, son fauteuil et ses lunettes pour me rejoindre.

— Du moins, pour la partie cuisine, soufflé-je.

— Ça ne se passe pas bien avec Andrea ? demande Monique en fronçant les sourcils.

— Boh… Je ne sais pas trop.

Je n'ai pas franchement envie de dire à ma logeuse octogénaire que j'en pince pour le beau franco-italien qui a repris l'établissement de feu son mari. Surtout que je sais comment les nouvelles peuvent aller vite dans ce village. Autant laisser planer le doute sur la nature des difficultés que je rencontre dans cette relation.

— Les hommes dans le travail peuvent être terribles, commente-t-elle simplement. Essaie seulement de ne pas te laisser faire.

J'acquiesce sans mot dire.

— Bon, fait-elle en se relevant. Ce n'est pas parce que ça s'est bien passé aux fourneaux aujourd'hui que ça fait de toi une véritable pâtissière. Que dirais-tu d'une nouvelle leçon ?

J'ai surtout envie d'aller me rouler en boule sous ma couette, mais je suis consciente que Monique ne cherche qu'à m'aider. Et puis, elle a raison, si je veux continuer à faire illusion au travail, je vais devoir m'améliorer. J'ai eu de la chance que ce matin Andrea ait… disons, la tête ailleurs, mais viendra bien un moment où il se rendra compte que mes capacités culinaires laissent *vraiment* à désirer. Alors autant mettre toutes les chances de mon côté pour repousser ce moment le plus possible.

Et au moins, pendant le temps que je passe à écouter et regarder faire Monique, je ne pense ni à Andrea ni à mes parents. Ce qui est en soi une forme de repos plutôt bienvenue.

— Allons-y ! déclaré-je dans un grand sourire.

→ vers **CHAPITRE 34** (p. 190)

CHAPITRE 34

Vu le fiasco de cette première matinée de « travail », Andrea et moi convenons rapidement qu'il serait préférable de décaler nos horaires respectifs.. Ce changement de programme me permettra en outre d'assurer la caisse quelques heures par jour, sans avoir une longue coupure au milieu de ma journée de travail. Désormais, lorsque j'arrive vers 10 heures du matin, Andrea a presque terminé sa journée.

S'il est encore là, nous échangeons quelques minutes sur ce que j'ai à faire, mais la plupart du temps, il est déjà parti et m'a laissé quelques notes pour que je sache ce qui m'attend. Même si sa présence me manque, je suis soulagée de voir s'éloigner le risque de commettre une erreur qui m'amènerait à compromettre mon secret en me laissant dangereusement aller entre ses bras.

Heureusement pour moi, ni la perspicace Anne-Fleur ni le rusé Sébastien n'ont trouvé à redire à cette nouvelle organisation. Il faut dire qu'à l'approche des fêtes, ils ont d'autres chats à fouetter. La pâtisserie est pleine à craquer presque toute la journée et les clients défilent pour récupérer les commandes pour leurs repas de famille. Des bûches classiques aux spécialités de la Maison, le carnet de commandes ne désemplit pas, si bien que nous avons un peu levé le pied sur la fabrication de viennoiseries et de pâtisseries traditionnelles. Depuis quelques jours, j'ai l'impression de passer mon temps à préparer des bûches.

Et j'ai la chance de pouvoir compter sur le soutien indéfectible de Monique et nos désormais quotidiennes leçons de pâtisserie. Tous les soirs, après le repas, je la retrouve dans la cuisine pour les travaux pratiques. Veuve de l'ancien chef, Monique connaît la carte et les recettes de la Maison Lavergne sur le bout des doigts. Je suis épatée par ses talents, non seulement de cuisinière, mais également de pâtissière.

— Victor aurait dû vous embaucher ! m'extasié-je un soir devant l'une de ses créations aux fruits des bois.

— Ne dis pas de bêtises ! À l'époque, la plupart des femmes ne travaillaient pas… et ça m'allait très bien comme ça. J'ai bien aidé, quelques fois, quand il n'arrivait pas à suivre le flot de commandes, mais rien de plus. Le chef, c'était lui.

À chaque fois que Monique évoque sa vie, je ne peux m'empêcher de ressentir une pointe de tristesse. Si elle était née à une autre époque, sans doute aurait-elle pu participer au succès et à la renommée de la Maison Lavergne, car ses bûches sont absolument succulentes !

Si au travail tout semble se stabiliser pour moi de la meilleure des façons, l'approche imminente des fêtes de fin d'année amène son lot de problèmes. Mes parents. Déjà insistants depuis des semaines, à quelques jours seulement de Noël, les voilà qui redoublent d'efforts pour me faire venir chez eux. Tous les jours, je reçois des textos, des messages vocaux, et parfois même des photos. Un jour c'est mon père qui m'envoie des idées de cadeaux pour avoir mon avis, et un autre c'est ma mère qui se plaint de devoir faire les courses pour le repas alors qu'elle ne connaît toujours pas le nombre de personnes à table. Comme si les quantités allaient drastiquement changer de onze à douze personnes. Leur ton, également, change d'un message à l'autre : ils se font tour à tour mielleux, culpabilisants, victimisants ou (faussement) compatissants. J'essaie de leur répondre au maximum, pour que tout ça ne vire pas complètement au harcèlement moral. Malgré mes refus répétés, mes parents ne l'entendent pas de cette oreille et semblent persuadés que, jusqu'au réveillon, ils pourront encore me faire changer d'avis. Ah, comme j'aimerais avoir une excuse suffisamment convaincante pour qu'ils me laissent tranquille !

La semaine précédant Noël, j'arrive un beau matin dans la cuisine, et à défaut d'Andrea, je trouve Sébastien, l'air grave. Forcément, je panique : alors ça y est, il a fini par découvrir mon secret ? Est-ce que je vais me faire virer, là, sur-le-champ ? Je m'imagine déjà remballer mes affaires, monter dans ma voiture et faire la route jusqu'au Mans, pour finalement affronter le regard dédaigneux de mes parents qui me lâcheront un habituel mais non moins violent « on te l'avait bien dit ! ».

— I… Il y a un problème ? l'interrogé-je.

— Pas vraiment. Enfin, peut-être, bafouille-t-il. Tu as prévu quelque chose pour Noël ?

— Comment ça ?

— Tu comptes passer les fêtes en famille ? Je suppose qu'on pourrait s'arranger pour le réveillon mais…

— Sébastien, accouche ! m'agacé-je.

— On a reçu les dernières commandes, explique-t-il alors. Et j'ai bien peur qu'on ait besoin de toi les 24 et 25, hum, et sans doute les 31 et 1er aussi. Bien sûr, on peut voir comment aménager les horaires, mais…

Je me fige sur place, les yeux écarquillés. Je pourrais lui sauter au cou !

— Ouais, je sais, fait-il en croisant mon regard. C'est pas cool, et je t'annonce ça hyper tard, mais on est vraiment dans la m…

— C'est OK ! l'interrompé-je.

C'est à son tour d'ouvrir grand les yeux.

— Vraiment ?

— Oui.

Parce que j'ai répondu trop vite et que j'ai visiblement l'air soulagé, je me sens obligée de me justifier :

— Je suis pas très famille, les fêtes avec les tontons lourdingues et les gosses qui braillent toute la journée, non merci, haha !

Je ne peux décemment pas lui expliquer que j'avais peur qu'il découvre ma supercherie et qu'il me vire. C'est au tour de Sébastien d'afficher un air plus que reconnaissant.

— Génial ! Tu nous sauves la vie, Pauline, vraiment. Je te revaudrai ça !

Ce que mon manager ne sait pas, c'est que c'est *lui* qui vient de me faire une faveur : si je travaille le jour du réveillon et le jour de Noël, il me sera absolument impossible d'aller au Mans pour les fêtes. Mes parents ne pourront rien opposer à ça.. Mon argument est imparable.

Je leur envoie un message le soir même, et leur réaction ne tarde pas. Ma mère m'appelle, furieuse, et pour une fois je décroche. J'ai envie de savourer ma victoire. Je laisse d'abord mes parents s'égosiller derrière leur téléphone. Puis, l'air faussement peinée, je leur assure :

— J'ai essayé de négocier… Mais je viens d'arriver, je n'ai pas d'enfant, et c'est la période la plus chargée à la pâtisserie. On ne m'a pas vraiment laissé le choix.

Ils râlent encore un moment puis, sans doute pour la forme, me plaignent un peu. Trop heureuse de ce pied de nez, je ne peux pas m'empêcher d'enfoncer le clou :

— Vous embrasserez bien tout le monde de ma part, hein ? ajouté-je avant de raccrocher en me retenant de rire.

Je suis soulagée de ne pas avoir à me coltiner ma famille pour les fêtes, mais la réalité me rattrape bien vite. À mesure que Noël approche, le travail à la pâtisserie devient de plus en plus harassant. Malgré les cours intensifs de Monique, je reste une débutante, et il m'arrive parfois de commettre des erreurs. J'ai déjà gâché plusieurs bûches et j'ai dû m'y reprendre à plusieurs fois pour venir à bout de certaines recettes un peu plus techniques. Lorsque je travaille seule, j'arrive à peu près à m'en sortir car personne n'est témoin de mes galères. Mais pour le réveillon et le jour J, Andrea a prévu des doubles journées et nous allons donc nécessairement nous retrouver ensemble en cuisine. Ce que je commence à redouter.

La dernière fois, nous avons passé plus de temps à nous tourner autour qu'à cuisiner. Et quand je vois la liste des commandes qui ne cessent de s'allonger, je sais que cette fois, il faudra réussir à nous focaliser 100 % sur notre travail si on ne veut pas mettre la Maison Lavergne en difficulté. Et cette tension entre nous n'est pas pour me rassurer.

Depuis ce fameux matin à la pâtisserie, nous nous sommes très peu vus et nous n'avons *jamais* abordé le sujet. Ce qui m'allait très bien lorsque nous nous croisions juste en coup de vent, mais si nous devons passer du temps ensemble, seuls, enfermés dans la même pièce… ça peut vite devenir un problème. Voire un *gros* problème. En attendant le matin fatidique du 24 décembre, j'utilise une technique que je maîtrise à la perfection : le déni. J'enferme ces pensées dans un coin de ma tête, jusqu'à ce que le moment redouté arrive et que je ne puisse plus reculer. De toute façon, entre le travail et les leçons de cuisine avec Monique, je n'ai pas énormément de temps pour cogiter.

Quand arrive le matin du réveillon de Noël, je suis au moins délestée d'une de mes angoisses. Si je suis toujours un peu maladroite dans la confection des bûches et des commandes, au moins, cette fois, je n'ai pas à m'inquiéter de la tension physique entre Andrea et moi. Exit sa jovialité habituelle, aujourd'hui le chef a le front plissé, les traits tirés et l'air complètement ailleurs. J'ai envie de le questionner sur ce qui a l'air de lui peser, mais je n'ose pas.

Non seulement il est mutique, mais il agit presque comme si je n'étais pas là : c'est à peine s'il m'a donné quelques consignes quand je suis arrivée. En un sens, ça devrait me soulager. Mais je crois que ça me fait plus de peine qu'autre chose. Au-delà du fait qu'on aurait sans doute bien fait de discuter un peu de ce qui se passe – ou s'est passé – entre nous, son attitude m'inquiète. Pour qu'il ait l'air stressé et soucieux à ce point, il a dû arriver quelque chose de grave. J'ai quelques heures devant moi pour essayer d'en savoir plus.

Mes premières tentatives pour lancer la conversation font chou blanc. Andrea n'a pas du tout l'air enclin à parler : ni de la neige et du beau temps, ni des fêtes de fin d'année au village, ni même de son programme pour le réveillon. Il se contente de hocher parfois la tête et me répond par monosyllabes. Bon. Je vais devoir être plus offensive. Après une heure de tentatives infructueuses, je décide de mettre les pieds dans le plat :

— Tu as l'air… tracassé, aujourd'hui. Est-ce que tout va bien ?

— Oui, oui, souffle-t-il pour toute réponse.

OK, ça ne va vraiment pas être de la tarte. Tant pis, allons-y franco :

— Tu as reçu de nouvelles lettres de menaces ?

Il arque un sourcil et lève la tête vers moi. Je crois bien que c'est la première fois que nos regards se croisent aujourd'hui. Ses doux yeux bruns me troublent toujours autant. Je force un sourire encourageant.

— On a beaucoup de travail, lâche-t-il finalement. Je ne voudrais pas qu'on prenne du retard.

Il baisse à nouveau la tête vers son plan de travail, et nous ne nous adressons pour ainsi dire plus la parole de la journée. Elle risque d'être sympa, l'ambiance de Noël, demain !

Ce matin, j'ai embauché un peu plus tôt, et je finis donc ma journée de travail en début d'après-midi. Il fait froid, mais beau. Je pourrais en profiter pour aller me promener un peu avant de retourner chez Monique pour le dîner et mon cours de cuisine. Peut-être que je pourrais acheter un cadeau à Andrea ? Pour marquer le coup et tenter de détendre un peu l'atmosphère… Mais c'est peut-être malvenu. Est-ce que ça pourrait le mettre mal à l'aise ?

Offrir un cadeau à Andrea pour Noël
→ vers **CHAPITRE 36** (p. 208)
OU Se contenter d'aller se promener sous le soleil hivernal
→ vers **CHAPITRE 35** (p. 197)

CHAPITRE 35

C'est étrange de se réveiller un matin de Noël, alors qu'il fait encore nuit dehors, pour aller travailler. Tout comme il est étrange de se coucher avant minuit un soir de réveillon parce qu'on doit se lever tôt le lendemain. Pendant notre cours de cuisine du jour, Monique me fait réaliser une bûche trois chocolats de A à Z, et je ne m'en sors franchement pas trop mal ! Grâce à elle, je progresse chaque jour. Pour l'instant, personne ne semble trop questionner mon niveau de pâtisserie, et si d'aventure on me fait une remarque, je m'en sors généralement en expliquant que je n'ai pas pratiqué depuis plusieurs années, et qu'il me faut un peu de temps pour retrouver mes automatismes.

Avec Monique, nous avons malgré tout tenu à célébrer un minimum le réveillon de Noël. Nous ne nous sommes pas mises sur notre 31, mais Monique a insisté pour mettre les petits plats dans les grands, et je suis allée dormir tôt, mais totalement repue.

Lorsque j'arrive pour le petit déjeuner le lendemain matin, j'entends Monique s'affairer dans sa salle de bains. Sur la nappe, mon hôtesse a déposé quelques flocons de papier et une figurine de père Noël accompagnée de petits bonshommes de neige. Sur la table, elle a également laissé une petite carte : « Joyeux Noël, Pauline. Bon courage pour cette journée ! Monique. » Alors que j'avale mon petit déjeuner, je me demande comment je pourrais moi aussi marquer le coup. Est-ce qu'une pâtisserie lui ferait plaisir ? Elle n'a sans doute pas encore goûté la dernière création d'Andrea ! J'essaie de noter ça dans un coin de ma tête. En attendant, je me contente d'ajouter un petit mot au sien pour lui rendre la pareille.

Avant de partir, je jette un œil à mon portable. Julie et Sam m'ont écrit un petit message pour Noël. En revanche, je n'ai aucune nouvelle de mes parents. Pas une photo de la soirée familiale, pas un petit texto de bonne fête. Je hausse les épaules. Ce n'est pas moi qui ferai le premier pas. De toute façon, j'ai du boulot.

Puis, il est enfin l'heure de prendre le chemin du travail. Si hier, j'étais anxieuse à l'idée de me retrouver seule avec Andrea, aujourd'hui, je redoute plutôt qu'il soit toujours d'aussi mauvais poil. Pour l'ambiance de travail, ça n'est quand même pas idéal… Si c'est pour qu'on n'échange ni un mot ni un regard, je préférais encore quand je travaillais seule ! Au moins, Anne-Fleur passait me voir pour discuter de temps en temps, et la journée passait un peu plus vite. Quand je travaille en binôme avec Andrea, c'est comme si la porte de la cuisine devenait infranchissable, et ni Anne-Fleur ni Sébastien n'osent plus passer une tête, ne serait-ce que pour savoir si tout va bien.

Mais quand j'entre dans la cuisine, c'est un Andrea nettement plus enjoué que la veille qui m'accueille. Ouf !

— Joyeux Noël ! s'écrie-t-il sitôt que j'ai passé le seuil.

En plus de sa tenue habituelle de chef pâtissier, il porte sur la tête un bonnet rouge et blanc. Sur sa veste de cuisine, il arbore un pin's de renne très mignon.

— J'ai quelque chose pour toi ! déclare-t-il avant même que je n'aie le temps de répondre.

— Ah oui ? murmuré-je, surprise.

Il revient quelques secondes plus tard avec un paquet-cadeau qu'il me tend. Gênée, je l'attrape presque en tremblant. *Eh merde.* J'aurais vraiment dû aller lui acheter quelque chose hier quand j'y ai pensé… Là, je vais juste passer pour une fille horrible qui reçoit un cadeau et n'a rien à offrir.

— Vas-y, ouvre-le ! m'intime-t-il.

Je défais le papier tout en essayant de cacher au mieux mes tremblements. À l'intérieur, je découvre un beau pull en laine, couleur turquoise. Ma couleur préférée. Je rougis instantanément.

— J'ai remarqué que tu portais souvent cette couleur… C'est un pull tricoté de façon artisanale dans un atelier de la région qui forme et embauche des gens en réinsertion. Et, hum, enfin quand je l'ai vu… j'ai pensé qu'il t'irait bien.

Il ponctue son explication d'un léger sourire qui me donne le tournis.

— Je, euh, mais… bégayé-je. Merci… Mais, enfin, moi, je n'ai rien pour toi…

Je baisse les yeux sur mes chaussures, embarrassée au possible. Pour toute réaction, Andrea éclate de rire.

— Ça ne marche pas comme ça les cadeaux, Pauline. Ça me fait plaisir de t'offrir quelque chose, alors je le fais, c'est tout. Considère que c'est un remerciement, notamment pour avoir remplacé Gabriel au pied levé. Et puis…

Il laisse traîner sa phrase quelques instants et souffle avant de poursuivre :

— Je sais que la pâtisserie n'est pas forcément ton cœur de métier et que tu t'y sens peut-être moins à l'aise qu'à la vente, alors… Voilà, merci beaucoup, quoi.

— Merci à toi… Il est vraiment magnifique.

— C'est vrai ? s'enquiert-il. Pour la couleur, je n'avais pas trop de doute, mais après je ne savais pas trop si le style te plairait.

— Non, non, vraiment, il est parfait.

Pendant notre discussion, je regarde discrètement l'étiquette. À cause de ma corpulence, les vêtements, leur choix et leur achat ont souvent été une source d'angoisse pour moi. Pendant longtemps, je ne trouvais jamais ma taille en magasin, ou bien seulement sur des pièces, disons… franchement vilaines. Et puis, à force de recherches, j'ai fini par trouver quelques marques en ligne qui me convenaient, tant niveau taille que pour leur style. Mais ce fut une bataille assez longue, à la fois contre moi-même et contre l'industrie textile qui semble oublier que des femmes comme moi existent. Alors forcément, quand on m'offre des vêtements, je reste sur mes gardes. J'ai toujours peur qu'on m'offre quelque chose dans lequel je ne pourrai pas rentrer, et de devoir ensuite aller l'échanger en magasin contre une taille plus grande. Si ça ne vous est jamais arrivé, je vous le dis : ça peut être assez humiliant. Mais le problème inverse existe aussi. Je me souviens, alors que j'étais encore ado, que ma mère m'avait acheté une robe taille XXL alors qu'à l'époque, je n'avais que treize ans et rentrais encore largement dans une taille L. Là aussi, le sentiment d'humiliation avait été d'une extrême violence. D'aussi loin que je m'en souvienne, ma mère m'a toujours fait des remarques sur ce que je devais ou ne devais pas porter et sur ce que je devais ou ne devais pas manger. Moi, je n'osais jamais rien répondre, parce que c'était « pour mon bien ». Alors le jour où j'ai commencé à vraiment porter du XXL, je n'étais pas étonnée – ma mère m'avait prévenue ! – mais je me suis sentie honteuse. Longtemps. Puis, grâce à Alex, cette honte avait fini par passer. Dans ses yeux je m'étais sentie belle et désirable, et j'avais repris goût au shopping et aux beaux vêtements. Et puis, comme m'a souvent répété Sam :

« La taille, c'est juste des chiffres ou des lettres sur une étiquette. L'important, c'est comment tu te sens dans le vêtement et ce que tu dégages en le portant ! ». Et il n'y a pas à dire, quand les gens vous aiment et vous complimentent, c'est beaucoup plus simple de vous aimer à votre juste valeur.

Sur la taille comme sur la couleur, Andrea, décidément observateur, ne s'est pas trompé. Je lève vers lui des yeux reconnaissants. Gênée, je ne sais pas comment réagir. Est-ce que je dois lui faire la bise pour le remercier ? L'enlacer ? Ce serait peut-être aller à l'encontre de ce que je m'évertue à faire depuis quelque temps. Et pas franchement très pro. Andrea doit lire mon hésitation car il déclare :

— On devrait sans doute se remettre au travail.

Il lâche un soupir comme si, au fond, ça n'était pas franchement ce qu'il avait envie de faire.

Ce matin, nous devons monter les bûches que les clients passeront chercher dans la matinée. Pas tout à fait remise de mes émotions, mes doigts tremblent encore un peu. Andrea, qui semble avoir retrouvé son habitude des regards en coin, s'en rend rapidement compte. Me voyant galérer avec une poche à douille pleine de crème pâtissière, il se moque un peu avant de voler à mon secours. Quand il me la prend des mains, il effleure mes doigts et le temps s'arrête. Je lève les yeux vers lui et nous échangeons un regard tendre, plein de promesses. Puis, Andrea se réveille. Il redevient le chef pâtissier et moi sa seconde, et entreprend de corriger mes erreurs en me montrant les bons mouvements. Je fais tout mon possible pour rester concentrée.

Mais, comme bien souvent maintenant lorsque nous nous retrouvons seuls dans la même pièce, il m'est difficile de faire abstraction de sa présence. Je dois redoubler d'efforts pour ne pas me laisser distraire, mais ça semble fonctionner. Le travail et la matinée avancent et il est désormais l'heure de rejoindre Anne-Fleur en caisse.

Je n'ai jamais vu autant de monde dans la boutique ! Non seulement la plupart des clients habituels sont là, mais je découvre également un certain nombre de nouvelles têtes, qui ont parfois fait plusieurs dizaines de kilomètres pour offrir à leur famille un dessert d'exception et clore en beauté le repas de Noël. Je peux comprendre qu'Andrea soit sous pression en cette période. D'autant qu'il lance cette année une nouvelle création, dont il espère qu'elle deviendra un futur « hit » de la Maison. Et à en juger par le nombre de commandes ces deux derniers jours, c'est sans doute en train de se produire.

Une part de moi est fière de participer à tout ça, de travailler pour cet établissement. Toutes ces personnes comptent sur nous pour sublimer leur repas de famille, et certaines d'entre elles viennent même de loin, année après année, nous accordant une confiance sans cesse renouvelée. D'après Anne-Fleur, cette effervescence va durer une bonne dizaine de jours, pendant toute la durée des vacances de fin d'année.

Il est 13 heures passées lorsque le déferlement des clients prend fin, et ma journée de travail avec lui. Dans l'espace exigu du vestiaire, je prends le temps de me rafraîchir et de me changer. Depuis que j'assiste Andrea, j'ai l'impression de faire des journées doubles, deux fois plus intenses, et deux fois plus éprouvantes. Moi qui commençais enfin à me faire au métier de vendeuse, voilà que je dois encore une fois repartir de zéro et veiller à ce que toute cette fatigue et ce stress accumulés ne me fassent pas tout compromettre.

Une fois mon manteau enfilé, je soupire : il ne me reste qu'une journée de travail avant de profiter de deux jours de repos bien mérités. Je vais pouvoir dormir tout mon soûl et, traînasser au lit en écoutant des podcasts… et sans doute prendre quelques leçons de cuisine avec Monique, si elle veut bien. En quittant la pâtisserie, j'embrasse Anne-Fleur qui savoure le calme du moment devant une grande tasse de thé.

— À demain ma poulette !

Je n'ai parcouru qu'une centaine de mètres quand j'entends des pas qui se rapprochent vite derrière moi. Je vérifie le contenu de mes poches, ce ne serait pas la première fois que j'oublie mon téléphone au travail.

— Pauline !

Je me fige sur place en reconnaissant la voix d'Andrea.

— Je viens juste de finir les commandes, pfiou, il y en avait un paquet, explique-t-il en arrivant à ma hauteur.

Je ne savais même pas qu'il était encore en cuisine, il était censé finir bien avant moi ! Et à le voir courir après moi, le sourire aux lèvres, la Pauline qui fantasme dès qu'elle le peut sur lui se demande si c'est vraiment une coïncidence.

— Ça, hum, ça te dirait de prendre un café ?

Je ne suis pas idiote, je sais que sa proposition ne concerne pas juste une boisson chaude. Mais là, hors des cuisines, j'ai plus de mal encore à ne pas céder à la tentation. Depuis qu'il m'a rejointe, nos corps sont de nouveau pleins de cette tension physique qui nous assaille chaque fois que nous sommes ensemble. S'il est nécessaire de ne pas nous laisser envahir par nos pulsions sur notre lieu de travail, il ne tient désormais qu'à moi de céder ou non à notre désir commun. Je me mords la lèvre et ne réponds rien d'autre qu'un hochement de tête.

Quelques minutes plus tard, nous pénétrons dans le petit chalet à flanc de montagne où vit Andrea. Nous sommes accueillis par Macaron, son labrador chocolat, qui après avoir réclamé quelques papouilles s'en retourne à son activité favorite : la sieste.

— Avec beaucoup de sucre, c'est ça ? m'interroge Andrea en se dirigeant vers son tout petit coin cuisine.

Je suis doublement surprise. D'abord, parce qu'il se souvient de la façon exacte dont je prends mon café. Ensuite, parce qu'il me prépare *vraiment* un café. Je le rejoins dans le petit espace.

— Tu n'es pas obligé de faire semblant, ricané-je en enroulant mes bras autour de sa taille.

Il arque un sourcil.

— Faire semblant de quoi ?

Je relâche mon étreinte et m'écarte de lui.

— Ben… le café. C'était juste une façon de m'inviter à…

Je laisse ma phrase en suspens et vire rouge coquelicot.

— De t'inviter à boire un café pour passer un moment en ta compagnie, se marre Andrea. C'est si difficile à imaginer de ma part ?

Il secoue la tête, tout sourire, pendant que je bredouille quelque chose de parfaitement inintelligible. Il laisse les tasses sous la machine et se rapproche de moi.

— Je me demande bien ce que tu pouvais avoir en tête, souffle-t-il en replaçant une mèche de mes cheveux derrière mon oreille.

Sans un mot, je l'enlace à nouveau. Je lève les yeux vers les siens, et il prend mon visage dans ses mains avant de m'embrasser avec fougue et tendresse. Lorsque nous desserrons notre étreinte, il me prend la main pour me guider à l'étage où je se trouve sa chambre et son immense lit *king size*. Je rougis en pensant à toutes les possibilités qu'offre un lit aussi grand. Andrea ne doit pas penser à autre chose, car il se laisse tomber sur le matelas et m'y entraîne auprès de lui. Enlacés sur la couverture, nous ne cessons d'échanger des baisers pendant que nos mains partent à la découverte de nos corps bientôt nus. La douceur avec laquelle Andrea me regarde et la délicatesse de chacun de ses gestes me promet un après-midi d'ivresse que je ne suis pas près d'oublier…

Pendant la semaine qui suit Noël, je suis sur mon petit nuage. Je passe tous mes jours de congé chez Andrea. Nous traînons au lit, il me prépare de bons petits plats, nous regardons des séries criminelles et nous marchons dans la forêt enneigée. Et entre chacune de ces activités, nous faisons l'amour. Beaucoup. Et passionnément. Dans ses bras, je me sens bien, belle et désirée. Je crois que je ne m'étais pas sentie comme ça depuis longtemps.

De retour au travail, fini de s'éviter, au contraire nous prenons tout ça comme un jeu. Nous échangeons à la volée des baisers et des œillades, nous nous prenons la main et réduisons dès que possible la distance entre nous. Le tout en essayant de rester discrets : il ne faudrait pas qu'Anne-Fleur ou Sébastien suspectent quoi que ce soit. Pour Anne-Fleur, cela risque d'être compliqué, car elle a des doutes depuis le jour où Andrea et moi nous sommes rencontrés. À croire que mon trouble à l'égard du jeune chef se lisait sur mon visage…

De retour chez Monique, je m'attelle à mes cours de cuisine. Si l'octogénaire semble avoir remarqué le sourire niais collé en permanence sur mon visage depuis quelques jours, elle s'abstient de tout commentaire. Elle se contente de me donner ses leçons en me jugeant de plus en plus sévèrement. Ce qui, sur le coup, n'est jamais plaisant, mais porte ses fruits une fois seule en cuisine.

Parfois, quand je me retrouve seule dans ma chambre, je me demande ce que nous sommes avec Andrea, et où on va. Est-ce que c'est juste du sexe ? Ou une amitié améliorée ? Après tout, on ne fait pas que coucher ensemble. Est-ce que nous devenons progressivement un couple ? Je ne suis pas sûre de vouloir le savoir. Je me contente de profiter au maximum des moments que nous passons ensemble. Je me sens bien dans ses bras. Je me sens apaisée et choyée et ça ne m'était pas arrivé depuis bien trop longtemps pour que je ne m'y laisse pas aller complètement.

Et puis, parfois, il m'arrive de me rappeler qu'Andrea ne sait pas tout sur mon compte, qu'il me prend en partie pour une autre. Tôt ou tard, si cette relation se poursuit, il faudra bien rétablir la vérité… Mais je balaie bien vite ces idées sombres. Ces derniers jours j'ai, comme le village de Saint-Laurent-de-Chambon, le cœur à la fête. L'ambiance ici, au cœur des montagnes, avec le flot de touristes et les décorations de Noël, est à la joie et à la célébration, aussi je compte bien y prendre part.

À force d'entendre tout le monde parler de ses plans pour la Saint-Sylvestre et me demander les miens, je songe sérieusement à prévoir quelque chose. Andrea sera dans sa famille, et il serait un peu précipité de m'y convier pour une première rencontre. Anne-Fleur retrouve quant à elle ses anciens camarades du lycée rentrés pour les vacances, et je ne me vois pas vraiment dans une soirée pleine d'étudiants de première année. De toute façon, avec Andrea, nous commençons assez tôt le matin du 1er janvier pour terminer les dernières commandes. Il ne s'agit donc pas de faire des folies. Je pourrais peut-être proposer à Monique de faire quelque chose ? Cette fois, je pourrais même l'aider en cuisine, entre deux parties de Scrabble (uniquement pour lui faire plaisir !). Mais en cette période de fête, je la trouve encore plus mal lunée que d'habitude. Elle n'a pas l'air d'avoir les festivités en horreur, mais on dirait quand même qu'elle s'en passerait bien. Ne connaissant pas toute son histoire, je ne voudrais pas commettre d'impair. Elle n'est pas franchement agréable quand elle est grognon ! Et puis, peut-être qu'elle a déjà quelque chose de prévu ?

Proposer à Monique de réveillonner ensemble
→ vers **CHAPITRE 37** (p. 217)
OU Laisser Monique évoquer le sujet si elle le souhaite
→ vers **CHAPITRE 38** (p. 221)

CHAPITRE 36

Le soir du réveillon, j'arrive tout heureuse dans le salon pour montrer mes emplettes à Monique, et notamment, le cadeau que j'ai dégotté pour Andrea sur le marché de Noël d'un village voisin : un magnifique pull en laine d'un bordeaux aussi beau que profond.

— Vous pensez que ça lui plaira ? demandé-je toute fière.

— Pourquoi diable fais-tu un cadeau à ce jeune garçon ? Vous vous contez fleurette ?

Je deviens instantanément aussi rouge que le pull que je tiens dans les mains.

— Non… Euh… Enfin c'est juste que c'est Noël demain, et nous devons passer la journée ensemble, alors je me suis dit que peut-être, enfin…

— Allons bon, tu fais bien ce que tu veux. Va donc emballer ça, et retrouve-moi en cuisine ! La leçon démarre dans dix minutes, et je ne tolérerai aucun retard.

La soirée avec Monique se passe à merveille. Je suis moins maladroite que d'habitude lors de ma leçon consacrée à la bûche trois chocolats et Monique nous a préparé un petit repas de fête pour marquer le coup. Rien de bien sophistiqué – enfin, selon mon hôtesse, car je serais bien incapable de préparer ou encore même d'imaginer un tel repas – et nous finissons de manger presque à la même heure que d'habitude. De toute façon, malgré le jour férié, je dois me lever tôt le lendemain pour rejoindre Andrea en cuisine. Au moment de dormir, j'essaie de mettre cette pensée de côté, pour terminer sur la bonne note qu'a été ma soirée avec Monique. J'aurai tout le temps d'angoisser à ce sujet dès demain matin.

C'est étrange de se réveiller un matin de Noël, alors qu'il fait encore nuit dehors, pour aller travailler. Lorsque j'arrive pour le petit déjeuner, j'entends Monique s'affairer dans sa salle de bains. Sur la nappe, mon hôtesse a déposé quelques flocons de papier et une figurine de père Noël accompagnée de petits bonshommes de neige. Sur la table, elle a également laissé une petite carte : « Joyeux Noël, Pauline. Bon courage pour cette journée ! Monique. » Alors que j'avale mon petit déjeuner, je me demande comment je pourrais moi aussi marquer le coup. Est-ce qu'une pâtisserie lui ferait plaisir ? Elle n'a sans doute pas encore goûté la dernière création d'Andrea ! J'essaie de noter ça dans un coin de ma tête. En attendant, je me contente d'écrire un petit mot à la suite du sien pour lui rendre la pareille.

Avant de partir pour le travail, je jette un œil à mon portable. Julie et Sam m'ont écrit un petit message pour Noël. En revanche, je n'ai aucune nouvelle de mes parents. Pas une photo de la soirée familiale, pas un petit texto de bonne fête. Je hausse les épaules. Ce n'est pas moi qui ferais le premier pas. De toute façon, j'ai du boulot.

Puis, il est enfin l'heure de prendre le chemin du travail. Si hier, j'étais anxieuse à l'idée de me retrouver seule avec Andrea, aujourd'hui, je redoute plutôt qu'il soit toujours d'aussi mauvais poil. Certes, j'étais bien heureuse de ne pas sentir son regard dans mon dos à chaque instant (ça m'a d'ailleurs évité pas mal de bourdes et de maladresses hier). Mais pour l'ambiance de travail, ça n'est quand même pas idéal... Si c'est pour qu'on n'échange ni un mot ni un regard, je préférais encore quand je travaillais seule ! Au moins, Anne-Fleur venait me voir pour discuter de temps en temps, et la journée passait un peu plus vite. Quand je travaille en binôme avec Andrea, c'est comme si la porte de la cuisine devenait infranchissable, et ni Anne-Fleur ni Sébastien n'osent plus passer une tête, ne serait-ce que pour savoir si tout va bien. Enfin, j'ai quand même dans mon sac quelque chose pour tenter de contrecarrer la mauvaise humeur d'Andrea. Maintenant que j'y pense, je suis un peu stressée à l'idée de lui offrir ce cadeau. Je ne voudrais pas qu'il s'imagine des choses... À la base, je cherchais simplement un moyen de le dérider un peu. Et puis, après tout, c'est quand même Noël, les cadeaux sont de rigueur. J'espère qu'il ne prendra pas ça pour de la drague ou quelque chose du genre. Il n'est plus temps de reculer, de toute façon. Ne me laissant aucune chance de faire machine arrière, j'entre dans la cuisine en m'exclamant :

— Joyeux Noël !

J'agite le paquet au-dessus de ma tête. À ma grande (et bonne !) surprise, Andrea a retrouvé sa bonhomie habituelle. Il porte sur la tête un bonnet de père Noël et arbore sur sa veste de cuisine un pin's de renne au nez rouge.

— Joyeux Noël, Pauline ! répond-il sur le même ton.

Il me prend le paquet des mains, et nos doigts se frôlent. Une décharge électrique me parcourt tout entière, et je détourne le regard.

— Merci beaucoup, souffle-t-il.

— Ouvre-le avant de me remercier ! Peut-être que tu vas détester.

Il ouvre le paquet, puis s'immobilise en faisant une moue que je ne parviens pas à déchiffrer. Oh mon Dieu, c'est sûr qu'il n'aime pas et comme il est gentil, il cherche une manière polie de me le dire.

— Si… euh, bafouillé-je. Si ça ne te plaît pas… enfin, je peux l'échanger ou...

Pour toute réponse, Andrea éclate de rire.

— Attends, je reviens, fait-il en déposant le pull encore à moitié emballé sur le haut d'une étagère.

Il part farfouiller je ne sais où, et revient presque aussitôt avec un paquet-cadeau.

— Je t'ai pris un petit quelque chose, ricane-t-il. Ouvre-le, tu vas voir.

Sourcils froncés, je défais le paquet, et c'est à mon tour de me mettre à rire : Andrea m'a offert exactement le même pull, venant du même atelier… mais en bleu turquoise !

— J'ai cru remarquer que tu aimais bien cette couleur. J'espère qu'il te plaît.

— Il est juste… parfait, assuré-je.

Notre hilarité calmée, la gêne s'installe de nouveau entre nous. Je ne sais pas si je dois l'enlacer, l'embrasser ou ne rien faire pour ne pas rendre les choses plus difficiles. C'est Andrea qui met finalement un terme à mon tourment :

— Je crois qu'il faut qu'on se mette au travail, soupire-t-il après un coup d'œil à l'horloge.

Je ne me fais pas prier et m'empresse d'enfiler ma veste de cuisine.

Ce matin, nous devons monter les bûches que les clients passeront chercher dans la matinée. Pas tout à fait remise de mes émotions, mes doigts tremblotent encore. Andrea, qui semble avoir retrouvé son habitude des regards en coin, s'en rend rapidement compte. Me voyant galérer avec une poche à douille pleine de crème pâtissière (avec laquelle je suis censée réaliser de magnifiques pétales de rose), il se moque un peu avant de voler à mon secours. Il me prend l'instrument des mains avec délicatesse, et raille gentiment ma méthode un peu « personnelle ». D'un geste très professoral, il me montre la technique parfaite.

— Et voilà ! Là, on a de beaux pétales, et une magnifique fleur. C'est important que le client y croie, et que le produit fasse illusion.

Je lui en foutrais, moi, des illusions ! Faire des spirales façon glaçage de cupcake, fourrer des éclairs ou des choux, c'est à ma portée désormais, mais fabriquer d'authentiques compositions florales avec de la crème sucrée et une poche à douille, c'est carrément un autre niveau de difficulté. Est-ce que tous les pâtissiers sont censés savoir se dépatouiller de ce genre de trucs ?

— Dans les établissements où j'ai travaillé avant, on ne faisait pas des décorations aussi… sophistiquées, prétexté-je simplement.

— Nous sommes une Maison d'exception : nous avons notre propre standing.

Je lui arrache la poche des mains puis mime une courbette :

— Pardonnez-moi, Monseigneur, je ne voulais pas insulter votre institution !

Andrea entre dans mon jeu, et se prosterne légèrement à son tour :

— Je vous présente moi aussi mes excuses si je vous ai froissée, ma chère.

Avant qu'il n'ait le temps de se redresser, prise d'une soudaine espièglerie, je dépose l'embout de ma poche à douille sur le bout de son nez et y dépose un magnifique pétale. Intrigué par mon geste, Andrea reste figé. Il plonge alors un regard intense et sérieux dans le mien. Je suis peut-être allée trop loin, ce n'était sans doute pas très pro. Honteuse, je retire la crème de son visage avec mon index.

— Désolée, murmuré-je, je ne sais pas ce qui…

Je suis interrompue par sa main qui agrippe et immobilise mon poignet. Toujours penché vers moi, il porte mon index à sa bouche et suçote le bout de mon doigt recouvert de crème. Le contact avec sa langue est doux, chaud et suave, et je sens mon estomac se tordre, une boule de chaleur irradiant mon bas-ventre. Je ne retire pas mon doigt, et nous restons là à nous dévorer du regard.

N'y tenant plus, il se redresse et m'attire de sa main libre tout contre lui. À travers ses vêtements, je sens son sexe déjà gonflé du même désir que moi. Ses lèvres relâchent finalement mon doigt pour venir butiner ma bouche. Notre baiser – sucré – est passionné. Nos mains se hasardent à quelques caresses maladroites par-dessus et par-dessous nos nombreuses couches de vêtements. La peur que quelqu'un nous surprenne rend nos gestes précipités et ne fait qu'accroître l'excitation du moment. Je suis déjà prête à m'abandonner sur le plan de travail lorsqu'il met fin à notre étreinte. Je grogne de frustration. Il dépose quelques baisers dans mon cou, avant de me susurrer à l'oreille :

— J'ai très envie de te prendre sur ce plan de travail, mais ça ne serait pas très sérieux. Retrouvons-nous plutôt chez moi, après.

Ce n'est ni une question ni tout à fait un ordre et je scelle notre accord d'un dernier baiser plein de fougue. Je ne sais pas où nous trouvons la force de nous détacher l'un de l'autre et de nous remettre presque aussitôt au travail, mais c'est bien ce que nous faisons.

Pendant la semaine qui suit Noël, je suis sur mon petit nuage. Je passe tous mes jours de congé chez Andrea. Nous traînons au lit, il me prépare de bons petits plats, nous regardons des séries criminelles (emmitouflés dans nos pulls assortis !) et nous marchons dans la forêt enneigée. Et entre chacune de ces activités, nous faisons l'amour. Beaucoup. Et passionnément. Dans ses bras, je me sens bien, belle et désirée. Je crois que je ne m'étais pas sentie comme ça depuis longtemps.

De retour au travail, fini de s'éviter, au contraire nous prenons tout ça comme un jeu. Nous échangeons à la volée des baisers et des œillades, nous nous prenons la main et réduisons dès que possible la distance entre nous. Le tout en essayant de rester discrets : il ne faudrait pas qu'Anne-Fleur ou Sébastien suspectent quoi que ce soit. Pour Anne-Fleur, cela risque d'être compliqué, car elle a des doutes depuis le jour où Andrea et moi nous sommes rencontrés. À croire que mon trouble à l'égard du jeune chef se lisait sur mon visage… Après une journée intense de travail, désormais, je ne rentre plus directement chez Monique, mais je fais un saut chez mon beau Franco-italien, afin de libérer enfin la frustration physique accumulée tout au long de la journée.

De retour chez Monique, je m'attelle à mes cours de cuisine. Si l'octogénaire semble avoir remarqué le sourire niais collé en permanence sur mon visage depuis quelques jours, elle s'abstient de tout commentaire. Elle se contente de me donner ses leçons en me jugeant de plus en plus sévèrement. Ce qui, sur le coup, n'est jamais plaisant, mais porte ses fruits une fois seule en cuisine.

Parfois, quand je me retrouve seule dans ma chambre, je me demande ce que nous sommes avec Andrea, et où on va. Est-ce que c'est juste du sexe ? Ou une amitié améliorée ? Après tout, on ne fait pas que coucher ensemble. Est-ce que nous devenons progressivement un couple ? Je ne suis pas sûre de vouloir le savoir. Je me contente de profiter au maximum des moments que nous passons ensemble. Je me sens bien dans ses bras. Je me sens apaisée et choyée et ça ne m'était pas arrivé depuis bien trop longtemps pour que je ne m'y laisse pas aller complètement et avec délectation.

Et puis, parfois, il m'arrive de me rappeler qu'Andrea ne sait pas tout sur mon compte, qu'il me prend en partie pour une autre. Tôt ou tard, si cette relation se poursuit, il faudra bien rétablir la vérité… Mais je balaie bien vite ces idées sombres. Ces derniers jours j'ai, comme le village de Saint-Laurent-de-Chambon, le cœur à la fête. L'ambiance ici, au cœur des montagnes, avec le flot de touristes et les décorations de Noël, est à la joie et à la célébration, aussi je compte bien y prendre part.

À force d'entendre tout le monde parler de ses plans pour la Saint-Sylvestre et me demander les miens, je songe sérieusement à m'organiser quelque chose. Andrea sera dans sa famille, et il serait un peu précipité de m'y convier pour une première rencontre. Anne-Fleur retrouve quant à elle ses anciens camarades du lycée rentrés pour les vacances, et je ne me vois pas vraiment dans une soirée pleine d'étudiants de première année. De toute façon, avec Andrea, nous commençons assez tôt le matin du 1er janvier pour terminer les dernières commandes. Il ne s'agit donc pas de faire des folies. Je pourrais peut-être proposer à Monique de faire quelque chose ? Cette fois, je pourrais même l'aider en cuisine, entre deux parties de Scrabble (uniquement pour lui faire plaisir !).

Mais en cette période de fête, je la trouve encore plus mal lunée que d'habitude. Elle n'a pas l'air d'avoir les festivités en horreur, mais on dirait quand même qu'elle s'en passerait bien. Ne connaissant pas toute son histoire, je ne voudrais pas commettre d'impair. Elle n'est pas franchement agréable quand elle est grognon ! Et puis, peut-être qu'elle a déjà quelque chose de prévu ?

Proposer à Monique de réveillonner ensemble
→ vers **CHAPITRE 37** (p. 217)
OU Laisser Monique évoquer le sujet si elle le souhaite
→ vers **CHAPITRE 38** (p. 221)

CHAPITRE 37

Alors que le réveillon de la nouvelle année approche à grands pas, Julie et Sam, qui viennent aux nouvelles, me demandent ce que je fais pour la soirée du 31 décembre. La réponse est simple, je n'en ai toujours pas la moindre idée. Il va être grand temps que j'aille trouver Monique pour savoir si mon programme se résumera à A) un plat préparé devant une série policière ou B) un repas autrement plus équilibré, sans doute autour d'un plateau de Scrabble. Un jour, en rentrant de chez Andrea, je trouve Monique au salon. Elle est en pantoufles, installée le dos bien droit dans son vieux fauteuil, plongée dans la lecture du journal.

— Bonsoir, Monique ! déclaré-je d'un ton enjoué.

— 'Soir, répond-elle sans relever les yeux.

— On se retrouve toujours en cuisine pour la leçon ?

Elle replie légèrement son journal pour consulter sa montre. J'ai déjà eu l'occasion d'observer son bijou de près : le cadran est minuscule, et rien n'indique les heures ou les minutes, seulement une petite perle en lieu et place du 12. Je me demande vraiment comment il est possible de lire l'heure là-dessus, moi qui suis à peine capable de le faire sur autre chose qu'un cadran digital.

— Hum, hum (elle grogne presque), je serai là dans une dizaine de minutes.

Elle se replonge aussi sec dans sa lecture. Je me racle bruyamment la gorge pour lui faire lever la tête.

— Dites-moi, Monique… Vous faites quelque chose pour la Saint-Sylvestre ?

Ça marche. Elle a abandonné le journal, et me regarde désormais avec un drôle d'air.

— Qu'est-ce que tu veux dire ?

— Eh bien, est-ce que vous avez prévu de sortir ? D'inviter des amis ? Peut-être quelque chose avec vos copines du club de tricot ou de la médiathèque ?

— Enfin, ma grande, j'ai quatre-vingt-deux ans. Je ne vais pas me coucher au petit matin à mon grand âge !

— Je ne sais pas… Je me disais que peut-être…

— Eh bien non, je n'ai rien de prévu. En tout cas rien de différent de d'habitude.

Son ton sec me fait soudain reconsidérer ma proposition. Mais je commence à connaître l'animal, et je sais d'expérience qu'il ne faut pas se fier à son côté bougon. Je tente une nouvelle approche :

— Eh bien figurez-vous que moi non plus. Alors je me suis dit qu'on pourrait peut-être faire un petit quelque chose ensemble ? Rassurez-vous, je travaille tôt le 1er janvier, alors je ne vous tiendrai pas éveillée jusqu'aux aurores !

Monique a replié son journal pour de bon, et m'écoute attentivement.

— Tu avais quelque chose en tête ?

— Pas vraiment. J'avais pensé à un petit repas, du vin… et pourquoi pas, si vous voulez, une partie de Scrabble.

— Ah, ça, non, pas de Scrabble !

— Pourquoi ? Je pensais que vous aimiez beaucoup ce jeu.

— Le problème ce n'est pas le jeu. Le problème, c'est que tu es trop nulle !

Sa remarque me fait rire : non seulement elle a raison, mais en plus, ça m'arrange de passer une soirée à faire autre chose qu'aligner des lettres sur un plateau passé de mode.

— Allez, ordonne-t-elle en se levant, file mettre ton tablier, et nous discuterons du programme tout en essayant de faire de toi une pâtissière à peu près correcte.

Dans la cuisine, pendant que je m'entraîne une énième fois à monter les bûches signatures de la Maison Lavergne, Monique sort un petit carnet pour noter le programme de notre Saint-Sylvestre.

— Bon, pour le repas, je m'en charge, déclare-t-elle. Tu passes déjà bien trop de temps dans cette cuisine ces temps-ci. Tu as des idées pour les… activités ?

Nous passons en revue tout ce que nous pourrions faire ensemble. Nous sommes d'accord sur le fait que regarder un film ou la télé n'est pas forcément très convivial ni très festif. Monique ne veut plus se frotter à moi au Scrabble, alors nous cherchons un jeu qui puisse nous permettre d'exprimer nos talents à toutes les deux. Je propose alors à mon hôtesse de me faire confiance : j'ai amené dans mes bagages quelques jeux de société récents qui se jouent exclusivement à deux. Je les avais achetés, à l'époque, pour essayer de trouver une activité commune avec Alex, mais il n'a jamais vraiment été friand de jeux de plateau. Lui préfère les balades à vélo ou le grand air. Ces jeux n'ont au final que très peu servi, et je serais heureuse de partager ce loisir avec Monique. À ma grande surprise, elle accepte immédiatement et sans ronchonner, un véritable progrès ! Nous passons le reste de la soirée à peaufiner notre programme et, à la grande surprise de Monique, la bûche que je monte ce soir-là est « presque » (selon ses propres termes) réussie.

— Tu fais des progrès, me félicite-t-elle, c'est bien.

— Je pourrais peut-être m'inscrire aux épreuves du CAP pâtisserie, maintenant ! m'exclamé-je.

— Il ne faut pas pousser non plus, tempère Monique.

Je lui souris. À mon arrivée, je me laissais facilement décontenancer par ses piques. Désormais, je connais bien son caractère, et je ne m'en formalise plus. Ma Saint-Sylvestre ne sera sans doute pas la soirée du siècle, mais je crois qu'il y aura quand même moyen de rire et de s'amuser un peu. Et, surtout, je crois que ma proposition a touché Monique plus qu'elle ne le montre.

→ vers **CHAPITRE 39** (p. 225)

CHAPITRE 38

Un soir, à peine rentrée de chez Andrea, Monique vient toquer à ma porte. Enfin, je suppose que c'est elle, car nous ne sommes toujours que deux dans la maison, et ma logeuse ne semble pas forcément disposée à accueillir d'autres visiteurs.

— Entrez ! annoncé-je.

— Je vais aller faire les courses demain matin, et j'avais besoin de te voir, explique-t-elle.

Elle s'avance dans la pièce et referme la porte derrière elle.

— Je suppose que ton… *ami*, Andrea, va fêter la nouvelle année dans sa famille comme tous les ans.

Décidément, dans ce village, tout se sait !

— Alors je voulais savoir, poursuit-elle, si tu avais prévu quelque chose ou si tu allais manger ici le 31 ?

— Je serai ici, oui.

À mesure que la date approche, je me suis résignée à une soirée chips-crème glacée-série TV.

— Dans ce cas, je pourrais te préparer un bon repas, propose-t-elle.

— Ne vous tracassez pas ! Si vous devez sortir, je m'en occuperai moi-même.

Elle me regarde avec de grands yeux, puis éclate de rire.

— Je ne parlais pas de te préparer un repas comme si tu étais une princesse ! Je pensais plutôt à un dîner ensemble, histoire de tromper l'ennui !

Monique a toujours le chic pour présenter quelque chose de positif sous un mauvais jour. Dit comme ça, on dirait qu'elle me propose d'être son bouche-trou. Mais je commence à bien connaître l'octogénaire, et je sais qu'elle me dit, à sa façon, qu'elle aimerait bien passer la soirée en ma compagnie. Touchée, j'accepte immédiatement. Ça ne sera sans doute pas la soirée la plus décadente de l'année, mais c'est mieux que d'ingurgiter de la malbouffe en solo devant un écran.

— Je vais mettre les petits plats dans les grands ! s'enthousiasme Monique. Je vais te faire un gratin dont tu me diras des nouvelles. Je ne connais personne qui ne l'ait pas trouvé au moins excellent !

— On pourrait aussi faire un Scrabble, suggéré-je à mon tour.

Monique affiche une moue dubitative.

— Bah, je croyais que vous aimiez ce jeu ? m'étonné-je.

— Le jeu, oui. Mais avec toi… ce n'est pas très marrant, je dirais.

Touché. Ça pique, mais elle a raison. Et puis, outre mon niveau, il faut avouer que ce n'est pas vraiment mon jeu préféré.

— Montons au salon, m'intime Monique. Si je ne note pas tout, je risque d'oublier.

En haut, nous établissons le menu de la soirée et nous penchons sur le programme. Il n'est pas question de pousser la musique à fond ni même de danser jusqu'au bout de la nuit, mais nous souhaitons toutes les deux marquer un peu le coup… même si nous serons très probablement couchées avant minuit ! Puisque nous avons abandonné l'idée du Scrabble, je réfléchis à ce que je pourrais proposer à Monique. Après tout, c'est elle qui va encore une fois gérer tout le repas, alors il faudrait que je trouve quelque chose qui vienne de moi. C'est là que je me souviens que j'ai dans mes affaires un certain nombre de jeux de société, notamment pour jouer à deux. Je les avais achetés, à l'origine, pour trouver une activité commune avec Alex, mais ça n'a jamais pris. Les jeux – de société ou vidéo –, ça n'a jamais été son truc. Lui est plutôt balade à vélo ou pique-nique au grand air. Je ne suis pas certaine d'avoir ouvert les boîtes plus d'une fois ou deux. À ma grande surprise, Monique accepte tout de suite d'être initiée à ces jeux autrement plus modernes que le Scrabble.

— J'espère que tu es meilleure à ces jeux-là ! se contente-t-elle d'ajouter.

Une fois que nous avons bouclé le programme, nous reprenons nos activités habituelles : cours de cuisine et dîner. La leçon porte à nouveau sur la confection et le montage de bûches signatures de la Maison. À force d'entraînement, je ne m'en sors pas trop mal. Et la bûchette, une fois dans l'assiette, me paraît tout à fait professionnelle. Mains sur les hanches, je contemple mon œuvre avant de déclarer fièrement :

— Je crois que je suis fin prête pour l'examen du CAP !

Fidèle à elle-même, Monique secoue la tête :

— Ne brûlons pas les étapes, jeune fille. Mais, c'est vrai, tu progresses.

Je lui souris puis, comme à l'accoutumée, Monique s'affaire à ranger la cuisine et à préparer le repas pendant que, dans le salon, je mets la table pour deux. Tout en disposant les couverts, je souris car je sais que demain soir, je vais me régaler !

→ vers **CHAPITRE 39** (p. 225)

CHAPITRE 39

Nous venons tout juste de terminer l'entrée, et ce repas de la Saint-Sylvestre s'avère déjà gargantuesque ! Quand Monique a annoncé mettre les petits plats dans les grands, elle n'a vraiment pas menti. La dernière fois que j'ai mangé des mets aussi raffinés, c'était dans un restaurant semi-gastronomique lors d'un de nos anniversaires avec… Alex. Penser à lui me tord un peu l'estomac. En cette période de fête, son image revient souvent dans mon esprit. De nombreux souvenirs remontent, de Noël ou de Nouvel An célébrés ensemble. Mais tout ça est terminé et j'ai un peu de mal à m'y faire. Surtout maintenant que la séparation – enfin, surtout ma décision de la fuir en partant vivre sur un coup de tête à l'autre bout du pays – me contraint à passer les fêtes en compagnie de ma logeuse octogénaire. Alors oui, Monique cuisine bien, et j'ai finalement appris à apprécier son caractère sec et changeant, mais ça n'est rien comparé à une soirée en amoureux ou une grosse fête avec plein de copains. Quand Monique réapparaît, j'essaie de balayer ces pensées et de me redonner une contenance.

Le soin avec lequel elle a dressé les assiettes me ramène instantanément au moment présent. Au menu, une magnifique pièce de volaille nappée de sauce aux champignons, un ballot de haricots verts et un mini-gratin aux légumes et aux truffes. Rien que l'odeur et la vue de ce plat suffiraient à me rassasier !

— Waouh ! Monique ! C'est un restaurant que vous auriez dû ouvrir, pas une maison d'hôte ! m'émerveillé-je.

— Ne dis pas de bêtises, rétorque-t-elle en s'asseyant. Allez, mange donc avant que ça refroidisse.

Depuis le début du repas, avec Monique, l'atmosphère est plus chaleureuse et intimiste que d'habitude. Elle me parle un peu de son Victor. Le fameux Lavergne qui a fait la renommée nationale de la Maison. De ce que je comprends, Victor passait beaucoup de temps à travailler, mais peu à la maison. Pour les fêtes, m'explique-t-elle, ils faisaient souvent des repas ensemble, en décalé par rapport aux dates officielles. Chez le couple Lavergne, on fêtait davantage le 26 décembre et le 2 janvier que Noël ou la nouvelle année.

— Comme toi, d'ailleurs, il ne tarissait pas d'éloges sur mon gratin. Tous les ans, après le repas, il me disait qu'il allait agrandir la pâtisserie pour qu'on puisse servir à manger le midi et le mettre à la carte. Il disait que ça ferait fureur.

— Et il l'a fait ? l'interrogé-je.

Elle hausse les épaules :

— Même s'il avait voulu, je ne crois pas que ça aurait été possible… C'étaient seulement des paroles en l'air…

— Vous auriez pu avoir votre plat signature ! m'indigné-je, ça n'aurait pas été usurpé.

Monique secoue la tête.

— Allez, donne-moi ton assiette, on va passer au dessert.

Pour clore le repas, j'avais proposé à mon hôtesse de ramener quelque chose de la pâtisserie, mais elle m'a opposé qu'elle en avait assez de manger des bûches presque tous les jours à cause de nos leçons de cuisine… et je crois que je suis finalement assez d'accord avec elle. Alors, à la place, nous avons opté pour une salade de fruits hivernaux, colorée et originale. Et puis, pour finir : un verre de génépi et un carreau de chocolat très noir. Nous entamerons ensuite la soirée jeux de société que je lui ai promise.

— Ton Jules, là… commence Monique.

Je mets quelques secondes à réaliser ce qu'elle entend par là. Lorsque je saisis l'allusion, je vire au rouge grenade.

— Il ne te fait pas trop travailler, j'espère ?

Je fais non de la tête.

— Ne t'en laisse pas trop conter, hein. Le travail, c'est le travail. Le reste… Bon, ça vous regarde. Mais ne mélange pas tout. Les hommes, ça aime bien faire des grandes promesses !

Je fais traîner un peu mon génépi dans ma gorge. Je ne m'attendais pas à ce qu'elle évoque ma relation avec Andrea si frontalement. Jusque-là… elle n'avait fait que de légères allusions, souvent pour se moquer de moi. Mais là, on dirait carrément qu'elle me met en garde. Je suis un peu vexée qu'elle ne me croie pas capable de gérer mes relations à mon âge ou de ne pas mélanger ma vie privée et mon travail. C'est vraiment ça l'image que je renvoie ? Moi, je ne l'ai jamais jugée lorsqu'elle m'a raconté que Victor cuisinait beaucoup au travail, mais jamais à la maison, ou alors lorsqu'elle me rembarre alors que j'essaie d'être gentille. Pour toute réponse, je décide finalement de hocher la tête.

Le silence s'étire entre nous et on n'entend plus que le tic-tac de l'horloge du salon. Et puis… le bruit d'une voiture qui s'approche de la maison, puis s'arrête.

— Tu attends quelqu'un ? demande Monique en fronçant les sourcils.

— Non, pas du tout et je n'aurais jamais invité qui que ce soit sans vous en parler ! m'offusqué-je. Et vous ?

— Ça fait bien longtemps que je n'attends plus personne, souffle-t-elle.

— On devrait peut-être aller voir ? proposé-je.

Mon cerveau tourne à mille à l'heure et élabore tous les scénarios possibles. Je suis tout à coup envahie d'une certaine panique. Et si mes parents avaient fini par retrouver ma trace ? Et s'ils étaient carrément venus me chercher jusqu'à Saint-Laurent-de-Chambon ? Ou alors, notre heure a sonné. Deux femmes seules un 31 décembre, dans un village perdu au milieu des montagnes, c'est une opportunité trop belle pour un tueur en série. Peut-être qu'un *serial killer* sévit dans le coin et que je ne le sais pas, j'aurais vraiment dû me renseigner avant de prendre ce job ! Une goutte de sueur coule le long de ma colonne vertébrale. Enfin, je ne me souviens d'aucun podcast mentionnant les Hautes-Alpes... Je ne vais peut-être pas mourir ce soir, finalement.

Nous sortons par la porte principale, au premier étage de la maison. Depuis le seuil, nous n'apercevons pas grand-chose. Il y a bien une voiture, mais dans la nuit noire et fraîche, impossible d'en distinguer la couleur et encore moins le modèle. Une silhouette en sort. Avec Monique, nous ne disons rien. Nous regardons la silhouette avancer dans la neige jusqu'au bas de l'escalier où la lumière du porche nous permettra de découvrir le visage de ce visiteur inattendu.

Lorsqu'il arrive enfin à notre hauteur, je manque de laisser échapper mon verre.

Alex.

Alex se tient au bas des escaliers. Alex, qui vit et travaille à Paris, se tient au bas des escaliers de Monique, à Saint-Laurent-de-Chambon. À plusieurs centaines de kilomètres de chez lui. Alors même qu'il ne m'a donné aucune nouvelle depuis bientôt six mois. Si le froid hivernal ne me fouettait pas autant le sang, je crois que je me serais évanouie.

— Oh merde, lâché-je. C'est pas vrai !

— C'est qui ? demande Monique de son ton sec coutumier.

Je suis incapable de répondre, comme pétrifiée sur place. Je n'arrive pas à détacher mon regard d'Alex. Il sourit. Il arbore un beau complet bleu nuit, avec un nœud papillon rose. Il s'est rasé de frais, ses cheveux blonds ont poussé et lui tombent presque sur les épaules. Il est magnifique et ça me crève le cœur.

Il s'avance encore un peu, puis s'arrête en bas des marches. Il ne me quitte pas des yeux.

— Je sais ce que tu dois penser, commence-t-il.

Je sens les yeux de Monique passer de lui à moi et de moi à lui.

— Ça doit te paraître inattendu et même carrément déstabilisant que je sois venu te trouver jusqu'ici.

Il poursuit comme si Monique n'existait pas. Il n'a d'yeux que pour moi. Ma logeuse, sans doute agacée, marmonne quelque chose avant de retourner à l'intérieur, nous laissant seuls.

— Je sais qu'on ne s'est pas parlé depuis des mois, poursuit-il. Et je sais que c'est ma faute, que tout est ma faute.

À ces mots, sa voix s'étrangle et je sens mes larmes monter. Ce n'est pas vraiment de la tristesse, plutôt de la colère. Il en a du toupet, de se pointer ici la bouche en cœur après m'avoir rayée aussi brutalement de sa vie. Ça fait des semaines que j'essaie de me reconstruire et d'aller de l'avant, pour qu'il débarque finalement ici comme si de rien n'était. Comme si je n'avais pas autant souffert. Sait-il seulement tout ce que j'ai traversé ?

— Je devais fêter le Nouvel An avec les gars. On avait loué une baraque de dingue près de Lyon. J'y suis arrivé dans l'après-midi et puis… je sais pas, il manquait quelque chose. Ou plutôt quelqu'un. Et alors que je faisais le tour du propriétaire, ça m'a frappé en pleine tête.

Il peine à parler, cherche ses mots. Il fait une pause et souffle plusieurs fois avant de reprendre :

— J'peux pas commencer une nouvelle année sans toi, Pauline. Je peux pas.

Je suis comme prise à la gorge. Respirer me devient presque impossible. Je ne sens même plus le froid qui me comprime tout entière. C'est tout ce que je voulais qu'il me dise. Ça fait bientôt six mois que je rêve d'entendre ces mots-là.

— Je suis désolé, tellement désolé Pauline. Il m'aura fallu une séparation, et du temps pour m'en rendre compte. Mais je le sais maintenant. Et je ferai ce qu'il faut pour réparer ce que j'ai cassé.

Il inspire un grand coup.

— Enfin, si tu le veux bien.

Les larmes roulent le long de mes joues, sous le coup de l'émotion, du froid, de tout. Je n'arrive même pas à savoir ce que je ressens. Je suis tout à la fois surprise, en colère, choquée. Quelle version d'Alex se tient devant moi ? Celui avec qui j'ai passé presque dix ans, avec qui j'ai tout vécu et que j'ai aimé à en crever ? Ou celui qui m'a quittée sur une plage du jour au lendemain, ne m'a jamais reparlé depuis, et a agi comme si je n'existais plus ? Une partie de moi a envie de dévaler tout de suite les escaliers pour lui sauter dans les bras, l'embrasser. Nous retrouver.

Une autre partie, pourtant, a également envie de descendre les escaliers mais pour le gifler, le renvoyer chez lui, et ne pas me retourner. Tout cela arrive beaucoup trop vite. Et encore une fois, il me demande de jouer selon ses règles, sans se demander ce que j'ai vécu. Je ne veux pas me retrouver piégée à nouveau à cause de lui. Plus jamais me sentir comme lorsqu'il m'a quittée. J'ai déjà bien assez souffert… mais j'ai aussi envie de savoir ce qu'il a à dire, de comprendre d'où lui vient ce brusque changement d'avis. Mais lui parler, c'est prendre le risque de retomber dans ses bras et, peut-être, d'en souffrir. Prendre le risque surtout d'être trahie à nouveau.

Renvoyer Alex sans ménagement
→ vers **CHAPITRE 40** (p. 232)

OU Accepter de discuter, mais ne *surtout* pas le laisser entrer
→ vers **CHAPITRE 41** (p. 237)

CHAPITRE 40

Dans mon lit, je ne cesse de cogiter. Je repense à la scène surréaliste qui vient de se dérouler. Alex sortant de sa voiture dans la nuit noire, progressant dans la neige jusqu'au bas des escaliers de la maison de Monique. Ses mots et ses excuses après six mois de silence. Et moi, qui le renvoie finalement presque sans ménagement refaire des heures de route dans l'autre sens au beau milieu de la nuit. Ai-je eu raison ? Je viens sans doute de mettre un terme définitif à notre histoire. Qui accepterait une telle défaite sans broncher ? J'ai été si longtemps persuadée qu'il était l'homme de ma vie que le mettre à la porte m'a chamboulée plus que je ne m'y attendais. J'ai peur d'avoir fait une erreur. De m'être trompée. D'avoir écouté ma raison ou, pire, ma rancœur, plutôt que mon cœur. Et en même temps… chaque fois qu'Alex me parlait, j'avais l'image d'Andrea dans un coin de ma tête.

La donne a changé. Je ne suis plus la Pauline éplorée, déprimée par une difficile rupture amoureuse, prête à pardonner sans concession pour se sentir à nouveau aimée et désirée. Maintenant, contrairement à ce que j'ai longtemps pensé, Alex n'est pas nécessairement mon âme sœur, et encore moins le seul homme capable de tomber amoureux de moi ou d'avoir seulement envie de moi. Andrea me l'a prouvé. Mon corps n'est pas un obstacle. Ma personnalité non plus. Tout cela m'ouvre un champ de possibles que je n'avais jamais imaginé. Quelque part, je m'estimais déjà extrêmement chanceuse qu'un bel homme comme Alex puisse m'aimer, qu'il soit même resté aussi longtemps avec moi. Je me sentais honorée, reconnaissante. Pendant des semaines après la rupture, j'ai ressassé en boucle nos derniers jours, nos dernières conversations, nos dernières nuits, pour tenter de savoir ce que j'avais pu faire ou dire pour le faire fuir. Pour tout gâcher, comme ont aimé à me le rabâcher mes parents. Aujourd'hui, grâce à Andrea et plusieurs mois de reconstruction, j'ai davantage confiance en moi, et en ma valeur. Ma séparation d'avec Alex n'est pas une fin en soi, elle peut même être le début de quelque chose.

Du moins, c'est ce que je me disais ces derniers jours. Le retour imprévu d'Alex fait voler en éclats toutes ces certitudes. De quoi ai-je vraiment envie ? À bout de forces, je finis par m'endormir au petit matin. Je n'aurai que quelques heures de sommeil au compteur demain, finalement. Moi qui étais censée ne pas faire de folies pour être en forme au travail… Je commence bien cette nouvelle année !

Je suis tirée du sommeil par mon portable qui vibre avec force sur la table de nuit. Les yeux encore à moitié clos, je regarde l'écran et vois le nom d'Andrea s'afficher. Quoi ? Mais il n'est pas du tout l'heure d'aller travailler ! Persuadée que je suis en plein rêve, je repose le téléphone et renfonce ma tête dans l'oreiller. Malheureusement pour moi, mon téléphone se remet à vibrer intensément sur le bois du meuble. Mon regard désormais un peu plus alerte me confirme qu'il est bien trop tôt (à peine quatre heures du matin) et que c'est bien Andrea qui cherche à me joindre.

— Allô ? bâillé-je d'une voix ensommeillée.

— Pauline ? Enfin, Dieu merci tu réponds ! J'ai cru que je n'allais pas y arriver.

Andrea parle à cent à l'heure. Il a l'air paniqué. Son ton me fait me redresser d'un coup sur mon lit. Je suis soudainement aux aguets.

— Il y a un truc qui cloche ? Est-ce que tout va bien ?

— J'ai un problème avec ma voiture…

— Un accident ? le coupé-je. Est-ce que tu es blessé ?

— Non, non, rien de grave, je n'ai rien. Mais la voiture ne veut plus redémarrer, et je suis encore loin de Saint-Laurent. Et trop loin de chez ma famille pour retourner à pied emprunter une caisse. J'essaie de joindre l'assurance et la dépanneuse, mais un 1er janvier à cette heure-là, tu penses bien que c'est la croix et la bannière.

— Tu veux que je vienne te chercher ? proposé-je.

— Non, non. Je vais voir avec ma famille. Mon père devrait pas tarder à se lever, il va s'en charger. Mais je ne vais pas pouvoir être à la pâtisserie avant un moment, je pense.

— Tu… tu veux que j'arrive plus tôt ?

— C'est pour ça que je t'appelle, oui. Si tu ne viens qu'à l'heure prévue, tu ne pourras pas rendre les premières commandes à temps.

Là, je n'ai carrément plus sommeil. Il veut *vraiment* me confier la confection des commandes d'aujourd'hui ? À moi ? Qui sait à peine fourrer correctement un éclair au chocolat sans repeindre en même temps la cuisine ? J'avale bruyamment ma salive. Andrea doit trouver que ma réponse se fait attendre, car il poursuit :

— Je sais que je t'en demande beaucoup, mais ça pourrait vraiment mettre la Maison en difficulté si tous les clients ne sont pas livrés en temps et en heure aujourd'hui. C'est une date beaucoup trop importante pour nous… Sinon, je ne t'aurais pas dérangée, je t'assure.

Son ton, loin de la panique de tout à l'heure, se veut beaucoup plus grave. Je suis frappée d'un éclair de lucidité :

— C'est un sabotage ? m'inquiété-je. Ta voiture ?

À l'autre bout du fil, j'entends Andrea pousser un long soupir.

— Je suis pas franchement mécanicien, mais… ça m'en a tout l'air, oui. Ça ne me semble pas vraiment être une panne « courante ».

C'est à mon tour de paniquer.

— Tu penses qu'il pourrait s'être passé quelque chose à la pâtisserie aussi ?

— J'y ai pensé, souffle-t-il. Honnêtement, je ne crois pas, mais… si tu peux y aller au plus vite pour vérifier que tout est en ordre et commencer le travail, je t'en serais infiniment reconnaissant !

Comment pourrais-je lui dire non ? Je ne veux pas risquer de mettre en péril une Maison qui fait la fierté de sa région depuis des décennies… Et plus encore, je ne veux pas décevoir Andrea. Mais en même temps, je ne suis pas certaine d'être capable de réussir à faire ce qu'il me demande. Incapable de refuser, je finis par accepter.

— Merci infiniment, Pauline ! Tu me sauves la vie.

— Pour les commandes, je vais faire ce que je peux, ajouté-je, mal à l'aise, mais je ne suis pas certaine d'avoir ton talent ni ta cadence…

— Ne t'en fais pas. Fais de ton mieux, et ça sera très bien.

— Je t'en prie, c'est normal.

— Je vais devoir te laisser. Faut que je réessaie de joindre la dépanneuse, ou mon père. Je te retrouve à la pâtisserie ! Merci encore, Pauline. Je t'aime !

L'appel coupe aussitôt. Je ne sais pas s'il s'est rendu compte lui-même de ce qu'il venait de lâcher. Je sais qu'il a sans doute balancé ça dans l'euphorie, sans y prêter attention, mais tout de même, ça me fait quelque chose de l'entendre. Mon cœur bat encore plus fort maintenant. Il me faut quelques secondes pour me rappeler l'urgence de la situation.

Putain. Merde. Je suis déjà absolument incapable de monter seule la plupart des bûches de la Maison, mais encore moins avec le peu de sommeil que j'ai à mon actif. Peut-être que Monique accepterait de m'aider ? Mais je ne suis pas certaine que ma logeuse soit ravie d'être réveillée aussi tôt, encore moins après qu'un inconnu a débarqué chez elle la veille au soir… Suis-je seulement en mesure de m'en sortir seule, avec pour unique arme les cours qu'elle m'a déjà donnés ?

Prévenir Monique pour lui demander de l'aide
→ vers **CHAPITRE 44** (p. 250)
OU Se débrouiller seule → vers **CHAPITRE 45** (p. 255)

CHAPITRE 41

Toujours incapable de prononcer le moindre mot, je fais signe à Alex de m'attendre et retourne rapidement dans la maison. Je me hâte d'aller au salon pour récupérer un châle qui traîne. Au passage, je croise Monique en train de débarrasser la table.

— Monique, je vais tout vous expliquer…

— Tu es majeure et vaccinée, ce n'est pas à moi que tu dois des explications.

L'évocation, quoique subtile, d'Andrea, me noue encore plus le ventre. Je ne réponds rien, passe à la hâte le châle autour de mes épaules et m'empresse de sortir.

Dehors, Alex a monté les escaliers, et s'est assis sur la première marche juste devant la porte d'entrée. Je l'imite. Des milliers de questions se bousculent dans ma tête. Je n'arrive pas à déterminer laquelle serait la plus pertinente : « Qu'est-ce que tu fais là ? Qu'est-ce que tu veux ? Pourquoi tu m'as quittée ? Est-ce que tu m'aimes encore ? Est-ce qu'il y a eu quelqu'un d'autre ? » Tout se mélange, et finalement, rien ne sort. C'est Alex, à nouveau, qui rompt le silence :

— On est chez qui, ici ?

— Monique.

Silence.

— Elle me loue une chambre, au rez-de-chaussée.

Je pointe un doigt en bas, pour désigner la chambre en question, comme si ce geste allait m'aider à retrouver un peu de contenance.

— C'est vrai alors, t'es vraiment venue bosser et t'installer dans ce… village ?

— Oui… D'ailleurs, comment tu as su ?

— Par Julie.

— Quoi ?

Dans la nuit noire et silencieuse, mon cri a résonné.

— C'est pas de sa faute. Je l'ai un peu harcelée… Ouais, je sais, alors qu'elle est enceinte, c'est moche. Mais ça a marché.

— Je n'en reviens pas que tu lui aies fait ça !

— Je sais, je sais. Mais elle s'inquiète pour toi, tu sais.

— Comment ça ?

— Elle m'a dit que tu avais eu un peu de mal à t'habituer à ta… nouvelle vie, même si apparemment tu as tout fait pour le leur cacher. Et puis, tu ne donnais plus trop de nouvelles ces derniers jours. Je crois qu'au fond, ça l'arrangeait que quelqu'un vienne te voir. Même si ça ne l'enchantait pas vraiment que ce soit moi, elle me l'a bien fait comprendre.

J'essaie de ne pas rougir en pensant à la raison de mon silence…

— J'imagine que Sam n'est pas au courant.

Il laisse échapper un petit rire.

— Je tiens à la vie, Pauline !

Un nouveau silence s'installe. La question me brûle les lèvres. Après quelques instants, j'ose enfin :

— Pourquoi tu m'as quittée ?

Il détourne les yeux et plonge son regard quelque part au loin. Avant de me répondre, il soupire.

— Sur le coup, ça me semblait être la chose à faire. Mais avec le recul… Je crois que c'était un tout. J'ai pris notre couple pour acquis. Puis tu as perdu ton job, et je te voyais rester tous les jours à la maison, à regarder la télé ou écouter tes podcasts et… Je sais pas, ça m'a foutu un coup, tu vois. Moi je continuais à me tuer au travail dans un boulot qui ne me plaît qu'à moitié. Mais toi, finalement, tu as toujours fait ce que tu voulais. Tu as préféré des jobs précaires, risqués mais épanouissants, à des boulots qui paient bien. Au fond, j'étais juste jaloux je crois. Et plus je m'enlisais là-dedans, moins j'avais l'impression qu'on partageait de choses. Ça m'a pris d'un coup. Comme une sensation d'étranglement. Ça s'est intensifié au fur et à mesure, jusqu'à ce que ça devienne irrespirable.

— Et tu respires mieux, maintenant ?

— Au début, franchement, oui. Tout me paraissait être une sorte de nouveau départ. Nouvel appart, nouvelle routine, nouvelle vie, quoi. Puis, petit à petit, j'ai commencé à voir tout ce qui me manquait, tout ce que je n'avais pas mis dans la balance quand j'ai pris ma décision. Des petites choses qu'on ne voit pas forcément au quotidien, mais qu'on remarque une fois qu'on ne les a plus… Ouais, je sais, je suis hyper cliché mais c'est vraiment ce que j'ai ressenti.

Il pousse un long soupir.

— Je peux seulement imaginer ce que je t'ai fait vivre, et toutes les excuses du monde ne suffiront sans doute pas à tout effacer. Mais j'avais quand même envie de te le dire : je suis désolé. J'ai fait une connerie, et c'est peut-être trop tard pour la réparer, mais je m'en serais voulu toute ma vie de ne pas avoir au moins essayé. Pour nous.

Il tourne la tête et plonge ses yeux dans les miens. Après avoir beaucoup parlé, il est clair qu'il attend une réponse de ma part. Mais que lui dire ? Je suis forcément tourneboulée par ses révélations. Je le crois sincère. Alex n'a de toute façon jamais été un menteur ni un manipulateur. Mais depuis six mois, je me suis efforcée de tourner la page. Et depuis quelque temps… j'ai même entamé une relation (certes, d'une nature encore indéterminée) avec Andrea. Il me semble impossible, aujourd'hui, même dans le cas où j'en aurais envie, de reprendre notre histoire là où nous l'avons laissée. Et puis, lui aussi a peut-être eu des aventures depuis notre rupture. Après tout, il a bien parlé de renouveau, de changement. Je l'ai imaginé si souvent dans les bras d'une autre, à m'en faire pleurer le soir. Je lui en voulais à mort, pour cette supposée relation. Une part de moi a encore envie de savoir ce qu'il en a vraiment été. Pour autant, je ne me sens pas de lui poser frontalement la question, et encore moins d'aborder le sujet « Andrea ». Il y aurait de quoi, sans doute, le faire souffrir à son tour, le rendre jaloux… Mais je ne suis pas comme ça, *nous* n'avons jamais été comme ça. Je ne vais pas commencer aujourd'hui, ça n'aurait pas de sens.

La venue et les confessions d'Alex me touchent, c'est sûr. Cela vaut-il pour autant le coup de redonner une chance à notre histoire ? Ne suis-je pas prête à laisser cette relation derrière moi, une bonne fois pour toutes ? Soudain transie de froid, je resserre mon châle autour de mes épaules. Comment Alex, seulement vêtu de son costume, fait-il pour ne pas frissonner ? J'aimerais être à sa place : ne pas trembler et être certaine de prendre la bonne décision.

Remercier Alex d'être venu, mais lui assurer que c'est bel et bien fini entre eux → vers **CHAPITRE 40** (p. 232)
OU Lui proposer d'entrer se mettre au chaud pour poursuivre la conversation → vers **CHAPITRE 42** (p. 241)

CHAPITRE 42

Lorsque nous entrons dans la maison, j'aperçois Monique quitter le salon et regagner sa chambre. Je ne voudrais pas avoir l'air parano, mais je pense qu'elle nous observait depuis la baie vitrée. Difficile de lui en vouloir : un inconnu vient de débarquer chez elle un 31 décembre à 22 heures passées. Sur la table, je découvre qu'elle a laissé une théière encore fumante de tisane à la verveine. Et deux tasses.

— Tu en veux ? demandé-je à Alex.

Il hoche la tête en se frottant les mains pour se réchauffer. Une fois à l'intérieur, il prend finalement conscience du froid qu'il fait dehors. Pendant quelques minutes, nous buvons en silence. On n'entend que le tic-tac persistant – et un poil stressant – de l'horloge. Maintenant que nous sommes au chaud, j'ai l'impression de retrouver progressivement mes capacités intellectuelles, jusque-là engourdies par le froid. Pourtant, je n'y vois pas plus clair. Ça me paraît totalement irréel qu'Alex soit là, assis à la table de Monique, comme si c'était normal…

Depuis que je suis arrivée ici, j'ai comme dressé une frontière entre ma vie d'avant et ma vie ici. Je n'ai même pas songé à inviter les filles, encore moins ma famille. Dans mon esprit, il s'agit de deux mondes parallèles, coexistants, mais voués à ne jamais se rencontrer. Alors là, me retrouver face à Alex, ça relève carrément de la science-fiction.

Pendant qu'il a le nez plongé dans sa tasse de tisane, je lance vers lui quelques coups d'œil en douce. Je ne sais pas si c'est parce que je ne l'ai pas vu depuis longtemps, ou si c'est parce qu'une partie de moi essayait de se convaincre qu'il était détestable pour avancer, mais… je le trouve très beau. Diablement sexy, même, dans son costume bleu nuit. Je commence à regretter d'avoir bu du vin et du génépi durant le repas avec Monique. La tête me tourne un peu, et l'alcool pourrait altérer quelque peu mon jugement. J'ai peur de dire ou faire quelque chose que je risquerais de regretter…

— Qu'est-ce que tu attends de moi, Alex ?

S'il est venu jusqu'ici, c'est bien pour une raison. Veut-il qu'on se remette ensemble ? Ou vient-il simplement faire amende honorable et me demander pardon ? Il pose sa tasse sur la table, et réfléchit quelques instants.

— Pour être honnête… je ne sais pas trop. Je suis venu sur un coup de tête.

— Décidément, c'est ta spécialité.

Mon ton est plus sec que je ne l'aurais voulu.

— Désolé, soufflé-je après un court silence.

Il balaie me remarque de la main, et ajoute :

— Non, je l'ai mérité, tu as raison. Dans toute cette histoire, je n'ai pas été correct avec toi. Je pense que j'ai envie de rectifier ça, d'abord. De te présenter mes excuses, d'agir avec un peu plus de maturité, et surtout, de considération pour toi.

— Pas mal, lâché-je.

— Et, après, enfin… Je me rends compte de ce que j'ai gâché, de ce que j'ai perdu. S'il y a une chance que notre histoire continue, eh bien, je crois que j'ai envie qu'on la saisisse. Que tu me donnes une seconde chance.

Son regard doux et attristé me transperce. Alors qu'aucun mot ne franchit mes lèvres, Alex approche sa main de la mienne.

Il s'arrête un temps, à quelques millimètres seulement, puis comme je ne bouge pas, il pose sa main sur la mienne. Le contact entre nos peaux me réchauffe instantanément, beaucoup plus vite en tout cas que la tisane. Tout le désir que j'ai pu éprouver pour Alex, tous les souvenirs de nos années d'amour, me reviennent par vagues et me submergent tout à coup. Gênée, je retire vivement ma main comme pour empêcher toutes ces images d'affluer.

— C'est pas si simple, murmuré-je, la voix étranglée.

Je pense à Andrea, mais pour l'instant, je me refuse toujours à l'évoquer. De toute façon, Alex m'a quittée et coupé les ponts, en quoi est-ce que cela le regarde ?

— Tu ne peux pas juste revenir comme ça, comme une fleur et la bouche en cœur, et espérer qu'on va reprendre là où on s'est arrêtés. Là où *tu* nous as arrêtés.

— Je sais, Pauline. Ces dernières années, j'ai trop pris notre couple et notre histoire pour acquis. Si je dois me battre pour que cette histoire se poursuive, si je dois tout reprendre à zéro pour te séduire… je suis prêt à le faire. Parce que je pense que ça vaut le coup.

Il a l'air tellement honnête. Dans ses yeux brille une flamme que je n'avais pas vue depuis longtemps. J'y lis du désir. Il me veut, comme il me voulait au début de notre relation. Un signe de ma part, et il serait capable de me dévêtir et de me prendre là, sur la table du salon, malgré la présence de Monique une ou deux portes plus loin. J'ai soudainement très, *très* chaud. Je ne parviens pas à me souvenir de la dernière fois qu'Alex a eu envie de moi à ce point. C'était sans doute bien longtemps avant notre rupture… Comme un vieux couple, nos derniers ébats étaient sans surprise, quasi mécaniques. La force de l'habitude. Mais nos corps, qui se connaissent par cœur, ne se sont pas touchés depuis plus de six mois. Et malgré toute l'aversion que j'ai pu nourrir pour Alex ces dernières semaines, je sens qu'il m'en faudrait peu pour replonger.

— Tu es heureuse, ici ? demande-t-il le plus naturellement du monde.

— C'est compliqué, éludé-je. Je me redécouvre, je découvre de nouvelles choses… un nouvel environnement.

J'arrête là ma réponse avant de trahir la place d'Andrea dans ma vie. D'autant que je ne sais pas moi-même comment définir notre relation. Plan cul ? Couple ? Je ne sais toujours pas ce qu'il est pour moi, et moins encore ce que je représente à ses yeux.

— Qu'est-ce qui t'a poussée à changer de vie à ce point ? m'interroge-t-il. J'ai toujours pensé que tu étais faite pour la vie citadine.

Il est sérieux ? Genre… notre séparation et le fait que je sois au chômage me semblent être deux raisons *largement* suffisantes pour quitter Paris. Enfin, malgré tout, je comprends ce qu'il entend par là.

— Un peu comme toi. Une soudaine envie de changement. Le hasard, un peu, aussi. Et puis, mes parents…

— Ça ne s'est pas arrangé ?

— C'est encore pire. Ils m'ont limite harcelée pour que je m'installe chez eux, et ils n'ont pas du tout apprécié que je ne rentre pas au Mans pour les fêtes…

Alex me lance un regard désolé. Je sais qu'au fond de lui, il pense que tout ça est sa faute. Si j'ai pu le blâmer pour beaucoup de choses ces six derniers mois, les coups bas de mes parents, en réalité, sont uniquement de leur fait. Si nous étions restés ensemble, Alex et moi, ils auraient sans doute trouvé autre chose : « Et pourquoi vous ne vous mariez pas ? Et quand est-ce que vous nous faites un petit-enfant ? »

— Mais la vie au grand air, ça te plaît, alors ?

Je hausse les épaules.

— Ça a ses avantages et ses inconvénients. Le cadre et la qualité de vie sont incroyables, j'ai l'impression de prendre plus le temps d'apprécier certaines choses… Après, pour sortir, c'est une autre histoire. Il n'y a pas grand-monde dans le coin, et des jeunes encore moins.

Alex m'écoute attentivement, l'air pensif.

— Ça fait envie, souffle-t-il.

Je ne réponds rien, alors il poursuit :

— Ça pourrait être une idée de nouveau départ. Peut-être que Paris, finalement, ce n'était pas pour nous. J'ai toujours cru que c'était inenvisageable pour toi, de quitter Paris, de quitter la ville pour vivre à la campagne. Et pourtant… je te retrouve là, dans un tout petit village, l'air plus épanouie et plus belle que jamais !

Je sens mes joues s'empourprer. Est-ce que ça pourrait être aussi facile ? Changer d'air pour retrouver la passion perdue ? Quitter Paris, acheter une maison à rénover, avec un grand terrain, prendre un chien et passer les dimanches à parcourir les sentiers ou les vignes ? C'est vrai qu'en me projetant un peu… c'est une vision qui me plaît. Avec Alex, on a été heureux. Cette séparation, c'est lui qui l'a voulue. Moi, je l'ai acceptée, et en partie digérée, parce que je n'avais pas le choix. Mais d'aussi loin que je me souvienne, je me voyais finir ma vie auprès de cet homme. Quand il est parti, je l'aimais encore. Cela a-t-il réellement changé ? Ne me suis-je pas persuadée que je ne l'aimais plus, que je ne le désirais plus, seulement parce que tout semblait fini ? Est-ce que la Pauline d'il y a six mois n'aurait pas tout donné pour récupérer Alex, même après une si longue attente ? Les minutes passent et, je ne parviens toujours pas à faire le tri dans l'imbroglio de mes sentiments et de mes émotions. Tout ce que je sais, c'est que mes poils se dressent lorsqu'Alex murmure quelque chose. Mon bas-ventre s'affole lorsque sa peau entre en contact avec la mienne. Mon cœur a des ratés lorsque nos regards se croisent. La connexion entre nos deux corps existe toujours et, à en croire les agissements d'Alex, il ne tient qu'à moi de les réunir à nouveau.

Le silence est retombé dans le salon. Mon cœur bat si vite et si fort que je n'entends plus l'horloge. Seulement mon propre rythme cardiaque, et nos respirations légèrement saccadées. Je ne m'en étais pas rendu compte, mais nous sommes si proches maintenant au-dessus de la table. Nos visages ne sont plus qu'à quelques centimètres. Alex dévore mes lèvres des yeux. Il approche sa bouche avec prudence…

Repousser Alex et lui demander de partir
→ vers **CHAPITRE 40** (p. 232)
OU Céder au désir et l'embrasser
→ vers **CHAPITRE 43** (p. 247)

CHAPITRE 43

J'hésite quelques fractions de seconde, puis j'efface de moi-même la distance entre nous pour coller mes lèvres contre les siennes. Quelle sensation étrange que ce premier baiser depuis des mois… C'est comme rentrer à la maison après une grande absence. Tout est pareil, mais quelque chose a changé. Nous avons changé. Je ne me souviens même plus de la dernière fois que nous avons échangé un baiser si passionné. Alex, d'abord hésitant, ne sait pas trop quoi faire de son corps et de ses mains. Je fais glisser ma chaise pour me rapprocher de lui et passer mes mains sur son visage, son cou, et redécouvrir cette peau que j'ai si souvent explorée. Mes caresses semblent lui redonner de l'allant. Il cale une main sur ma hanche et laisse l'autre effleurer plusieurs fois ma poitrine. Mes tétons se dressent sous le contact de ses doigts experts. Désormais entreprenant, Alex laisse sa main redescendre et se glisser sous ma robe. Alors que ses doigts remontent mon collant le long de ma cuisse, je l'arrête :

— Pas ici, murmuré-je. Elle pourrait nous surprendre.

D'un geste de la tête, j'indique la direction de la chambre de Monique. Je prends la main d'Alex et me lève, l'entraînant à ma suite vers mes quartiers au rez-de-chaussée. Je retombe en adolescence, à l'époque de nos premières fois, lorsque nous devions cacher nos ébats à nos parents. L'excitation des premiers émois me prend aux tripes et me voilà tout à fait consumée de désir.

Une fois dans la chambre, je décide de mener la danse. Alex m'a fait la surprise de venir jusqu'ici pour raviver une flamme que nous pensions éteinte, à moi de le surprendre à mon tour en le faisant brûler de plaisir. Je le pousse dos sur le lit et m'installe à califourchon sur lui. Je l'embrasse, le touche, le caresse et le lèche à lui en faire perdre la tête. Mais Alex n'est pas en reste. C'est comme si, à travers cette nuit d'amour, il cherchait à me convaincre qu'il a vraiment changé et qu'il est vraiment prêt à tout pour me reconquérir. Pendant ces quelques heures à nous faire jouir l'un l'autre, c'est comme s'il traduisait en actes ses belles paroles du soir. Et à en juger par mon rythme cardiaque, mon souffle court et mes nombreux gémissements : ça n'est absolument pas pour me déplaire. Ma nuit de repos avant le travail va sans doute être courte, mais je m'en fiche. Je veux seulement profiter de l'instant présent. De ce délicieux corps-à-corps retrouvé. Le sommeil et le lendemain peuvent attendre.

J'ai l'impression que je viens tout juste de poser ma tête sur l'oreiller lorsque mon portable se met à vibrer comme un forcené contre le bois de ma table de nuit. Je peste – en silence, pour ne pas déranger Alex qui dort – et attrape mon téléphone. L'écran indique clairement qu'Andrea essaie de m'appeler. Il est à peine quatre heures du matin. Je ne suis pas attendue au travail avant au moins trois heures, qu'est-ce qui lui prend ? Dans mon dos, je sens le corps d'Alex bouger dans son sommeil. Tout à coup, je suis envahie de gêne. Alex, Andrea… L'association ne fonctionne pas. Je réalise soudain ce que j'ai fait – c'est-à-dire, quand même, tromper Andrea, même si nous n'avons jamais vraiment discuté les termes de notre relation. Dès lors, je me vois mal décrocher et lui parler, alors qu'Alex est encore allongé, complètement nu, à côté de moi. Mais s'il essaie de me joindre à cette heure-là, c'est peut-être important.

Décrocher → vers **CHAPITRE 56** (p. 312)
OU Raccrocher et mettre le téléphone en mode silencieux → vers **CHAPITRE 57** (p. 317)

CHAPITRE 44

Anxieuse, je me rends jusqu'à la chambre de Monique. Une fois sur le seuil, je marque une pause et inspire un grand coup. Connaissant l'octogénaire, elle risque de ne vraiment pas apprécier que je vienne la tirer du lit. Encore moins à une heure aussi incongrue. Mais je n'ai pas vraiment d'autre choix. Je souffle, et je tapote du poing contre la porte.

Monique ne doit pas avoir le sommeil très lourd, car quelques coups suffisent à la faire se lever en maugréant. Sa voix me parvient avant même qu'elle n'ouvre la porte :

— Tu as intérêt à avoir une bonne raison de faire ça !

Elle s'arrête net quand elle voit mon visage.

— Doux Jésus, est-ce que quelqu'un est mort ? C'est ton ami ?!

J'ouvre grand les yeux avant de retrouver mes esprits :

— Non, non, tout le monde est en vie… Alex va bien. Je crois.

— Qu'y a-t-il de si urgent, alors ? Je te préviens, si tu cherches une épaule pour pleurer, je ne suis pas la personne la mieux placée pour ça ! Les histoires de cœur des autres… ça ne m'intéresse guère.

— Non, non rien à voir. C'est à propos de la pâtisserie.

— À quatre heures du matin ?!

— C'est Andrea, expliqué-je. Il est coincé sur la route à mi-chemin entre chez ses parents et ici, soit assez loin de ce que j'ai compris.

— En effet, ses parents n'habitent pas tout près. Mais je ne vois toujours pas en quoi ça me regarde ?

— Il ne va pas pouvoir arriver à temps pour honorer toutes les commandes ! Alors il veut que m'en occupe à sa place. Le plus tôt possible.

Elle marque un temps d'arrêt, puis semble finalement saisir l'enjeu.

— Je comprends mieux. Bon, va donc t'habiller, je te retrouve au salon dans dix minutes, d'accord ?

Il n'y a pas à dire, malgré son humeur parfois massacrante, quand il s'agit de m'aider, Monique répond toujours présente. Je ne le montre pas, mais je suis très touchée par sa sollicitude.

Nous prenons la voiture et arrivons sur place moins d'un quart d'heure plus tard. J'inspecte les lieux avec minutie, quoiqu'assez rapidement. Tout me semble normal. Aucune trace d'un quelconque sabotage.

— Qu'est-ce que tu fabriques ? me demande finalement Monique. Je ne crois pas qu'on ait le temps de traînasser !

Je me hâte de la rejoindre dans la cuisine. Je n'ai pas envie de l'inquiéter avec cette histoire de sabotage potentiel. Et puis, elle a raison : nous avons du pain – ou plutôt, des bûches – sur la planche !

Une fois devant l'îlot central, je suis complètement démunie. D'habitude, Andrea me dit quoi faire, ou me laisse une note à la place. Aujourd'hui, je n'ai rien, sinon la liste des commandes à terminer. Je découvre également avec horreur que tous les appareils pour les bûches ne sont pas prêts. Moi qui avais imaginé n'avoir que le montage à faire ! Mais non, Andrea aime que ses créations soient le plus fraîches possible pour ses clients, aussi prépare-t-il la pâte le plus tard possible. C'est bien ma veine…

Monique, qui a remarqué mon désarroi, vole encore à ma rescousse.

— Il faut simplement bien s'organiser, m'assure-t-elle en me tapotant l'épaule. Les appareils, ce n'est pas forcément compliqué à faire. Il suffit de mélanger les bonnes quantités d'ingrédients. Tu devrais pouvoir t'en sortir, non ?

Je hoche la tête en me pinçant les lèvres pour ne pas me laisser submerger par l'émotion et me mettre à pleurer.

— Je vais te sortir tous les ingrédients dont tu as besoin, et pendant que tu t'occupes des préparations, je commencerai le montage. Tu verras, Andrea sera on ne peut plus fier de ton travail !

Complètement perdue, je bénis Monique et son tempérament directif, trop heureuse que quelqu'un prenne les décisions à ma place. Obéissante, je parcours avec attention la recette d'une de nos bûches signatures – sobrement intitulée « La Lavergne » – pendant que Monique dispose sur le plan de travail les ingrédients nécessaires. J'ai si peu dormi que mes yeux me démangent. Pour éviter de faire une bêtise, je vérifie mille et une fois les ingrédients et les quantités. Si bien qu'au bout d'un certain temps, j'ai l'impression que les lettres et les chiffres se mélangent et dansent devant mes yeux.

— Tu devrais t'accorder une pause, m'enjoint Monique.

Elle est occupée au montage des bûches trois chocolats. Un véritable travail d'artiste. Les clients n'y verront que du feu. Je m'autorise à souffler un peu et me passe de l'eau sur le visage, autant pour me rafraîchir que pour me réveiller. La journée va être encore longue, alors je dois me ressaisir et faire disparaître cette impression qu'un camion-benne est en train de me rouler dessus.

La matinée avance bien, et la production aussi. Passé les premiers moments de panique, j'ai réussi à me mettre dans le bain et à trouver mon rythme grâce aux conseils de Monique. Ma logeuse est rentrée chez elle pour éviter qu'Anne-Fleur ou Sébastien ne la croisent en arrivant. J'ai reçu un message d'Andrea, il y a déjà plus d'une heure, me disant qu'il faisait son maximum pour arriver au plus vite. Il n'est toujours pas là, mais je ne m'inquiète pas. Si sa voiture a vraiment été sabotée, alors il a peut-être eu besoin de faire un constat avant de pouvoir repartir. Un jour férié, cela peut prendre encore plus de temps que d'habitude.

Quand Anne-Fleur arrive, elle vient tout de suite me voir en cuisine. Elle sait pour le problème mécanique d'Andrea.

— C'est vraiment la tuile, commente-t-elle.

Comme elle n'a pas l'air au courant de la théorie d'Andrea sur cette soudaine panne, je préfère ne pas en parler. J'adore ma jeune collègue, mais je commence aussi à bien la connaître : elle parle beaucoup et c'est le genre de rumeur qui se répand comme une traînée de poudre. Et je sais que cela déplairait à Andrea par-dessus tout. Ce qui compte, pour lui, c'est de maintenir la réputation prestigieuse de la Maison. C'est pour ça que malgré les lettres, il ne parle jamais des menaces qu'il reçoit, car il ne veut pas entacher l'image de la pâtisserie qu'il vient de reprendre. Nous nous remettons ensuite chacune à notre travail.

À l'heure où je suis censée rejoindre Anne-Fleur à mon poste de vendeuse, les commandes sont presque toutes prêtes. Il en reste encore quelques-unes, mais les clients ne viendront les chercher qu'en fin d'après-midi ou bien demain. Je pense qu'Andrea pourra s'en occuper aussitôt qu'il arrivera. Il ne devrait d'ailleurs plus tarder. Je m'étonne quand même qu'il ne soit toujours pas là… A-t-il pu lui arriver quelque chose ?

Exténuée par ma matinée, je ne suis pas certaine d'avoir la force de rejoindre Anne-Fleur derrière le comptoir. Pourtant, il va bien falloir ! J'ai juste besoin de souffler un peu. Si je prends un petit quart d'heure pour ranger la cuisine, ça permettra sans doute à la pression de retomber un peu.

Retrouver son poste de vendeuse auprès d'Anne-Fleur → vers **CHAPITRE 46** (p. 259)

OU Ranger la cuisine avant de rejoindre Anne-Fleur au comptoir → vers **CHAPITRE 47** (p. 262)

CHAPITRE 45

Je fais une toilette de chat et m'habille en vitesse pour perdre le moins de temps possible. Pour éviter une fringale en milieu de matinée, je décide de monter au salon attraper une pomme. À ma grande surprise, la lumière est allumée, et je tombe nez à nez avec Monique en robe de chambre.

— Qu'est-ce que tu fabriques ici à cette heure-là ? Tu n'es toujours pas couchée ? Ton ami est encore ici ?

Je réponds à la va-vite, et seulement à une partie de ses questions :

— Je venais juste chercher une pomme, je dois aller au travail.

Monique fronce les sourcils et lance un regard vers l'horloge.

— À quatre heures du matin ? Je croyais que tu commençais à sept heures.

— C'est ce qui était prévu, oui. Mais Andrea a eu un problème, et il ne pourra pas être là à l'heure. Je dois le remplacer.

L'octogénaire me toise de haut en bas.

— Toi ? Tu vas devoir préparer toutes les commandes ?

— C'est l'idée, soupiré-je.

— Laisse-moi dix minutes, et je t'accompagne ! déclare-t-elle.

— Pardon ?

— Je ne veux pas te froisser, ma grande, mais je ne pense pas que tu sois capable de gérer toutes ces commandes toute seule.

Un brin vexée, je m'apprête à rétorquer quelque chose, lorsque je réalise qu'elle a raison. Savoir que je ne serai pas seule dans cette mission m'enlève une partie du poids que j'ai sur les épaules. Je respire tout de suite un peu mieux.

Nous prenons la voiture et arrivons sur place moins d'un quart d'heure plus tard. J'inspecte les lieux avec minutie, quoiqu'assez rapidement. Tout me semble normal. Aucune trace d'un quelconque sabotage.

— Qu'est-ce que tu fabriques ? me demande finalement Monique. Je ne crois pas qu'on ait le temps de traînasser !

Je me hâte de la rejoindre dans la cuisine. Je n'ai pas envie de l'inquiéter avec cette histoire de sabotage potentiel. Et puis, elle a raison : nous avons du pain – ou plutôt, des bûches – sur la planche !

Une fois devant l'îlot central, je suis complètement démunie. D'habitude, Andrea me laisse des instructions, orales ou écrites. Aujourd'hui, évidemment, je n'ai rien, sinon la liste des commandes à terminer. Et pour couronner le tout, tous les appareils n'ont pas été préparés en avance. Pauvre de moi ! Je m'étais imaginé n'avoir que le montage à faire ! Mais non, Andrea aime que ses créations soient le plus fraîches possible pour ses clients, aussi prépare-t-il la pâte le plus tard possible. C'est bien ma veine…

Monique, comme bien souvent, anticipe mes besoins et me vient en aide :

— Il faut simplement bien s'organiser, m'assure-t-elle en me tapotant l'épaule. Les appareils, ce n'est pas forcément compliqué à faire. Il suffit de mélanger les bonnes quantités d'ingrédients. Tu devrais pouvoir t'en sortir, non ?

Je hoche la tête, en me pinçant les lèvres pour ne pas me laisser submerger par l'émotion et me mettre à pleurer.

— Je vais te sortir tous les ingrédients dont tu as besoin, et pendant que tu t'occupes des préparations, je commencerai le montage. Tu verras, Andrea sera on ne peut plus fier de ton travail !

Complètement perdue, je bénis Monique et son tempérament directif, trop heureuse que quelqu'un prenne les décisions à ma place. Obéissante, je parcours avec attention la recette de la bûche « Lavergne » pendant que Monique dispose sur le plan de travail les ingrédients nécessaires. J'ai si peu dormi que mes yeux me démangent. Pour éviter de faire une bêtise, je vérifie mille et une fois le ingrédients et les quantités. Si bien qu'au bout d'un certain temps, j'ai l'impression que les lettres et les chiffres se mélangent.

— Tu devrais t'accorder une pause, m'enjoint Monique.

Elle est occupée au montage des bûches trois chocolats. Un véritable travail d'artiste. Les clients n'y verront que du feu. Je m'autorise à souffler un peu et me passe de l'eau sur le visage, autant pour me rafraîchir que pour me réveiller. La journée va être encore longue, alors je dois me ressaisir et faire disparaître cette impression qu'un camion-benne est en train de me rouler dessus.

La matinée avance bien, et la production aussi. Passé les premiers moments de panique, j'ai réussi à me mettre dans le bain et à trouver mon rythme grâce aux conseils de Monique. Ma logeuse est rentrée chez elle pour éviter qu'Anne-Fleur ou même Sébastien ne la croisent en arrivant. J'ai reçu un message d'Andrea, il y a déjà plus d'une heure, me disant qu'il faisait son maximum pour arriver au plus vite. Il n'est toujours pas là, mais je ne m'inquiète pas. Si sa voiture a vraiment été sabotée, alors il a peut-être eu besoin de faire un constat avant de pouvoir repartir. Un jour férié, cela peut prendre encore plus de temps que d'habitude.

Quand Anne-Fleur arrive, elle vient tout de suite me voir en cuisine. Elle sait pour le problème mécanique d'Andrea.

— C'est vraiment la tuile, commente-t-elle.

Comme elle n'a pas l'air au courant de la théorie d'Andrea sur cette soudaine panne, je préfère ne pas en parler. J'adore ma jeune collègue, mais je commence aussi à trop bien la connaître : elle parle beaucoup et c'est le genre de rumeur qui se répand comme une traînée de poudre. Et je sais que cela déplairait à Andrea par-dessus tout. Ce qui compte, pour lui, c'est de maintenir la réputation prestigieuse de la Maison. C'est pour ça que malgré les lettres, il ne parle jamais des menaces qu'il reçoit, car il ne veut pas entacher l'image de la pâtisserie qu'il vient de reprendre. Nous nous remettons ensuite chacune à notre travail.

À l'heure où je suis censée rejoindre Anne-Fleur à mon poste de vendeuse, les commandes sont presque toutes prêtes. Il en reste encore quelques-unes, mais les clients ne viendront les chercher qu'en fin d'après-midi ou bien demain. Je pense qu'Andrea pourra s'en occuper aussitôt qu'il arrivera. Il ne devrait d'ailleurs plus tarder. Je m'étonne quand même qu'il ne soit toujours pas là… A-t-il pu lui arriver quelque chose ?

Exténuée par ma matinée, je ne suis pas certaine d'avoir la force de rejoindre Anne-Fleur derrière le comptoir. Pourtant, il va bien falloir ! J'ai juste besoin de souffler un peu. Si je prends un petit quart d'heure pour ranger la cuisine, ça permettra sans doute à la pression de retomber un peu.

Retrouver son poste de vendeuse auprès d'Anne-Fleur → vers **CHAPITRE 46** (p. 259)

OU Ranger la cuisine avant de rejoindre Anne-Fleur au comptoir → vers **CHAPITRE 47** (p. 262)

CHAPITRE 46

Je prends sur moi pour rejoindre rapidement Anne-Fleur à mon poste.

— Tout est déjà prêt ? me demande-t-elle.

— Pas tout à fait. Il reste quelques commandes à préparer, mais elles ne seront pas récupérées avant cet après-midi ou demain.

— D'accord. Tu fais bien de me rejoindre en tout cas, les gens commencent à affluer en masse. On approche 11 heures, et ça va bientôt être la folie, vu tous les cartons que tu as remplis.

J'ouvre l'un des frigos et contemple la masse des commandes. Il est plein à craquer, presque plus encore qu'à Noël. Ça me donne le tournis lorsque j'imagine le nombre de personnes qu'il va falloir servir avant de tout écouler.

— Tu as eu des nouvelles d'Andrea ? me demande-t-elle finalement.

— Pas depuis au moins une heure, et toi ?

— Pareil. C'est bizarre, non ?

— Il a peut-être de la paperasse à signer avant de pouvoir repartir. Ou alors il a attendu très longtemps la dépanneuse… Tu sais, les jours fériés, à part dans nos métiers, tout est un peu à l'arrêt !

Elle affiche un demi-sourire. Je sens qu'elle n'est pas rassurée, mais je ne veux toujours pas lui parler du sabotage que suspecte Andrea. Ça ne sert à rien de l'effrayer pour rien. Toutefois, je suis moi aussi inquiète. Par deux fois, il m'a assuré qu'il n'en aurait plus pour très longtemps. Qu'est-ce qui peut le retenir à ce point ? La cloche de la porte d'entrée me tire de mes pensées.

Anne-Fleur ne s'était pas trompée. Assez rapidement, les clients débarquent en nombre dans la pâtisserie. Le coup de feu est l'un des moments que je crains le plus en temps normal. Il faut que je sois attentive pour ne pas me tromper de commande, et faire attention à chacun de mes gestes pour ne pas laisser échapper malencontreusement tout un carton de pâtisseries, comme cela m'est déjà arrivé plusieurs fois à mes débuts. Alors forcément, un jour comme celui-là, c'est dix fois pire. Les clients arrivent presque tous en même temps, et bien sûr, sont tous plus pressés les uns que les autres. Dans le feu de l'action, au moins, je ne repense pas à Alex et à tout ce que sa venue pourrait changer. Je n'ai d'yeux que pour les commandes.

Maintenant que je suis là depuis un moment, la plupart des habitués de la pâtisserie me connaissent, et nous échangeons généralement quelques banalités. Ça m'est particulièrement difficile aujourd'hui alors que je suis fatiguée et stressée et que je ne rêve que de m'asseoir quelques minutes. J'essaie de ne pas montrer mon agacement ni mon empressement. Heureusement, comme la plupart d'entre eux sont attendus pour déjeuner, personne ne s'attarde plus que de raison pour discuter. De mon côté, je m'arrête parfois quelques secondes face au frigo ouvert pour profiter un peu de sa fraîcheur. Car depuis ce matin, je n'arrête pas de courir, et malgré le froid glacial dehors, je suis en nage. Je passe souvent aux toilettes pour m'éponger le front, ce qui me fait perdre une énergie précieuse. Ma journée de congé de demain va faire du bien ! Je suis tellement fatiguée que je pourrais la passer à dormir !

Finalement, un peu avant 13 h 30, les clients se font plus rares. Andrea, en revanche, n'est toujours pas là. Je commence à paniquer : si ça continue, je vais devoir retourner aux fourneaux – et complètement seule, cette fois – sinon les dernières commandes ne seront jamais prêtes !

— À quelle heure on devrait appeler la police, à ton avis ? demande Anne-Fleur en jetant un coup d'œil vers l'horloge.

Habituellement, ce genre de remarque me ferait rire, mais aujourd'hui, elle me fait plutôt frissonner.

— Il est peut-être arrivé quelque chose de grave… Je vais essayer de l'appeler.

Je dégaine mon téléphone et cherche Andrea dans ma liste de contacts récents. Son portable sonne occupé. Une voix robotique m'indique que sa messagerie est pleine et je ne peux malheureusement pas lui laisser de message. Ça, c'est vraiment bizarre…

— Sa boîte vocale est pleine, soufflé-je en me rapprochant de ma jeune collègue.

Elle croise les bras dans une moue préoccupée.

— Pas très rassurant, lâche-t-elle à son tour.

Aucune de nous n'ajoute quoi que ce soit et c'est la porte de la pâtisserie qui s'ouvre qui me sort de mes pensées.

Andrea entre en trombe, et le moins qu'on puisse dire, c'est qu'il a l'air complètement hors de lui.

→ vers **CHAPITRE 48** (p. 265)

CHAPITRE 47

Je décide de souffler un peu en m'attelant au rangement de la cuisine, et notamment des ingrédients que j'ai utilisés pour mes préparations. Mais ce n'est pas aussi simple que j'aurais pu le penser ! La Maison Lavergne est engagée depuis quelque temps dans une démarche écologique de réduction des déchets et des emballages. Si bien que la quasi-totalité des ingrédients sont stockés dans des bocaux en verre de tailles diverses, grossièrement étiquetés. Je suis un peu étonnée qu'un même ingrédient ne soit pas rangé uniquement dans des bocaux de même taille, si bien que je dois parfois m'y reprendre à plusieurs fois pour trouver le bon. Il faudra peut-être que je touche deux mots à Andrea sur son système de rangement, car il ne me paraît pas vraiment optimal ! Je viens tout juste de finir, quand Anne-Fleur déboule dans la cuisine :

— Pauline, est-ce que tu es dispo ? J'aurais bien besoin de toi avec les clients, parce que là, je ne peux pas gérer toute seule, et les gens commencent à s'impatienter. Certains attendent depuis bientôt un quart d'heure… pour récupérer juste une boîte en carton, c'est carrément trop long.

Je défais à la hâte les boutons de ma veste de cuisine et enfile aussi vite mon tablier. Dans la salle, de l'autre côté du comptoir, c'est effectivement le branle-bas de combat. Je ne savais pas qu'on pouvait faire tenir autant de personnes dans un si petit espace ! À en juger par leurs regards, certains, en effet, commencent à s'impatienter. Je me retrousse les manches pour venir en aide à Anne-Fleur et suis étonnée de voir que les frigos sont toujours pleins. Le flux de clients n'est sans doute pas près de s'arrêter… J'essaie de ne pas y penser, et reste concentrée pour ne pas intervertir les commandes ou – pire – les faire tomber par terre comme ça m'est déjà arrivé plusieurs fois lors de mes premières semaines à la Maison Lavergne. L'intensité à la boutique ne faiblit pas avant pratiquement 13 h 30. Complètement épuisée par ma longue matinée de travail, je passe au vestiaire pour m'éponger le front et me passer de l'eau sur le visage.

— C'était sport, ce matin, dis donc ! s'exclame Anne-Fleur en me rejoignant. C'était déjà comme ça la semaine dernière ?

— C'était mieux réparti entre le 24 et le 25, il me semble… là c'est à croire qu'ils se sont tous passé le mot !

Je tapote la serviette sur mon visage humide. Qu'est-ce que ça me fait du bien ! Je me fais toutefois violence pour ne pas m'asseoir quelques instants sur le banc : je ne suis pas certaine de parvenir à me relever ensuite pour retourner travailler si un client arrivait !

— T'as des nouvelles d'Andrea ? m'interroge Anne-Fleur après un court silence.

— Pas depuis un bon moment, avoué-je.

— Moi non plus… Ça commence à devenir inquiétant, non ?

Je hausse les épaules. Je ne veux toujours pas mentionner cette histoire de sabotage potentiel, car de toute façon, ça ne ferait pas avancer le schmilblick. Pour être honnête, je ne suis pas rassurée. Si le chef pâtissier ne débarque pas très vite, alors que les commandes ne sont toujours pas prêtes, je risque de devoir rapidement retourner aux fourneaux – et seule, cette fois. Ce qui ne m'enchante guère. Je ne rêve que d'aller dormir ! Andrea avait pourtant assuré dans ces derniers messages qu'il était en route et qu'il n'en avait plus pour longtemps. Qu'a-t-il bien pu arriver depuis ? Rien de grave, j'espère… De retour au comptoir, je regarde à nouveau l'heure et je pâlis. Autant de retard, ce n'est vraiment pas normal.

— On devrait peut-être essayer de l'appeler ? propose Anne-Fleur.

Je m'exécute.

— C'est occupé… chuchoté-je à ma collègue.

— Laisse un message ? répond-elle sur le même ton.

Je fronce les sourcils.

— Sa boîte vocale est pleine…

— Carrément pas rassurant, estime Anne-Fleur.

Je ravale bruyamment ma salive. Tout ça n'augure vraiment rien de bon… Andrea, bon sang, où es-tu passé ? Ne sachant pas quoi dire à Anne-Fleur, je baisse les yeux et m'adosse au comptoir quelques instants. De son côté, elle retourne checker je ne sais quoi à la caisse. Que vais-je bien pouvoir faire ?

La porte de la pâtisserie s'ouvre soudain avec fracas. Andrea entre en trombe dans la pièce, le visage rouge et les yeux exorbités. Il a l'air absolument hors de lui.

→ vers **CHAPITRE 48** (p. 265)

CHAPITRE 48

J'ai failli ne pas le reconnaître tellement la rage qui l'habite change ses traits. Les yeux hagards, il bouge la tête dans tous les sens, semblant chercher quelque chose. Quand il m'aperçoit, il se fige. Sourcils froncés, sans détourner le regard du mien, il s'adresse à Anne-Fleur :

— Tu peux nous laisser une minute, s'il te plaît ?

La jeune fille ne demande pas son reste et obtempère. Elle attrape son manteau dans le vestiaire, et se faufile rapidement dehors. Andrea ne m'a pas quittée du regard. Pourquoi est-il si énervé ? Et pourquoi toute cette colère a l'air dirigée contre moi ? J'ai fait tout ce qu'il m'a demandé, et même sans doute un peu plus ! (bon, d'accord, surtout grâce à Monique, mais ça, il n'a pas besoin de le savoir…)

— Je viens de passer presque deux heures au téléphone avec des clients. Putain, Pauline, qu'est-ce qui s'est passé ?

Je ne comprends absolument pas de quoi il parle. Quelqu'un aurait-il vu Monique sortir d'ici ? Pourquoi aller la dénoncer à Andrea ? Et pourquoi cela le mettrait-il dans cet état ? Après tout, c'était quand même la pâtisserie de son mari ! Je ne trouve rien à lui répondre et reste les bras ballants et les yeux écarquillés !

— On me dit que les bûches sont gâtées, immangeables ! J'ai demandé quels produits, et il ne s'agissait que de ceux dont la préparation nécessitait des appareils qui n'avaient pas encore été faits. Excuse-moi d'être suspicieux, mais il a bien dû se passer quelque chose !

Alors là, je n'en reviens pas. Je suis sonnée.

— J'ai fait tout ce qu'il fallait, suivi les recettes à la lettre. Vraiment, je ne vois pas comment c'est possible.

Toujours excédé, Andrea se précipite vers un des frigos. Il ouvre une à une les boîtes jusqu'à trouver enfin ce qu'il cherche. Dans un tiroir, il attrape une petite cuillère et entreprend de goûter l'une des bûches que j'ai préparées ce matin, en son absence.

Il manque d'en recracher le contenu sur le comptoir.

— Merde, Pauline, c'est du sel qu'il y a là-dedans, pas du sucre.

C'est pas que je n'ai pas confiance, mais on m'a appris à ne croire que ce que je vois ou, en l'occurrence, goûte. Je prends à mon tour un morceau de la bûche incriminée.

Eh merde.

Il a raison. La bûche est salée, et absolument immangeable. À tel point que ça me donne des haut-le-cœur.

— Comment une telle erreur a pu arriver ? me demande Andrea d'un air grave.

Dans la panique, je me défends comme je peux contre cette attaque que j'estime tout à fait injuste :

— Je sais pas moi, peut-être que c'est à cause de tes putains de bocaux qui sont tous les mêmes, avec tes minuscules étiquettes à moitié effacées quand elles ne sont pas carrément décollées !

— Mais enfin, Pauline ! C'est la base de notre métier, merde ! Quand on a de l'expérience, on sait faire la différence entre du sucre et du sel, rien qu'à l'œil, à l'odeur, au poids, je sais pas moi. Qu'on puisse faire cette erreur pendant son CAP, je peux le comprendre, mais là ?! C'est quoi ces conneries !

Pendant qu'il m'assaille de reproches, j'essaie de me repasser le fil de la matinée pour déterminer à quel moment j'ai pu commettre une erreur. C'est vrai que j'étais fatiguée, mais enfin, il m'a semblé avoir vraiment fait attention, justement pour éviter ce genre d'erreur ! Mais entre l'épuisement et les stress, tout a pu arriver… Monique était là, elle aussi, mais il est peu probable que le problème vienne d'elle, d'autant qu'elle ne s'est pas attelée à la préparation des appareils. Elle n'a fait que monter des bûches pour lesquelles, évidemment, il n'y a eu aucun retour négatif. Rien ne sert de la mêler à tout ça. Je ne voudrais pas que le courroux d'Andrea lui retombe dessus, alors que la pauvre n'a fait que m'aider. Comment tout cela a-t-il pu arriver ? Ai-je vraiment pu commettre une erreur aussi grave et stupide sans m'en rendre compte ?

Le regard inquisiteur d'Andrea, qui semble attendre une réponse de ma part, me jette dans un abîme de confusion. Tout à coup, je me sens très lasse de toute cette histoire. Épuisée par tous mes mensonges, depuis le début. Fatiguée d'avoir à faire semblant, tout le temps, d'être quelqu'un que je ne suis pas. Et tout ça pour quoi ? Finalement, je me suis vautrée en beauté, et j'ai mis en péril la crédibilité d'une institution familiale centenaire ! Il est peut-être temps pour moi de me délester enfin de ce secret qui devient chaque jour plus lourd à porter. D'être honnête avec Andrea. De lui dire qui je suis vraiment, c'est-à-dire certainement pas une vendeuse et encore moins une pâtissière, de lui parler peut-être, aussi, d'Alex… De tout mettre à plat et de ne pas m'embourber plus encore dans une situation que visiblement je ne parviens plus à gérer. Mais si je fais cela, j'ai peur de ce qui arrivera. Avouer la vérité, c'est prendre le risque de me faire virer et de mettre un terme à ma belle relation avec Andrea. Je n'aurais d'autre choix que de rentrer la tête basse et le dos voûté chez mes parents, qui après tout m'avaient prévenue que je faisais une erreur. J'aurais dû les écouter.

Je secoue la tête. Je ne suis pas certaine d'être prête à assumer toutes ces conséquences.

Je peux sans doute me battre encore un peu. Prendre la faute sur moi, et espérer que le caractère bienveillant d'Andrea le pousse à me pardonner. Après tout, l'erreur est humaine, non ? Au pire, j'écoperai d'un blâme, mais il ne peut pas me virer comme ça, au premier faux pas, si ? Sachant qu'à la base, j'ai été embauchée comme vendeuse, pas comme pâtissière ! Et puis, je connais la situation de l'entreprise et ses difficultés à recruter. Il ne peut pas vraiment se permettre de me mettre à la porte avant la fin de la saison. Je peux encore m'en sortir. Si je le désire vraiment.

Si Pauline a recalé Alex :
Prendre la faute sur soi → vers **CHAPITRE 49** (p. 269)
OU Avouer qu'elle n'est pas la « vraie » Pauline
→ vers **CHAPITRE 50** (p. 274)

Si Pauline a passé la nuit avec Alex :
Tout avouer → vers **CHAPITRE 58** (p. 326)
OU Prendre la faute sur soi et cacher le reste
→ vers **CHAPITRE 59** (p. 333)

CHAPITRE 49

J'inspire un grand coup, et je me lance :

— Franchement, Andrea, je suis désolée. Je ne sais pas ce qui s'est passé, mais… Ouais, je me suis trompée. Je ne peux pas te dire exactement comment c'est arrivé, je ne me cherche pas d'excuses, mais je suis exténuée et particulièrement sous pression. Je veux dire, tu m'as tirée du lit au milieu de la nuit pour me dire que ta voiture avait été sabotée ! Forcément, ça ne met pas dans de super conditions. Je suis arrivée ici épuisée, j'avoue, je voyais pas forcément très clair et j'ai pu intervertir les ingrédients à un moment donné sans m'en rendre compte. Comprends-moi, je me suis retrouvée à devoir faire toute seule un travail qui n'est pas le mien, et toi qui n'arrivais toujours pas et ne donnais plus de nouvelles… Je suis vraiment désolée que ce soit arrivé aujourd'hui, une journée si importante. J'ai voulu bien faire et, finalement, je me suis plantée. Je suis vraiment désolée. Je ferai ce qu'il faut pour me rattraper, si tu me le permets. Je voulais vraiment pas te décevoir.

Je crois que je n'ai jamais autant prononcé le mot « désolée » de toute ma vie. Andrea s'apprête à répondre quelque chose, mais la porte s'ouvre sur Anne-Fleur, emmitouflée dans sa doudoune.

— Euh, vous avez bientôt fini ou pas ? Non, parce que je me les pèle un peu, là.

Je ne peux réprimer un sourire. Cette gamine est rafraîchissante en toutes circonstances. Andrea, lui, soupire et lui fait signe d'entrer.

— Je t'attends en cuisine, me glisse-t-il avant de partir.

— Qu'est-ce qui s'est passé, alors ? m'interroge Anne-Fleur après avoir ôté son manteau à la va-vite.

— J'ai fait une boulette. Genre une grosse boulette.

— C'est-à-dire ?

C'est à mon tour de soupirer.

— J'ai merdé… Je sais pas comment, mais j'ai mis du sel à la place du sucre dans une des préparations.

Horrifiée, Anne-Fleur va pour porter ses mains à sa bouche quand elle suspend son geste et tente d'afficher une expression plus calme.

— OK, je vois. C'est sûr, c'est… pas ouf. Mais y a pas mort d'homme non plus. Les erreurs, ça peut arriver. Après tout, c'est lui qui t'a laissée seule, non ? Je commence à bien connaître Andrea. Il est énervé mais il est juste sous le coup de l'émotion. Je suis certaine qu'il va finir par se calmer. Ça va s'arranger, souffle-t-elle.

Elle me sourit, puis me prend dans ses bras. Pendant quelques secondes, je me sens un peu mieux.

— Bon, je devrais sans doute y aller avant qu'il ne s'énerve encore plus.

Anne-Fleur acquiesce et nous relâchons notre étreinte. J'entre dans la cuisine en essayant de ne pas trop penser à ce qui m'attend.

Andrea est appuyé contre l'îlot central. Ses traits se sont radoucis, et il a l'air un peu plus serein que tout à l'heure. Je retrouve le visage de l'homme doux et patient que je connais.

Je referme la porte doucement derrière moi, et lui, sans lever les yeux, semble penser tout haut :

— C'est juste que c'est une erreur tellement énorme… Un truc tout bête, carrément évitable, et qui va pourtant faire de gros dégâts. Je me doute que tu ne l'as pas fait exprès, et que ce n'est certainement pas le genre d'erreur que tu referas, mais ça reste difficile à avaler. Quand on voit que tout notre travail tient finalement à si peu de chose.

Je ne l'interromps pas. J'ai beau être un peu vexée par ses remontrances, je sais qu'elles sont en partie justifiées. Plus encore lorsqu'on connaît la vérité et la place importante que tiennent sans doute mes mensonges dans cette erreur. Il continue sa litanie encore un peu, toujours sans me regarder, mais ses reproches semblent se muer en l'expression d'une déception. Je laisse passer la tempête, et le ciel finit par se dégager.

Andrea relève enfin les yeux vers moi. Il m'adresse un léger sourire, se redresse, s'approche, et poursuit :

— Je suis fâché et en colère, mais je te dois aussi des excuses. Je suis désolé d'avoir été absent ce matin et de t'avoir mise en difficulté. J'aurais peut-être dû réfléchir à une autre solution, qui n'aurait pas mis toute la pression sur tes épaules. Ce n'est pas ton rôle. Je suis désolé aussi de la façon dont je t'ai parlé ce matin. Il n'y a rien qui justifie que je sois sorti de mes gonds à ce point. Toute cette histoire… ça commence à me rendre chèvre.

— Tu veux parler des menaces… et des sabotages ?

Je tente la question même si je sais que jusqu'ici, il a toujours fui le sujet.

— Ouais… Pour l'instant, j'estimais que ce n'était rien de grave. Après tout, des lettres vaguement menaçantes, avec des bouts de journaux découpés, franchement, il n'y avait pas de quoi en faire toute une histoire. Mais cette panne de courant il y a quelques mois, et puis cette histoire de voiture. Ça aurait pu être grave ! J'aurais pu avoir un accident sur la route à cause de ça. Et là, c'est une tout autre affaire. Je pensais que ça ne m'atteignait pas plus que ça, mais force est de constater qu'un an avec ça dans un coin de ma tête, ça commence à faire des dégâts.

— Tu es allé voir la police ?

— Non. Pas encore… C'est bête mais, avant d'en arriver là, j'aimerais… je sais pas, trouver moi-même qui est derrière tout ça, j'imagine.

— Tu as une idée ?

— Aucune. Et trop à la fois. Depuis ce matin, j'arrête pas de cogiter, et tout le monde semble être un suspect potentiel !

— Même moi ? demandé-je pour plaisanter.

— Surtout toi ! J'ai cru un moment que tu avais été envoyée par des concurrents pour finir le travail. Que depuis le début, tu étais, je sais pas, une usurpatrice envoyée pour me faire tomber. Ridicule, non ?

— Ouais… carrément ridicule, bafouillé-je gênée.

Ridicule, mais pas si éloigné de la vérité en un sens. Je suis bel et bien une menteuse, même si je n'ai rien à voir avec les menaces et les sabotages.

— Je te jure, lentement mais sûrement, c'est en train de me rendre fou. À la base, moi, je voulais seulement bosser, vivre de ma passion et faire perdurer l'héritage des Lavergne. Je m'attendais à ce qu'être chef d'entreprise ne soit pas de tout repos… mais là, ça dépasse l'entendement, non ? Depuis que j'ai repris la Maison, tout me semble si compliqué. J'ai l'impression de ne rien faire d'autre que régler des problèmes. Tu vois, en lançant cette nouvelle création pour les fêtes, au début, j'étais fier, et finalement… Franchement, je ne prends pratiquement plus aucun plaisir à tout ça. Chaque fois que j'arrive ici, je me demande ce qui m'attend. Une nouvelle lettre ? Une nouvelle démission ? Un nouveau sabotage ? C'est pas vivable…

Il marque une pause, songeur.

— Bref, je me suis laissé emporter tout à l'heure. Encore une fois, je suis désolé que tu en aies fait les frais.

Il réduit un peu l'espace entre nous deux.

— Si je te pardonne, est-ce que tu me pardonnes à ton tour ? demande-t-il.

Comment lui refuser quoi que ce soit quand il me regarde de la sorte ?

— On fait la paix, proposé-je en lui tendant la main.

— On fait la paix, assure-t-il en me la serrant.

Nous restons un instant sans bouger, main dans la main, ses yeux dans les miens. Me voilà rassurée : Andrea mon patron ne va pas me virer, et Andrea mon amant ne va pas me quitter.

— Bon, fait-il enfin. Anne-Fleur et toi pouvez rentrer chez vous, je vais me charger du reste.

— Mais ? Et les commandes ? m'inquiété-je.

— Ne t'en fais pas, je vais gérer comme un grand. Allez, file donc te reposer !

Il dépose un tendre baiser sur mon front, mais je distingue dans son regard un voile d'inquiétude. Une part de moi, alors, ne peut s'empêcher de s'emballer : et s'il décidait que tout ça ne valait plus le coup et décidait de fermer l'établissement ? Je n'y avais jamais songé auparavant, mais tout son discours sur ses difficultés, son manque d'envie croissant… Je ne voudrais pas que l'accumulation des mauvaises nouvelles ne le force à prendre une décision aussi extrême… en partie par ma faute !

→ vers **CHAPITRE 52** (p. 287)

CHAPITRE 50

Je peine à trouver mes mots. Avouer à son employeur qu'on a menti, pas seulement sur son C.V., mais sur son identité, est déjà une épreuve suffisamment difficile en soi. Mais je n'ai pas seulement menti à mon employeur. Mon mensonge s'étend également à ma relation avec Andrea. Même si, le fait que je sois vendeuse ou community manager, que je sois née dans les Hautes-Alpes ou dans la Sarthe, ne fait finalement aucune différence dans notre relation. Mais je sais que cela a joué un rôle. Si je n'ai jamais ouvertement menti sur ma personnalité à Andrea, j'ai volontairement omis certains détails pour ne pas me compromettre sur le plan professionnel. Mon mensonge, ainsi, a infusé l'ensemble de nos rapports, et c'est cela qui me terrifie. L'homme que je connais, je le sais, serait capable de me pardonner d'avoir triché pour obtenir ce job, malgré ce que ça lui coûte aujourd'hui. Ça prendrait du temps, mais je crois que ça finirait par arriver. Mais sur le plan personnel… qu'on se le dise personne n'aime partager son lit et son intimité avec quelqu'un qui vous a menti. Comment continuer à faire confiance ? Andrea serait donc tout à fait en droit de prendre tout ça très personnellement, et je ne pourrais pas l'en blâmer. À sa place, comment réagirais-je ?

Je n'ai finalement pas le temps de me lancer. Je suis interrompue par la porte d'entrée qui s'ouvre.

— Vous avez bientôt fini ?

Anne-Fleur, emmitouflée dans sa doudoune, vient de passer une tête par la porte.

— Non, parce qu'il fait vraiment pas chaud, dehors.

— Je suis désolé, se reprend Andrea, entre vite.

Il lui ouvre grand la porte, puis se dirige vers les cuisines.

— Je crois que cette discussion n'est pas terminée, me souffle-t-il. Retrouve-moi en cuisine.

Anne-Fleur, qui a déjà retiré son manteau, découvre avec étonnement les cartons de commandes quasiment éventrés sur le comptoir.

— Qu'est-ce qui s'est passé ici ? s'inquiète-t-elle.

— J'ai fait une boulette. Une grosse boulette.

— C'est-à-dire ?

— Oh mon Dieu, Anne-Fleur, si tu savais !

Je craque et me mets à pleurer. Je crois que ce sont les nerfs et la perspective de devoir avouer mon mensonge qui commencent à m'atteindre. Je suis mentalement épuisée. Ma jeune collègue m'attire contre elle et je repose mollement ma tête sur son épaule.

— Ça ne peut pas être si grave ? murmure-t-elle.

— Oh que si… reniflé-je.

Elle se contente de me garder dans ses bras en me caressant doucement le dos. Je m'arrache de son étreinte avec douleur.

— Il m'attend, annoncé-je en essuyant mes larmes.

— Quoi que tu aies fait, je suis sûre que ça finira par s'arranger. Andrea peut s'énerver parfois, mais ça ne dure jamais longtemps. Ça ira.

Je la remercie et, avant de pénétrer dans la cuisine, je sèche mes larmes du revers de la main. « Ça ira », me répété-je en entrant.

Appuyé contre l'îlot central, Andrea a l'air pensif. Il semble cependant un peu moins hors de lui que quelques minutes auparavant. Ses traits sont moins tendus, et je reconnais davantage le visage rond et habituellement souriant que j'aime tant. Il a même l'air fragile et sa mine contrite me touche. Comment tenir ma résolution et lui avouer la vérité quand je sais que cela pourrait le faire souffrir encore plus ? J'expire un bon coup, et je m'approche. Andrea a toujours les yeux rivés au sol. Incapable de le regarder moi non plus, je m'installe à ses côtés, tout en maintenant une distance raisonnable entre nous.

— J'ai pas été tout à fait honnête avec toi, confessé-je.

Il ne bouge pas. Ne lève même pas les yeux vers moi. C'est comme s'il n'avait même pas remarqué ma présence. J'opte pour une autre stratégie :

— Tu sais comment j'ai été embauchée ? demandé-je.

Après un silence qui me semble interminable, il finit par me répondre, les yeux toujours vissés sur le sol :

— Je sais encore ce qui se passe dans mon établissement. Tu as eu un entretien téléphonique avec Sébastien à la fin de l'été, quasiment la dernière étape pour un recrutement chez nous, mais il t'a préféré un autre candidat. Quand ce candidat a démissionné début novembre, il t'a rappelée pour te proposer le poste en urgence, et tu as accepté.

— Ouais, ça, c'est la version officielle, soufflé-je.

— Comment ça ? Sébastien m'aurait menti ?

Il lève brusquement la tête vers moi et me semble plus suspicieux que jamais. Les divers événements de la matinée semblent l'avoir bien échaudé. Sans doute pas complètement à tort, d'ailleurs.

— Non, non, en soi… Sa version est exacte, c'est juste que… En novembre, Sébastien m'a contactée via LinkedIn. Dans l'urgence, il n'a sans doute pas retrouvé le C.V., le mail, le numéro de téléphone, que sais-je. Il était tard, il avait besoin de quelqu'un le plus vite possible et je crois que dans la précipitation, il n'a pas vraiment été attentif.

— Qu'est-ce que tu me racontes ?

Bon. Ça ne sert à rien d'y aller par quatre chemins. Je me lance :

— Je ne suis pas *la* Pauline Robert avec qui Sébastien a échangé par téléphone lors du premier recrutement. Il s'est planté et moi… Enfin, bref, j'étais dans une période compliquée et j'ai vu ça comme un signe. Donc j'ai accepté le poste.

— Attends, fait-il en agitant les mains. Je ne suis pas certain de comprendre… Tu veux dire que tu portes le même nom et prénom qu'une autre vendeuse de la région ? Et que Sébastien s'est trompé de personne ?

Je secoue la tête :

— Pas vraiment. Ce que je veux dire, c'est que je porte les mêmes nom et prénom qu'une vendeuse de pâtisserie de la région, mais moi… Je ne suis ni vendeuse ni même de la région. Sébastien s'est trompé de personne et je ne l'ai pas corrigé. Je me suis fait passer pour cette autre Pauline Robert pour avoir le poste.

— Attends, attends, attends, répète-t-il en se jetant la tête dans les mains. C'est quoi ton taf à toi alors ?

— Je suis community manager.

— Et tu viens d'où ?

— Du Mans, mais je vivais à Paris depuis des années.

Il se rapproche, une expression hagarde sur le visage, en me dominant de toute sa hauteur.

— Je… Je comprends pas. Pourquoi tu es ici, en fait ?

Il se rapproche plus encore. Son torse est désormais tout près de mon visage. Je suis obligée de lever la tête pour pouvoir soutenir son regard.

— Pourquoi tu es ici ? reprend-il. Ça a un rapport avec les lettres, c'est ça ? Ma voiture, le sel… Même ce qui s'est passé entre nous ? J'avais raison, t'es venue pour faire fermer la Maison, hein ?

M'excuser platement pour mes mensonges à répétition est une chose, mais être injustement accusée de tous les maux, ça, non ! Après tout ce que nous avons partagé… Comment peut-il penser que j'ai quelque chose à voir avec ces foutues menaces ? Comment peut-il penser que mes sentiments n'étaient pas sincères ? Je me redresse à mon tour, bras croisés, pour le toiser et le confronter.

— Mais ça ne va pas bien, non ! Je te l'ai dit, j'étais dans une situation compliquée, et j'ai reçu la proposition de Sébastien comme une chance incroyable de repartir de zéro ! À part avec l'identité de *l'autre* Pauline Robert, je n'ai jamais menti. Je ne *t*'ai jamais menti. Ce qu'on a vécu ensemble, en dehors des heures de travail, c'était pas du chiqué. Tu peux me haïr pour mes mensonges, trouver que ce que j'ai fait est dégueulasse, me virer, mais m'accuser d'avoir voulu volontairement nuire à cet établissement et de t'avoir en plus séduit uniquement dans ce but, alors là, non, je ne te le permets pas !

J'ai lâché tout ça d'une seule traite et je suis persuadée d'être rouge tomate désormais. Je me demande même si je n'ai pas carrément postillonné sur la veste d'Andrea… Quand je croise finalement son regard, je n'arrive pas vraiment à comprendre ce que j'y lis. C'est un mélange d'incompréhension, de déception… et d'amusement, je crois. Las, il se relaisse tomber sur le bord de l'îlot central.

— Je ne m'attendais certainement pas à ça… souffle-t-il.

À mon tour, je m'appuie à côté de lui sur le plan de travail. Beaucoup plus près, cette fois, quelques centimètres seulement séparant nos corps.

— Ouais… Je sais… J'ai fait fort sur le coup. Mes potes et mes parents me trouvent timbrée.

— Est-ce qu'ils ont tort ?

— Hé !

Mouchée, je lui décoche un menu coup de poing dans l'épaule.

— C'est du délire, ajoute-t-il. Tu as accepté un job dont tu ne connaissais rien, juste pour… changer d'air ?

— C'est à peu près ça.

Un sourire se dessine enfin sur son doux visage et son regard est beaucoup plus tendre, désormais, presque rieur. Je suis soulagée de la tournure que prend cette conversation. Il secoue la tête, et soupire :

— Et le CAP, du coup ? J'imagine que tu ne l'as pas non plus ?

— Pas du tout ! Et pour ne rien te cacher, avant de m'installer ici, je n'étais même pas capable de cuisiner quoi que ce soit.

Cette fois, il éclate franchement de rire. Je crois qu'il relâche enfin toute la pression qu'il a accumulée depuis ce matin. Voire depuis des mois.

— Mais comment est-ce que tu as fait alors ? Je veux dire… je t'ai vue à l'œuvre. Ce n'était pas toujours très conventionnel ni assuré, mais enfin… tu sais pâtisser ! Si on omet cette histoire de sel, évidemment. Mais dans l'ensemble, tu t'es bien débrouillée. Je baigne dans ce milieu depuis toujours, et pourtant je n'y ai vu que du feu. Comment c'est possible ? Tu es magicienne, c'est ça ?

— Pas loin, haha.

— Allez, dis-moi ton secret. Tu me dois bien ça, je crois.

Je marque une pause. Depuis le début, la pauvre Monique m'assiste, mais vu le degré de suspicion d'Andrea aujourd'hui, je ne voudrais pas que l'erreur que j'ai commise ce matin finisse par lui retomber sur le dos. Mais dans ce cas, il me faudrait une parade efficace. Je pourrais peut-être lui dire que j'ai regardé des heures et des heures de tutos sur Internet ? Que je me suis entraînée chez Monique – seule dans sa cuisine ? Dois-je être honnête jusqu'au bout, ou essayer de préserver mon alliée, qui n'a rien demandé ?

Raconter comment Monique lui a sauvé la mise
→ vers **CHAPITRE 51** (p. 281)
OU Prétexter des cours intensifs avec un prof en ligne
→ vers **CHAPITRE 52** (p. 287)

CHAPITRE 51

Si je suis honnête, autant l'être jusqu'au bout. Fini les mensonges.

— Quand Sébastien m'a demandé de passer en cuisine, j'ai paniqué… et j'ai demandé à Monique de m'aider. Depuis, elle me donne des cours tous les soirs pour que je n'aie pas l'air trop ridicule ni trop incompétente.

Andrea a l'air un peu surpris, il sourit à nouveau.

— Monique ? Tu lui as dit la vérité ?

— Pas touuuute la vérité. Je lui ai seulement dit que j'avais menti sur mon C.V. pour maximiser mes chances.

— Je suis quand même étonné qu'elle ait accepté de t'aider. Je considère pratiquement Monique comme ma grand-mère, mais il faut avouer que la bienveillance et la douceur, ce ne sont pas forcément les qualités qui me viennent à l'esprit quand je pense à elle !

— Je crois que tu te trompes, argué-je. Elle se donne volontairement des airs un peu rustres et revêches pour qu'on la laisse tranquille, mais au fond, c'est un véritable petit chou à la crème.

Je lui lance un clin d'œil, fière de ma blague vaseuse.

— Je vois que madame est vraiment devenue une experte en pâtisserie !

— Ne te moque pas ! lui intimé-je.

— Désolé, mais c'est quand même un petit peu marrant de t'imaginer prendre des leçons de cuisine tous les soirs pour ne pas avoir à assumer tes mensonges.

— Oui, dit comme ça, c'est sûr, ça a l'air complètement farfelu et un brin immature, j'admets. Mais sur le moment, je t'assure que ça me semblait être la meilleure solution !

Il secoue à nouveau la tête. Puis, il se retourne vers moi. Nos visages sont tout proches.

— Quand même, je ne pensais pas que tu avais cette sorte de… vice en toi. Est-ce qu'il y a d'autres choses que tu me caches ?

Sa question n'est qu'à moitié sérieuse, mais elle me donne un coup de chaud. Je repense à Alex. À ce qu'il a fait hier soir et à ce qui aurait pu se passer si je m'étais laissée aller à la nostalgie. Mais je l'ai renvoyé chez lui, et je n'ai rien à me reprocher de ce côté-là. Mon ex a tenté de me récupérer, mais je n'ai pas donné suite. Andrea a-t-il besoin de le savoir ? Après tout, je suis restée droite dans mes bottes, et bien que nous n'ayons toujours pas « statué » sur la nature de notre relation, je lui suis restée fidèle. Mais j'ai choisi l'honnêteté, alors autant aller jusqu'au bout.

— Si je suis venue ici, c'est en partie pour oublier une rupture douloureuse. Et pour être totalement transparente, mon ex s'est pointé chez Monique hier, mais je l'ai envoyé bouler.

— Ton ex ? bredouille-t-il.

— C'est une longue histoire, que j'aurai le temps de te raconter plus tard, si ça t'intéresse.

Andrea a l'air complètement submergé par le flot d'informations. Il se contente de hausser les épaules, les yeux écarquillés.

— Et dernière des dernières révélations : j'ai laissé Monique entrer dans cette cuisine ce matin, pour m'aider avec la préparation des bûches.

Il semble tout à coup retrouver ses esprits :

— C'est donc pour ça que tu as pu en faire autant ! Vous étiez deux !

— Oui enfin…

Tout à coup, je me fige. En remontant le fil de la matinée, une image me revient en tête. Non, impossible…

— Quoi ?

Le visage d'Andrea redevient grave.

— Non, soufflé-je. Rien… c'est complètement idiot !

— Dis-moi.

J'ai senti des trémolos dans sa voix, comme une poussée d'angoisse.

— C'est probablement stupide, mais… C'est juste que, ce matin, j'étais en totale panique quand on est arrivées en cuisine. Monique a pris les choses en main et a réparti le travail : elle devait s'occuper de monter les bûches pendant que j'avais la charge de préparer les appareils. Mais… je crois me souvenir que c'est elle qui m'a tendu les ingrédients à ce moment-là, pour me faire gagner du temps. Alors, est-ce que…

Je n'ose pas aller au bout de ma pensée. Depuis que je suis arrivée ici, Monique a toujours été un soutien indéfectible pour moi. Elle m'a proposé un logement peu cher à un moment où je croyais me retrouver à la rue, elle m'a prêté une oreille attentive lorsque je n'allais pas bien, et m'a sacrifié ses heures chaque jour pour essayer de m'apprendre à pâtisser et couvrir mes mensonges. Comment imaginer une seule seconde qu'elle ait volontairement interverti les ingrédients ? Je tourne un visage inquiet vers Andrea. Il est devenu livide. Aïe ! Qu'est-ce que je suis allée dire, encore ! Il est tellement parano depuis ce matin, qu'il est sans doute déjà en train de se faire des films. Mais imaginer Monique en corbeau, ça n'a aucun sens ! Cette pâtisserie, son mari y tenait comme à la prunelle de ses yeux. Elle porte encore son nom… C'est l'héritage de sa famille ! Pourquoi aurait-elle voulu la mettre en difficulté ?

— Tu es sûre ? demande Andrea.

— Non, enfin… je veux dire, c'est elle qui a préparé les ingrédients, mais c'est impossible qu'elle ait…

Andrea se lève d'un bond. Je sens la tension monter en lui.

— Je vais la voir, déclare-t-il.

Merde, je ne peux pas le laisser partir. Nous n'avons aucune preuve de ce que j'insinue, après tout ! Je le devance et me glisse entre lui et la porte.

— Attends, Andrea, n'y va pas. Ce ne sont que des suspicions, pour l'instant.

— Si elle a quelque chose à voir dans toute cette histoire, je dois le savoir ! s'écrie-t-il.

— Mais ça n'aurait aucun sens ! Monique est une Lavergne, pourquoi voudrait-elle entacher l'image de la pâtisserie de son mari ?

Andrea soupire et se pince l'arête du nez. Il a l'air d'avoir de nouveau le poids du monde sur ses épaules.

— Je ne sais pas, Pauline, il peut y avoir plein de raisons. Peut-être qu'elle n'a pas apprécié que mon père devienne le propriétaire majoritaire à la mort de Victor, ou quelque chose du genre. Quoi qu'il en soit, j'ai besoin d'en avoir le cœur net.

Je ne bouge pas. Je ne peux clairement pas laisser Andrea voler dans les plumes de Monique. J'aurais mieux fait de me taire !

— Attends, attends, je te propose quelque chose : laisse-moi y aller. Après tout, c'est à cause de moi si Monique s'est retrouvée en cuisine. Et à la base, c'était pour m'aider, je te rappelle.

— On va vérifier un truc.

Andrea m'a à peine écoutée. Il s'éloigne de la porte et se dirige vers les placards. Je le suis. Il ouvre l'étagère où se trouvent les bocaux d'ingrédients, et à la hâte, en saisit certains pour les ouvrir.

— Là. Voilà. Tiens !

Il me tend un bocal et fait glisser un peu de son contenu dans la paume de ma main pour que je goûte.

— Du sel, annoncé-je.

— Regarde.

Il pointe du doigt l'étiquette du bocal. « SUCRE » y est inscrit en lettres capitales.

— L'étiquette est un peu de travers, si je tire un peu… c'est pas très bien collé. Alors je veux bien admettre que certaines étiquettes soient très anciennes, mais bon. Mettre du sel dans un bocal de sucre, ça ne nous est jamais arrivé. L'étiquette a été intentionnellement changée, je pense. Je travaille avec ces bocaux tous les jours, Pauline, et je les vérifie très souvent. Je peux t'assurer que cette *erreur* est récente. C'est peut-être juste un hasard, mais après tout ce qui s'est passé ici cette année, j'ai vraiment beaucoup de mal à croire que ce ne soit pas volontaire. Vous n'étiez que deux ici, ce matin. Alors si ce n'est pas toi…

Sa logique est implacable, et je ne comprends qu'au bout de quelques secondes tout ce que cela implique. Si quelqu'un a interverti cette étiquette avec une autre, ça ne peut être que Monique. En effet, dans un autre placard, nous trouvons un bocal de sucre étiqueté « SEL ». Ça ne fait presque plus aucun doute.

— Je dois lui parler, déclare sèchement Andrea.

Cette fois, c'est la colère qui semble avoir pris le dessus. J'essaie de le convaincre que je dois m'y rendre seule, et promets de le tenir au courant. Mais Andrea n'en démord pas. Il veut absolument confronter l'octogénaire ! D'un côté, je le comprends. Il pense enfin savoir qui est la personne qui le fait tourner en bourrique depuis plus d'un an. D'un autre côté… j'ai l'impression d'avoir trahi Monique, et je crois que je préférerais me rendre seule chez elle avant qu'Andrea ne monte sur ses grands chevaux en l'accusant.

Convaincre Andrea que Pauline doit parler seule avec Monique → vers **CHAPITRE 53** (p. 291)
OU Aller à deux chez Monique → vers **CHAPITRE 54** (p. 299)

CHAPITRE 52

J'arrive chez Monique complètement exténuée. L'octogénaire n'est nulle part à l'étage, et j'ai l'impression qu'elle est absente. Elle a dû se rendre chez l'une de ses copines pour lui souhaiter la nouvelle année. Je suis tellement vidée, que l'idée de descendre les escaliers pour me faire une infusion me donne le tournis. Puisque Monique n'est pas là, je décide d'aller m'en servir une tasse dans sa cuisine. Après tout, si elle m'en a toujours interdit l'accès en son absence, j'y passe finalement toutes mes soirées depuis plusieurs semaines. Elle ne m'en voudra sans doute pas d'y passer quelques minutes de plus pour me préparer un breuvage bien chaud.

Il me faut un peu de temps pour me décider parmi les mille et un parfums que possède Monique dans ses placards. L'odeur de la cannelle emplit bientôt la pièce et me procure une sensation de bien-être. J'ai hâte, après ça, d'aller me coucher.

Avec Anne-Fleur, nous avons été étonnées qu'Andrea nous renvoie si tôt et veuille gérer le reste de la journée seul. Ça me paraît casse-gueule. Une part de moi ne peut s'empêcher de penser que ça ne présage rien de bon. Toutes ces histoires de menaces et de sabotage, ont fini par le miner. J'ai peur qu'il ne prenne une mauvaise décision sous le coup du stress, de la déception ou de la lassitude, et qu'il vende ou ferme l'établissement. J'essaie de me rassurer en me disant que ce n'est pas le genre de décision qui peut se prendre du jour au lendemain. Il y a encore des commandes à honorer jusqu'à la fin de la saison. Jusqu'à la fin de mon contrat.

Jusqu'ici, je ne m'étais pas vraiment posé la question, mais… je me demande ce que je vais faire après l'hiver. Je veux dire, est-ce que je me sens de m'installer ici, de décréter que cette nouvelle vie est désormais ma *vraie* vie ? Je devrais alors continuer à mentir en me faisant passer pour l'autre Pauline Robert, ou bien mettre les choses au point… Dans tous les cas, je ne pourrais pas loger chez Monique éternellement. C'est confortable et pas cher, mais il faudrait que je songe à me trouver un véritable chez-moi si je décide de rester vivre à Saint-Laurent-de-Chambon.

J'en suis là dans mes pensées quand je commence à siroter ma tisane. Pour éviter que Monique ne se rende compte de mon intrusion, je m'approche de la poubelle de recyclables pour y jeter mon sachet. Et là, je suspends mon geste.

Dans la poubelle, outre les déchets qu'on peut s'attendre à trouver dans une cuisine, se trouvent des dizaines de coupures de journaux. Je cligne plusieurs fois des yeux avant de décider quoi faire. Je pose ma tisane et le sachet sur la table, et reviens inspecter le contenu de la poubelle. En examinant le papier, je me rends compte que les journaux ont été découpés en divers endroits. Tantôt des lettres, tantôt des mots entiers. J'examine plusieurs coupures avant que l'information ne monte jusqu'à mon cerveau fatigué.

C'est exactement la méthode utilisée pour rédiger les lettres anonymes que reçoivent certains des employés de la Maison Lavergne. Est-ce qu'il serait possible que… ?

Plein d'images se bousculent dans ma tête. Les journaux de Monique. Ses multiples allers-retours en ville. Les lettres anonymes postées depuis Saint-Laurent même. Monique qui prépare les ingrédients pour moi ce matin, qui aurait tout à fait pu intervertir une étiquette. J'ai beau me convaincre du contraire, ça ne fait plus aucun doute maintenant : Monique est le corbeau, le maître chanteur qui menace depuis des mois la Maison Lavergne et ses employés.

Mais pourquoi ? J'ai beau me creuser la tête, je ne vois pas pour quelle raison Monique pourrait vouloir du mal à cet établissement. Pourquoi chercher à faire fermer une pâtisserie qui porte son nom ? Qui n'est autre que l'héritage de son mari décédé prématurément ? Est-ce qu'elle cherche à oublier ? Je n'arrive pas à trouver de logique à toute cette histoire.

Passé le choc initial, je comprends surtout que je vais devoir faire quelque chose de cette information. Mais quoi ? Est-ce que je devrais attendre Monique pour la confronter seule à seule, voir ce qu'elle a à me dire et aviser ensuite ? Il y a forcément une bonne raison derrière tout ça… Monique a l'air revêche comme ça, mais je sais qu'au fond, c'est un amour. Après tout, c'est elle qui m'aide depuis des semaines, sans rien demander en retour et sans me trahir. Je ne peux pas imaginer qu'elle ait pu s'adonner à cela par pure méchanceté.

Mais je pense aussi à Andrea, qui se fait du mouron depuis des mois et qui a failli perdre les pédales ce matin après cette histoire de voiture sabotée et de pâtisseries gâtées. Si Monique est l'autrice des lettres de menaces, il a sans doute le droit de savoir et d'être mis au courant, le plus tôt possible. Je ne pense pas qu'il irait jusqu'à porter plainte… du moins pas avant d'avoir eu une conversation à cœur ouvert avec Monique, et entendu ses… « motivations ». Mais on ne sait jamais. Après tout, la police est déjà au courant pour les lettres, alors si Andrea voulait la dénoncer, il le pourrait. Surtout avec les preuves que je viens de trouver. Monique, dans tous les cas, va devoir s'expliquer.

Attendre Monique pour la confronter seule
→ vers **CHAPITRE 53** (p. 291)
OU Appeler Andrea pour lui faire part de la découverte
→ vers **CHAPITRE 54** (p. 299)

CHAPITRE 53

Dans le salon, j'attends Monique de pied ferme. Tapotant des doigts sur la table, j'ai du mal à contenir mon impatience. Dans ma tête, ça cogite à 200 à l'heure. J'essaie de me remémorer des événements précis qui pourraient corroborer mes preuves. Qu'est-ce que je n'ai pas vu ? Est-ce que, depuis le début, l'octogénaire se joue de moi ? Ne m'a-t-elle accueillie chez elle que pour pouvoir garder un œil sur ce qui se passait au sein de la Maison Lavergne ? N'ai-je été, depuis le début, qu'un pion dans un jeu auquel je n'entendais rien jusqu'à aujourd'hui ? Comment a-t-elle pu manipuler son monde à ce point ? Je n'arrive pas à comprendre. Pourquoi m'avoir aidée au lieu de me dénoncer, si son seul objectif était de faire fermer la pâtisserie ? Je ne peux pas croire que Monique soit mauvaise à ce point. Il y a forcément une explication logique et rationnelle à tout ça. Peut-être que les apparences jouent seulement contre elle, et qu'elle est innocente. J'essaie de m'en persuader, mais ça ne tient pas debout. Les faits sont là, et il ne sert à rien d'essayer de les nier. Je dois me rendre à l'évidence : Monique n'est en réalité pas celle qu'elle prétend. Puis-je vraiment le lui reprocher ? Moi qui mens à tout le monde depuis mon arrivée ici. Je suis battue à mon propre jeu, on dirait.

Monique arrive enfin.

— Tiens, qu'est-ce que tu fais là ? demande-t-elle en entrant au salon. Tu ne devrais pas être au travail ?

Elle dépose le journal qu'elle tenait sous son bras sur la table basse près de son fauteuil. Je ne la quitte pas des yeux. Elle me regarde avec un air circonspect. Mais j'ai écouté suffisamment de podcasts criminels et vu assez de séries policières pour savoir exactement la façon dont je dois mener cet interrogatoire. Car je ne me leurre pas, c'est exactement ce dont il s'agit à présent. Mon but, c'est de faire avouer Monique. Pour la suite, et les conséquences, on verra plus tard. D'abord, je veux qu'elle avoue, et enfin, qu'elle m'explique pourquoi. Je veux connaître ses motivations. Je sais d'expérience qu'on ne décide pas de tromper tout son monde sans raison. D'une menteuse à une autre, nous avons certainement des choses à nous dire.

— Ça ne va pas ? Tu es malade ? Je te trouve bien pâle.

Avant de lancer ma première offensive, j'attends qu'elle s'asseye autour de la table. Je lui fais un signe en ce sens.

— Tu commences à me faire peur, là ! fait-elle en prenant place.

— Je sais ce que vous cachez, Monique ! déclaré-je.

Je dois me retenir pour ne pas surjouer mon rôle d'enquêtrice. Je prends beaucoup trop de plaisir à ce qui est en train de se passer !

— Qu'est-ce que tu me chantes ?

Mes yeux ne quittent pas les siens, tentative vaine de la déstabiliser, même si Monique n'est pas vraiment du genre impressionnable.

— Tu es sûre que tu n'es pas souffrante ? demande-t-elle. Je peux appeler le médecin de garde.

— Je vais bien, ne vous en faites pas. Mais n'essayez pas de changer de sujet.

— Quel sujet ? s'agace Monique. Tu me donnes des ordres dans ma propre maison, et je ne sais toujours pas ce que tu me veux !

Elle fait celle qui n'a rien à se reprocher, mais je vois bien à son regard fuyant – chose inhabituelle chez elle – que j'ai fait mouche. Je dois la pousser à avouer.

— Je sais ce que vous avez fait, Monique. Et j'aimerais savoir pourquoi.

Elle secoue la tête, passablement irritée.

— Si tu ne me dis pas vite de quoi il retourne, je te préviens, je m'en vais.

Là, je retrouve la Monique que je connais. Et tout à coup, je doute : et si je m'étais complètement fourvoyée depuis le début ? Fini de jouer, cette fois, je vais droit au but :

— C'est vous qui menacez la Maison Lavergne depuis des mois. À coups de lettres et de discrets sabotages.

Comme prévu, ma suspecte commence par nier en bloc :

— Moi ? À mon grand âge ? Alors même que cette pâtisserie est l'œuvre de ma belle-famille ? Tu t'entends, jeune fille ? Tu es tombée sur la tête.

Volontairement, je laisse le silence s'étirer, avant de répondre calmement :

— Ça ne sert à rien de nier, Monique. J'ai des preuves irréfutables.

Elle lance un regard paniqué quoique très bref en direction de la cuisine, avant de se reprendre. Mais je ne lui laisse pas le temps de se débiner.

— Je veux juste savoir ce qui vous a poussée à faire ça. Comme vous venez de le dire, sans ces preuves, je ne vous aurais *jamais* coincée. Et je pense que personne ne vous a jamais suspectée à ce sujet.

Ma logeuse est désormais plongée dans un abîme de réflexion. Dans ses yeux, je peux presque voir les rouages de son cerveau s'agiter. D'abord, j'essaie de ne pas la presser ou la brusquer. Puis, je mets en marche la deuxième partie de mon plan. J'enlève ma casquette d'enquêtrice pour me glisser dans la peau d'une psy :

— Ça vous fera sûrement du bien de vous confier.

Elle expulse un très long et très sonore soupir.

— Eh bien, j'imagine que si tu es au courant, ça ne tardera pas à se savoir. Au moins chez les employés, alors… Autant en terminer.

Elle marque un nouveau temps d'arrêt. Elle sait qu'après cela, il n'y aura plus aucun retour en arrière possible.

— On pourrait penser, lance-t-elle finalement, que je voue un culte, ou tout au moins que j'aie un profond respect pour la Maison Lavergne. Mais en réalité, ce n'est pas tout à fait le cas. Quand j'ai rencontré Victor, et que nous nous sommes mariés alors que nous étions encore très jeunes, nous avions un rêve : reprendre ensemble la pâtisserie de son père le moment venu. Car c'est ça qui nous a toujours rapprochés, vois-tu, l'amour de la cuisine. Et puis, les années ont passé, le père de Victor refusait qu'une femme vienne travailler avec eux derrière les fourneaux, alors j'ai rongé mon frein, pensant que mon tour viendrait. Dans le même temps, avec Victor, on travaillait à la maison sur de nouvelles recettes que nous lancerions une fois propriétaires. Et puis, finalement, au moment où le père de Victor a pris sa retraite, mon mari a oublié ses promesses. Tout à coup, il trouvait que ce n'était peut-être pas ma place. Que je ferais mieux de rester à la maison, à me reposer, que je ne devais pas travailler. Le rythme de travail à la pâtisserie semblait pour tout le monde incompatible avec un projet de bébé.

— Victor pensait que vous ne pourriez pas être une bonne mère tout en travaillant ?

Sérieux, j'ai beau savoir que la société a évolué sur ces questions-là, ça ne m'en met pas moins en rogne de savoir que Monique a dû faire un choix entre maternité et carrière. D'autant plus que finalement, elle n'aura eu aucune des deux. Je serre les poings.

— C'est un peu l'idée, oui. Pour Victor, comme pour beaucoup de monde à l'époque, c'était dans l'ordre des choses que je m'occupe du foyer et de nos futurs enfants. Alors il a repris seul l'établissement… mais il n'a pas oublié les créations que nous avions conçues. Dont certaines étaient exclusivement les miennes. Il ne m'a jamais demandé mon accord, d'ailleurs. Il ne pensait pas à mal, en réalité. Il pensait que je serais contente. Mais la bûche que le public a le plus plébiscitée, celle qui a fait la renommée de la Maison Lavergne, et qui continue de la faire… c'est moi qui l'ai créée. Et il lui a donné *son* nom. Lavergne. Sacré pied de nez, hein ?

— Vous n'avez jamais essayé… hésité-je, d'en revendiquer la maternité ?

Elle hausse les épaules.

— Tu penses bien que si. J'ai essayé d'en parler à Victor, mais pour lui, ça aurait dû me suffire de savoir que j'en étais la créatrice. Les gens n'auraient pas compris… et puis, il se persuadait de plus en plus que c'était un travail d'équipe, qu'il avait travaillé à perfectionner la recette, etc.

— Vous lui en avez voulu ? demandé-je.

— À l'époque… je pensais que non. Ce n'était pas comme aujourd'hui. On ne mettait pas les femmes et leur travail en avant, il n'était pas question d'égalité. On avait tendance à s'effacer derrière son mari. Le chef de famille. Et puis… il y avait cette histoire d'enfant qui ne venait pas, alors, quelque part, je n'y pensais plus. J'étais concentrée sur ma peine de ne pas être mère, et pendant des années, j'ai un peu oublié cette frustration. Ou plutôt, j'ai jeté un voile dessus, pour essayer de ne plus y penser.

— Qu'est-ce qui l'a réveillée, cette frustration ?

— Le réveil, ça a été au moment de sa maladie, quand il a rédigé ce fameux testament.

— Celui où il désignait le père d'Andrea comme propriétaire majoritaire ? demandé-je.

Elle hoche la tête, les yeux obscurcis de quelques larmes naissantes.

— Tu vas peut-être trouver ça idiot, mais j'ai pris ça comme un ultime coup de poignard. Mon mari, mourant, que j'avais épaulé toute sa vie durant, au travail, comme dans l'intimité… préférait léguer son établissement, la prunelle de ses yeux, à quelqu'un d'autre que moi. Ne te méprends pas, Pauline, j'adorais cette famille, mais…

— Vous aviez eu l'impression d'être trahie une seconde fois.

— Voilà. Exactement, soupire-t-elle.

— Mais… Je ne comprends pas, les lettres, tout ça, vous n'avez commencé qu'il y a un an.

— Après le coup du testament, j'étais très énervée, c'est vrai… mais surtout endeuillée. En dehors de cette histoire, Victor était un homme bien, comme il n'y en avait peu à l'époque. J'aimais mon mari et, quelque part, je n'ai pas voulu salir sa mémoire en me jetant dans une sorte de croisade juste après sa mort.

— Que s'est-il passé ensuite ?

Elle inspire fort par le nez.

— Eh bien, encore une fois, j'ai essayé d'oublier tout ça. Avec l'âge, je m'étais fait une raison. Mais… je ne sais pas, quand Andrea a pris la suite de son père, j'ai vu rouge, sans trop savoir pourquoi. C'était un homme qui héritait de la Maison Lavergne, un homme qui allait s'attribuer tout le mérite et toutes les louanges de mon travail… Au départ, je pensais n'écrire qu'une seule lettre, je pensais que ça suffirait à extérioriser tout ce que je contenais en moi depuis des années. Mais je me trompais. Je suis tombée dans l'engrenage. En un sens, c'était grisant. Être la pauvre vieille Monique Lavergne le jour, et corbeau à la nuit tombée. Je me suis sentie… vivante, si je puis dire.

Pour les sabotages, m'explique-t-elle, elle a suivi plus ou moins la même logique : cela ne devait se produire qu'une seule fois. Mais là encore, elle s'est laissée entraîner. Peu à peu, l'envie de faire fermer pour de bon cette Maison qui l'avait tant fait souffrir a pris le dessus, et elle a commencé à mettre tous les moyens à sa disposition pour y parvenir.

— Mais la voiture d'Andrea, quand même ! Ça aurait pu être dangereux ! m'indigné-je.

— J'admets que sur ce coup-là… je me suis emballée. Enfin, je n'ai pas trafiqué ses freins non plus ! Je me suis juste arrangée pour que sa voiture puisse faire assez de kilomètres pour aller dans sa famille… mais pas pour revenir. Je n'ai jamais souhaité un accident. Je te le jure.

— Je vous crois.

Impossible de faire autrement. Plus Monique avance dans son récit, plus sa voix chevrote et plus ses yeux s'emplissent de larmes. Il me semble n'avoir jamais vu la vieille femme aussi vulnérable.

— Je vous comprends, Monique. Mais maintenant que je sais tout ça, je suis obligée d'en parler à Andrea.

Elle hoche la tête, résignée, puis ajoute :

— Il était grand temps que tout ça se termine.

Les menaces de Monique sont autrement plus graves que mes propres petits mensonges. Pourtant, je ne peux m'empêcher d'entrevoir une certaine similitude entre sa situation et la mienne. Une fois lancée, aucune de nous n'a réussi à s'arrêter à temps. Désormais, nous devons être prêtes à affronter les conséquences de nos choix. C'est à mon tour maintenant de baisser les yeux et de soupirer.

Si Pauline a déjà avoué sa véritable identité à Andrea
→ vers **CHAPITRE 66** (p. 366)
OU Si Pauline n'a encore rien avoué
→ vers **CHAPITRE 55** (p. 307)

CHAPITRE 54

Andrea et moi nous installons à la table du salon pour attendre Monique, partie je ne sais où. Je crois que je n'ai jamais vu Andrea aussi tendu : il a les mâchoires serrées et ne m'adresse pas un mot. Comme souvent dans cette pièce, seul le bruit régulier de l'horloge vient troubler le silence.

— Tu veux un café ? proposé-je.

— Non merci, je crois que je suis assez sur les nerfs comme ça, soupire-t-il.

Moi, j'en aurais bien besoin. J'ai l'impression qu'il me faudrait au moins un litre de caféine pour me réveiller complètement. Depuis ce matin, j'ai l'étrange sensation de vivre une sorte de cauchemar éveillé. Tout est arrivé si vite : le sabotage de la voiture d'Andrea, mes pâtisseries du matin gâtées, et la preuve quasi irréfutable de l'implication de Monique dans ces menaces.

Je chasse ces pensées de ma tête. Je pourrais quand même aller me chercher quelque chose à boire, mais je n'ai pas tellement envie de laisser Andrea seul, même quelques instants. Je ne pense pas qu'il sauterait à la gorge de Monique si celle-ci arrivait en mon absence, mais je préfère quand même être présente au cas où les choses prendraient une tournure… inattendue. Pendant que nous patientons en silence, je lutte pour ne pas m'endormir sur ma chaise.

Quand Monique arrive enfin, elle m'aperçoit assise dans le salon et s'étonne :

— Eh bien, qu'est-ce que tu fais ici ? Tu ne devr…

Elle se fige et suspend sa phrase. Elle vient de remarquer la présence d'Andrea. Pendant une demi-seconde, je crois déceler un mouvement de recul, comme si elle hésitait à prendre la fuite tout de suite. Mais ça ne dure qu'un instant et elle se reprend rapidement.

— Bonjour Andrea. Je ne m'attendais pas à vous trouver tous les deux ici. Qui s'occupe de la pâtisserie ?

— Parce que ça t'intéresse, maintenant ? siffle Andrea.

Ça commence très, très mal. Je jette à Andrea un regard noir et il se renfrogne sur sa chaise, bras croisés.

— On est venus ici parce qu'on doit vous parler, Monique, précisé-je.

Je lui fais signe de s'asseoir avec nous autour de la table. Elle hésite, puis obtempère. Mais je sens bien qu'elle est mal à l'aise. Elle doit avoir deviné la véritable raison de notre venue à tous les deux.

— Me parler de quoi ? Ça n'aurait pas pu attendre un autre jour ?

Je vois très bien ce qu'elle essaie de faire : elle botte en touche et ne fera rien pour nous faciliter la tâche. Elle niera en bloc aussi longtemps que possible. Mais je ne compte pas laisser les choses se passer ainsi. Je commence à en connaître un rayon sur le mensonge et la dissimulation, et j'ai envie de connaître les raisons qui ont poussé cette femme à agir comme elle l'a fait. Car pour l'instant, c'est proprement incompréhensible. Ma passion pour les chroniques criminelles me pousse à m'investir à fond dans ce qui ressemble de plus en plus à un début d'interrogatoire. Ce n'est sans doute pas très correct de ma part, mais je me réjouis beaucoup trop de cette situation !

— Pourquoi tu m'as fait ça, Monique ? Comment tu as pu…

Andrea parle entre ses dents et les poings serrés. À tel point que je dois redoubler de concentration pour bien comprendre ce qu'il dit.

— Si Victor te voyait ! lâche-t-il enfin.

Si jusqu'ici Monique était dans le contrôle, prête à jouer les innocentes, la dernière remarque d'Andrea fait luire une rage nouvelle dans son regard.

— Ah ! Victor ! Parlons-en, tiens. Si j'en ai été réduite à… tout ça, c'est à cause de lui !

— Qu'est-ce que tu racontes ? Sans lui, la Maison Lavergne ne serait qu'une petite boulangerie de village, sans doute fermée aujourd'hui, comme tant d'autres ! Lui et mon père ne cessaient de raconter à qui voulait l'entendre à quel point tu aimais cette Maison et la pâtisserie. Vraiment, je ne comprends pas. De toutes les personnes que j'aurais pu soupçonner, tu étais sans doute la dernière !

Toute colère semble avoir abandonné Andrea pour faire place à une incompréhension et une lassitude immenses. Comme s'il était juste déçu que son ennemi depuis plus d'un an se révèle être la femme qu'il a toujours considérée comme sa grand-mère.

— Ah, ça ! Ton père a dû t'en dire des choses, en cuisine, mais la vérité, ça, étrangement, il a dû l'omettre !

— Mais quelle vérité ? De quoi tu parles ?

C'est Monique, désormais, qui serre les poings et la mâchoire. Elle marque une longue pause, avant de se lancer :

— J'imagine que Victor n'a jamais raconté à personne le projet initial que nous avions pour la Maison Lavergne, lorsqu'il l'a lui-même héritée de son père ?

Andrea réfléchit un instant, puis secoue la tête.

— Lui et moi nous sommes toujours retrouvés autour de notre passion commune pour la cuisine. On s'est rencontrés jeunes, et mariés presque aussitôt. On avait plein de projets pour la suite : fonder une famille, bien sûr, mais on avait surtout *un* grand projet : reprendre ensemble la pâtisserie lorsque le père de Victor prendrait sa retraite.

Elle s'arrête.

— Mais ça ne s'est pas fait… remarque Andrea, presque pour lui-même.

— Eh non. Lorsque le père de Victor lui a légué la pâtisserie, nous étions mariés depuis quelque temps, et n'étions toujours pas parents. La famille de Victor voyait ça d'un mauvais œil et mon mari a sans doute oublié sa promesse. Il a repris la pâtisserie en son nom propre, et seul. Sans doute convaincu par son père que c'était une mauvaise idée. Et puis, il y avait aussi cet enfant qui ne venait pas. Victor préférait que je reste à la maison, que je me repose. Travailler, dans ma « condition », c'était hors de question.

— C'est injuste… soupiré-je.

— Parlons-en, de l'injustice. Pendant toutes nos jeunes années, nous avions travaillé à ce que serait la Maison Lavergne sous notre coupe. Nous voulions un établissement qui nous ressemble. On avait créé une liste de recettes que nous voulions commercialiser, pour diversifier l'offre de la pâtisserie, pour la marquer de notre patte. Je m'apprêtais à faire le deuil de tout ça… Jamais je ne me serais attendue à ce que Victor reprenne, sans m'en parler, les recettes que j'avais imaginées. Et encore moins à ce qu'elles fassent la renommée de la Maison…

— La Lavergne… C'est vous ? C'est pour ça que vous n'avez eu aucun mal à la reproduire et à me l'apprendre… réalisé-je soudain.

Monique hoche la tête.

— Quelle ironie, hein ? Qu'il donne *son* nom à *ma* création ! Victor ne pensait sans doute pas à mal. Il pensait que ça me ferait plaisir de savoir que ma création plaisait autant ! Mais la vérité, c'est qu'il se l'était appropriée. J'ai vécu ça comme une trahison. Pire encore que mon éviction à la reprise de la pâtisserie.

— Tu n'as jamais osé en parler à qui que ce soit ? se désole Andrea.

Monique hoche la tête :

— C'était un autre temps. On n'allait pas contre son mari. Et puis, j'avais d'autres chats à fouetter : je n'arrivais toujours pas à devenir mère, et je n'en avais pas encore fait le deuil. Le quotidien, peu à peu, a repris son cours, et j'ai décidé d'oublier cette histoire.

— Qu'est-ce qui vous a fait changer d'avis, alors ?

— Le testament, évidemment, souffle Andrea.

Cette fois, il a lâché son commentaire de façon beaucoup moins indignée, il semble plutôt résigné. Comme s'il commençait à entendre les motivations de Monique. À les comprendre.

— Bien sûr, le testament a été un choc. Mais à ce moment-là, j'étais aussi et surtout une femme endeuillée. J'avais d'autres choses à l'esprit, alors une fois encore, j'ai décidé de ne plus y penser.

— Pourquoi t'en prendre à moi, alors ? l'interroge Andrea, blessé. Je ne suis pas Victor, et je ne savais pas tout ça. Si tu étais seulement venue m'en parler…

— C'est difficile à expliquer, se défend Monique. Quand tu as hérité la pâtisserie de ton père, je ne sais pas, j'ai eu l'impression de revivre la même injustice, pour la troisième fois. Un homme qui passe encore le relais à un autre homme. Et… pour être honnête, la première lettre aurait dû être la dernière. Je voulais juste extérioriser toute cette colère ! Mais d'une certaine façon, j'y ai pris goût, et je n'ai plus su m'arrêter.

Andrea secoue la tête. Lui et Monique ont les yeux voilés de larmes. Moi, je pleure carrément. Entre la fatigue, et l'histoire de Monique, difficile de me retenir. Sa situation est d'une telle injustice, d'un tel sexisme ! Je pense qu'Andrea ne se rend pas compte de toute la violence d'une telle expérience. Pour lui, il aurait suffi que Monique prenne la parole. Mais il ne sait pas tout ce que cela demande.

— Je ne comprends toujours pas, fait-il en secouant la tête. Les lettres, les menaces, les sabotages… Tu aurais pu mettre des gens en danger, Monique. Tu veux vraiment voir la pâtisserie disparaître ?

Pour cette dernière question, il a planté ses yeux directement dans ceux de l'octogénaire.

— Je ne pense pas. Je ne sais plus… Je n'ai jamais vraiment songé aux conséquences.

Voyant Monique sur le point de craquer, je décide d'intervenir dans la conversation :

— J'ai l'impression que l'on pourrait trouver un terrain d'entente ici, entre nous. Je crois que… finalement, vous recherchez tous les deux la même chose. Vous attendez une réparation.

Ils lèvent tous les deux vers moi un regard interrogateur.

— Monique, j'ai l'impression que ce que vous aimeriez, au fond, c'est que la Maison Lavergne reconnaisse ce qu'elle vous doit. Votre héritage. Et toi, Andrea, tu veux que cette spirale infernale cesse. Et pouvoir faire simplement ton travail en paix.

Ils me toisent un instant, avant de se tourner l'un vers l'autre. L'émotion dans la pièce est palpable. Au fond, tous les deux sont animés par la même passion. Je suis certaine qu'ils finiront par s'entendre.

— Je suis désolée, souffle finalement Monique. Je ne voulais pas te faire souffrir, Andrea, mais j'ai laissé ma colère l'emporter sur mon jugement. Je te demande pardon.

D'un geste tendre, Andrea tend le bras pour prendre la main de la vieille femme dans la sienne.

— Je te pardonne, Monique. Après tout, c'est ce qu'on fait dans une famille, non ?

Une larme lui roule sur la joue et Monique, à son tour, laisse échapper quelques sanglots. Les deux se lèvent et se tombent dans les bras. Je crois que de tout ce que j'ai vu et entendu depuis ce matin, c'est finalement l'image la plus inattendue : cette femme est donc capable de pleurer !

Après une discussion animée dans le salon – autour d'un bon café ! – nous cherchons la meilleure solution pour la Maison Lavergne : accorder enfin à Monique la place qu'elle mérite.

— Vos créations, Monique, pensé-je tout à coup. Victor les a toutes intégrées à la carte ?

— Oh non, loin de là, certaines ne sont jamais sorties de cette maison !

— Et ces recettes… vous les auriez encore ?

— Oh.

Monique se fige, pensive.

— Écoute, je crois que je peux te trouver ça. Venez !

Nous la suivons à la cuisine, où elle se met à farfouiller sur une étagère remplie de livres et de carnets de recettes. Elle s'arrête un peu plus longtemps sur un carnet au papier gondolé, jauni et recouvert d'une importante couche de poussière.

— Si c'est quelque part… c'est là-dedans !

Pressés de découvrir le contenu de cette relique, nous nous installons cette fois autour de la table de la cuisine. Très vite, Andrea et elle dissèquent et discutent de chacune des recettes inédites figurant dans le carnet. Après près d'une demi-heure d'un débat passionné auquel je ne comprends pas grand-chose, le binôme s'entend sur la bûche qui intégrera la pâtisserie pour l'hiver prochain et qui portera le doux nom de La Monique. Une création originale, sobre visuellement, mais au goût extrême de chocolat, menthe et de cacao.

Monique, la vraie, a enfin obtenu réparation et Andrea est plus que jamais fier d'appartenir à cette Maison.

Comme quoi, parfois, d'un mensonge ou d'une tromperie, peut ressortir quelque chose de plus grand et de meilleur, pour peu qu'on le veuille.

Si Pauline a déjà avoué à Andrea
→ vers **CHAPITRE 66** (p. 366)
OU Si Pauline n'a encore rien avoué
→ vers **CHAPITRE 55** (p. 307)

CHAPITRE 55

Bien plus tard dans la journée, alors qu'il fait déjà nuit, je rejoins Andrea chez lui. Malgré la fraîcheur et l'obscurité qui règnent dehors, je lui propose de prendre l'air et d'aller nous promener à travers les rues du village. Depuis le dénouement de cette histoire avec Monique, il a l'air à la fois exténué et soulagé. Il accepte ma proposition avec joie. De mon côté, je ne suis plus qu'une boule de stress. J'ai pris ma décision tout à l'heure, après les révélations de Monique. J'ai vu ce que la rancœur ou un mensonge trop longtemps caché pouvait faire à quelqu'un. Monique a eu de la chance que cette histoire finisse bien. Nous l'avons démasquée avant qu'elle n'aille trop loin, et Andrea – mon bel Andrea – a accepté de lui pardonner l'année affreuse qu'elle lui a fait vivre.

C'est en ce pardon que je veux croire, alors que je descends vers l'église en compagnie du jeune chef pâtissier, tête enfoncée dans le manteau et mains dans les poches. À mesure que nous avançons, pourtant, je doute. Est-ce que je fais bien de tout avouer dès ce soir ? Est-ce que je ne devrais pas attendre encore quelques jours, qu'il se remette des émotions de la journée ?

La vérité, c'est que je ne me vois pas mentir une seconde de plus. Je veux en sortir. J'ai envie d'être moi-même, à chaque instant, et plus encore lorsque je suis avec Andrea. Je sais que je prends un risque en lui avouant que, depuis le début, je ne suis pas réellement celle que je prétends être. Je dois enfin me décharger de tout ça. Et assumer, une bonne fois pour toutes, les conséquences de mes actes. En y pensant, je souris. Ah ! Julie serait sans doute très fière de moi !

— Tu m'as l'air bien pensive, remarque Andrea.

Toute à mes réflexions, je suis un peu prise au dépourvu, et ne trouve rien à répondre.

— J'imagine que l'histoire de Monique t'a chamboulée. Depuis le temps que tu vivais chez elle… On se rend compte qu'on ne connaît jamais vraiment les gens.

L'occasion est trop belle. Si je ne saisis pas maintenant la perche qu'il me tend, je ne suis pas sûre d'avoir le courage de me lancer à l'eau.

— Justement, à propos de ça… Il y a quelque chose que je dois te dire.

— À propos de Monique ? Elle t'a dit autre chose ?

Je secoue vivement la tête :

— Non, non.

— Alors, à quel sujet ?

— Ce que tu as dit, sur le fait qu'on… ne connaît jamais vraiment les gens.

Cette fois, il se fige sur le trottoir, et se retourne vers moi, sourcils froncés.

— Qu'est-ce que tu veux dire ?

Allez, Pauline, du nerf.

— Je veux dire que… je n'ai pas été tout à fait honnête avec toi. Ni avec personne à Saint-Laurent, en fait.

Les yeux d'Andrea s'arrondissent. Il ne voit pas du tout où je veux en venir.

— En fait… Je… je ne suis pas *la* Pauline Robert que tu crois.

— Hein ? Qu'est-ce que tu…

Je le coupe avant de me dégonfler :

— Je m'appelle bien Pauline Robert, mais… je ne suis pas née dans les Hautes-Alpes, je ne suis pas vendeuse, et encore moins diplômée d'un CAP pâtisserie !

Maintenant que je suis lancée, je me décide à tout balancer :

— Mon embauche à la Maison Lavergne est un étrange concours de circonstances. J'étais paumée dans ma vie, au chômage, et pratiquement au fond du trou quand Sébastien m'a confondue avec une homonyme sur LinkedIn. Je ne l'ai pas corrigé et je me suis dit que c'était peut-être un signe du destin, pour mettre fin à mon enlisement et à ce qui était sans doute un début de dépression. J'ai réussi à faire illusion tant bien que mal derrière le comptoir, je ne sais pas trop comment. Pour la partie pâtisserie… eh bien, j'ai pu compter sur Monique, qui connaissait une partie de mon secret, c'est-à-dire que je ne sais absolument pas cuisiner ! Derrière les fourneaux, je suis normalement une catastrophe ambulante ! Elle m'a permis d'éviter le pire… Mais si j'ai menti sur ma véritable identité, je n'ai *jamais* triché dans mes relations, sur mes sentiments. Ni avec Monique, ni avec Anne-Fleur, et encore moins avec toi. Tu vas sans doute penser qu'une menteuse reste une menteuse, et qu'à partir de maintenant, tu ne pourras plus me faire confiance. Et tu aurais raison, sans doute. Voir Monique vider son sac, après toutes ces années… Ça m'a à la fois effrayée et inspirée. Effrayée de voir jusqu'où la duperie pouvait mener, et inspirée parce que, pour moi, peut-être qu'il n'est pas trop tard pour être honnête, et réparer ce qui peut l'être.

Il me semble avoir tout dit, alors je m'arrête là. Andrea me fixe intensément. Il essaie sans doute de traiter la masse d'informations qu'il vient de recevoir en pleine tête.

— Wow, souffle-t-il. Je… ne m'attendais pas du tout à ça.

— Je suis vraiment désolée. Au départ… c'était juste une occasion que j'ai saisie, pour changer d'air et de perspective. Je n'avais pas anticipé le reste.

Je désigne l'espace entre nous.

— Je n'avais pas prévu que toi et moi, on… on serait… je ne sais même pas trop, d'ailleurs, ce qu'on est. Mais je n'avais pas prévu ça. J'ai voulu t'en parler, mais je ne trouvais jamais le bon moment. À chaque fois, je me disais que tout avouer, c'était courir à la catastrophe. Et égoïstement, je n'avais pas envie de tout perdre et de retourner à la case départ : seule et sans emploi.

Andrea ricane doucement et je me détends instantanément. Ça ne se passe pas aussi mal que je le craignais.

— Tu es vraiment quelqu'un… d'étonnant, lâche-t-il enfin.

— Dans le bon ou le mauvais sens ?

— Hum, un peu des deux, je dirais.

Un long silence s'installe.

— Mais tu sais, poursuit-il. Je crois que je ne suis jamais tombé amoureux… de *l'autre* Pauline. Peu m'importe que tu sois pâtissière, que tu sois originaire de la région, ou même que tu saches cuisiner. Ce n'est pas ça qui me plaît chez toi. C'est… tout le reste. C'est ton sourire quand tu réussis quelque chose, ton manque parfois criant de confiance en toi, ton amour pour le turquoise qui te va si bien. Tes petites bizarreries. Notre passion commune pour les faits divers. Ton enthousiasme à chaque fois que je te mitonne un petit plat. Et toutes ces petites choses qui font que tu es *toi*, infiniment plus que ton C.V. ou le lieu de naissance indiqué sur ta carte d'identité.

Je m'empourpre aussitôt à ces mots. Amoureux ? C'est la première fois, je crois, qu'il parle de nous en ces termes.

— Alors tu n'es pas… fâché ? Ni déçu ? m'étonné-je.

Andrea hausse les épaules.

— Franchement… avec tout ce qui vient de me tomber sur la tête aujourd'hui, je crois que je ne suis pas à ça près ! Et… au contraire, je crois que j'ai maintenant encore plus envie de te connaître.

De sa main gauche, il attrape mon menton pour relever ma tête avec douceur. Nous échangeons un regard tendre, puis il vient déposer un baiser sur mes lèvres. Un baiser glacé qui vient réchauffer mon cœur et mon corps tout entier.

Nous cheminons ensuite en sens inverse vers sa maison, main dans la main, en nous racontant nos vies. Nos *vraies* vies. Je lui raconte ma jeunesse au Mans, ma rencontre avec les filles, ma difficile relation avec mes parents, et je dessine même rapidement les contours de mon histoire avec Alex, sans entrer dans les détails. Lui me raconte son enfance franco-italienne, les vacances de l'autre côté des montagnes, sa relation avec les Lavergne, sa passion pour la cuisine, les histoires d'amour pas faciles dans une région aussi rurale où la plupart des jeunes ne restent pas. La soirée passe sans que ni l'un ni l'autre n'ayons envie d'aller nous coucher.

Ce soir, j'ai l'esprit embrouillé mais le cœur léger. Je ne sais pas encore de quoi demain sera fait, mais je suis certaine d'une chose : j'ai envie qu'il se fasse avec Andrea.

→ vers **CHAPITRE 66** (p. 366)

CHAPITRE 56

— Allô ?

J'essaie de parler assez bas pour qu'Alex ne se réveille pas, mais tout de même distinctement pour qu'Andrea ne se pose pas trop de questions. Ça ne me fait pas plaisir de l'admettre, mais je crois que mentir est devenu une seconde nature.

— Pauline ? Dieu merci tu réponds ! J'avais peur que tu aies éteint ton téléphone, ou qu'il soit sur silencieux !

Andrea a l'air paniqué. Son ton me fait me redresser d'un coup sur mon lit. Je suis soudainement aux aguets. Je jette un œil à côté de moi : Alex dort toujours.

— Il y a un truc qui cloche ? Est-ce que tout va bien ? murmuré-je.

— J'ai un problème avec ma voiture…

— Un accident ? le coupé-je. Est-ce que tu es blessé ?

Alex commence à s'agiter à côté de moi. Si je chuchote toujours, l'inquiétude a dû me faire monter un peu dans les aigus.

— Non, non, rien de grave, je n'ai rien. Mais la voiture ne veut plus redémarrer, et je suis encore loin de Saint-Laurent. Et trop loin de chez ma famille pour retourner à pied emprunter une caisse. Bref, j'essaie de joindre l'assurance et la dépanneuse, mais un 1er janvier à cette heure-là, tu penses bien que c'est la croix et la bannière.

— Tu… tu veux que je vienne te chercher ? proposé-je en bégayant.

Je me frappe le front. Quelle proposition idiote ! À mes côtés, Alex vient définitivement de se réveiller. Les yeux encore ensommeillés, il me regarde sans comprendre. D'un geste, je lui intime de ne pas faire de bruit.

— Non, non, répond Andrea. Je vais voir ça avec ma famille. Mon père devrait pas tarder à se lever, il va s'en charger. Mais je ne vais pas pouvoir être à la pâtisserie avant un moment, je pense.

— Tu… tu veux que j'arrive plus tôt ?

Alors que j'essaie de mener à bien cette conversation, Alex fait mille et un gestes et me pose plein de questions muettes. Agacée, je mets mon index devant ma bouche pour lui faire comprendre qu'il doit se taire.

— C'est ce que… je voulais te demander, oui. Si tu ne viens qu'à l'heure prévue, tu ne pourras pas rendre toutes les commandes à l'heure.

Là, je suis carrément éberluée. Il veut *vraiment* me confier la confection des commandes d'aujourd'hui ? À moi ? Qui sait à peine fourrer correctement un éclair au chocolat sans repeindre en même temps la cuisine ? J'avale bruyamment ma salive. Le regard scrutateur d'Alex fixé sur moi ne m'aide pas franchement à garder les idées claires. Andrea doit trouver mon silence un peu long, car il demande :

— Pauline ? T'es là ? Ça va ?

— Ouais… désolée, c'est, hum, enfin tu viens de me réveiller et, euh, tout ça va un peu vite, quoi.

— Désolé, souffle-t-il, je sais que je t'en demande beaucoup, mais ça pourrait vraiment nous mettre dans la merde si tous les clients ne sont pas livrés en temps et en heure aujourd'hui.

Son ton, loin de la panique de tout à l'heure, se veut beaucoup plus grave. Je suis frappée d'un éclair de lucidité :

— C'est un sabotage ? m'inquiété-je. Ta voiture ?

À l'autre bout du fil, j'entends Andrea pousser un long soupir. À côté de moi, Alex est maintenant franchement intrigué par ma conversation. Sans doute que le mot « sabotage » l'inquiète. Je lui lance un regard noir qui le calme en un instant.

— Je suis pas franchement mécanicien, mais… ça m'en a tout l'air, oui. Ça ne me semble pas vraiment être une panne « courante ».

C'est à mon tour de paniquer.

— Tu penses qu'il pourrait s'être passé quelque chose à la pâtisserie aussi ?

— J'y ai pensé, souffle-t-il. Honnêtement, je ne crois pas mais… si tu peux y aller au plus vite pour vérifier que tout est en ordre et commencer le travail, je t'en serais infiniment reconnaissant !

Comment pourrais-je lui dire non ? Je ne veux pas risquer de mettre en péril une Maison qui fait la fierté de sa région depuis des décennies… Mais en même temps, je ne suis pas certaine d'être capable de réussir à faire ce qu'il me demande. Et puis il y a Alex… je ne m'étais pas posé la question jusqu'à maintenant, mais qu'est-ce que je vais bien pouvoir faire de lui pendant ce temps ? Mais je suis bien incapable de refuser à Andrea ce qu'il me demande, alors je finis par accepter.

— Merci infiniment, Pauline ! Tu me sauves la vie.

— Pour les commandes, je vais faire ce que je peux, ajouté-je, mal à l'aise, mais je ne suis pas certaine d'avoir ton talent ni ta cadence…

— Ne t'en fais pas. Fais de ton mieux, et ça sera très bien.

— Je t'en prie, c'est normal.

— Je vais devoir te laisser. Faut que je réessaie de joindre la dépanneuse, ou mon père. Je te retrouve à la pâtisserie ! Merci encore, Pauline. Je t'aime !

L'appel coupe aussitôt. Je ne sais pas s'il s'est rendu compte lui-même de ce qu'il vient de lâcher. Heureusement pour moi, Alex semble n'avoir rien entendu de ce qui s'est dit à l'autre bout du fil. Je sais qu'Andrea a sans doute balancé ce « Je t'aime » sans y prêter attention, mais tout de même, ça me frappe en plein cœur. Putain, s'il savait ce que j'ai fait… Je suis en train de devenir une vraie connasse. Mais je n'ai pas le temps d'y penser, il y a plus urgent.

— Qu'est-ce qui se passe, Pauline ? me demande Alex une fois que j'ai reposé mon téléphone.

— Des problèmes au taf.

— Nan mais ces histoires de sabotage, là… c'est quoi ? s'inquiète-t-il.

— T'en fais pas, c'est rien… Je vais juste devoir aller au boulot plus tôt que prévu…

— Et moi ? Je fais quoi ?

Je suis justement en train d'y réfléchir.

— Hum… Eh bien, tu n'as qu'à rester là. Essaie de te faire discret, OK ? Monique saura sans doute que tu es encore là en voyant ta voiture, mais elle ne viendra pas t'embêter si tu restes ici. Il y a de quoi manger, et du café. Tu vas pouvoir te débrouiller quelques heures ? Je reviens dès que je peux, OK ? Je t'expliquerai tout.

Je dois être très convaincante, car Alex accepte le plan sans broncher. À moins qu'il ne soit juste trop heureux de pouvoir retourner dormir. Allez, un problème de réglé, au moins temporairement.

Maintenant, cette histoire de pâtisserie… Merde. Je suis déjà absolument incapable de monter seule la plupart des bûches de la Maison, mais encore moins avec le peu de sommeil que j'ai à mon actif. Peut-être que Monique accepterait de m'aider ? En plus, ça permettrait peut-être de la détourner de cette histoire avec Alex… Mais je ne suis pas certaine que ma logeuse soit ravie d'être réveillée aussi tôt, encore moins après qu'un inconnu a débarqué chez elle la veille au soir… Suis-je seulement en mesure de m'en sortir seule, avec pour unique arme les cours qu'elle m'a déjà donnés ?

Demander de l'aide à Monique
→ vers **CHAPITRE 44** (p. 250)
OU Se débrouiller seule → vers **CHAPITRE 45** (p. 255)

CHAPITRE 57

Honteusement, je décide d'ignorer l'appel et de mettre mon téléphone sur silencieux. Je n'ai que trois heures pour me reposer un peu cette nuit, je ne compte pas en gaspiller une seule. S'il y a un problème au travail, Andrea n'a qu'à appeler Sébastien. Après tout, c'est lui le plus capé. Je me recouche en essayant d'éloigner la culpabilité pour réussir à grappiller un peu de sommeil.

Malheureusement, la vie semble en avoir décidé autrement.

Alors que je suis sur le point de me rendormir, je suis réveillée par des coups frappés à la porte de ma chambre. Je me réveille en sursaut. Alex aussi.

— Qu'est-ce que c'est ? murmure-t-il, paniqué.

— Je vais voir… Reste là, et sois discret.

De l'autre côté, j'entends déjà la voix de Monique.

— Pauline ! Pauline !

Elle a l'air agacée. Quoi qu'il se passe, l'urgence ne doit pas être vitale.

— J'arrive, j'arrive, grogné-je à mon tour en me levant péniblement.

Me souvenant soudain que je suis dans mon plus simple appareil, j'enfile à la va-vite un vieux t-shirt et mon bas de pyjama qui traînent sur une chaise. J'entrouvre seulement la porte, de sorte que Monique ne puisse pas glisser un œil curieux dans ma chambre.

Mais ma logeuse n'a pas l'air d'humeur pour les ragots. Elle a le visage des mauvais jours, engoncée dans sa robe de chambre, et n'a absolument pas l'air ravie d'avoir été tirée du lit aussi tôt.

— Que se passe-t-il ? demandé-je, soudain inquiète.

— Andrea a appelé sur le fixe de la maison. Il veut absolument te parler, et ça a l'air urgent. Je n'ai pas raccroché, alors dépêche-toi. J'aimerais retourner me coucher !

Elle n'attend pas ma réponse, et reprend immédiatement le chemin de l'étage. Je retourne dans la chambre enfiler moi aussi une robe de chambre.

— C'est qui cet Andrea ? demande Alex.

Merde, je n'étais prête à ça. Je suis parcourue d'un frisson. Pourtant, il n'a pas demandé cela de façon suspicieuse, il se demande simplement pourquoi quelqu'un chercherait à me joindre au beau milieu de la nuit, de surcroît un 1er janvier. Je ne peux clairement pas lui dire, qu'il s'agit de l'homme avec qui j'entretiens une relation depuis quelque temps. Alors, j'opte pour une autre vérité :

— C'est mon patron, éludé-je.

— Je croyais que tu commençais à sept heures ?

— Moi aussi… Il doit y avoir un problème. Je reviens vite.

Un brin honteuse, je m'échappe de la chambre sans demander mon reste.

— Allô ? lâché-je enfin, essoufflée, dans le combiné.

— Pauline ? Enfin, Dieu merci tu réponds ! J'ai cru que je n'allais pas y arriver.

Andrea parle à cent à l'heure. Il a l'air paniqué. Je suis définitivement réveillée, désormais.

— J'ai un problème avec ma voiture, poursuit-il. Rien de grave, ne t'en fais pas, je n'ai rien. Mais la voiture ne veut plus démarrer, et je suis encore loin de Saint-Laurent. Et trop loin de chez ma famille pour retourner à pied emprunter une caisse. J'essaie de joindre l'assurance et la dépanneuse, mais un 1er janvier à cette heure-là, tu penses bien que c'est la croix et la bannière.

— Tu veux que je vienne te chercher ? proposé-je.

— Non, non. Je vais voir avec ma famille. Mon père devrait pas tarder à se lever, il va s'en charger. Mais je ne vais pas pouvoir être à la pâtisserie avant un moment, je pense.

— Tu… tu veux que j'arrive plutôt ?

— C'est ce que… je voulais te demander, oui. Si tu ne viens qu'à l'heure prévue, tu ne pourras pas rendre toutes les commandes à temps.

Là, je n'ai carrément plus sommeil. Il veut *vraiment* me confier la confection des commandes d'aujourd'hui ? À moi ? Qui sait à peine fourrer correctement un éclair au chocolat sans repeindre en même temps la cuisine ? J'avale bruyamment ma salive. Et Alex qui est toujours nu dans mon lit… que vais-je faire de lui ? J'avoue qu'hier soir, dans le feu de l'action, je ne me suis pas tellement posé la question du lendemain. J'aurais peut-être dû ! Andrea doit trouver que ma réponse se fait attendre, car il reprend :

— Je sais que t'en demande beaucoup, mais ça pourrait vraiment nous mettre dans la merde si tous les clients ne sont pas livrés en temps et en heure aujourd'hui.

Son ton, loin de la panique de tout à l'heure, se veut beaucoup plus grave. Je suis frappée d'un éclair de lucidité :

— C'est un sabotage ? m'inquiété-je. Ta voiture ?

À l'autre bout du fil, j'entends Andrea pousser un long soupir.

— Je suis pas franchement mécanicien, mais… ça m'en a tout l'air, oui. Ça ne me semble pas vraiment être une panne « courante ».

C'est à mon tour de paniquer.

— Tu penses qu'il pourrait s'être passé quelque chose à la pâtisserie aussi ?

— J'y ai pensé, souffle-t-il. Honnêtement, je ne crois pas mais… si tu peux y aller au plus vite pour vérifier que tout est en ordre et commencer le travail, je t'en serais infiniment reconnaissant !

Comment pourrais-je lui dire non ? Je ne veux pas risquer de mettre en péril une Maison qui fait la fierté de sa région depuis des décennies… Et d'une étrange manière, je me sens redevable envers Andrea. Avoir couché avec Alex cette nuit, vis-à-vis du chef pâtissier, même si nous n'étions pas officiellement en couple, ce n'est sans doute pas très loin d'une tromperie. Mais en même temps, je ne suis pas certaine d'être capable de réussir à faire ce qu'il me demande. Un peu au pied du mur, je finis par accepter.

— Merci infiniment, Pauline ! Tu me sauves la vie.

— Pour les commandes, je vais faire ce que je peux, ajouté-je, mal à l'aise, mais je ne suis pas certaine d'avoir ton talent ni ta cadence…

— Ne t'en fais pas. Fais de ton mieux, et ça sera très bien.

— Je t'en prie, c'est normal.

— Je vais devoir te laisser. Faut que je réessaie de joindre la dépanneuse, ou mon père. Je te retrouve à la pâtisserie ! Merci encore, Pauline. Je t'aime !

Sa dernière phrase me file un grand coup dans la poitrine. Je sais que ça lui a sans doute échappé dans la précipitation, mais je ne peux pas m'empêcher de penser à Alex, et au fait que j'ai sans doute, encore une fois, trahi la confiance d'Andrea.

— Qu'est-ce qu'il voulait ?

La voix de Monique me fait sursauter. Je ne l'avais pas entendue arriver dans mon dos.

— Vous m'espionnez ? rétorqué-je, sur la défensive.

À croire que cette histoire de sabotage est vraiment en train de me monter à la tête ! À moins que mes propres mensonges me rendent parano.

— C'est mon téléphone qui a sonné au beau milieu de la nuit, je crois que je suis tout à fait en droit de savoir pourquoi !

Elle n'a pas complètement tort. Entre l'arrivée surprise d'Alex et l'appel d'Andrea qui vient d'écourter sa nuit, je lui dois la vérité. Du moins, à propos de mon échange téléphonique avec Andrea.

— Il a un problème avec sa voiture et ne pourra pas être à l'heure au travail. Il m'a demandé de le remplacer à la pâtisserie le temps qu'il trouve une solution. Histoire d'assurer les commandes du jour.

Je ne sais pas exactement ce que Monique a entendu ou non de la conversation, mais je préfère ne pas aborder la question du sabotage avec elle. À Saint-Laurent, j'ai bien vu que ce genre d'info pouvait faire le tour du village en un temps record.

— Il t'envoie *toi*, t'occuper de toutes les commandes du Nouvel An ?

Sa remarque est un peu violente, mais Monique a raison. Si je suis tout à fait honnête, je sais que j'en suis absolument incapable. Elle pousse un soupir, me tourne le dos et s'en retourne vers sa chambre.

— Va donc t'habiller, lance-t-elle à la volée, et laisse-moi quinze minutes. Je t'accompagne !

Je n'ai même pas le temps de répondre qu'elle a déjà disparu dans le couloir. Je file vers mes quartiers avant qu'elle ne change d'avis, trop heureuse de pouvoir compter sur cette aide inespérée.

De retour dans la chambre, Alex a enfilé un caleçon et un t-shirt et fait les cent pas dans la chambre.

— Que se passe-t-il ? s'inquiète-t-il.

— Un problème au boulot, je dois embaucher plus tôt.

— À quatre heures du matin ?!

— Oui, Alex, on vend des bûches pour les fêtes ! Les gens vont venir les chercher pour leur déjeuner, il faut que tout soit prêt à temps.

— Et vous ne pouviez pas les préparer… avant ?

Je soupire, mais je ne lui en veux pas. Il y a peu, j'aurais sans doute pensé comme lui.

— La Maison Lavergne est un établissement d'excellence, on ne propose que des produits faits maison et les plus frais possible !

On dirait une publicité, mais c'est la vérité : Andrea tient à ce que les pâtisseries passent le moins de temps possible dans nos frigos avant d'être dégustées.

— Et moi ? demande-t-il, tout penaud.

— Tu peux m'attendre ici… si tu n'as rien d'autre de prévu. Je reviendrai dans le courant de l'après-midi, je t'expliquerai tout !

Je ne prends pas le temps d'entrer dans les détails. Dès que je suis habillée, mes dents et mes cheveux brossés, je rejoins Monique.

Nous prenons ma voiture pour nous rendre à la pâtisserie. Une fois dans les cuisines, ma veste sur le dos, je me sens soudain prise de vertige. D'habitude, quand j'arrive ici, soit Andrea est là pour me transmettre des consignes, soit je trouve un papier qui le fait à sa place. Mais là, évidemment, il n'y a rien. À part le registre des commandes, je n'ai absolument rien pour m'orienter.

Pire encore, je remarque bientôt que certains des appareils ne sont pas prêts. Andrea a l'habitude, pour certaines recettes, de les faire le matin même pour assurer à ses préparations une fraîcheur maximale. C'est louable, mais aujourd'hui, ça me fait complètement paniquer. Appuyée sur un des plans de travail, je fonds en larmes, incapable de me ressaisir.

— Allons, allons, ma grande ça va aller.

— Tout le monde va savoir que je suis une fraude ! explosé-je. Non seulement ils vont découvrir que je suis une menteuse, mais en plus, les clients n'auront jamais leur commande à temps ! Je ne sais même pas par où commencer…

— Et c'est pour ça que je suis venue, non ? Pour t'aider. Alors, sèche tes larmes et écoute-moi, tu veux ?

Elle ne me laisse pas le temps de répondre et s'active déjà. Farfouillant dans les placards, elle sort tout un tas de bocaux d'ingrédients qu'elle dépose près des robots. Pendant ce temps, j'essaie de contrôler ma respiration, et je sèche mes larmes.

— Suivre une recette, c'est dans tes cordes maintenant, non ?

Je hoche la tête.

— Alors voilà, tout est là, tu as les recettes dans le livret, tu vas t'en occuper. Pendant ce temps-là, moi, je vais monter les bûches. Ça te va ?

Je fais signe que oui, et je m'empresse d'obtempérer. Travailler en cuisine n'a jamais été simple pour moi, mais après une nuit blanche, c'est encore pire. Je lutte pour garder les yeux ouverts et vérifie chacun des bocaux plusieurs fois avant d'en déverser le contenu dans de grands bols. Depuis qu'Andrea a repris la Maison, il applique une politique écologique de réduction des déchets et des emballages. C'est tout à fait honorable, mais ce matin, je peste contre ces bocaux qui se ressemblent tous, et leurs étiquettes qui me paraissent de plus en plus petites et de plus en plus illisibles à mesure que la matinée avance. Je profite d'un moment de répit pendant que le robot mélange à ma place une partie des ingrédients pour observer Monique. Elle avance à une vitesse incroyable ! Les bûches qu'elle a montées ressemblent à s'y méprendre à celle d'Andrea. Elles sont magnifiques, et tout à fait appétissantes. Je suis subjuguée ! Mais le temps presse, je n'ai pas le loisir de m'attarder plus avant sur les talents culinaires de Monique, qui ne cessent pourtant de m'impressionner.

La matinée avance bien, et la production aussi. Passé les premiers moments de panique, j'ai réussi à me mettre dans le bain et à trouver mon rythme grâce aux conseils de Monique. Ma logeuse est rentrée chez elle, pour éviter qu'Anne-Fleur ou même Sébastien ne la croisent en arrivant. J'ai reçu un message d'Andrea, il y a déjà plus d'une heure, me disant qu'il faisait son maximum pour arriver au plus vite. Il n'est toujours pas là, mais je ne m'inquiète pas. Si sa voiture a vraiment été sabotée, alors il a peut-être eu besoin de faire le constat avant de pouvoir repartir. Un jour férié, cela peut prendre encore plus de temps que d'habitude.

Quand Anne-Fleur arrive, elle vient tout de suite me voir en cuisine. Elle sait pour le problème mécanique d'Andrea.

— C'est vraiment la tuile, commente-t-elle.

Comme elle n'a pas l'air au courant de la théorie d'Andrea sur cette soudaine panne, je préfère ne pas en parler. J'adore ma jeune collègue, mais je commence aussi à bien la connaître : elle parle beaucoup et c'est le genre de rumeur qui se répand comme une traînée de poudre et qui pourrait arriver aux oreilles de nos clients. Et je sais que cela déplairait à Andrea par-dessus tout. Ce qui compte, pour lui, c'est de maintenir la réputation de la

Maison. C'est pour ça que malgré les lettres, il ne parle jamais des menaces qu'il reçoit, car il ne veut pas entacher l'image de la pâtisserie qu'il vient de reprendre. Nous nous remettons ensuite chacune à notre travail. De mon côté, j'ai un peu de mal à rester concentrée depuis le départ de Monique. Je n'arrête pas de penser à Alex, et à la nuit que nous venons de passer ensemble. J'ai hâte qu'Andrea revienne pour qu'il prenne enfin ma place derrière les fourneaux, mais je redoute en même temps son arrivée. J'ai l'impression que mon infidélité se lit sur mon visage et qu'Andrea saura ce que j'ai fait à la seconde où il me verra. Toute la matinée, j'ai comme une boule dans le ventre.

À l'heure où je suis censée rejoindre Anne-Fleur à mon poste de vendeuse, les commandes sont presque toutes prêtes. Il en reste encore quelques-unes, mais les clients ne viendront les chercher qu'en fin d'après-midi ou bien demain. Je pense qu'Andrea pourra s'en occuper aussitôt qu'il arrivera. Il ne devrait d'ailleurs plus tarder. Je m'étonne quand même qu'il ne soit toujours pas là… A-t-il pu lui arriver quelque chose ?

Exténuée par ma matinée, je ne suis pas certaine d'avoir la force de rejoindre Anne-Fleur derrière le comptoir sans avoir pris quelques minutes de pause. Pourtant, il va bien falloir ! J'ai juste besoin de souffler un temps. Si je prends un petit quart d'heure pour ranger la cuisine, ça permettra sans doute à la pression de retomber un peu.

Retrouver son poste de vendeuse auprès d'Anne-Fleur → vers **CHAPITRE 46** (p. 259)

OU Ranger la cuisine avant de rejoindre Anne-Fleur au comptoir → vers **CHAPITRE 47** (p. 262)

CHAPITRE 58

Je me décide finalement à tout lui dire. L'accumulation de mes mensonges depuis plusieurs semaines pèse tout à coup trop lourd sur mes épaules. J'ai l'impression que je ne pourrai pas porter tout cela une seconde de plus. J'en ai assez de me faire passer pour quelqu'un que je ne suis pas, assez de mentir à tout le monde, de mettre en péril une entreprise réputée et de risquer de faire souffrir ceux que j'aime. Cette spirale infernale doit absolument s'arrêter. Maintenant. J'essaie de me contenir pour ne pas fondre en larmes. Je crois qu'il n'y a rien de pire que les gens qui cherchent à obtenir le pardon en pleurant. D'autant que si quelqu'un devait pleurer, là tout de suite, ce serait sans doute Andrea. Après tout, c'est lui qui s'apprête à apprendre que la femme qui met son commerce en danger n'est qu'une menteuse doublée d'une infidèle. Je prends une grande inspiration.

— Tu ne voudrais pas qu'on s'asseye ? proposé-je.

Andrea paraît d'abord agacé par ma demande, mais il doit lui aussi se sentir bien fatigué, car il tire vers nous deux tabourets. Je m'installe en m'écartant le plus possible de lui.

— Je n'ai pas été honnête avec toi, lâché-je. Sur pas mal de sujets.

J'essaie de ne pas marquer de pause, pour ne pas être interrompue, et de ne pas trop le regarder, pour ne pas être perturbée par ses réactions. Je remarque tout de même qu'il a les bras croisés et le visage fermé.

— En fait, je…

Finalement, ce n'est pas moi qui m'arrête ni Andrea qui m'interrompt, c'est Anne-Fleur qui vient passer une tête dans l'encadrement de la porte d'entrée, emmitouflée dans sa doudoune.

— Euh, vous avez bientôt fini ? Nan parce qu'il fait super froid dehors, quand même.

J'échange un regard avec Andrea.

— Entre, lance-t-il froidement en se relevant de son siège. On va poursuivre cette discussion dans la cuisine.

Il ne se retourne même pas vers moi et est déjà dans l'autre pièce. D'un coup d'œil, ma jeune collègue m'interroge du regard.

— Je t'expliquerai, murmuré-je en m'élançant à la suite d'Andrea dans les cuisines.

Appuyé contre l'îlot central, il n'a desserré ni les bras ni la mâchoire. Je sens qu'il bouillonne de frustration et de colère accumulées depuis plus d'un an. J'espère juste ne pas le faire exploser complètement.

— C'était toi depuis le début ? souffle-t-il lorsque je referme derrière moi.

Sa voix trahit davantage le dépit que la colère.

— Quoi ?

— Les lettres, les sabotages… et maintenant, *ça* ? Gâcher presque une journée de travail ? Et pas n'importe quelle journée, l'un des plus importantes de l'année, évidemment.

— Hein ? Mais pas du tout, je…

Je ne m'attendais pas à ça. Andrea a totalement mal interprété mes propos ! Si je m'apprête bien à avouer mes torts, il ne s'agit pas du tout de ça !

— De quoi d'autre veux-tu me parler ? Enfin, Pauline, c'est évident. Depuis ton arrivée, tout s'est accéléré. Ne me prends pas pour un idiot.

Il se lève d'un coup et commence à hausser le ton. Son regard vers moi est à la limite du menaçant. Cependant, il reste éloigné de moi.

— Mais n'importe quoi ! Écoute-moi au moins avant de me faire des reproches !

Je m'en veux de penser ça dans un moment pareil, mais même là, en pleine engueulade, je ressens la tension physique entre nous. Je dois me faire violence pour me concentrer. D'autant qu'après ce que je vais lui dire, il y a peu de chance qu'Andrea m'accorde à nouveau une place au creux de ses bras.

— Vas-y, siffle-t-il en retournant s'appuyer contre le plan de travail.

Son ton agacé commence presque à m'énerver. Ce n'est pas juste de ma part, car dans l'histoire, la méchante – ou en tout cas, la menteuse – c'est quand même moi. Mais le fait qu'il s'en prenne à moi, alors que j'étais enfin prête à tout déballer me crispe tout à coup. Mais je repense à Alex, qui m'attend à la maison, à Anne-Fleur à qui j'ai promis des explications, et à Monique qui me couvre depuis des semaines. Cette situation ne peut plus durer. Elle va faire des dégâts. Elle en a d'ailleurs sans doute déjà trop fait.

— Je ne suis pas celle que tu crois, Andrea, reprends-je finalement. Mais ça n'a rien à voir avec ces histoires de lettres et de sabotages.

— De quoi est-ce que tu parles ?

— Juste… Laisse-moi finir, s'il te plaît.

Mon irritation doit s'entendre, car il obtempère immédiatement et fait un geste de la main pour que je continue.

— D'abord, je n'aurais jamais dû être embauchée à la Maison Lavergne, tout simplement… parce que je n'ai aucun diplôme, ni en vente, et encore moins en pâtisserie. Quand Sébastien a cherché à recontacter la candidate qu'il avait écartée quelques mois plu tôt, il s'est trompé de profil sur LinkedIn et a pris contact avec moi. À ce moment-là, j'étais au chômage, en pleine rupture après une très longue relation, je squattais le canapé de mes copines qui commençaient sans doute à en avoir marre… Et, je sais pas, j'ai pas réfléchi, j'y ai vu une sorte de signe du destin pour enfin sortir du trou dans lequel je m'enterrais peu à peu depuis des semaines. Et donc, j'ai dit oui. Honnêtement, je ne sais pas trop ce que j'espérais en venant ici. En tout cas, je ne m'attendais pas à… ça. Je pensais, je ne sais pas, rester quelques semaines histoire d'y voir plus clair, laisser passer les fêtes pour savoir ce que j'allais faire ensuite. Je ne m'attendais pas à rencontrer des gens aussi extraordinaires qu'Anne-Fleur, toi… ou même Monique ! Je pensais encore moins que mon mensonge me conduirait jusque derrière les fourneaux, ni que Monique me donnerait l'équivalent d'un CAP pâtisserie en cours du soir. Et surtout, je ne m'attendais pas à… toi. Enfin à nous… Je n'étais pas là pour ça. Je n'y pensais même pas pour être honnête. Pour moi, la rupture était encore trop fraîche. Je crois que je n'imaginais même pas pouvoir plaire à nouveau, en tout cas pas dans mon état. Puis tu es arrivé, et tu as tout chamboulé dans ma vie et dans mon esprit.

À mesure que j'avance dans mon récit, j'aperçois Andrea passer par tous les états. D'agacé, il devient nerveux, puis étonné et presque soulagé.

— Attends, attends, m'interrompt-il finalement. Tu veux dire que les menaces et les sabotages ne viennent pas de toi, mais que tu as *seulement* menti pour obtenir un job qu'on t'a proposé par hasard ?

Il marque une pause.

— Je crois que je pourrais m'en remettre.

Il n'a pas souri, mais son ton est largement apaisé. Tout mon corps et mon cœur me crient de m'en tenir là, de ne pas parler d'Alex et de ce qui s'est passé cette nuit… Mais malgré tous mes mensonges des dernières semaines, il y a des sujets sur lesquels je me suis toujours interdit de tricher. Mentir pour obtenir un travail est une chose, jouer avec les sentiments des gens en est une autre, et je refuse de m'y adonner. Il serait pourtant tentant de rester sur le soulagement d'Andrea, et de ne pas risquer de revoir la déception que j'ai pu lire dans ses yeux lorsqu'il a cru, pendant quelques secondes, que je pouvais être le corbeau qui lui pourrit la vie depuis plus d'un an. J'ai le cœur qui palpite et les mains qui tremblent.

— Il… il n'y a pas que ça.

Face à moi, Andrea devient livide. Je ne sais pas par où commencer, je n'ai pas envie de noyer le poisson ni de me trouver des excuses. Alors, après un long silence, je me jette à l'eau :

— Hier soir, mon ex est venu me retrouver chez Monique. Je ne l'attendais pas, on ne s'était pas parlé depuis la séparation. Mais… enfin, cette nuit, on a recouché ensemble.

Andrea reste de marbre et, pendant un temps, ne répond rien.

— Tu l'aimes encore ?

Il s'est dirigé vers les frigos et a posé sa question sans même me regarder. Il n'y a pas d'animosité dans son ton, mais une froideur glaciale. Comme si quelqu'un venait d'ouvrir grand les fenêtres de la cuisine.

— Je… je sais pas.

Ma réponse est décevante, mais elle est honnête. Tout est allé si vite ces dernières semaines, entre Andrea et moi, puis avec le retour inopiné d'Alex. Au fond, je ne sais toujours pas ce que je veux vraiment. Redonner une chance à Alex ? Essayer de faire ma vie à Saint-Laurent ? Retrouver ma « vraie » vie, mais reprendre ma vie sentimentale à zéro ?

Andrea ne répond rien. Il ne me regarde plus. Il sort des trucs des frigos. Je suis en apnée, dans l'attente d'une sentence qui ne vient pas.

— Je suis désolée, parviens-je à souffler.

Je ne suis même pas certaine qu'il m'ait entendue. Après un nouveau silence, il finit par déclarer :

— Si ça ne t'embête pas, j'ai du travail.

Je suis incapable de répondre. Les larmes me montent aux yeux et l'émotion me bloque la gorge. À quoi je m'attendais ? Évidemment qu'il n'allait pas accueillir une telle révélation avec le sourire, surtout en plus de tout le reste. Le pauvre vit déjà sous pression depuis un an, et il vient d'apprendre que la femme qu'il fréquente depuis plusieurs semaines est non seulement une menteuse mais l'a également trompé avec son ex. Je ne pouvais pas m'attendre à ce qu'il réagisse autrement. J'ai déjà de la chance qu'il ne s'énerve pas et ne me descende pas en flèche sur place. Car honnêtement, il y aurait de quoi. Moi, quand Alex m'a quittée, j'ai demandé des explications en hurlant et en pleurant pendant des heures. Andrea, à bien des égards, est bien plus digne que moi. Avant de me mettre à pleurer, je quitte la cuisine précipitamment.

Aussitôt la porte refermée derrière moi, je craque.

— Qu'est-ce qui s'est passé ?

Eh merde, j'avais totalement oublié Anne-Fleur. Je ne me sens pas vraiment d'humeur à réitérer mes révélations, car je ne suis pas certaine d'être capable de survivre à un deuxième regard plein de déception et, peut-être, d'une once de dégoût. Heureusement pour moi, fidèle à elle-même, ma jeune collègue comprend que je ne veux pas en parler et se contente de me prendre dans ses bras. Je décharge une partie de mon émotion, puis je parviens à m'extraire de son étreinte.

— Je… je suis désolée… Je vais devoir y aller. Je t'appelle plus tard, OK ?

Je sais très bien qu'Anne-Fleur meurt d'envie de savoir ce qui s'est passé de l'autre côté de la porte de la cuisine. Mais je sais aussi qu'elle estime davantage ses amies que les ragots, alors elle m'adresse un sourire, m'aide à enfiler mon manteau, et me laisse partir sans rien ajouter à ma peine.

De retour dans ma voiture, je craque de nouveau avant même d'avoir mis le contact. J'ai l'impression d'avoir fait voler en éclats le peu de confiance et de stabilité que j'avais réussi à construire ici en quelques semaines. Que vais-je faire désormais ? Je me retrouve à nouveau sans travail, et donc bientôt sans logement… Quant au célibat, je ne sais plus trop. Il me paraît clair qu'Andrea vient de mettre un terme à notre relation, de quelque nature qu'elle fût. Mais reste Alex, qui est peut-être encore dans ma chambre, chez Monique, en train de m'attendre, trépignant de savoir si je souhaite ou non nous donner une seconde chance. Qu'en est-il, d'ailleurs ? Je ne suis pas certaine d'avoir envie de retrouver Alex pour avoir ce type de conversation. D'un autre côté… je ne dirais pas non à une épaule compatissante sur la quelle m'épancher.

Retourner chez Monique et la remercier pour son aide
→ vers **CHAPITRE 61** (p. 344)
OU Retrouver directement Alex dans la chambre
→ vers **CHAPITRE 62** (p. 347)

CHAPITRE 59

Je suis bien trop fatiguée et nerveuse pour avouer à Andrea ce que j'ai sur le cœur. Je sais que, d'un côté, ça me libérerait sans doute après toutes ces semaines à jouer la comédie. Mais je ne suis pas prête à affronter sa réaction, pas prête à voir son regard déçu quand il saura que je lui ai menti et qu'en plus je l'ai plus ou moins trompé hier en couchant avec mon ex. Tout ça, pour l'instant, me semble juste… trop. Alors, je m'enfonce dans le mensonge et continue mon numéro de comédienne.

— Je suis vraiment désolée, Andrea, balbutié-je. Je crois vraiment que la fatigue et la pression m'ont fait commettre une erreur, c'est vraiment nul, je sais, mais je…

— Mais enfin, Pauline, ce n'est pas une simple…

Andrea est lui-même interrompu par la porte d'entrée de la pâtisserie.

— Pardon de vous déranger, mais est-ce que vous avez bientôt fini ? Ça caille dehors !

Anne-Fleur, emmitouflée dans sa doudoune, passe une tête à l'intérieur.

— Je suis désolé, s'excuse Andrea. Entre vite !

Pendant ce temps, le chef pâtissier se dirige vers la cuisine. Sans même se retourner, il me lance :

— Pauline, j'aimerais qu'on poursuive cette discussion. Je t'attends en cuisine.

Pour toute réponse, je hoche la tête bien qu'il ne me voie pas.

— Qu'est-ce qui s'est passé ? s'étonne Anne-Fleur qui a déjà retiré son manteau.

— J'ai fait une grosse connerie, confessé-je.

— À ce point-là ?

Je montre les bûches entamées sur le comptoir :

— Je me suis plantée dans les ingrédients, et elles sont immangeables !

— Oh. Merde.

Dans ses yeux, je lis un instant la panique, puis elle se reprend :

— Entre ça et son problème de voiture, c'est sûr qu'il doit être un peu énervé. Mais ça passera, t'en fais pas. Andrea n'est pas du genre à rester fâché longtemps. Ça va aller.

Elle m'adresse le sourire le plus compatissant que j'aie jamais vu. J'essaie de le lui rendre.

— Je devrais sans doute me dépêcher.

Sans attendre sa réponse, je me faufile à mon tour dans la cuisine. Ça va aller.

Andrea m'attend, appuyé contre l'îlot central. Plongé dans une profonde réflexion, il regarde le sol, les bras croisés et la mâchoire serrée.

— Je suis vraiment désolée, répété-je en entrant. Je ne sais pas ce qui s'est passé mais… j'ai fait une erreur.

Andrea secoue la tête avec vigueur.

— Mais enfin Pauline, c'est une erreur de débutant, ça ! Que tu confondes du sucre avec du sel en CAP, à la limite, je peux presque l'entendre… mais tu n'es plus étudiante à ce que je sache ! Enfin, ce genre d'ingrédients, on fait la différence naturellement, au poids, à l'œil, qu'importe. Je ne comprends même pas comment ça peut arriver, en fait.

Je ne voulais pas m'énerver, mais avec si peu de sommeil au compteur, le moindre reproche me rend irritable.

— T'es sérieux ? m'indigné-je. Tu me tires du lit au beau milieu de la nuit pour me demander de venir faire un travail qui, je le rappelle, n'était pas le mien au départ, et tu t'étonnes que tout ne se passe pas comme prévu ? Excuse-moi de ne pas être un robot insensible à la pression ! La prochaine fois, tu n'auras qu'à demander à quelqu'un d'autre… ou te débrouiller tout seul.

Pendant que je parle, Andrea se rapproche de moi et je m'en veux de ressentir ça, mais même en pleine engueulade, je peux ressentir cette tension charnelle entre nous. J'essaie de chasser cette pensée.

— Tu es sûre que cette « erreur » n'était pas… intentionnelle ? souffle-t-il.

Pardon ?

— Qu'est-ce que tu insinues ? m'étranglé-je.

— Je ne sais pas… entre les menaces, les sabotages, et maintenant ça…

— Tu te fous de moi ? aboyé-je.

— Depuis ton arrivée, tout s'est accéléré et amplifié. Je suis en droit de me poser la question ! se défend-il.

— Alors ça ! C'est la meilleure. Je fais une connerie, et ça y est, ça suffit pour que je devienne la coupable idéale ? Franchement Andrea, je pensais que tu me connaissais mieux que ça.

Il soupire et baisse la tête et les épaules.

— Pardon. Toute cette histoire me rend complètement parano… je soupçonne absolument tout le monde, je suis tout le temps sur mes gardes. Je n'en peux juste plus. À la base, moi, je voulais juste reprendre ce commerce familial que j'aime tant, et cuisiner. Mais aujourd'hui, je ne prends plus le moindre plaisir à tout ça.

Je veux le rassurer lorsque la sonnerie de mon portable nous fait sursauter tous les deux. Merde. D'habitude, je mets le mode silencieux au travail, mais aujourd'hui, comme j'attendais des nouvelles d'Andrea, j'ai monté le volume au maximum pour être certaine de ne rater aucun message. Par habitude, je sors mon téléphone pour consulter l'écran. Là, je blêmis : c'est le nom d'Alex qui s'affiche. Qu'est-ce qu'il me veut ? Je lui avais demandé de m'attendre ! S'il doit partir pour une raison ou une autre, il pouvait se contenter d'un texto ou d'un petit mot sur la table de nuit. Paniquée, je rejette l'appel et passe mon téléphone en silencieux.

— Eh bien, à qui as-tu aussi peu envie de parler ? s'amuse presque Andrea.

Là, je fais face à un tout nouveau cas de figure. Mentir par omission, c'est facile et on arriverait presque à se persuader que ce n'est pas vraiment un mensonge. En revanche, affirmer à Andrea, les yeux dans les yeux, que ce sont encore mes parents qui viennent de m'appeler, alors qu'il s'agit de mon ex avec qui j'ai remis le couvert la veille au soir, c'est un autre niveau de duperie. Tricher là-dessus, ce serait sans doute franchir une ligne rouge. Je pourrais encore choisir de jouer la carte de l'honnêteté totale, et tout avouer à Andrea maintenant, avant d'en être complètement incapable, trop embourbée dans mes mensonges. En ai-je seulement l'envie ?

Tout avouer à Andrea, de l'usurpation d'identité à la nuit avec Alex → vers **CHAPITRE 65** (p. 361)

OU S'entêter dans le mensonge pour ne pas subir les conséquences d'un aveu → vers **CHAPITRE 60** (p. 337)

CHAPITRE 60

— Ce sont mes parents… encore… bredouillé-je.

— Ils ont fini par te rappeler après Noël ? Je croyais que depuis, c'était silence radio.

— Euh, ouais… Non… Enfin, c'est compliqué.

Je sens une goutte de sueur descendre de mon cou jusqu'au bas de mon dos.

— Ils voulaient peut-être simplement te souhaiter la bonne année ?

— Ouais… ça m'étonnerait.

Andrea doit remarquer mon trouble, car après un moment, il finit par changer de sujet.

— Je suis désolé pour ce matin, lâche-t-il enfin. J'aurais dû trouver une autre solution, plutôt que de te faire venir en urgence. Je n'aurais pas dû non plus m'en prendre à toi de cette façon, et t'accuser de tous les maux. Je me suis laissé emporter par ma frustration. Toute cette histoire commence vraiment à me peser.

J'apprécie qu'il présente ses excuses de lui-même.

— Et moi, soufflé-je, je suis désolée pour cette erreur.

— Malgré ce que j'ai pu dire… ce sont malheureusement des choses qui arrivent.

Il m'adresse un sourire discret.

— Qu'est-ce qui va se passer maintenant ?

Nous nous appuyons tous les deux contre le plan de travail, comme si rester debout nous demandait soudain trop d'énergie. Andrea hausse les épaules :

— Il va falloir rembourser les clients, et sans doute faire un geste commercial. Ça va coûter du temps et de l'argent, mais si on ne lésine pas sur les moyens, on ne perdra peut-être pas trop de clients. Les habitués reviendront. Enfin, je pense.

Je me sens de nouveau honteuse. À cause de moi, et de mes mensonges répétés, un établissement plus que centenaire pourrait se retrouver en difficulté. Je ne suis pas certaine de m'en remettre si la Maison Lavergne venait à fermer par ma faute…

— Parfois… reprend Andrea, je songe à tout arrêter.

— Tu veux fermer la pâtisserie ?

— Non, quand même pas ! Elle compte beaucoup trop pour le village, pour la région, et même pour moi. Mais, je sais pas, trouver un repreneur par exemple. Ou quelqu'un avec qui partager cette charge.

— Un copropriétaire ?

— Ouais, par exemple.

De l'autre côté de la pièce, la porte s'ouvre, et la tête d'Anne-Fleur apparaît de nouveau dans l'encadrement.

— Pardon de déranger encore, mais il y a quelqu'un pour toi…

Andrea se lève.

— … Pauline, termine ma jeune collègue.

Je me redresse d'un bond, prise à nouveau de panique. J'ai un mauvais pressentiment. Je me rue vers l'entrée du magasin, en espérant me tromper, et en espérant surtout qu'Andrea ne me suivra pas.

Malheureusement, mon instinct ne m'a pas trompée. Alex se trouve là, devant le comptoir, l'air perdu et les bras ballants.

— Qu'est-ce que tu fais ici ?

Je parle bas, et essaie de tempérer les reproches qui transparaissent dans mon ton.

— Je t'ai laissé plein de messages ! s'exclame-t-il. J'étais inquiet… vu comme tu es partie précipitamment ce matin, je…

J'attrape Alex par le biceps et l'accompagne à l'extérieur d'un pas rapide. Anne-Fleur avait raison : il caille. Mais je suis tellement énervée que je ne sens même pas la morsure du froid sur ma peau. Qu'est-ce que cet idiot fiche là ? J'espère qu'Andrea ne l'a pas vu ni entendu.

— On a eu des urgences à gérer, mais je ne vais sans doute pas tarder à rentrer. Je t'avais demandé de m'attendre ! C'était vraiment au-dessus de tes forces ?

— J'ai pensé que tu aurais au moins le temps pour un texto. En plus, je m'ennuyais à mourir au gîte et… enfin, j'avais envie de voir où tu travailles maintenant. Avoir un aperçu de ta nouvelle vie.

Je ne peux pas m'empêcher de penser que sa réaction est *quand même* un peu mignonne. Mais sa présence pourrait me mettre vraiment dans la merde, alors je me ressaisis, et j'essaie de le renvoyer gentiment :

— Je n'en ai plus pour longtemps. Va te promener un peu dans le bourg si tu veux, ou dans la forêt si tu n'as pas trop froid. Je te rejoins chez Monique d'ici une petite heure, je pense. Ça ira ?

Alex hoche la tête. Il va pour m'embrasser, mais je tourne la tête au dernier moment et ses lèvres s'échouent sur ma joue.

Je lui adresse quand même un dernier sourire et repars vers la pâtisserie.

Juste avant d'entrer, j'aperçois furtivement Andrea dans l'encadrure de la porte de l'établissement. Il a de nouveau tout resserré : les bras comme la mâchoire. Quand nos regards se croisent, il s'engouffre sans un mot dans la cuisine. Derrière le comptoir, Anne-Fleur a certainement assisté à toute la scène. Pourtant, elle fait celle qui est occupée et trie les pâtisseries dans le frigo. Quelque part, ça m'arrange. Je n'ai pas envie de m'expliquer auprès de tout le monde. Andrea risque de me demander des comptes, et c'est bien suffisant. Je le rejoins rapidement à la cuisine.

— C'était qui ? demande-t-il sèchement alors que je suis à peine entrée.

— Ça ne te regarde pas, réponds-je sur le même ton.

— Je crois bien que si.

— Et pourquoi ?

Il soupire et secoue la tête :

— Je ne sais pas, Pauline, enfin depuis quelques semaines, toi et moi…

— Toi et moi quoi ? Il me semble qu'on n'a jamais eu de discussion à ce sujet, justement. On n'a jamais formalisé qu'on était un couple, ou quoi que ce soit. Donc je ne crois pas te devoir d'explications !

Je me laisse tomber sur une chaise dans un coin de la pièce. Coudes sur les genoux, dos courbé, tête dans les mains, je ne sais plus quoi faire. Je me sens prise au piège de mes propres décisions, de mes propres mensonges. C'en est trop. Je ne peux plus le supporter. Je décide d'enfin vider mon sac. De toute façon, Andrea n'est pas idiot. Il m'a vue avec Alex, il sait qu'il n'est pas un simple ami. Autant tout avouer maintenant, et conserver le peu de dignité qu'il me reste.

— C'est mon ex, lâché-je d'un souffle.

Andrea ne réagit pas. En tout cas, il ne dit rien, ne soupire pas. Pour le reste, je ne sais pas. Je n'ose pas lever les yeux vers lui. Je ne veux pas y lire à nouveau sa déception, et sa colère. Bien qu'elles soient méritées… Je n'attends pas davantage, et je poursuis sur ma lancée, avant d'être complètement tétanisée et incapable de parler.

— Il est arrivé par surprise hier soir chez Monique, alors qu'on ne s'était pas parlé depuis des mois. Et là, je ne sais pas, le contexte du réveillon, les choses qu'il m'a dites, toutes les difficultés que j'ai rencontrées ces dernières semaines… J'ai été envahie par plein de sentiments parfois contradictoires et, enfin, bref… On a recouché en semble.

Cette fois, sa réponse ne tarde pas :

— Est-ce que tu l'aimes encore ?

— Je… je n'en sais rien.

Sans doute n'est-ce pas ce qu'il voulait entendre. Mais c'est la réponse la plus honnête que je peux lui donner pour l'instant. Je suis complètement paumée dans ma vie, depuis des mois, et je pensais que l'éloignement à Saint-Laurent me ferait du bien, mais aujourd'hui, je me rends bien compte que je ne suis pas beaucoup plus avancée qu'en arrivant.

— Pourquoi tu ne m'as jamais parlé de lui ? Enfin, en même temps, tu ne m'as jamais vraiment parlé de ta vie… J'aurais peut-être dû me douter de quelque chose.

Il a dit ça sans animosité. Désormais, Andrea a seulement l'air… blasé. Comme s'il n'était pas étonné, finalement, que cette nouvelle désillusion lui tombe sur le coin du nez. Je soupire un grand coup.

— Je ne t'ai jamais parlé de moi… parce que je ne suis pas celle que tu crois.

Cette fois, j'ose enfin relever les yeux vers lui. Bras toujours croisés, il fronce les sourcils et me regarde sans comprendre.

— La Pauline Robert de la région, vendeuse et diplômée en pâtisserie que Sébastien a eue en entretien téléphonique à la fin de l'été…ce n'est pas moi. Il s'est trompé quand il m'a contactée. Moi j'étais au chômage depuis des mois, célibataire depuis des semaines, j'ai vu ça comme un signe du destin, tu vois ? Le genre d'occasion qui ne vient pas à toi par hasard, et qu'il faut absolument saisir. Je n'avais aucune compétence en vente, encore moins en cuisine, mais j'ai pas trop réfléchi, et je me suis pointée ici en pensant que ça serait facile, et que je pourrais faire le point sur mon futur.

Au final, j'ai juste l'impression d'avoir tout gâché. Mais ça, je n'arrive pas à le dire. Je sens les larmes me monter aux yeux et ma gorge se serre. Malheureusement, je pense qu'il n'y a plus rien à ajouter. Je n'essaie même pas de demander à Andrea de me pardonner mes mensonges et ma duperie. Car à sa place, je crois que je ne le ferais pas. Comment repartir sur des bases saines après ça ? Alors que je ne sais pas moi-même ce que je veux, ce que j'attends ?

Andrea ne se met pas en colère, il ne dit rien, ne crie pas, ne demande pas d'autres explications. Sans doute vexé, ou déçu, ou choqué, ou un peu de tout ça, il se dirige vers les frigos, d'où il sort des préparations. Je suis toujours sur ma chaise, sans savoir quoi faire.

— Si tu le permets, lâche-t-il enfin, j'ai du travail.

Avant de me mettre à pleurer, je quitte la cuisine précipitamment. Aussitôt la porte refermée derrière moi, je craque.

— Qu'est-ce qui s'est passé ?

Eh merde, j'avais totalement oublié Anne-Fleur. Je ne me sens pas vraiment d'humeur à réitérer mes révélations, car je ne suis pas certaine d'être capable de survivre à un deuxième regard plein de déception et, peut-être, d'une once de dégoût. Heureusement pour moi, fidèle à elle-même, ma jeune collègue comprend que je ne veux pas en parler et se contente de me prendre dans ses bras. Je décharge une partie de mon émotion, puis je parviens à m'extraire de son étreinte.

— Je… je suis désolée… Je vais devoir y aller. Je t'appelle plus tard, OK ?

Je sais très bien qu'Anne-Fleur meurt d'envie de savoir ce qui s'est passé de l'autre côté de la porte de la cuisine. Mais je sais aussi qu'elle estime davantage ses amies que les ragots, alors elle m'adresse un sourire, m'aide à enfiler mon manteau, et me laisse partir sans rien ajouter à ma peine.

De retour dans ma voiture, je craque de nouveau avant même d'avoir mis le contact. J'ai l'impression d'avoir fait voler en éclats le peu de confiance et de stabilité que j'avais réussi à reconstruire ici en quelques semaines. Que vais-je faire désormais ? Je me retrouve à nouveau sans travail, et donc bientôt sans logement… Quant au célibat, je ne sais plus trop. Il me paraît clair qu'Andrea vient de mettre un terme à notre relation, de quelque nature qu'elle fût. Mais reste Alex, qui m'attend chez Monique, mais à qui j'en veux encore de m'avoir mise au pied du mur avec Andrea. Je ne suis pas certaine d'avoir envie de le retrouver tout de suite. D'un autre côté… je ne dirais pas non à une épaule compatissante sur laquelle m'épancher.

Retourner chez Monique et la remercier pour son aide
→ vers **CHAPITRE 61** (p. 344)
OU Retrouver directement Alex dans la chambre
→ vers **CHAPITRE 62** (p. 347)

CHAPITRE 61

De retour chez Monique, je me rends à l'étage par la porte d'entrée sans passer par les chambres. Dans la maison, nulle trace de ma logeuse. Elle n'est pas dans le salon, sa chambre est fermée, et lorsque je me permets de passer une tête dans sa cuisine, elle n'y est pas. Mes yeux s'arrêtent sur la machine à café. Je réalise que je n'en ai pas bu depuis le coup de téléphone d'Andrea, et que ça m'aiderait sans doute à tenir face à cette nuit blanche et cette journée qui n'en finit plus. Normalement, j'ai interdiction formelle de pénétrer dans la cuisine, mais Monique n'est pas là, et j'ai passé les 24 heures les plus étranges et, à certains égards, les plus éprouvantes de ma vie, alors qu'importe. J'ai envie d'un vrai bon café, et pas des dosettes que Monique laisse à disposition dans la kitchenette des chambres en bas. Je farfouille un peu dans les placards pour trouver les filtres et le café moulu. La machine est un véritable outil de barista, et il me faut quelques minutes pour comprendre son fonctionnement et parvenir à la faire marcher. Je fais couler deux tasses au cas où Alex m'aurait vue entrer et se demanderait pour quelle raison je ne suis pas retournée directement dans la chambre. Pendant que la machine opère, je profite de ce petit sas de décompression pour faire le vide dans ma tête, et retrouver une respiration et un rythme cardiaque à peu près normaux.

Quand les cafés sont prêts, j'entreprends de ranger un peu le désordre que j'ai mis dans la cuisine de Monique – histoire de ne pas me faire encore tirer les oreilles aujourd'hui – et jette le filtre à la poubelle. Alors que j'ai récupéré les deux tasses et que je suis prête à descendre rejoindre Alex, quelque chose me chiffonne. Je retourne à la poubelle, et l'ouvre à nouveau. Sous le filtre que je viens de déposer se trouvent d'innombrables coupures de journaux.

Des journaux dans lesquels ont été découpés des mots, des phrases, des lettres.

Là, malgré le manque de sommeil et de caféine, tout prend sens très vite dans ma tête. Ces coupures sont la preuve que Monique est l'autrice des lettres de menaces qu'ont reçues différents employés de la Maison Lavergne. Pourquoi s'adonnerait-elle à ce type d'activité autrement ? Je n'ai jamais vu Monique réaliser une quelconque activité artistique ou manuelle, et elle n'en a jamais parlé non plus. Je l'ai souvent vue avec son journal, mais elle n'a jamais rien fait d'autre que le lire. La présence de ces papiers, dans une pièce où elle m'a strictement interdit d'aller, ne peut pas être un hasard. Soudain, dans mon esprit, tout se télescope. Les ingrédients, c'est elle qui me les a passés ce matin ! Et si… Non, ce n'est pas possible… Pourquoi aurait-elle volontairement interverti le sel et le sucre ? Pour me faire accuser à sa place ? Et surtout, pourquoi chercherait-elle à nuire à l'établissement auquel feu son mari a dédié sa vie et sa carrière ?

— Pauline ? Qu'est-ce que tu fais là ? J'ai aperçu ta voiture devant la maison.

La voix d'Alex me fait sursauter.

— Tu fais les poubelles ? demande-t-il, étonné.

Je le regarde un temps sans comprendre, avant de me reprendre :

— Non, mais je… Enfin je crois que je viens de faire une découverte de dingue. Café ?

Nous nous asseyons autour de la table, et je raconte à Alex la drôle d'histoire des menaces et sabotages qui planent au-dessus de la Maison Lavergne depuis un an.

— En fait, tu es littéralement venue vivre dans un de tes podcasts ! C'est pour ça que tu es venue dans ce bled ?

— Non, non, ça n'a rien à voir. Je t'ai dit, c'est une erreur de casting. Je n'étais pas au courant de tout ça quand j'ai pris le poste. Et d'ailleurs, je crois que si je l'avais été, je ne serais pas venue. J'écoute justement trop d'histoires glauques pour me jeter de moi-même dans ce genre de délires !

Je suis étonnée de la facilité déconcertante avec laquelle Alex et moi sommes capables de retrouver notre ancienne complicité alors même que nous n'avons pas échangé depuis des mois. A-t-il raison de penser que faire renaître notre histoire est encore possible ?

Lorsque nous finissons notre café, Monique n'est toujours pas revenue. Je me demande si cela a encore du sens de l'attendre. Certes, une part de moi meurt d'envie de savoir si mes conclusions sont exactes, et surtout ce qui l'a poussée à agir de la sorte. Mais d'un autre côté… je ne suis plus la bienvenue à la pâtisserie, et sans doute prochainement aussi à Saint-Laurent. À quoi bon alors m'éterniser ? Peut-être devrais-je au moins donner cette information à Andrea ? Après tout, même s'il ne veut plus entendre parler de moi, il a le droit de connaître la vérité. Ou peut-être qu'il est seulement temps pour moi de refermer cette parenthèse et de reprendre le cours de ma « vraie » vie, celle que j'ai laissée en plan sur un coup de tête il y a de cela presque deux mois. Et de le faire sans me retourner.

Avoir une dernière discussion avec Monique avant de s'en aller → vers **CHAPITRE 63** (p. 351)

OU Faire part à Andrea de ses dernières découvertes → vers **CHAPITRE 64** (p. 359)

CHAPITRE 62

De retour dans la chambre, je constate qu'Alex a entrepris de ranger dans son sac le peu d'affaires qu'il a apportées.

— On doit rendre la location demain avec les potes, faut que je retourne chercher ma valise, argue-t-il.

Lasse, j'enregistre à peine l'information et me laisse tomber sur le bord du lit. Alex suspend aussitôt son geste et me rejoint. Il s'assied tout près de moi mais, gêné, il n'ose pas me toucher ou me prendre dans ses bras.

— Tout va bien ? demande-t-il finalement.

Entre le manque de sommeil et le trop-plein de larmes, je dois avoir le visage et les yeux aussi rouges que bouffis.

— Je crois pas que je vais rester ici.

Puis, j'ouvre les vannes. Toute la frustration accumulée depuis des semaines, à tenter de cacher mes mensonges par tous les moyens, se libère. Alex passe un bras derrière mon dos, et m'attire contre lui. Il ne dit rien, mais sa présence chaleureuse me fait du bien. Je reviens sur mes deux mois ici, parfois heureux, parfois difficiles. Je raconte à Alex tout ce que j'ai vécu, soulagée de retrouver son oreille attentive, loin de toute forme de jugement. Je termine mon récit à court de larmes et de salive. Je vois bien au visage d'Alex qu'une question lui brûle les lèvres. Après un long silence, il finit par la poser à demi-mot :

— Andrea et toi…

Pour toute réponse, je me contente de hocher la tête. Le silence s'étire à nouveau entre nous. Pourtant, Alex ne desserre pas son étreinte.

— Je suis désolée, m'étranglé-je.

— Tu n'as pas à l'être… On était séparés, après tout. S'il y en a un qui doit être désolé ici, c'est moi.

Je tourne la tête vers lui. Il me sourit. Je pourrais, moi aussi, lui demander s'il y en a eu une autre. Mais en réalité, je n'en ai que faire. L'important, c'est qu'il soit là pour moi aujourd'hui. Je ne sais pas de quoi la suite sera faite, mais sa présence et son soutien dans cette situation compliquée pour moi sont essentiels. Alors que tout semble s'effondrer autour de moi, il me redonne soudain une impression de stabilité.

— Qu'est-ce que tu comptes faire, maintenant ? me demande Alex.

Je me laisse tomber sur le lit, bras écartés.

— Je sais pas trop… Il va falloir que je trouve un boulot, un appart… J'imagine que je vais devoir squatter un bout de canapé, sinon c'est retour chez mes parents.

— Ça ne va pas mieux, avec eux ?

Je laisse échapper un ricanement.

— Tu parles ! Le licenciement, déjà, ça a été un choc pour eux, alors la séparation, n'en parlons pas. Je crois qu'ils m'ont reproché chacun de mes choix de vie depuis le lycée ! Mon père a même pris Sam et Julie pour exemple, parce que tu sais, elles sont installées, mariées, et elles attendent un bébé. Alors que quand j'étais plus jeune, il était le premier à essayer de m'éloigner de ces « mauvaises fréquentations ». Je te jure, ils ne sont plus à une contradiction près…

— Du coup, tu n'as pas passé Noël avec eux ?

Je secoue la tête.

— Oh mon Dieu, jure-t-il, je n'ose même pas imaginer ce qu'Évelyne a pu dire sur nous !

J'essaie d'imiter la voix nasillarde de ma tante :

— « Je ne l'ai jamais senti, de toute façon, cet Alexandre, j'ai toujours trouvé étrange qu'il ne lui ait toujours pas passé la bague au doigt après tout ce temps… Non vraiment, votre fille n'a jamais su s'entourer correctement. Quel dommage ! »

Nous éclatons de rire de concert, et Alex se laisse à son tour tomber sur le lit. Nous tournons nos visages en même temps l'un vers l'autre, souriants. Nos lèvres ne sont plus qu'à quelques centimètres, je peux sentir d'ici le souffle chaud d'Alex, et les effluves musquées de son parfum. Ah, je pourrais rechuter à nouveau, l'embrasser avec passion, le déshabiller avec fougue, pour le sentir à nouveau en moi… Mais serait-ce seulement pour les bonnes raisons ? Pour mettre fin à la tentation, je me relève brusquement :

— Je devrais sans doute faire ma valise, si je ne veux pas avoir trop de route à faire en pleine nuit.

— Tu es sûre qu'il n'y a plus rien pour toi ici ?

Je hoche la tête pour toute réponse. Alex se redresse à son tour et, sans un mot, m'aide à boucler mes bagages.

Je remonte ensuite faire mes adieux à Monique. Elle refuse que je lui paie le dernier solde que je lui dois, et nous nous enlaçons longuement avant que je descende jusqu'à ma voiture. Je me promets d'appeler Anne-Fleur le plus tôt possible, pour tout lui dire. J'espère la revoir un jour, elle aura été ici pour moi une véritable amie.

Alex m'attend, adossé à la portière de ma voiture, lui aussi prêt à partir.

— Si tu ne veux pas faire toute la route d'un coup, commence-t-il, comme je te le disais, on ne rend la location que demain.

Certains sont déjà repartis, donc il y aura des lits disponibles. Enfin, si tu as envie de…

Il laisse sa phrase mourir sans la terminer. Passer la nuit dans une maison avec Alex, en compagnie de ses amis. Sur le papier, l'idée est plaisante. Ça me permettrait de couper mon trajet en deux, et de réfléchir encore un peu pour savoir si je retourne à Paris, ou si je rentre finalement au Mans, chez mes parents. Mais c'est aussi, peut-être, redonner une chance à notre relation, devant témoins.

Depuis hier, Alex agit comme le petit ami parfait, repentant, attentionné, aimant. Il a aussi été un amant passionné, comme il ne l'avait plus été depuis longtemps… Comment être sûre que ce sont les prémices d'une histoire renaissant sur des bases saines ? Qui pourrait durer dans le temps ? Et pas seulement un fantasme avant un nouvel échec? Je ne peux pas oublier le traumatisme que cette séparation a été pour moi. Le pourrai-je seulement un jour ? Ou est-ce que le souvenir de cette douleur m'empêchera d'aimer Alex et de lui faire confiance comme je le faisais auparavant ?

Je lui jette un dernier regard avant de prendre ma décision. Il a sa tête des matins difficiles. Ceux où il n'a pas assez dormi : les yeux mi-clos, les cheveux désordonnés, mais le sourire aux lèvres. Qu'il est beau, dans sa chemise toute chiffonnée et son pantalon de costume tout plissé. Il est parti à la va-vite, avec dans son sac tout juste un caleçon de rechange, une brosse à dents et du déo. Visiblement pressé de me retrouver pour me reconquérir. Il m'est difficile de rester insensible. Mais comment savoir si ces nouvelles et belles intentions vont tenir dans la durée et notre histoire se poursuivre pour la vie ?

Laisser une chance à sa relation avec Alex
→ vers **CHAPITRE 67** (p. 372)
OU Remercier Alex, mais continuer séparément
→ vers **CHAPITRE 68** (p. 378)

CHAPITRE 63

Monique, ne tarde pas à arriver. Lorsqu'elle entre dans la cuisine et nous voit tous les deux attablés autour d'un café dans le salon, elle fronce les sourcils dans une moue d'insatisfaction. Alex, visiblement impressionné par ma logeuse – et je ne peux l'en blâmer, j'ai été comme lui au début ! – décide de se retirer à nouveau dans la chambre pour nous laisser discuter toutes les deux.

— Alors, Andrea a fini par revenir travailler ? demande-t-elle comme si de rien n'était.

Pendant un instant, j'hésite à abandonner mon idée de lui faire reconnaître son implication. Après tout, cela n'est sans doute plus mon problème. Mais… je ne peux pas m'en empêcher. Alex a raison : à ce moment précis, ma passion pour le *true crime* et les affaires policières reprend le dessus. J'ai *besoin* de connaître ses motivations ! Monique doit me trouver longue à la détente, car elle ajoute rapidement :

— Ça ne va pas ? Tu es malade ? Je te trouve bien pâle.

Avant de lancer ma première offensive, j'attends qu'elle s'asseye autour de la table. Je lui fais un signe en ce sens.

— Tu commences à me faire peur, là ! fait-elle en prenant place.

— Je sais ce que vous cachez, Monique ! déclaré-je.

J'essaie de ne pas trop en faire : j'ai l'impression d'être tout à coup devenue l'héroïne d'un de mes podcasts d'enquêtes criminelles !

— Qu'est-ce que tu me chantes ?

Mes yeux ne quittent pas les siens, tentative vaine de la déstabiliser, même si Monique n'est pas vraiment du genre impressionnable.

— Tu es sûre que tu n'es pas souffrante ? demande-t-elle. Je peux appeler le médecin de garde.

— Je vais bien, ne vous en faites pas. Mais n'essayez pas de changer de sujet !

— Quel sujet ? s'agace Monique. Tu me donnes des ordres dans ma propre maison, et je ne sais toujours pas ce que tu me veux !

Elle fait celle qui n'a rien à se reprocher, mais je vois bien à son regard fuyant – chose inhabituelle chez elle – que j'ai fait mouche. Je dois continuer et la pousser à avouer.

— Je sais ce que vous avez fait, Monique. Et j'aimerais savoir pourquoi.

Elle secoue la tête, passablement irritée.

— Si tu ne me dis pas vite de quoi il retourne, je te préviens, je m'en vais.

Là, je retrouve la Monique que je connais. Et tout à coup, malgré les preuves évidentes, je doute : et si je m'étais complètement fourvoyée depuis le début ? Fini de jouer, cette fois, je vais droit au but :

— C'est vous qui menacez la Maison Lavergne depuis des mois. À coups de lettres et de discrets sabotages.

Comme prévu, ma suspecte commence par nier en bloc :

— Moi ? À mon grand âge ? Alors même que cette pâtisserie est l'œuvre de ma belle-famille ? Tu t'entends, jeune fille ? Je pense vraiment que tu es tombée sur la tête.

Je prends mon temps et laisse le silence s'étirer, avant de répondre calmement :

— Ça ne sert à rien de contester, Monique. J'ai des preuves irréfutables.

Elle lance un regard paniqué quoique très bref en direction de la poubelle, avant de se reprendre. Mais je ne lui laisse pas le temps de se débiner.

— Je veux juste savoir ce qui vous a poussée à faire ça. Comme vous venez de le dire, sans ces preuves, je ne vous aurais *jamais* suspectée. Et je pense que personne ne l'aurais jamais fait.

Ma logeuse est désormais plongée dans un abîme de réflexion. Dans ses yeux, je peux presque voir les rouages de son cerveau s'agiter. D'abord, j'essaie de ne pas la presser ou la brusquer. Puis, quand j'ai attendu assez, je mets en marche la deuxième partie de mon plan. J'enlève ma casquette d'enquêtrice pour me glisser dans la peau d'une psy :

— Ça vous fera sûrement du bien de vous confier.

Elle expulse un très long et très sonore soupir.

— Eh bien, j'imagine que si tu es au courant, ça ne tardera pas à se savoir. Au moins chez les employés, alors… Autant en terminer.

Elle marque un nouveau temps d'arrêt. Elle sait qu'après cela, il n'y aura plus aucun retour en arrière possible.

— On pourrait penser, lance-t-elle finalement, que je voue un culte, ou tout au moins que j'ai un profond respect pour la Maison Lavergne. Mais en réalité, ce n'est pas tout à fait le cas. Quand j'ai rencontré Victor, nous nous sommes mariés alors que nous étions encore très jeunes, et nous avions un rêve : reprendre ensemble la pâtisserie de son père le moment venu. Car c'est ça qui nous a toujours rapprochés, vois-tu, l'amour de la cuisine. Et puis, les années ont passé, le père de Victor refusait qu'une femme vienne travailler avec eux derrière les fourneaux, alors j'ai rongé mon frein, pensant que mon tour viendrait. Dans le même temps, avec Victor, on travaillait à la maison sur de nouvelles recettes que nous lancerions une fois propriétaires. Et puis, finalement, au moment où le père de Victor a pris sa retraite, mon mari a oublié ses promesses. Tout à coup, il trouvait que ce n'était peut-être plus ma place. Que je ferais mieux de rester à la maison, à me reposer, que je ne devais pas travailler. Le rythme de travail à la pâtisserie semblait incompatible avec un projet de bébé.

— Victor pensait que vous ne pourriez pas être une bonne mère tout en travaillant ?

Sérieux, j'ai beau savoir que la société a évolué, ça me met en rogne de savoir que Monique a dû faire un choix entre maternité et carrière. D'autant plus que finalement, elle n'aura eu aucune des deux. Je serre les poings.

— C'est un peu l'idée, oui. Pour Victor, comme pour beaucoup de monde à l'époque, c'était dans l'ordre des choses que je m'occupe du foyer et de nos futurs enfants. Alors il a repris seul l'établissement… mais il n'a pas oublié les créations que nous avions conçues. Dont certaines étaient exclusivement les miennes. Il ne m'a jamais demandé mon accord, d'ailleurs. Il ne pensait pas à mal, en réalité. Il pensait que je serais contente. Mais la bûche que le public a le plus plébiscitée, celle qui a fait la renommée de la Maison Lavergne, et qui continue de la faire… c'est moi qui l'ai créée. Et il lui a donné son nom. Lavergne. Sacré pied de nez, hein ?

— Vous n'avez jamais essayé… hésité-je, d'en revendiquer la maternité ?

Elle hausse les épaules.

— Tu penses bien. J'ai essayé d'en parler à Victor, mais pour lui, ça aurait dû me suffire de savoir que j'en étais la créatrice.

Les gens n'auraient pas compris… et puis, il se persuadait de plus en plus que c'était un travail d'équipe, qu'il avait travaillé à perfectionner la recette, etc.

— Vous lui en avez voulu ? demandé-je.

— À l'époque… je pensais que non. Ce n'était pas comme aujourd'hui. On ne mettait pas les femmes et leur travail en avant, il n'y avait pas d'égalité. On avait tendance à s'effacer derrière son mari. Le chef de famille. Et puis… il y avait cette histoire d'enfant qui ne venait pas, alors, quelque part, je n'y pensais plus. J'étais concentrée sur ma peine de ne pas être mère, et pendant des années, j'ai un peu oublié cette frustration. Ou plutôt, j'ai jeté un voile dessus, pour essayer de ne plus y penser.

— Qu'est-ce qui l'a réveillée, cette frustration ?

— Le réveil, ça a été au moment de sa maladie, quand il a rédigé ce fameux testament.

— Celui où il désignait le père d'Andrea comme propriétaire majoritaire ? demandé-je.

Elle hoche la tête, les yeux obscurcis de quelques larmes naissantes.

— Tu vas peut-être trouver ça idiot, mais j'ai pris ça comme un ultime coup de poignard. Mon mari, mourant, que j'avais épaulé toute sa vie durant, au travail, comme dans l'intimité… préférait léguer son établissement, la prunelle de ses yeux, à quelqu'un d'autre. Ne te méprends pas, Pauline, j'adorais cette famille, mais…

— Vous avez eu l'impression d'être trahie une seconde fois.

— Voilà. Exactement, soupire-t-elle.

— Mais… Je ne comprends pas, les lettres, tout ça, vous n'avez commencé qu'il y a un an.

— Après le coup du testament, j'étais très énervée… mais aussi endeuillée. En dehors de cette histoire, Victor était un homme bien, comme il y en avait peu à l'époque. J'aimais mon mari et, quelque part, je n'ai pas voulu salir sa mémoire en me jetant dans une sorte de croisade juste après sa mort.

— Que s'est-il passé ensuite ?

Elle inspire fort par le nez.

— Eh bien, encore une fois, j'ai essayé d'oublier tout ça. Avec l'âge, je m'étais fait une raison. Mais… je ne sais pas, quand Andrea a pris la suite de son père, j'ai vu rouge, sans trop savoir pourquoi. C'était un homme qui héritait de la Maison Lavergne, un homme qui allait s'attribuer tout le mérite et toutes les louanges de mon travail… Au départ, je pensais n'écrire qu'une seule lettre, je pensais que ça suffirait à extérioriser tout ce que je contenais en moi depuis des années. Mais je me trompais. Je suis tombée dans l'engrenage. En un sens, c'était grisant. Être la pauvre vieille Monique Lavergne le jour, et corbeau à la nuit tombée. Je me suis sentie… vivante, si je puis dire.

Pour les sabotages, m'explique-t-elle, elle a suivi plus ou moins la même logique : cela ne devait se produire qu'une seule fois. Mais là encore, elle s'est laissée entraîner. Peu à peu, l'envie de faire fermer pour de bon cette Maison qui l'avait tant fait souffrir a pris le dessus, et elle a commencé à mettre tous les moyens à sa disposition pour parvenir à ses fins.

— Mais la voiture d'Andrea, quand même ! Ça aurait pu être dangereux ! m'indigné-je.

— J'admets que sur ce coup-là… je me suis emballée. Enfin, je n'ai pas trafiqué ses freins non plus ! Je me suis juste arrangée pour que sa voiture puisse faire assez de kilomètres pour aller dans sa famille… mais pas assez pour revenir. Je n'ai jamais souhaité un accident. Je te le jure.

— Je vous crois.

Impossible de faire autrement. Plus Monique avance dans son récit, plus sa voix chevrote et plus ses yeux s'emplissent de larmes. Il me semble n'avoir jamais vu la vieille femme aussi vulnérable.

— Je vous comprends, Monique. Mais, je crois qu'Andrea devrait être mis au courant.

Les menaces de Monique sont autrement plus graves que mes propres petits mensonges. Pourtant, je ne peux m'empêcher d'entrevoir une certaine similitude entre sa situation et la mienne. Une fois lancées, aucune de nous n'a réussi à s'arrêter à temps. Désormais, nous devons être prêtes à affronter les conséquences de nos choix. C'est à mon tour maintenant de baisser les yeux et de soupirer. Au moins, désormais, je suis au clair avec cette histoire. Andrea est au courant de tout. Pour l'usurpation d'identité, comme pour Alex.

Monique se contente de hocher la tête, résignée.

— Tu vas me dénoncer ? demande-t-elle.

Elle ne dit pas ça avec l'air de quelqu'un qui voudrait m'en empêcher. Elle semble plutôt résignée, en réalité.

— Ce n'est pas à moi de le faire, je crois.

Elle inspire un grand coup. Nous restons un moment à discuter autour de la table. Puisque je m'apprête à quitter définitivement Saint-Laurent, je me permets de lui raconter ma véritable histoire, en entier cette fois, et pas simplement les mensonges que j'ai bricolés pour qu'elle ne se doute pas de ma véritable identité. Je fais promettre à Monique d'avouer la vérité à Andrea, ce qu'elle finit par accepter.

— Comme toi, je me suis sentie peu à peu piégée dans cette situation inextricable. J'étais allée trop loin pour avouer, et j'avais peur… je ne sais pas, qu'Andrea me dénonce à la police ou quelque chose comme ça.

— Il n'en fera rien, lui assuré-je. Andrea ne souhaite qu'une chose : retrouver le plaisir de cuisiner. Et puis… il est humain et bienveillant, je suis certaine qu'il vous comprendra, et même qu'il finira par vous pardonner. Après tout, il vous considère comme sa grand-mère.

Monique rougit.

— Et toi, il ne te manquera pas ? m'interroge-t-elle.

Je hausse les épaules.

— Je ne suis pas certaine que ma vie soit ici.

— Elle est avec lui ?

Elle pointe la chambre d'en bas, où m'attend Alex.

— Ça… c'est encore à déterminer, soufflé-je.

→ vers **CHAPITRE 62** (p. 347)

CHAPITRE 64

Je laisse un instant Alex seul dans le salon et m'enferme dans la cuisine pour passer mon coup de fil.

Ça sonne un moment et, bien entendu, Andrea ne décroche pas. Lorsque la messagerie vocale se met en marche, je panique et raccroche. Je prends quelques secondes pour calmer ma respiration, et je réitère mon appel. Andrea ne répond toujours pas. Cette fois, je prends sur moi pour laisser un message :

— Salut Andrea, c'est euh… Pauline. Je sais que je suis sans doute la dernière personne à qui tu as envie de parler, mais… n'efface pas ce message tout de suite. Il ne s'agit pas de moi, ni même de nous. C'est au sujet des lettres de menaces. J'ai fait une découverte et, hum, je crois que je sais qui te fait chanter depuis des mois. Je… je crois bien que c'est Monique. C'est complètement fou dit comme ça, mais j'ai de fortes raisons de le croire. J'ai trouvé des journaux découpés dans la poubelle de sa cuisine. À chaque fois, ce sont des mots et des lettres qu'il manque. Je ne voulais pas trop y croire au début, puis je me suis souvenue que ce matin, c'est elle qui m'a disposé les ingrédients pour faire les bûches. Je n'ai aucune idée de pourquoi elle a fait ça, mais ça sera à toi de le découvrir, car moi… Je quitte Saint-Laurent. Aujourd'hui, je pense. Merci quand même. Pour tout.

Je laisse quelques secondes s'écouler avant de raccrocher. Puis je m'affale sur le banc de la cuisine et je craque.

Doucement cette fois, avec des larmes qui coulent lentement, sans soubresaut.

Une partie de moi meurt d'envie de savoir si mes conclusions sont exactes, et surtout de connaître les raisons qui ont poussé Monique à en venir à de telles extrêmités. Mais ce douloureux appel passé à Andrea me fait définitivement comprendre que ma place n'est pas, et n'a sans doute jamais été ici. J'ai vécu à Saint-Laurent une merveilleuse parenthèse, j'y ai appris beaucoup, sur la vie comme sur moi-même, et d'une certaine manière, j'en ressors grandie. Mais j'en ai assez de mentir, de me cacher derrière une identité qui n'est pas la mienne. Il est temps que je retrouve ma vie d'avant, ma *vraie* vie, et que j'accepte enfin d'affronter les conséquences. Je ne sais pas encore de quoi demain sera fait, mais je dois désormais prendre mes décisions comme une adulte réfléchie et non plus sous le coup de la tristesse ou de la frustration.

Un SMS de Sam finit de me convaincre que partir est la seule et unique chose à faire :

« Début des contractions, on part pour la maternité ! L'année commence sur les chapeaux de roues 😄 »

Je sèche mes larmes et m'en vais retrouver Alex. Peu importe ce qui m'attend maintenant, je sais que ma route ne s'arrête pas ici.

→ vers **CHAPITRE 62** (p. 347)

CHAPITRE 65

Andrea a les yeux rivés sur moi, et il attend une réponse. Je ne sais pas si c'est mon attitude face à l'appel, ou une sorte d'instinct de protection, mais il semble se douter que quelque chose de pas clair se cache là-dessous. Et tout à coup, je suis submergée par une immense lassitude.

J'en ai assez de devoir faire attention à chacun de mes gestes, de devoir peser la moindre de mes paroles, de marcher sur des œufs en permanence. J'en ai marre de cet exercice de funambule quotidien, d'osciller entre la vraie et la fausse Pauline. Je suis au pied du mur désormais, et j'entends bien mettre fin à tous ces mensonges ici et maintenant.

— C'est mon ex, soupiré-je.

— Ton ex ? s'étonne Andrea.

Je hoche la tête.

— Ça fait longtemps qu'il te harcèle ?

— Hein ? Quoi ?… Non, c'est pas du tout ce type d'appel…

— Pourquoi tu ne m'en as jamais parlé ?

Andrea est de nouveau sur la défensive. Ce n'est sans doute pas le meilleur jour pour tout lui balancer au visage, mais ça ne peut plus durer. Tout de même, je suis un peu agacée par son ton. Pour qui se prend-il à exiger des explications sur ma vie passée ?

— Ça ne te regarde pas, réponds-je sur le même ton.

— Je crois bien que si.

— Et pourquoi ?

Il soupire et secoue la tête :

— Je ne sais pas, Pauline, enfin depuis quelques semaines, toi et moi…

— Toi et moi quoi ? Il ne me semble qu'on n'a jamais eu de discussion à ce sujet, justement. On n'a jamais formalisé qu'on était un couple, ou quoi que ce soit. Donc je ne crois pas te devoir d'explications !

— Ah, donc c'est comme ça, s'emporte-t-il. Sous prétexte que nous n'avons pas mis une étiquette sur notre relation, tu t'arroges le droit de décider pour nous deux ? Alors on va mettre les choses au clair. C'est quoi pour toi ce qu'on vit ? Juste une passade ? Seulement du sexe ?

— Ça n'est pas la question !

— Apparemment si, puisque c'est pour ça que tu refuses de me répondre. A priori, tu as déjà choisi pour nous deux. Je n'aurais sans doute rien dit si tu m'en avais déjà parlé, si j'avais su que vous étiez encore en contact… Mais comprends-moi, tu es avec moi, il t'appelle, et tu t'empresses de raccrocher en rougissant. Qu'est-ce que je suis censé penser ?

J'expire longuement. Mes protestations sont vaines. Puisque j'ai décidé de tout avouer à Andrea, autant vider mon sac. Je ne crois pas pouvoir obtenir son pardon, dans tous les cas, alors autant jouer cartes sur table et me décharger de tout ce qui me pèse depuis des semaines. Histoire de pouvoir continuer à me regarder dans un miroir, malgré toutes mes tromperies.

— Il est arrivé par surprise hier soir chez Monique, expliqué-je doucement, alors qu'on ne s'était pas parlé depuis des mois. Et là, je ne sais pas, le contexte du réveillon, les choses qu'il m'a dites, toutes les difficultés que j'ai rencontrées ces dernières semaines… J'ai été envahie par plein de sentiments, parfois contradictoires et, enfin, bref… On a recouché ensemble.

Sa réponse fuse :

— Est-ce que tu l'aimes encore ?

— Je… je n'en sais rien.

De son point de vue, je suis sûre que cette réponse n'est pas entendable. Mais c'est la réponse la plus honnête que je peux lui donner. Je suis complètement paumée dans ma vie, depuis des mois, et je pensais que l'éloignement à Saint-Laurent me ferait du bien, mais aujourd'hui, je me rends bien compte que je ne suis pas beaucoup plus avancée qu'en arrivant.

— Pourquoi tu ne m'as jamais parlé de lui ? répète-t-il. Enfin, en même temps, tu ne m'as jamais vraiment parlé de ta vie… J'aurais peut-être dû me douter de quelque chose.

Il a dit ça sans animosité. Désormais, Andrea a seulement l'air… blasé. Comme s'il n'était pas étonné, finalement, de cette nouvelle désillusion qui lui tombe sur le coin du nez après une matinée déjà pleine de catastrophes pour lui. Je soupire un grand coup.

— Je ne t'ai jamais parlé de moi… parce que je ne suis pas celle que tu crois.

Cette fois, j'ose relever les yeux vers Andrea. Bras toujours croisés, il fronce les sourcils et me regarde sans comprendre.

— La Pauline Robert de la région, vendeuse et diplômée en pâtisserie que Sébastien a eue en entretien téléphonique à la fin de l'été… Ce n'est pas moi. Il s'est trompé quand il m'a contactée. Moi j'étais au chômage depuis des mois, célibataire depuis des semaines, j'ai vu ça comme un signe du destin, tu vois ? Le genre d'occasion qui ne vient pas à toi par hasard, et qu'il faut absolument saisir. Je n'avais aucune compétence en vente, encore moins en cuisine, mais je n'ai pas trop réfléchi, et je me suis pointée là en pensant que ça serait facile, et que je pourrais faire le point sur ma vie.

Au final, j'ai juste l'impression d'avoir tout gâché. Mais ça, je n'arrive pas à le dire. Je sens les larmes me monter aux yeux et ma gorge se serre. Malheureusement, je pense qu'il n'y a plus rien à ajouter. Je n'essaie même pas de demander à Andrea de me pardonner mes mensonges et ma duperie. Car à sa place, je crois que je ne le ferais pas. Comment repartir sur des bases saines après ça ? Alors que je ne sais pas moi-même ce que je veux, ce que j'attends ?

Andrea ne se met pas en colère, il ne dit rien, ne crie pas, ne demande pas d'autres explications. Sans doute vexé, ou déçu, ou choqué, ou un peu de tout ça, il se dirige vers les frigos, d'où il sort des préparations. Je suis toujours sur ma chaise, sans savoir quoi faire.

— Si tu le permets, lâche-t-il enfin, j'ai du travail.

Il marque une pause.

— Et je crois que ce n'est pas la peine que tu reviennes travailler ici. De toute façon, tu n'as pas les bons diplômes.

Avant de me mettre à pleurer, je quitte la cuisine précipitamment. Aussitôt la porte refermée derrière moi, je craque.

— Qu'est-ce qui s'est passé ?

Eh merde, j'avais totalement oublié Anne-Fleur. Je ne me sens pas vraiment d'humeur à réitérer mes révélations, car je ne suis pas certaine d'être capable de survivre à un deuxième regard plein de déception et, peut-être, d'une once de dégoût. Heureusement pour moi, fidèle à elle-même, ma jeune collègue comprend que je ne veux pas en parler et se contente de me prendre dans ses bras. Je décharge une partie de mon émotion, puis je parviens à m'extraire de son étreinte.

— Je… je suis désolée… Je vais devoir y aller. Je t'appelle plus tard, OK ?

Je sais très bien qu'Anne-Fleur meurt d'envie de savoir ce qui s'est passé de l'autre côté de la porte de la cuisine. Mais je sais aussi qu'elle estime davantage ses amies que les ragots, alors elle m'adresse un sourire, m'aide à enfiler mon manteau, et me laisse partir sans rien ajouter à ma peine.

De retour dans ma voiture, je craque de nouveau avant même d'avoir mis le contact. J'ai l'impression d'avoir fait voler en éclats le peu de confiance et de stabilité que j'avais réussi à construire ici en quelques semaines. Que vais-je faire désormais ? Je me retrouve à nouveau sans travail, et donc bientôt sans logement… Quant au célibat, je ne sais plus trop. Il me paraît clair qu'Andrea vient de mettre un terme à notre relation, de quelque nature qu'elle fût. Mais reste Alex, qui m'attend chez Monique. Pourtant, je ne suis pas certaine d'avoir la force de le retrouver tout de suite, et qu'il me pose à nouveau des questions sur notre avenir. Je crois que je lui en veux un peu pour cet appel qui m'a mise au pied du mur face à Andrea. Mais d'un autre côté… je ne dirais pas non à une épaule compatissante sur laquelle m'épancher. La journée a été longue et rude.

Retourner chez Monique et la remercier pour son aide précieuse en cuisine → vers **CHAPITRE 61** (p. 344)

OU Retrouver directement Alex dans la chambre → vers **CHAPITRE 62** (p. 347)

CHAPITRE 66

ÉPILOGUE

Quelques années plus tard.

— Est-ce que ça va, comme ça ? demande Sam.

— Hmm. Je mettrais davantage de laque, abonde Julie. Il faut que ça tienne toute la journée, et toute la soirée !

Les yeux fermés, je devine malgré tout leurs regards fixés sur moi. Sam a troqué les pinceaux de peinture et les outils de la maison qu'elle et Julie sont en train de rénover pour la palette de maquillage et la brosse à cheveux. Véritable artiste et génie manuel dans l'âme, je ne voulais pas d'autres mains que les siennes pour s'occuper de moi en ce jour si important. Sam rajoute une couche de laque, avant de déclarer :

— Et voilà ! Là, c'est parfait non ?

— Impecc', estime Julie. Tu peux ouvrir les yeux.

J'obéis et me dirige vers le grand miroir en pied. Un simple coup d'œil et je suis saisie par l'émotion.

— Ne pleure pas tout de suite ! C'est censé être waterproof, mais quand même…

Julie, qui était jusque-là assise dans un fauteuil, une main caressant son ventre très légèrement arrondi, se lève pour s'approcher de moi. Sam la suit, et se poste de l'autre côté. Je me vois désormais, dans ma belle robe blanche, entourée de mes deux meilleures amies, affublées de la même combinaison bleu persan. Mes demoiselles d'honneur. Fort heureusement pour la tenue de mon maquillage, c'est à ce moment-là que le petit Léon décide de débouler dans la salle de bains :

— Wow ! Tata Paupau, t'es cro belle ! s'exclame-t-il lorsqu'il me voit.

— Léon ! Qu'est-ce qu'on avait dit ? Tu n'as rien à faire ici ! le réprimande gentiment Sam.

— Je suis désolée, ce petit chenapan monte les marches beaucoup plus vite que moi… mais il a raison, Pauline, tu es absolument divine !

Je me retiens de pleurer, et tombe dans les bras d'Anne-Fleur. Même si elle ne travaille plus à la pâtisserie et ne vit plus à Saint-Laurent, elle et moi sommes restées très proches. En semaine, quand elle n'est pas là, il m'arrive d'aller garder ses petits frères et sœurs lorsque son père finit plus tard sa journée de travail.

— On venait simplement vous dire que tout est prêt dans la salle et sur la terrasse, on va pouvoir…

Ma mère vient d'entrer dans la pièce, et en me voyant dans ma robe de mariée, elle se retrouve soudain sans voix. Pour une fois, aucun commentaire négatif ne lui échappe. Aucun commentaire du tout, d'ailleurs. Elle aussi m'enlace, en larmes. Moi, je lutte toujours pour me retenir, au moins jusqu'à la cérémonie. Avec mes parents, ça n'a pas toujours été simple, mais dernièrement, nos relations se sont améliorées. Lorsque je suis finalement venue les voir après avoir vécu six mois à Saint-Laurent, nous avons eu une discussion à cœur ouvert. J'ai beaucoup parlé, beaucoup pleuré, un peu crié aussi, mais les tensions se sont apaisées. Depuis qu'ils sont moins intrusifs, je laisse à mes parents une plus grande place dans ma vie. Leurs larges sourires, depuis qu'ils sont arrivés hier, me prouvent que j'ai eu raison de me battre et d'oser exprimer mon mal-être.

Sam et Julie m'aident à mettre en ordre les dernières touches à ma tenue et à enfiler mes bijoux, puis nous quittons à notre tour la maison de Monique. Une vieille décapotable de location, conduite fièrement par mon père, nous y attend. Nous remontons lentement les rues vers le centre-ville de Saint-Laurent, où tout le monde est sans doute déjà installé dans la mairie, trépignant d'impatience. Nous nous garons sur la place centrale du village, juste en face du restaurant où aura lieu la célébration après la cérémonie officielle. Par les fenêtres, j'aperçois les décorations qui ont été installées par ma famille et mes amis. En cuisine, je vois que l'on s'active aux derniers préparatifs du repas. Il me tarde de découvrir la pièce montée que Monique et Andrea ont imaginée pour ce jour si spécial. Aucun d'entre eux n'a voulu me donner le moindre indice sur son apparence ou sa composition ! Mais je ne me fais pas trop de soucis, j'ai mangé assez de leurs pâtisseries ces dernières années pour savoir que nous allons tous nous régaler de cette nouvelle et unique création de la Maison Lavergne.

Lorsque nous arrivons devant la mairie, Sam et Julie m'enlacent une dernière fois avant de rejoindre les autres à l'intérieur. Mon père me sourit, et me tend le bras. Bien que le mariage ne se déroule pas à l'église, il lui tenait à cœur de faire perdurer cette tradition, et il avait l'air de tellement s'en réjouir, que je n'ai trouvé aucune raison de lui refuser ce petit bonheur. Maintenant que je ne suis plus qu'à quelques secondes de mon entrée dans la salle des mariages, j'avoue être bien heureuse d'avoir quelqu'un pour m'épauler et me tenir la main. J'inspire un grand coup ; il est encore un peu trop tôt pour les premières larmes de cette longue et belle journée.

Devant le bureau du maire, tous mes proches sont réunis. Anne-Fleur est venue avec son père, toute sa fratrie, et même son nouveau petit ami (un copain de collège qu'elle a retrouvé en montant sur Paris). Quelques amis de lycée et de fac ont fait le déplacement, avec leurs moitiés et parfois leurs enfants. Au premier rang, évidemment, il y a ma mère, accompagnée de ma grand-mère et de la seule cousine avec qui je m'entends. Je ne suis pas allée jusqu'à inviter ma tante Évelyne et son désagréable mari… Il ne faut pas pousser ! Dans la seconde allée de la salle, il y a la famille d'Andrea, que j'ai appris à connaître au fil du temps et que je considère déjà comme ma famille. Sébastien est là aussi, ainsi que les amis d'Andrea, qui viennent des deux côtés des Alpes. Monique, bien entendu, est présente également, dans une jolie robe rose pâle et un chapeau assorti. Son accoutrement me fait sourire : il lui donne une petite *vibe* reine d'Angleterre, et je suis quasiment certaine qu'elle l'a fait exprès !

Et puis enfin, au bout de l'allée, se tient Andrea.

Mon grand et beau brun, dans un magnifique costume grenat, le col de sa chemise orné du nœud papillon en bois que je lui ai offert il y a quelques mois. Il se tient fier et droit devant l'assemblée, mais dès qu'il me voit entrer dans la salle, je le sens qui chancelle. Son sourire s'étire, et il porte rapidement une main à son visage. Il fait de son mieux, mais finalement il craque et je ne peux retenir des larmes de bonheur. Dans quelques minutes, Andrea et mois serons mari et femme.

Je n'en reviens pas de tout ce que nous avons réussi à surmonter et à construire ensemble en si peu de temps. D'abord, même si Andrea m'a pardonné mes mensonges, il a fallu lentement mais sûrement regagner sa confiance. Malgré l'ampleur de la tâche, ça ne m'a pas fait peur. Sous son regard aimant, j'ai tellement évolué.

J'ai réussi à reprendre confiance en moi, à me sentir à nouveau bien dans mes baskets. À Saint-Laurent, je me suis à la fois redécouverte et retrouvée. J'ai appris un nouveau métier, rencontré de nouvelles personnes, adopté un nouveau style de vie. Et pourtant, je ne me suis jamais sentie autant en phase avec moi-même et avec les autres. Avec Andrea, j'ai trouvé ici un nouvel équilibre. Évidemment que je n'allais pas baisser les bras aussi facilement, j'ai tout fait pour qu'il me pardonne !

Pendant plusieurs mois, nous avons fait grandir notre relation alors que je vivais toujours en pension chez Monique. Nous avons dû apprendre à vivre pleinement notre histoire au-delà de mes mensonges. Et puis, bien sûr, il y a eu les difficultés autour de la Maison Lavergne. Même si les menaces et les sabotages étaient derrière nous, il a fallu indemniser les clients floués par la malice de Monique et faire un geste commercial. Le déficit engendré par cette journée a été important, et à cela s'est ajoutée la nécessité de recruter dans un contexte peu favorable. De même, pour que je puisse conserver mon poste à la pâtisserie, j'ai dû me former. Sébastien m'a dégotté une formation en pâtisserie assez prestigieuse, relativement proche de Saint-Laurent, mais malheureusement très onéreuse. Pendant pratiquement une année, nous avons dû faire attention à chacune des dépenses de l'établissement pour ne pas risquer la fermeture. Heureusement pour nous, notre nouvelle création, La Monique, a connu – bien que cinquante ans trop tard – un très large succès, permettant à la Maison Lavergne de retrouver son aura et sa crédibilité sur le plan national. Si la bûche est délicieuse, je prends aussi ma part du gâteau dans ce succès : reprenant ma casquette de community manager, j'ai contribué à donner à cet établissement centenaire une nouvelle image de marque, plus dynamique et davantage dans l'air du temps, qui a permis à la Maison de se faire connaître au-delà des frontières de l'Hexagone. Avant qu'Anne-Fleur ne nous quitte pour rejoindre Paris et ses nouvelles études, elle a pris beaucoup de plaisir à m'assister sur la réalisation des vidéos pour les réseaux sociaux.

Et puis, finalement, tout s'est enchaîné très vite. J'ai emménagé avec Andrea et Macaron dans le petit chalet au milieu de la forêt, où nous avons entrepris des travaux d'agrandissement, avec l'aide précieuse de Sam, Julie, et même de Léon, qui viennent passer dans les Hautes-Alpes presque chacune de leurs vacances et longs week-ends. Et quand il n'y a pas assez de place pour accueillir tout le monde dans le chalet, Monique est ravie de reprendre du service au gîte pour quelques nuits. Peu à peu, ce quotidien extraordinaire passé à pâtisser au milieu des montagnes est devenu ma routine.

Je sais désormais enfin qui je suis et quelle est ma place dans ce monde. Et à cet homme qui m'attend à l'autre bout de l'allée, je suis fin prête à dire oui.

Pour toute la vie.

FIN

CHAPITRE 67
ÉPILOGUE

Quelques années plus tard.

Assise sur un transat, cocktail à la main et livre sur les genoux, je fais une pause pour siroter une gorgée et contempler la mer Méditerranée dont les vagues roulent juste sous mes yeux. Nous rentrons seulement d'une randonnée à travers l'île, et je me délecte d'enfin pouvoir reposer mes jambes. La température en ce début de soirée est idéale. Ce voyage s'est décidé sur un coup de tête. Nous dînions dans le salon de la maisonnette francilienne que nous avons achetée il y a un peu plus d'un an maintenant, lorsqu'Alex m'a demandé :

— Et si on faisait un voyage de noces ?

J'ai manqué recracher mon dessert.

— Un voyage de noces ? Mais on n'est même pas mariés !

— Est-ce qu'on en a vraiment besoin ? Je suis heureux avec toi, et j'ai envie de célébrer notre amour pendant un voyage mémorable. Mais seulement toi et moi. T'as vraiment envie d'une grande fête ? Où on serait obligés d'inviter ta tante Évelyne et son horrible mari ?

— Tu n'as pas tort… Tu as une destination en tête ?

— J'avais pensé à la Crète. Destination idéale : de quoi faire des petites randos et buller sur des plages magnifiques. Qu'est-ce que tu en dis ?

— Ça m'a l'air pas mal… On part quand ?

— Dès que tu pourras prendre quelques jours de congé ?

— Tope là !

Et c'est comme ça que, moins de trois semaines plus tard, nous nous retrouvons en short à Héraklion, à alterner promenades, baignades et visites historiques.

En réalité, ces vacances inopinées me font un bien fou. Cela fait un peu plus de deux ans qu'Alex et moi nous sommes remis ensemble après ce que nous appelons désormais notre « break salvateur ». Les premiers mois après mon retour de Saint-Laurent ont été étranges. J'ai passé d'abord quelques semaines chez mes parents, où ça ne s'est malheureusement pas très bien passé. Eux qui ne comprenaient pas ma séparation et mon départ à l'autre bout de la France n'ont pas compris pourquoi j'avais quitté ce nouveau travail ni pourquoi Alex et moi nous fréquentions de nouveau. Nous nous sommes beaucoup disputés, et j'ai finalement décidé de partir et de prendre mes distances pour de bon. Ce temps m'a au moins permis de faire le point et de savoir enfin ce que je voulais.

Forte de mon C.V. et de mon expérience à Saint-Laurent, j'ai squatté les canapés de toutes mes connaissances jusqu'à décrocher le job de mes rêves, et enfin trouver un appart. Avec Alex, on s'était mis d'accord pour recommencer de zéro, et il était hors de question de retomber tout de suite dans la routine d'une vie de couple sous le même toit. Bon, dans les faits… j'étais quand même assez souvent chez lui.

Et finalement, après quelques mois de recherche, j'ai enfin trouvé le travail idéal ! J'ai commencé à travailler en tant que community manager… pour une boulangerie jeune et branchée de la capitale. Contrat en poche, j'ai dégotté rapidement après une place dans une colocation en petite couronne.

Et puis, au bout d'un an de cette « nouvelle » relation, Alex et moi avons décidé de racheter un bien ensemble. J'étais extrêmement stressée par cette étape, anxieuse à l'idée que ce qui nous avait séparés la première fois puisse frapper de nouveau. Mais Alex et moi avons appris de nos erreurs, et à force de confiance et de communication, nous avons réussi à reconstruire un cocon à notre image, où nous pouvons l'un comme l'autre nous épanouir, loin des frustrations et des non-dits qui nous avaient fait souffrir par le passé.

Je peux le dire, je crois, je n'ai jamais été aussi heureuse et sereine dans ma vie. Professionnellement, je m'épanouis comme jamais. Grâce à ce que j'ai appris avec Monique, Andrea et Anne-Fleur, j'ai un regard critique et aiguisé sur les produits et la démarche que je dois mettre en avant dans la communication de l'entreprise. Les comptes de la boulangerie sont massivement suivis sur les réseaux sociaux, et la notoriété de l'établissement ne cesse de grimper. Il y a quelques mois, j'ai même dû embaucher une assistante pour m'aider tellement le travail est devenu colossal !

D'un point de vue personnel, je sais que mon passage à Saint-Laurent m'a fait mûrir à la vitesse grand V. Je sais désormais ce que je veux dans ma vie, et surtout ce que je ne veux plus. J'ai eu le courage de m'éloigner de mes parents parce que j'estimais que nos relations n'étaient pas saines. Je vis de nouveau tout près de chez mes deux meilleures amies, ce qui me permet de voir grandir mon filleul, le petit Léon, qui est une source de joie et de rire absolument inépuisable. Malgré mes craintes, j'ai réussi à pardonner à Alex, et ai appris à lui faire confiance de nouveau. Il faut dire qu'il a beaucoup travaillé pour ! Nous sommes tous les deux davantage à l'écoute de nos envies respectives et sommes capables de nous exprimer quand quelque chose ne semble pas aller dans le bon sens. Et puis, aussi… Sexuellement, notre relation a largement évolué… dans le bon sens. À croire que les expériences que nous avons pu avoir pendant notre break nous ont été bénéfiques de ce point de vue-là…

Il m'arrive parfois de repenser à Andrea. Nous n'avons pas gardé contact, mais je lui suis reconnaissante pour tout ce que notre relation m'a apporté, sur le long terme. Sous son regard bienveillant, j'ai repris confiance en moi et appris à m'écouter et à assumer mes choix et mes envies. Paradoxalement, à Saint-Laurent, je me suis retrouvée en jouant le rôle d'une autre. Comme si devoir cacher à tout prix ma véritable identité m'avait permis d'affirmer davantage qui j'étais *réellement* au fond de moi. Mais au-delà de notre brève histoire d'amour, Andrea m'a également fait découvrir une nouvelle passion, car désormais, la cuisine et la pâtisserie font partie intégrante de ma vie. Et en réalité, je n'ai pas complètement laissé Saint-Laurent-de-Chambon derrière moi, puisque je suis restée en contact avec Anne-Fleur, que je vois désormais régulièrement car la petite suit un cursus en tourisme dans la capitale. J'ai parfois Monique au téléphone, et toutes les deux se chargent à merveille de me tenir au courant des derniers potins tout chauds. Il paraît que Sébastien et son mec vont se marier, et qu'une femme s'est installée chez Andrea. Égoïstement, je suis contente de voir qu'il a réussi à tourner la page et aller de l'avant à son tour. Après tout, personne n'aime être responsable du mal-être de quelqu'un, non ? Avec le temps, j'apprends à ne garder que les bons souvenirs de ce court passage à Saint-Laurent-de-Chambon dans les Hautes-Alpes. Après tout, cette étape aura forgé une partie de mon caractère et vu éclore la renaissance de mon couple. Ce n'est pas rien, non ?

Lorsqu'Alex sort de la douche, il s'est changé et porte des vêtements confortables, t-shirt et jogging. Je secoue la tête en le voyant :

— Ah non, soupiré-je, ça ne va pas le faire !

— Bah quoi ? s'étonne-t-il.

— Mets ta plus belle tenue, j'ai une surprise pour toi.

— Je dois avoir peur ? demande-t-il.

Il se baisse vers le transat et dépose un baiser humide sur mes lèvres.

— Hmm, je ne sais pas trop.

Je me relève et me dirige à mon tour vers la douche.

— J'en ai pour moins de quinze minutes, sois prêt quand j'aurai fini !

— À vos ordres, cheffe !

J'enfile une robe longue et légère à motif fleuri et me pare des boucles d'oreilles qu'Alex m'a offertes à mon dernier anniversaire. Pour le programme que je lui ai concocté, je veux me sentir la plus belle possible. Quand je sors de la salle de bains, Alex est vêtu d'un pantalon clair et fluide et d'une chemise couleur crème en lin. Il a relevé ses lunettes de soleil sur ses cheveux mi-longs et porte ces horribles mocassins que je déteste tant.

— Où va-t-on ? demande-t-il lorsque nous quittons notre chambre d'hôtel.

— Ce ne sera plus vraiment une surprise si je te le dis.

Il se contente de sourire et prend ma main dans la sienne.

Je conduis Alex à travers les dédales de la ville, jusqu'à une petite plage où les tables d'un restaurant sont dressées. Je nous ai prévu un dîner romantique, les pieds dans le sable, face au coucher de soleil. Mais ce cadre idyllique n'est pas la seule surprise que je lui réserve. Dans mon sac à main, j'ai caché une boîte à bijoux renfermant un bracelet en argent décoré de perles locales sur lequel j'ai flashé quelques jours plus tôt. Puisqu'il a décidé de m'emmener en voyage de noces, qu'est-ce qui m'interdit désormais de le demander en mariage ?

Dans la ville où Thésée et Ariane se sont rencontrés et aimés, avant que ce dernier ne la quitte, je décide de redonner définitivement sa chance à l'homme de ma vie en lui demandant de m'épouser. Je ne lui offre pas de bague, je ne me mettrai pas à genoux, et nous ne ferons certainement pas de grande fête dans un domaine sublime. Mais je sais déjà que, quels que soient les termes de cette union, il dira oui, car notre couple est ainsi : unique, différent et, surtout, à l'épreuve du temps.

FIN

CHAPITRE 68

ÉPILOGUE

Exténuée, je fais une pause dans le déballage des cartons. Cela fait trois jours que je me suis installée dans mon nouvel appartement, et j'ai l'impression d'en avoir toujours autant à défaire qu'au premier jour ! Je commence à douter que tout rentre dans ce petit 18 m^2…

Alors que j'entreprends d'ouvrir un nouveau carton, l'interphone se met à sonner.

— C'est nous ! s'écrie Sam à l'autre bout du combiné.

— Mais qu'est-ce que vous faites là ? m'étonné-je.

— T'en fais pas, on a amené de quoi boire et manger, m'assure Julie.

Je scanne l'état de mon studio. Heureusement, mon canapé-lit et les chaises sont déjà installés. Au moins, on pourra s'asseoir !

— Bon, tu nous ouvres ? s'impatiente Sam.

Lorsqu'elles entrent dans l'appartement, elles sont accompagnées par le petit Léon qui dort dans un couffin. Mon filleul vient de fêter ses trois mois, et c'est de mon point de vue tout à fait objectif de marraine le plus beau bébé de la terre. Sam dépose sur la table basse des bouteilles de bière sans alcool, des biscuits apéro, du houmous, un cake et une tarte salés.

— Tout ça ? Mais on attend encore du monde ?! demandé-je.

— Pas du tout, fait Sam, mais c'est que ça m'a mis la pression de venir au domicile de la cheffe, alors j'ai mis les petits plats dans les grands.

— Pff, t'es bête !

Je lui décoche un léger coup de coude qui la fait marrer.

— D'ailleurs, ça se passe bien ? Tu t'en sors avec toutes tes activités ? m'interroge Julie.

— Ça va, ça a le mérite de m'occuper et de ne pas me laisser trop de temps pour cogiter.

Le sourire de Sam laisse place à une moue compatissante.

— Est-ce que ça va mieux, quand même ?

Quand j'ai quitté Saint-Laurent et mis un terme définitif à mon histoire avec Alex, je pensais avoir fait le plus dur. Malgré mes réticences, j'ai décidé de retourner quelque temps chez mes parents pour me laisser le temps de faire le point sur ma vie et mon avenir. Malheureusement, ça ne s'est pas bien passé. J'ai eu le droit à une tonne de reproches de la part de mes parents, qui ne comprennent décidément rien à mes choix de vie, ainsi qu'à tout un tas de conseils non sollicités sur ce que je devrais absolument faire ou ne pas faire. Ça s'est terminé en grosse dispute, et j'ai à nouveau chargé mes affaires dans ma voiture avant de remonter sur Paris, où j'ai squatté pendant quelques semaines les canapés de toutes mes connaissances franciliennes.

Malgré tout, mon bref passage au Mans dans ma famille n'aura pas été complètement inutile. J'ai profité d'avoir du temps pour moi pour ouvrir ma microentreprise. J'ai proposé mes services dans ce que je fais de mieux, à savoir la traduction et le community management. J'ai assez rapidement obtenu des contrats sur de courtes missions, histoire de commencer à renflouer mon compte en banque.

Dans le même temps, j'ai commencé à chercher des formations. À mon retour des Hautes-Alpes, ça m'est apparu comme une évidence : malgré tout ce qui a pu m'arriver là-bas, j'ai pris un plaisir immense à suivre les cours de cuisine de Monique. Chez mes parents, ça m'a tellement titillé les doigts que j'ai entrepris de leur mitonner quelques petits plats et desserts dont Monique m'avait révélé les secrets. Les dégustations qui ont suivi ont compté parmi les rares moments de trêve avec mes parents, et m'ont convaincue que j'avais peut-être trouvé ma voie. J'ai réussi à dégotter une formation, malheureusement assez onéreuse, mais rapide et intensive, et surtout qui acceptait les candidatures en milieu d'année. J'ai commencé il y a quelques semaines déjà, et j'en chie, mais c'est pour la bonne cause. D'ici quelques mois, je pourrais postuler pour pratiquer ce métier à temps plein, et abandonner mes activités annexes.

— Tu as eu des nouvelles d'Alex, dernièrement ? demande Julie.

Je secoue la tête.

— Non, mais je pense que c'est normal. Je lui ai fait savoir que c'était définitivement fini, et il a accepté.

— Et Andrea ? ajoute Sam.

— Pareil. Je n'ai pas non plus cherché à le recontacter, et je comprends que lui n'ait pas envie de le faire. En revanche, Anne-Fleur et Monique me donnent régulièrement des nouvelles du village. Il paraît que Sébastien va se marier !

— J'espère que cette fois, il ne se trompera pas de personne ! se moque gentiment Sam.

Julie lui adresse un regard plein de reproches, mais ne peut pas s'empêcher de sourire à son trait d'humour.

— Tu aurais aimé avoir de ses nouvelles ? D'Andrea, je veux dire ? me questionne Julie.

J'inspire un grand coup en haussant les épaules.

— Hum, je ne crois pas. On a vécu une belle histoire mais, avec le recul, je ne suis pas sûre que ça aurait pu tenir sur la durée. La vie à la montagne, c'était sympa pour faire une pause et réfléchir… mais je ne me serais pas vue vivre là-bas pour de bon. La ville m'aurait trop manqué !

— Pas nous ? s'offusque faussement Sam.

— Évidemment ! Et puis, je n'aurais pas pu voir mon adorable filleul aussi souvent que je le veux !

Le petit s'est réveillé il y a quelques minutes, et Sam vient le déposer dans mes bras. Le bébé babille en levant les yeux vers moi. De ses toutes petites mains, il me touche le visage et tire doucement sur mes cheveux. À chaque fois que je le tiens dans mes bras, je suis submergée par une vague d'émotions intenses. Je n'ai pas de frère et sœur de sang, mais je sais que je m'occuperai de ce petit exactement comme d'un neveu. J'ai été très touchée quand les filles m'ont demandé d'être sa marraine, et je prends désormais mon rôle on ne peut plus à cœur.

Je ne sais pas encore de quoi ma vie personnelle, amoureuse et familialc sera faite, à l'avenir. Peut-être que je retrouverai l'amour bientôt, ou peut-être dans dix ans. Mais je suis certaine que d'ici là, je serai heureuse et bien entourée.

Malgré les difficultés des semaines passées, les choix compliqués que j'ai dû faire, ce soir je suis heureuse et confiante. Cette parenthèse à la montagne m'aura malgré tout redonné confiance en moi et appris à assumer mes choix et mes convictions. Quoi que la vie me réserve, je sais désormais que j'en tirerai le meilleur.

À nous deux, destinée : tu ne me fais plus peur !

FIN

ENVIE DE DÉCOUVRIR D'AUTRES TITRES DE LA COLLECTION *It's up to you* ?

RENDEZ-VOUS EN LIBRAIRIE !

DÉJÀ DISPONIBLE EN LIBRAIRIE

SORTIE EN JANVIER 2025